HOMAGE TO CATALONIA

George Orwell

- 이 책의 번역 저본은 George Orwell, *Homage to Catalonia*, Penguin Classic, 2000이다.

- 원서의 이탤릭체는 굵은 글씨로 표기했다.

- 본문의 주는 별도의 표시가 없는 경우 모두 옮긴이 주이며, '원주'라 적힌 것은 번역 저본의 주다.

- 책에 실린 스페인 내전 사진과 〈스페인의 비밀을 누설하다〉, 〈이탈리아 의용군 추모 시〉는 독자의 이해를 돕기 위해 편집자가 추가한 것이다.

1931년 4월 14일, 국왕이 스페인을 떠나고 제2공화국이 탄생하자 군중들이 환호하고 있다.

1936년 7월 19일의 바르셀로나. 쿠데타 세력의 카탈로니아 점령 시도는 시민, 노동자의 저항에 가로막혔다.

CNT 조직원들의 모습. 트럭 옆에 그들이 탈취한 야포가 있다.

무장한 여성의 모습. 1937년에 마드리드에서 찍힌 사진이다. 오웰은
《카탈로니아 찬가》에서 혁명이 여성에게 초래한 변화를 넌지시 언급
했다.

1936년, 정부군이 기차를 타고 바르셀로나를 떠나고 있다.

프랑코 휘하의 병사들이 파시스트 경례를 하고 있다.

프랑코 휘하의 무어인 병사들이 총기를 겨누고 있다.

각각 1936년 초, 1936년 9월에 로버트 카파가 공화파 군인을 촬영한 사진이다.

1937년, 우에스카 공격 작전에 참가한 정부군이 휴식을 취하고 있다.

전선으로 향하기 전, FAI 의용군이 전의를 다지고 있다.

프랑코 포병의 모습. 포에는 십자가가 고정되어 있다.

한 병사가 파시스트에 맞서고 있다. 그의 옆에는 동료가 쓰러져 있다.

CNT 글자가 새겨진 트럭 위에서 부에나벤투라 두루티가 농민과 대화하고 있다. 스페인 아나키즘 운동의 지도자 중 하나인 두루티는 1936년 11월에 전투에서 총상을 입고 사망했다.

좌익 사회주의자 라르고 카바예로가 군인들과 함께 있는 모습. 가운데 중절모를 쓴 남자가 카바예로다.

POUM의 지도자 안드레스 닌이 동지들과 함께 행진하고 있다. 맨 앞줄의 안경을 쓴 남자가 닌이다.

1937년 5월, 바르셀로나 시가전에서 승리한 강습경비대가 거리를 행진하고 있다.

1937년 3월, 오웰이 부대를 방문한 아내 아일린과 함께 찍은 사진. 사진 중앙의 제일 키가 큰 남자가 오웰이고, 그 앞에 앉아 있는 여성이 아일린이다.

차례

1

　의용군에 합류하기 하루 전, 바르셀로나의 레닌 막사에서 나는 어느 이탈리아인 의용군 병사가 장교용 탁자 앞에 서 있는 것을 보았다.

　그는 스물다섯 살이나 스물여섯 살쯤 된 청년으로 강인해 보였으며, 머리카락은 붉은 기가 감도는 노란색이고 어깨가 건장했다. 나는 뾰족한 가죽 모자를 굳이 한쪽 눈을 덮을 정도로 내려 쓰고 서 있는 그의 옆모습을 볼 수 있었다. 그는 턱을 가슴에 대고 당혹스러운 듯 찌푸린 표정으로, 장교 한 명이 탁자 위에 펼쳐둔 지도를 응시했다. 그 얼굴에서 뭔가가 내 마음을 깊이 건드렸다. 그것은 친구를 위해 살인도 불사하고 자신의 목숨도 초개같이 던질 수 있는 사람의 얼굴이었다. 무정부주의자에게서 기대할 수 있는 얼굴이시만, 그는 십중팔구 공산주의자일 터였다. 그 얼굴에는 솔직함과 사나움이 공존했다. 글을 모르는 사람이 상관이라고 짐작되는 사람들에게 보이는 애처로운 공손함도 보였다. 그는 지도를 전혀 이해하지 못하는 것이 분명했다. 지도 읽기를 무지막지하게 지적인 재주라고 생각하고 있음이 분명했다. 이유는 잘 모르겠지만, 나는 그를 보았을 때처럼 곧바로 호감을 느끼는 경험을 지금까지 거의 하지 못했다. 상대가 누구라도, 그러니까 내 말은 어떤 남자라도, 마찬가지다. 탁자 주위의 사람들이 이야기를 하는 동안 내가 외국인이라는 말이 나왔다. 그러자 그 이탈리아인은 고개를 번쩍 들고 빠른 말씨로 말했다.

"이탈리아노Italiano?"*

나는 보잘것없는 스페인어로 대답했다. "노. 잉글레스. 이 투?No. Inglés. Y tú?"**

"이탈리아노."

우리가 밖으로 나갈 때 그는 방을 가로질러 걸어와서 내 손을 세게 쥐었다. 처음 보는 사람에게 그런 애정을 느낄 수 있다니, 기묘하지 않은가! 마치 그의 영혼과 내 영혼이 언어와 전통의 틈새를 순간적으로 메워 몹시 친밀하게 만나는 데 성공한 것 같았다. 내가 그를 좋아하는 만큼 그도 나를 좋아해주었으면 싶었다. 하지만 동시에 내가 그에 대한 첫인상을 간직하려면 그를 다시 만나지 말아야 한다

---

* "이탈리아인?"의 스페인어
** "아니. 영국인이야. 너는?"의 스페인어

는 것도 알고 있었다. 말할 필요도 없지만, 실제로 나는 그를 두 번 다시 만나지 못했다. 스페인에서는 항상 그런 만남이 이루어졌다.

내가 이 이탈리아인 의용군 이야기를 한 것은 그가 내 기억 속에 생생히 남아 있기 때문이다. 그의 추레한 군복과 사나우면서도 애처로운 얼굴은 내게 그 당시의 특별한 분위기를 일깨워주는 상징이다. 그는 그 전쟁 시기와 관련된 내 모든 기억과 한데 묶여 있다. 바르셀로나의 붉은 깃발들, 꾀죄죄한 병사들을 잔뜩 태우고 전선으로 기어가던 쓸쓸한 기차, 전쟁에 얻어맞은 회색 마을들, 얼음처럼 춥고 질척거리던 산속 참호.

그건 1936년 12월 말의 일이었다. 내가 이 글을 쓰고 있는 지금으로부터 7개월도 채 안 되는 과거지만, 그 시기는 이미 머릿속에서 엄청나게 멀리 물러나버렸다. 그 뒤에 일어난 일들이 그때의 기억을 지워버렸다. 1935년이나 1905년의 기억보다 훨씬 더 완벽하게 기억이 지워졌다. 나는 막연히 신문 기사를 쓴다는 생각을 갖고 스페인에 갔지만, 거의 도착하자마자 의용군에 들어갔다. 당시 분위기에서는 그 길 말고 다른 길은 생각할 수 없는 것 같았다. 무정부주의 세력이 아직 카탈로니아를 사실상 장악하고 있었고, 혁명이 여전히 맹위를 떨쳤다. 처음부터 그곳에 있었던 사람이 보기에는 12월이나 1월에 벌써 혁명기가 끝나가는 것 같았겠지만, 영국에서 곧장 온 사람이 보기에는 바르셀로나의 상황이 놀랍고 압도적이었다. 노동계급이 고삐를 쥔 도시에 내가 발을 들여놓은 것은 그때가 처음이었다. 크기를 막론하고 거의 모든 건물이 노동자에게 점령당해, 빨간 깃발이 드리워져 있었다. 검은색과 빨간색으로 이루어진 무정부주의 깃발도 보였다. 낫과 망치 그림, 혁명을 일으킨 당파의 이니셜이 낙서처럼 휘갈겨지지 않은 벽이 하나도 없었다. 교회는 거의 모두 텅 비어 있었다. 교회에 걸려 있던 그림들은 불에 탔다. 노동자 무리가 여기저기에서 교회를 체계적으로 파괴하고 있었다. 모든 상점과 카페에는 집산화되었다는 말이 붙었다. 심지어 구두닦이조차 집산화되어, 그들의 도구상자에 빨간색과 검은색이 칠해졌다. 웨이터와 상점 직원은 손님의 얼굴을 똑바로 바라보며 동등하게 굴었다. 비굴한 말은 물론 심지어 격식을 차린 말조차 일시적으로 사라졌다. 누구도 '세뇨르señor'나 '돈Don'이라는 존칭을 사용하지 않았다. 심지어 '우스테드Usted'*라는 말도 쓰지 않았다. 모두가 서로를 '동무Comrade' 또는 '당신Thou'으로 부르며 '부에노스 디아스Buenos días' 대신 '살루드Salud!'**라고 말했다. 내가 스페인에 도착한 뒤 가장 처음 겪은 일 중 하나는 승강기 운전사

* '귀하', '선생님'의 스페인어
** 각각 오전, 일상 인사의 스페인어로 전자가 더 격식 있는 표현

에게 팁을 주려다가 호텔 지배인에게 한바탕 연설을 들은 일이다. 개인 승용차는 한 대도 없었다. 모두 징발된 탓이었다. 전차와 택시를 비롯한 대부분의 교통수단은 빨간색과 검은색으로 칠해졌다. 사방의 벽에 걸린 혁명 포스터들이 깨끗한 빨간색과 파란색으로 강렬히 타오르고 있어서, 몇 개 남지도 않은 다른 광고는 진흙 얼룩처럼 보였다. 도시의 널찍한 중앙 동맥이라서 수많은 사람이 끊임없이 오가는 람블라스 거리에서는 스피커를 통해 아침부터 늦은 밤까지 내내 혁명가가 우렁차게 울려 퍼졌다. 무엇보다 기묘한 것은 사람들의 모습이었다. 겉으로 보기에는 이 도시의 부유한 계급이 사실상 모두 사라진 것 같았다. 소수의 여자들과 외국인들을 제외하면, '옷을 잘 차려입은' 사람이 전혀 없었다. 거의 모든 사람이 거친 천으로 만든 노동계급의 옷이나 위아래가 붙은 파란색 작업복이나 의용군 군복 비슷한 옷을 입었다. 이 모든 것이 기묘하고 감동적이었다. 내가 이해하지 못하는 것이 많이 있었다. 어떤 면에서는 호감이 가지도 않았다. 하지만 나는 바로 이것이 싸워서 지킬 가치가 있는 상황임을 금방 깨달았다. 또한 상황이 겉으로 보이는 모습과 똑같다고, 여기는 정말로 노동자의 나라이며 부르주아들은 모조리 도망치거나 죽임을 당하거나 자진해서 노동자 편으로 넘어왔다고 믿었다. 다수의 부유한 부르주아들이 가만히 숨을 죽인 채로 당분간 프롤레타리아로 위장하고 있다는 사실을 나는 깨닫지 못했다.

　이런 특징들과 더불어, 도시에는 전쟁의 사악한 분위기도 있었다. 황량하고 단정치 못한 느낌이었다. 도로와 건물의 관리 상태가 형편없고, 밤이 되면 공습의 염려 때문에 거리의 불빛이 희미해지고, 가게들은 대부분 진열대가 절반쯤 비어 있는 초라한 모습이었다. 고기는 희귀하고, 우유는 사실상 구할 수 없었다. 석탄, 설탕, 석유도 부족했다. 그러나 정말로 심각하게 부족한 것은 빵이었다. 그때 이미 빵을 사려는 줄이 수백 야드*나 늘어설 때가 많았다. 그러나 겉으로 보기에는 다들 그 생활에 만족하면서 희망을 품고 있는 것 같았다. 실업자는 없었고, 물가는 아직 극도로 낮았다. 눈에 확 띄게 가난한 사람은 거의 보이지 않았다. 집시를 제외하면 거지도 없었다. 무엇보다 혁명과 미래에 대한 믿음이 있었다. 평등하고 자유로운 시대로 갑작스레 나아가게 되었다는 느낌이었다. 사람들은 자본주의 기계 속의 톱니바퀴가 아니라 사람답게 행동하려고 애썼다. 이발소에는 이발사가 더 이상 노예가 아니라고 엄숙하게 설명하는 무정부주의 세력의 공고문(이발사 대다수가 무정부주의자였다)이 있었다. 거리에서는 색색의 포스

＊　1야드는 약 0.91미터. 당시의 시대상을 감안하여 도량형을 미터법으로 환산하지 않았다.

터가 매춘부들에게 매춘을 그만두라고 호소했다. 영어를 사용하는 종족의 냉정하고 냉소적인 문명권에서 온 사람이 보기에는, 이상주의에 빠진 이 스페인 사람들이 진부해진 혁명 문구를 문자 그대로 받아들이는 모습이 다소 안쓰러웠다. 당시 거리에서는 가장 순진해 빠진 혁명 노래, 온통 프롤레타리아의 형제애와 무솔리니의 사악함을 다룬 노래가 한 편당 몇 상팀에 판매되었다. 나는 글을 잘 모르는 의용군 병사가 이런 노래를 한 편 사서 단어 하나하나를 열심히 읽어 내용을 파악하고는 적당한 곡조로 부르는 모습을 자주 보았다.

그동안 내내 나는 레닌 막사에 있었다. 전선에 나가기 위해 훈련을 받는다는 명목이었다. 의용군에 들어갔을 때는 다음 날 전선으로 보내질 것이라는 말을 들었지만, 실제로는 새로운 백인대가 준비될 때까지 기다려야 했다. 전쟁 초기에 노조들이 서둘러 소집한 노동자 의용군이 아직 정규군처럼 조직되지 않은 탓이었다. 부대의 단위는 약 서른 명으로 구성된 '분대', 약 백 명으로 구성된 '백인대', 사실상 그냥 사람이 많은 부대를 뜻하는 '종대'가 있었다. 레닌 막사는 훌륭한 석조 건물 단지로, 승마 교육장과 자갈이 깔린 넓은 마당이 있었다. 원래 기병대 막사였는데, 7월 전투 때 빼앗아 온 것이라고 했다. 내가 속한 백인대는 마구간 한 곳을 숙소로 사용했다. 돌로 만든 여물통에는 기병대 소속 군마들의 이름이 새겨져 있었다. 이곳에 있던 말을 모두 몰수해서 전선으로 보냈는데도, 말의 오줌 냄새와 썩은 귀리 냄새가 여전히 사방에 배어 있었다. 나는 그 막사에 일주일쯤 있었다. 주로 기억나는 것은 마구간 냄새, 음정이 부들부들 떨리던 집합 나팔 소리(우리 나팔수들 전원이 아마추어였다. 나는 파시스트 전선 외곽에서 스페인의 집합 나팔 소리를 처음 듣고 배웠다), 징을 박은 군화를 신고 막사 마당을 쿵쿵 걷던 소리, 겨울 햇빛 아래에서 길게 이어지던 아침 사열, 자갈이 깔린 승마 교육장에서 오십 명씩 한 팀을 이루어 거칠게 축구를 하던 일이다. 당시 막사에 있던 사람이 아마 1천 명은 되었을 것이다. 요리를 맡은 의용군 아내들을 제외하면, 여자는 스무 명쯤 되었다. 의용군으로 활동하는 여자들도 있었지만 많지는 않았다. 초창기 전투에서 여자들은 당연한 듯이 남자들과 나란히 싸웠다. 혁명기에는 그런 일이 자연스러워 보인다. 하지만 벌써 사람들의 생각이 변하고 있었다. 여자들이 승마 교육장에서 훈련할 때는 남자의 출입을 금지해야 했다. 그들이 여자들을 비웃으며 방해했기 때문이다. 몇 달 전만 해도 여자가 총을 다루는 것을 웃기다고 생각하는 사람은 하나도 없었을 것이다.

막사 전체가 더럽고 혼란스러웠다. 의용군 병사들이 각자에게 배정된 건물을 그런 꼴로 만들어버린 탓이었는데, 그것이 혁명의 부산물 중 하나인 듯하다. 부서진 가구, 망가진 안장, 기병대의 놋쇠 투구, 빈 기병도 칼집, 썩어가는 음식이 사방에 쌓여 있었다. 음식이 무서울 정도로 낭비되었는데, 특히 빵이 그랬다. 내가 속한 내무반에서만도 끼니때마다 빵이 바구니 하나 가득 버려졌다. 민간인들은 빵 부족으로 고생하고 있을 때이니 면목 없는 일이었다. 우리는 버팀대 위에 상판을 얹은 긴 탁자에서 항상 기름기가 묻어 있는 양철 그릇으로 식사했다. 음료수는 포론porrón이라고 불리는 무서운 물건에 들어 있었다. 포론은 일종의 유리병인데, 기울이면 가느다란 주둥이에서 포도주가 가늘게 분출된다. 입술을 직접 대지 않고 조금 떨어진 거리에서 포도주를 마실 수 있을 정도라서, 여러 사람이 돌려가며 쓸 수 있다. 나는 포론을 사용하는 모습을 보자마자 그 물건을 거부하며 평범한 잔을 달라고 요구했다. 내가 보기에 그 물건은 침대 옆에 두고 쓰는 소변 통과 너무 비슷했다. 백포도주가 들어 있을 때는 정말 영락없었다.

부대에서는 신참 병사들에게 조금씩 군복을 지급했다. 여기가 스페인인 만큼 모든 것이 이렇게 조금씩 나왔다. 따라서 누가 무엇을 받았는지 분명히 알 수 없었고, 허리띠나 탄약 카트리지 상자처럼 우리에게 가장 필요한 여러 물건은 우리를 전선으로 데려갈 기차가 들어와 대기 중인 마지막 순간에야 지급되었다. 내가 앞에서 쓴 '군복'이라는 단어가 십중팔구 잘못된 인상을 심어주었을 것 같다. 정확히 말하면 그것은 군복이 아니었다. 통일성이 없었기 때문이다. 전체적인 디자인은 모두 똑같은데도, 똑같이 생긴 옷이 전혀 없었다. 부대에 속한 모두가 무릎길이의 코듀로이 바지를 입은 것은 맞지만, 통일된 부분은 거기까지였다. 누구는 가죽 각반을 차고, 누구는 코듀로이 각반을 차고, 누구는 높은 부츠를 신었다. 상체에는 모두 지퍼가 달린 재킷을 입었지만, 역시 누구는 가죽 재킷을 입고 누구는 모직 재킷을 입었다. 또한 사람이 상상할 수 있는 색깔이 모두 있었다. 모자도 사람마다 달랐다. 모자 앞부분에 당의 배지를 장식하는 것이 일반적이었는데, 거의 모두가 거기서 그치지 않고 목에 빨간색 스카프나 빨간색과 검은색이 섞인 스카프를 둘렀다. 당시 의용대 종대는 엄청난 몰골의 오합지졸이었다. 그래도 여기저기의 공장에서 옷을 서둘러 생산해내는 대로 조금씩 지급하는 수밖에 없었다. 상황을 감안하면 옷의 질이 나쁘지도 않았다. 하지만 셔츠와 양말은 형편없는 면으로 만든 것이라서, 추위를 막는 데는 별로 쓸모가 없었다. 조직이 갖춰지기 전 초창기의 몇 달 동안 의용군 병사들의 상황이 어땠을지 생각하기도 싫다. 그곳에서 고작 두 달쯤 전의 신문을 우연히 본 기억이 난다. POUM* 지도자 한 명이 전선을 방문한 뒤 "모

---

* Partido Obrero de Unificación Marxista, 마르크스주의 통일노동자당

든 의용군 병사에게 담요가 지급되도록" 신경을 쓰겠다고 말한 것이 기사에 인용되어 있었다. 참호에서 자본 적이 있는 사람이라면 이 말을 듣고 몸을 부르르 떨 것이다.

내가 막사에 도착한 다음 날, 사람들이 우스갯소리로 '교육'이라고 부르는 일이 시작되었다. 처음에는 무서울 정도로 혼란스러웠다. 신병들은 대부분 바르셀로나 뒷골목 출신의 열여섯, 열일곱 살 소년들이었다. 혁명의 열기가 가득했지만, 전쟁의 의미에 대해서는 아무것도 몰랐다. 그 녀석들을 줄을 맞춰 세우는 것조차 불가능했다. 기강이라는 건 존재하지 않았다. 명령이 마음에 들지 않으면, 그냥 대열에서 이탈해 장교와 사납게 말다툼을 벌였다. 우리를 교육한 장교는 탄탄하고, 싱싱하고, 유쾌한 청년이었다. 전에 정규군 장교였다는데, 빈틈없는 몸가짐과 말쑥한 군복 때문에 지금도 정규군 장교처럼 보였다. 그가 진실하고 열렬한 사회주의자라는 점이 신기했다. 그는 모든 계급이 사회적으로 완전히 동등해야 한다는 주장을 병사들보다 더 강력히 펼쳤다. 무지한 신병 하나가 그를 '세뇨르'라고 불렀을 때 그가 놀라서 마음이 상한 표정을 지은 것이 지금도 기억난다. "뭐! 세뇨르라니! 누가 날 세뇨르라고 불렀어? 우린 모두 동지야." 이런 생각이 그의 일을 쉽게 만들어주지는 않았을 것 같다. 아무것도 모르는 신병들은 조금이라도 쓸모가 있는 군사훈련을 선혀 받지 못헸디. 나는 외국인들은 '교육'에 참가할 의무가 없다는 말을 들었지만

(스페인 사람들이 모든 외국인은 군사적인 문제를 자기들보다 더 잘 알 것이라는 애처로운 믿음을 갖고 있음을 나는 깨달았다), 당연히 다른 사람들과 함께 훈련장으로 나갔다. 기관총 다루는 법을 꼭 배우고 싶었다. 그때까지 그 무기를 한 번도 다뤄본 적이 없기 때문이었다. 하지만 무기 사용법을 전혀 배울 수 없다는 사실을 깨닫고는 당혹스러웠다. 그 교육이라는 것은 가장 케케묵고 멍청한 연병장 훈련에 불과했다. 우향우, 좌향좌, 뒤로돌아, 차렷 자세를 하고 3열 종대로 행진 등 내가 열다섯 살 때 이미 배운 쓸모없는 헛소리뿐이었다. 게릴라 부대에 이런 훈련을 시킨다는 것이 굉장했다. 병사를 훈련할 시간이 고작 며칠밖에 되지 않는다면, 앞으로 그에게 가장 필요해질 재주들을 가르쳐야 마땅하다. 엄폐물을 찾는 법, 탁 트인 곳을 가로지르는 법, 보초 서는 법, 흉벽을 쌓는 법. 특히 무기 사용법이 중요하다. 하지만 며칠 뒤 전선에 내던져질 이 열성적인 아이들은 심지어 라이플 쏘는 법이나 수류탄의 안전핀 빼는 법조차 교육받지 못했다. 당시 나는 지급할 무기가 없기 때문에 이런 일이 벌어진다는 사실을 알아차리지 못했다. POUM 의용군에 라이플이 어찌나 부족한지, 새로 전선에 도착한 부대는 자신들과 교대해서 물러나는 부대에게서 라이플을 가져와야 했다. 내 생각에 레닌 막사 전체에 라이플이라고는 보초병들이 쓰는 것밖에 없었던 것 같다.

며칠 뒤, 일반적인 기준으로 보면 여전히 완전한 오합

지졸인 우리는 사람들 앞에 내보일 만한 상태가 됐다는 판정을 받고 아침마다 에스파냐 광장 너머 언덕의 공원까지 행군했다. 그곳은 카라비네로*와 새로 결성된 공화파 인민군의 첫 파견대뿐만 아니라 모든 세력의 의용군 또한 공통으로 사용하는 훈련장이었다. 공원에서는 기묘하고 희망적인 광경이 펼쳐졌다. 잘 정리된 꽃밭들 사이 모든 길에서 여러 부대가 뻣뻣하게 앞뒤로 움직였다. 그들은 가슴을 쭉 내밀고, 진짜 군인처럼 보이려고 필사적인 노력을 기울였다. 모두 비무장이고, 군복을 완전히 갖춰 입은 부대도 전혀 없었다. 의용군 대부분의 군복에 해진 부분이 여기저기 있었다. 훈련 프로그램은 언제나 똑같았다. 세 시간 동안 우리는 우쭐거리며 앞뒤로 걷다가(스페인의 행군 스텝은 아주 짧고 빠르다) 멈춰 섰다. 그러고는 대열을 깨고 흩어져 언덕을 반쯤 내려간 지점에 있는 작은 식품점으로 목마른 사람들처럼 몰려갔다. 그곳에서는 싸구려 포도주가 날개 돋친 듯이 팔려나갔다. 모두 내게 아주 친절했다. 영국인인 나는 호기심의 대상이었다. 카라비네로들은 나를 높이 평가하며 술을 대접했다. 한편 나는 우리 장교를 궁지로 몰 수 있는 기회가 생길 때마다 기관총 사용법을 알려달라고 난리를 피웠다. 주머니에서 사전을 꺼내 지독한

---

* 국경 경비와 세관원의 역할을 하던 준군사조직

스페인어 실력으로 잔소리를 시작했다.

"Yo sé manejar fusil. No sé manejar ametralladora. Quiero aprender ametralladora. Quándo vamos aprender ametralladora?"*

장교는 항상 괴롭힘에 지친 미소를 지으며, 마냐나 mañana**에 기관총 강습이 있을 것이라고 약속했다. 말할 필요도 없이, 그 마냐나는 영원히 오지 않았다. 여러 날이 지나 신병들은 발을 맞춰 행군하는 법과 순식간에 거의 말 끔하게 차렷 자세를 취하는 법을 터득했지만, 총에 대해서 는 라이플의 어느 쪽 끝에서 총알이 나오는지만 알아도 다 행이었다. 어느 날 무장한 카라비네로 한 명이 행군을 쉬 고 있던 우리에게 다가와 자신의 라이플을 살펴봐도 좋다 고 허락해주었다. 알고 보니 우리 분대 전체에서 라이플을 겨냥하는 법은 고사하고 장전하는 법만이라도 아는 사람 은 나뿐이었다.

그동안 내내 나는 스페인어 때문에 애를 먹었다. 막사 에 영국인은 나를 포함해서 두 명뿐이고, 심지어 장교 중 에도 프랑스어를 한 마디라도 아는 사람이 전혀 없었다. 부대 동료들이 대체로 카탈로니아 말을 쓴다고 해서 내가

---

* "소총은 다룰 수 있지만 기관총은 다룰 줄 모르니 기관총 교육을 받고 싶다. 기관총 교육은 언제인가?"의 스페인어

** '머지않아' 또는 '내일'의 스페인어

더 편해지지도 않았다. 내가 거기서 잘 지내려면 항상 작은 사전을 갖고 다니다가 위기의 순간에 주머니에서 휙 꺼내 드는 방법밖에 없었다. 그래도 외국인으로 살아가기에 스페인은 대부분의 나라보다 좋은 곳이다. 스페인에서는 친구를 사귀기가 얼마나 쉬운지! 하루나 이틀 만에 스무 명쯤 되는 의용군 병사들이 나를 그냥 이름으로 부르면서 이런저런 요령을 가르쳐주었다. 그들의 친절이 나를 압도했다. 나는 선전용 책자를 쓰려는 것도 아니고, POUM 의용군을 이상화할 생각도 없다. 의용군 시스템 전체에 심각한 문제가 있었고, 잡다한 사람들이 그곳에 모여 있었다. 그때쯤에는 이미 지원병이 줄어들고 최고의 병사들이 전선에 가 있거나 전사한 뒤였기 때문이다. 병사 중에는 완전히 쓸모없는 사람이 항상 일정 비율을 차지했다. 부모가 열다섯 살 사내아이를 직접 데려와서 입대시켰다. 의용군의 일당 10페세타가 목적이라는 사실을 별로 숨기지도 않았다. 의용군 병사에게 풍부하게 공급되는 빵도 그들의 목적이었다. 집에 있는 부모에게 빵을 몰래 빼돌릴 수 있기 때문이었다. 하지만 누구든 나처럼 스페인 노동계급(어쩌면 카탈로니아 노동계급이라고 해야 할지도 모르겠다. 아라곤과 안달루시아에서 온 소수의 사람을 제외하면 카탈로니아 사람들하고만 어울렸기 때문이다) 사람들 속에 갑자기 내던져졌을 때 그들이 근본적으로 갖고 있는 품위에 놀라지 않을 수 있을까. 특히 그들의 솔직함과 넉넉한 인심이 놀랍다. 일반적인 상황에서, 스페인 사람들의 넉넉한 인심은 때로 거의 당황스러울 정도다. 담배 한 개비를 청하면, 스페인 사람은 굳이 한 갑을 통째로 안겨준다. 그런데 이 수준을 넘어서면 더 깊은 의미가 있다. 나는 전혀 기대할 수 없는 상황에서 정말로 넉넉한 그들의 영혼과 몇 번이나 거듭 부딪혔다. 전쟁 중에 스페인을 돌아다닌 일부 기자 등 외국인들은 스페인 사람들이 해외 원조에 지독한 시기심을 남몰래 품고 있다고 단언했다. 이에 대해 나는 그런 것을 한 번도 보지 못했다고 말할 수 있을 뿐이다. 내가 막사를 떠나기 며칠 전에 한 무리의 병사들이 전선에서 휴가를 얻어 돌아온 적이 있었다. 그들은 전선에서 겪은 일을 신나게 이야기하며, 우에스카에서 자기들 바로 옆에 있었던 어떤 프랑스 부대에 열광했다. 그 프랑스 병사들이 아주 용감했다는 것이었다. 그들은 잔뜩 들떠서 이렇게 덧붙였다. "Más valientes que nosotros."("우리보다 용감했어!") 당연히 나는 이의를 제기했다. 그러자 그들은 그 프랑스 부대가 전쟁 기술에 대해 더 잘 알고 있었다고, 수류탄이나 기관총 등등에 더 전문가였다고 설명했다. 어쨌든 그들이 남의 용감함을 인정한 것은 대단한 일이었다. 영국인이라면 그런 말을 하느니 차라리 자신의 손을 자를 것이다.

　의용군에서 복무한 모든 외국인은 처음 몇 주 동안 스페인 사람들을 사랑하는 법을 배우면서 동시에 그들의 어떤 면에 몹시 화를 낸다. 전선에서 나는 때로 격분이라고 해도 될 만큼 심하게 화가 났다. 스페인 사람들은 재주가 많지만, 전쟁에는 재주가 없다. 모든 외국인은 그들의 무능함, 특히 시간을 지키지 않아서 주위 사람을 미쳐버리게 만드는 점에 한결같이 경악한다. 외국인이 반드시 배울 수밖에 없는 스페인어 단어는 바로 '내일'을 뜻하는 마냐나(직역하면 '오전')다. 언제든 가능하기만 하면 오늘 일이 마냐나까지 미뤄진다. 이런 습성이 어찌나 악명 높은지, 스페인 사람들조차 스스로 이것을 농담거리로 삼을 정도다. 스페인에서는 끼니에서부터 전투에 이르기까지 그 무엇도 약속한 시간에 이루어지는 법이 없다. 너무 늦게 이루어지는 것이 일반적이지만, 가끔은 너무 일찍 이루어지기도 한다(그래서 그 일이 항상 늦게 이루어질 거라고 믿고 움직일 수도 없다). 8시 출발 예정인 기차는 보통 9시에서 10시 사이에 출발한다. 하지만 일주일에 한 번 정도는 어느 기관사의 개인적인 변덕 덕분에 7시 30분에 출발한다. 이런 일을 참아 넘기기는 조금 힘들 수 있다. 머리로는 스페인 사람들이 북쪽에 사는 우리처럼 시간에 너무 집착하지 않아서 좋다고 생각하지만, 나 역시 시간에 집착하는 사람이라는 점이 불행이다.

소문과 마냐나와 지연이 한없이 이어진 끝에 우리는 갑자기 두 시간 뒤 전선으로 떠날 준비를 하라는 명령을 받았다. 하지만 우리에게는 여러 장비가 아직 지급되지도 않은 상태였다. 병참 창고에서 엄청난 소란이 일었지만, 결국 많은 병사가 장비를 완전히 갖추지 못하고 출발해야 했다. 막사에 금방 여자들이 가득해졌다. 마치 땅에서 솟아난 것 같은 그 여자들은 각자 남편이나 남자 형제를 도와 담요를 둘둘 말고 배낭에 짐을 쌌다. 새로 손에 넣은 가죽 탄약 카트리지 상자를 어떻게 몸에 지녀야 하는지 스페인 여자에게서 배워야 한다는 점이 조금 굴욕적이었다. 그녀는 나 외의 유일한 영국인 병사인 윌리엄스의 아내로, 눈이 어두운색이고 성격이 상냥했다. 몹시 여성적인 사람이라서 요람을 흔드는 것이 그녀에게 딱 맞는 천직인 것 같았지만, 사실은 7월에 시가전에서 이미 용감하게 싸운 경험이 있었다. 우리가 짐을 싸던 그 당시 그녀는 전쟁이 발발하고 딱 10개월 뒤에 태어난 아기를 데리고 있었다. 아마도 바리케이드 뒤에서 생긴 아이인 듯싶었다.

기차는 8시 출발 예정이었다. 하지만 장교들이 땀을 뻘뻘 흘리며 지친 기색으로 우리를 간신히 막사 마당에 집합시킨 시각이 8시 10분이었다. 여기저기 횃불이 밝혀져 있던 그때의 모습이 지금도 기억 속에 생생하다. 함성과 흥분, 횃불 빛 속에서 펄럭이던 빨간 깃발, 배낭을 메고 줄을 맞춰 서 있는 의용군 병사들. 둥글게 만 담요를 어깨에 탄띠처럼 메고 있었다. 고함소리, 군화와 양철 그릇에서 나는 쇳소리, 그리고 엄청나게 울려 퍼진 쉿 소리 덕분에 마침내 사방이 조용해진 것. 커다란 빨간 깃발 아래에 어떤 정치 인민위원이 서서 카탈로니아어로 우리에게 연설을 했다. 그 뒤에야 우리를 이끌고 기차역으로 향했다. 도시 사람들이 모두 우리를 볼 수 있게 일부러 3~4마일*이나 되는, 가장 멀리 돌아가는 길을 택했다. 람블라스 거리에서 그들이 우리를 정지시키자, 어디선가 데려온 밴드가 혁명가를 연주했다. 정복에 나선 영웅을 보는 것 같은 분위기가 다시 일었다. 함성과 흥분, 빨간 깃발, 빨간색과 검은색이 섞인 깃발, 우리를 보려고 길에 잔뜩 모여 있는 친절한 사람들, 창가에서 손을 흔드는 여자들. 그때는 그 모든 것이 얼마나 자연스러워 보였는지. 지금은 그것이 얼마나 멀고 비현실적으로 보이는지! 기차에는 병사들이 얼마나 많이 탔는지, 앉을 자리는 말할 것도 없고 설 자리도 거의 없었다. 마지막 순간에 윌리엄스의 아내가 플랫폼을 달려와서 포도주 한 병과 밝은 빨간색 소시지 1피트**를 우리에게 주었다. 맛은 비누 같고 먹으면 설사가 나는 소시지였다. 기차가 천천히 카탈로니아를 벗어나 아라곤의 고원으로 올라갔다. 시속 20킬로미터가 안 되는, 전쟁 때의 평범한 속도였다.

*   1마일은 1.6킬로미터
** 약 30센티미터

2

바르바스트로는 전선에서 멀리 떨어져 있는데도 황폐하게 부서진 곳 같았다. 초라한 군복을 입은 의용군들이 떼 지어 거리를 방황하며 추위를 이기려고 애썼다. 폐허가 된 담에서 나는 지난해의 포스터를 우연히 보았다. 이러이러한 날짜에 경기장에서 "멋진 황소 여섯 마리"가 목숨을 잃을 것이라는 내용이었다. 빛바랜 포스터가 얼마나 쓸쓸하게 보였는지! 멋진 황소와 멋진 투우사는 지금 어디에 있을까? 지금은 바르셀로나에서도 투우가 거의 열리지 않는 것 같았다. 무슨 이유에서인지 최고의 투우사는 모두 파시스트였다.

우리 부대는 트럭을 타고 시에타모로 갔다가, 거기서 서쪽에 있는 알쿠비에레로 갔다. 사라고사 바로 앞의 전선 뒤편에 있는 곳이다. 시에타모는 세 번의 쟁탈전 끝에 10월에 무정부주의 세력에 점령되었다. 포격으로 마을 일부가 산산이 부서졌고, 대부분의 주택에는 무수한 라이플 총탄 자국이 있었다. 이곳의 높이는 해발 1,500피트였다. 날씨가 지독하게 춥고, 짙은 안개가 느닷없이 소용돌이처럼 올라왔다. 시에타모와 알쿠비에레 사이에서 트럭 운전기사가 길을 잃는 바람에(전쟁 때 일상적으로 일어나는 일이다) 우리는 안개 속에서 몇 시간 동안 헤맸다. 그래서 밤늦게야 알쿠비에레에 도착했다. 누군가의 안내로 우리는 진흙탕을 통과해 노새 마구간으로 들어가서, 여물 속으로 파고 들어가 곧장 곯아떨어졌다. 여물이 깨끗하다면 들어가 자기에 나쁘지 않다. 건초만큼 좋지는 않지만 짚보다는 낫다. 아침에 날이 밝은 뒤에야 여물 속에 빵 부스러기, 찢어진 신문지, 뼈, 죽은 쥐, 깔쭉깔쭉한 우유 깡통이 가득하다는 것을 알았다.

이제 전선이 가까웠다. 전쟁 특유의 냄새를 맡을 수 있을 정도였다. 내 경험상 그것은 배설물과 썩어가는 음식물 냄새다. 알쿠비에레는 포격을 당한 적이 없어서 전선 바로 뒤편의 많은 마을보다 상태가 나았다. 하지만 평화 시에도 스페인의 그 지역을 여행한다면 아라곤 마을 특유의 누추하고 비참한 모습에 충격을 받을 수밖에 없을 것 같다. 이곳 마을들은 요새처럼 지어져 있다. 진흙과 돌로 지은 작고 보잘것없는 주택들이 교회를 중심으로 옹기종기 모여 있고, 봄에도 꽃 한 송이 보기가 힘들다. 정원이 있는 주택이 없다. 뒷마당에서는 초라한 가금류가 노새 똥 밭을 돌아다닐 뿐이다. 안개가 끼었다가 비가 내리기를 반복하는 고약한 날씨였다. 좁은 흙길은 진흙 바다로 변했고, 어떤 곳에서는 고인 물의 깊이가 무려 2피트나 되었다. 트럭은 미친 듯이 헛바퀴를 돌리며 그 길을 통과했고, 농민들은 노새가 끄는 변변찮은 수레를 끌고 지나갔다. 개중에는 무려 여섯 마리나 되는 노새가 끄는 수레도 있었는데, 녀석들은 항상 일렬로 수레에 묶여 있었다. 끊임없이 오가는 군부대 때문에 마을은 말로 할 수 없을 만큼 더러운 상태였다. 이곳에는 화장실이나 배수시설 같은 것이 존재한 적이 없었다. 어디서든 발을 디딜 때마다 바닥을 잘 살펴야 했다. 성당은 변소로 사용되기 시작한 지 오래였다. 반경 4분의 1마일 이내의 모든 밭도 마찬가지였다. 나는 전장에서 보낸 첫 두 달을 생각할 때마다 겨울이라 작물의 밑동만 남은 밭 가장자리에 똥이 잔뜩 말라붙어 있던 광경을 함께 떠올린다.

이틀이 지났지만 라이플은 여전히 지급되지 않았다. 전쟁위원회에 가서 벽에 난 총탄 자국들(라이플 일제사격의 흔적. 여러 파시스트가 거기서 처형되었다)을 살펴봤다면 알쿠비에레에서 볼 것을 다 본 셈이다. 전선 상황은 조용한 듯했다. 들어오는 부상자가 거의 없었다. 우리를 가장 흥분시킨 일은 파시스트 탈영병들의 도착이었다. 그들은 전선에서부터 감시를 받으며 들어왔다. 이 지역에서 우리와 대적하는 부대 중 대부분은 파시스트가 전혀 아니었다. 전쟁이 발발했을 때 우연히 군복무 중이었던 그 불쌍한 병사들은 너무 겁이 나서 탈주하지 못했다. 가끔 소수의 병사만이 위험을 무릅쓰고 우리 쪽으로 넘어왔다. 틀림없이 더 많은 병사가 넘어오고 싶었을 것이다. 파시스트 점령지에 가족이 있지만 않았다면. 이 탈영병들은 내가 처음으로 본 '진짜' 파시스트였다. 위아래가 붙은 카키색 작업복을 입은 것만 빼면 그들의 생김새가 우리와 다르지 않다는 점이 충격이었다. 그들은 항상 지독히 굶주린 상태로 도착했다. 양측 부대 사이의 위험지역에서 이리저리 몸을 숨기며 하루나 이틀을 보낸 뒤이니 당연한 일이었지만, 우리 측에서는 항상 파시스트 군대가 굶주리고 있다는 증거가 여기 있다며 의기양양하게 주장했다. 나는 탈영병 한 명이 어느 농민의 집에서 음식을 먹는 모습을 지켜보았다. 왠지 가엾은 광경이었다. 키가 큰 스무 살 청년. 바람에 쓸려 피부에는 깊은 상처가 나고 몸에는 누더기 옷을 걸친 모습으로 화덕 앞에 쪼그리고 앉아 스튜 한 그릇을 필사적인 속도로 입에 넣고 있었다. 그러면서도 눈으로는 자신을 지켜보며 둥글게 서 있는 의용군 병사들을 불안하게 힐끔거렸다. 우리가 피에 굶주린 '빨갱이'라서 식사를 마치자마자 그를 총살할 것이라는 믿음이 아직 반쯤은 남아 있었던 것 같다. 무장을 하고 그를 감시하는 병사가 계속 그의 어깨를 쓰다듬으며 안심시켰다. 어느 날은 탈영병이 단번에 열다섯 명이나 들어오는 기념비적인 일이 일어났다. 백마를 탄 남자가 의기양양하게 앞장서서 그들을 이끌고 마을을 통과했다.

나는 그 모습을 흐릿하게나마 사진으로 찍는 데 성공했지만, 나중에 그 사진을 도둑맞고 말았다.

알쿠비에레에 도착한 지 사흘째 되는 날 오전에 라이플이 지급되었다. 어두운 노란색의 거친 얼굴을 지닌 부사관이 노새 마구간에서 라이플을 나눠주었다. 나는 그렇게 받아든 라이플을 보고 당혹감에 충격을 받았다. 그것은 1896년에 나온 독일산 마우저였다. 이미 40여 년 전의 물건이었다! 녹이 슬어서 노리쇠가 뻑뻑하고, 나무로 된 총신 보호대는 갈라져 있었다. 총구를 한 번 흘깃 보기만 해도, 이미 부식이 심해서 회생 가능성이 없음을 알 수 있었다. 대부분의 라이플이 똑같이 형편없었고, 그보다 더 심각한 것도 있었다. 게다가 총을 가장 잘 다룰 줄 아는 사람에게 최고의 무기를 지급하려는 노력도 없었다. 그나마 가장 좋은 라이플, 그러니까 고작 10년밖에 안 된 라이플을 지급받은 사람은 얼뜨기 짐승 같은 열다섯 살짜리 소년이었다. 모두 그 아이를 마리콘maricón(호모)이라고 불렀다. 부사관은 5분 동안 우리를 '교육'했다. 라이플을 장전하는 법, 노리쇠를 산산이 부수는 법을 설명해준 것이 전부였다. 의용군 병사 중에는 한 번도 총을 손에 쥐어보지 못한 사람이 많았다. 가늠쇠가 무엇에 쓰는 물건인지 아는 사람이 아마 거의 없었을 것이다. 탄약 카트리지가 일인당 오십 개씩 지급된 뒤, 우리는 대열을 맞춰 서서 배낭을 메고 약 3마일 떨어진 전선으로 출발했다.

병사 팔십 명과 개 여러 마리로 구성된 백인대가 초라한 모습으로 구불구불한 길을 따라갔다. 의용군의 모든 종대에는 마스코트 역할을 하는 개가 적어도 한 마리씩은 있었다. 우리와 함께 행군하는 가엾은 녀석의 몸에는 POUM이라는 글자가 커다랗게 찍혀 있었다. 녀석은 제 몸이 이상하게 변했다는 사실을 의식하는 것처럼 살금살금 걸었다. 종대의 맨 앞, 빨간 깃발 옆에서 벨기에 출신의 튼튼한 지휘관인 조르주 콥이 검은 말을 몰았다. 그보다 조금 앞쪽에는 산적 같은 의용군 기병대 출신의 어린 녀석이 우쭐우쭐 오락가락하면서 땅이 높이 솟은 곳이 나올 때마다 뛰어 올라가 꼭대기에서 그림 같은 포즈를 취했다. 혁명 세력은 스페인 기병대의 훌륭한 말들을 몰수해서 의용군에게 넘겼다. 그리고 의용군은 당연히 그 말을 타고 죽음의 길로 가느라 여념이 없었다.

작년 추수 이후 누구도 손을 대지 않아 노란색으로 시들어버린 밭 사이로 길이 구불구불 이어졌다. 우리 앞에는 알쿠비에레와 사라고사 사이로 나지막하게 뻗은 산맥이 있었다. 전선이 점점 가까워졌다. 수류탄도, 기관총도, 진흙탕도 가까워졌다. 드러내지는 않았지만 나는 무서웠다. 지금은 전선 상황이 조용하다는 걸 알아도, 주위의 대다수 병사와 달리 나는 세계대전을 기억할 수 있는 나이였다. 비록 참전 군인들보다는 어렸지만. 내게 전쟁은 성음을 내며 날아오는 각종 탄환, 사방으로 튀는 강철 조각과 동의어였다. 그러나 그보다도 더 먼저 생각나는 것은 진흙탕, 이, 굶주림, 추위였다. 이상한 일이지만 나는 적보다 추위가 훨씬 더 무서웠다. 바르셀로나에 있는 동안에도 내내 추위에 대한 생각이 머리를 떠나지 않았다. 밤이면 침상에서 잠을 이루지 못하고 참호 속의 추위와 섬뜩한 새벽의 공격 대기, 얼어붙은 라이플을 들고 오랫동안 서야 하는 보초 근무, 군화에 묻을 차가운 진흙을 생각했다. 함께 행군하는 사람들을 보며 일종의 공포를 느꼈던 것도 인정한다. 우리가 얼마나 오합지졸 같은 몰골이었는지 여러분은 상상도 못 할 것이다. 우리는 양 떼만도 못하게 무질서한 모습으로 움직였다. 2마일도 채 가기 전에 종대 후미가 시야에서 사라졌다. 게다가 이른바 병사 중 거의 절반이 아이들이었다. 기껏해야 열여섯 살밖에 안 된, 문자 그대로 아이였다. 하지만 그들은 마침내 전선에 나간다며 들떠서 아주 좋아했다. 전선이 가까워지자 맨 앞에서 빨간 깃발 주위에 있던 아이들이 구호를 외치기 시작했다. "비스카 POUM Visca POUM!" "파시스타스 – 마리코네스Fascistas-maricones!"* 등등. 호전적이고 위협적으로 들려야 하는 구호였지만, 목소리가 앳되다 보니 새끼고양이의 울음소리처럼 처량했다. 사용할 줄도 모르는 낡은 라이플을 든 이

---

* 각각 "POUM 만세" "파시스트는 호모"의 스페인어

초라한 어린애들 무리가 공화국의 수호자라니 기가 막혔다. 만약 파시스트 군대의 비행기가 이쪽을 지나간다면 어떻게 될지 모르겠다고 생각한 기억이 난다. 조종사가 굳이 하강해서 우리에게 기총소사를 퍼부을까? 우리가 진짜 군인이 아니라는 건 하늘에서도 분명히 보이겠지?

길이 산속으로 들어가면서 우리는 오른쪽으로 꺾어져 산허리를 둥글게 감은 좁은 노새 길을 올라갔다. 이 지역의 스페인 산들은 희한한 형태를 하고 있다. 전체적으로 말굽 모양인데, 꼭대기는 평평한 편이고, 아주 가파른 능선이 광대한 계곡을 향해 떨어진다. 높은 곳에서는 자라다만 덤불과 히스 외에는 아무것도 자라지 않고, 석회석이 사방에 하얀 뼈처럼 튀어나와 있다. 이곳의 전선은 참호가 한 줄로 계속 이어져 있는 형태가 아니다. 이런 산악지대에서는 불가능한 일이기 때문이다. 따라서 각각의 산꼭대기에 요새화된 기지들이 버티고 있을 뿐이다. 기지는 항상 '진지'라고 불린다. 말굽 모양 산의 정상에 우리 '진지'가 있는 것이 멀리 보였다. 모래주머니로 쌓은 초라한 바리케이드, 펄럭이는 붉은 깃발, 땅을 파서 피운 불에서 솟아나는 연기. 조금 더 가까이 가면 속이 뒤집힐 것 같이 달짝지근한 악취가 나는데, 그 냄새가 몇 주 동안이나 코에서 사라지지 않았다. 진지 바로 뒤의 오목한 곳에 몇 달 치 폐기물이 쌓여 있었다. 빵 부스러기, 배설물, 녹슨 깡통이 섞여 깊이 곪아가는 중이었다.

우리와 교대할 부대가 배낭을 싸는 중이었다. 3개월 동안 전선에 머무른 그들의 군복에는 진흙이 덕지덕지 묻어 있고, 군화는 조각조각 갈라지고, 얼굴은 대부분 수염에 뒤덮여 있었다. 이 진지의 지휘관은 이름이 레빈스키지만, 다들 베냐민이라고 불렀다. 폴란드 유대인으로 태어났는데도 모국어는 프랑스어인 그가 참호에서 기어 나와 우리에게 인사를 건넸다. 키가 작은 스물다섯 살의 젊은이였다. 검은 머리는 뻣뻣하고, 창백한 얼굴에는 열정이 가득했다. 전쟁 중이니만큼 군인들의 얼굴은 언제나 더러웠다. 빗나간 총알 몇 개가 머리 위 높은 곳에서 큰 소리를 냈다. 이 진지는 반원형으로 폭이 50야드쯤 되었으며, 흉벽에는 모래주머니와 석회암 덩어리가 섞여 있었다. 땅에 파놓은 삼사십 개의 참호가 쥐구멍처럼 보였다. 윌리엄스와 나, 윌리엄스의 스페인인 처남은 가장 가까운 빈 참호로 재빨리 뛰어들었다. 지내기에 괜찮을 것 같았다. 앞쪽 어딘가에서 가끔 라이플 총성이 나면, 돌투성이 산들 사이로 이상한 메아리가 밀려왔다. 우리가 배낭을 내려놓고 막 참호에서 기어 나오는데, 또 총성이 나더니 우리 부대의 어린애 한 명이 얼굴에서 피를 쏟으며 흉벽에서 재빨리 물러났다. 총을 쏘았는데 어찌 된 일인지 노리쇠가 터진 모양이었다. 카트리지가 터지면서 날아온 파편에 두피가 갈기갈기 찢어져 있었다. 우리의 첫 부상자였다. 우리 부대답게 스스로 입은 부상이기도 했다.

오후에 우리는 첫 보초 근무를 섰다. 그리고 베냐민이 우리에게 진지를 안내해주었다. 흉벽 앞에 바위를 깎아 만든 좁은 참호가 줄줄이 있었다. 석회암을 쌓아 만들어놓은 지극히 원시적인 총안도 있었다. 참호의 여러 지점과 안쪽 흉벽 뒤에 배치된 파수병은 열두 명이었다. 참호 앞에는 철조망이 있고, 그 뒤편은 바닥이 어디인지 보이지도 않는 깊은 계곡으로 이어진 능선이었다. 맞은편은 벌거벗은 산이었다. 바위 절벽이 간간이 드러나 있고, 산이 온통 회색 겨울 풍경 같았다. 생물의 흔적은, 심지어 새 한 마리조차도 전혀 보이지 않았다. 나는 총안을 통해 조심스레 밖을 내다보며 파시스트 진영의 참호를 찾아보려고 했다.

"적은 어디 있지?"

베냐민이 팔을 크게 움직였다. "저쪽에."(베냐민이 영어를 할 줄은 아는데, 상태가 심각했다.)

"어디?"

내가 생각하는 참호전이라면, 파시스트 진영이 50야드나 100야드 떨어진 곳에 있어야 했다. 하지만 아무것도 보이지 않았다. 참호를 아주 훌륭하게 위장해놓은 모양이었다. 하지만 그때 베냐민이 손으로 가리키는 쪽을 보고 나는 충격을 받았다. 계곡 너머 맞은편 산꼭대기, 적어도 700미터는 떨어진 곳에, 빨간색과 노란색이 섞인 깃발과 흉벽이 조그맣게 보였다. 파시스트 진지였다. 말로 다 표현할 수 없을 만큼 실망스러웠다. 적이 너무 멀었다! 저 정도 거리라면 우리 라이플은 완전히 무용지물이었다. 그런데 그 순간 환성이 일었다. 저 멀리 회색 비슷하게 보이는 파시스트 두 명이 벌거벗은 능선을 기어오르고 있었다. 베냐민이 가장 가까이에 있던 병사의 라이플을 낚아채 겨냥하고 방아쇠를 당겼다. 딸깍! 고장 난 카트리지였다. 내 생각에는 나쁜 징조 같았다.

새로 배치된 파수병들은 참호에 자리를 잡자마자 딱히 이렇다 할 목표 없이 엄청나게 총을 쏘아대기 시작했다. 개미처럼 작게 보이는 파시스트들이 흉벽 뒤에서 우왕좌왕 총탄을 피하는 모습이 보였다. 가끔 검은 점처럼 보이는 머리가 물색없이 노출된 채 순간적으로 가만히 있기도 했다. 사격을 해봤자 소용이 없음이 분명했다. 하지만 내 왼편의 파수병이 곧 전형적인 스페인인답게 자신의 자리를 떠나 내게 가만가만 다가와서 총을 쏘라고 재촉했다. 나는 이 거리에서 이 라이플로는 우연이 아니고서야 사람을 맞힐 수 없다고 설명하려 했다. 하지만 그는 아직 너무 어렸다. 그래서 자기 라이플로 계속 멀리 보이는 검은 점들을 가리키며, 주인이 돌멩이를 던져주기를 기다리는 개처럼 신이 나서 활짝 웃었다. 결국 나는 가늠쇠를 700미터에 맞추고 총을 발사했다. 검은 점이 사라졌다. 내 총알이 가까이 떨어져 그가 화들짝 놀랐으면 좋을 텐데. 내가 사람을 향해 총을 쏜 것은 평생 처음이었다.

막상 전선을 보고 나니 마음 깊이 염증이 났다. 이런

게 전쟁이라니! 우리는 적과 대면하지도 않았다! 나는 참호 아래로 머리를 숙이려는 시도조차 하지 않았다. 하지만 조금 뒤 총알 하나가 무시무시한 소리를 내며 내 귓가를 스치고 지나가 뒤편의 참호 방호벽에 콱 박혔다. 이런! 나는 고개를 숙였다. 총알이 처음 나를 스치고 지날 때 절대 고개를 숙여 피하지 않을 것이라고 평생 다짐했는데, 본능적으로 그런 행동을 하게 되는 것 같다. 거의 모든 사람이 적어도 한 번은 그렇게 한다.

3

참호전에는 다섯 가지 중요한 것이 있다. 장작, 식량, 담배, 양초, 적. 겨울의 사라고사 전선에서는 중요도가 이 순서였다. 적의 중요도가 맨 꼴찌. 언제나 기습 공격 가능성이 있는 밤을 제외하면, 누구도 적에게 신경 쓰지 않았다. 그들은 멀리 있는 검은 벌레들에 불과했고, 우리 눈에는 가끔 이리저리 폴짝폴짝 뛰는 모습이 보일 뿐이었다. 양측 부대가 모두 진심으로 온 신경을 쏟는 일은 온기를 유지하는 법이었다.

내가 스페인에 있는 동안 전투는 거의 보지 못했다는 말을 지나가는 말로라도 반드시 해야겠다. 나는 1월부터 5월까지 아라곤 전선에 있었는데, 1월부터 3월 말 사이 그 전선에서는 이렇다 할 일이 거의 또는 전혀 일어나지 않았다. 테루엘만이 예외였다. 3월에 우에스카 주변에서 격전이 벌어졌지만, 나는 거기에서 아주 사소한 역할을 했을 뿐이다. 그보다 좀 더 시간이 흐른 6월에 적이 우에스카를 무섭게 공격하는 바람에 하루 만에 수천 명이 목숨을 잃었을 때, 나는 그전에 이미 부상을 입어 전투에 참가할 수 없었다. 사람들이 보통 생각하는 전쟁의 참상을 나는 거의 겪지 않았다. 비행기가 내 근처에 폭탄을 떨어뜨린 적도 없고, 반경 50야드 안에서 포탄이 터진 적도 없는 것 같다. 딱 한 번 육박전을 벌인 것이 다였다(한 번도 많다고 할 수 있을 것 같다). 물론 심한 기관총 사격에는 자주 노출되었으나, 조금 먼 듯한 거리에서 총탄이 날아올 때가 대부분이었다. 심지어 우에스카에서도 적절히 조심하기만 하면 대체로 안전했다.

사라고사 주위의 산속 진지에는 붙박이로 전쟁을 치러야 하는 사람들의 권태와 불편함이 있을 뿐이었다. 도시의 사무원만큼이나 특별한 일이 일어나지 않고 거의 평범한 일상이 반복되는 나날이었다. 보초 근무, 순찰, 참호 파기. 참호 파기, 순찰, 보초 근무. 파시스트 진영이든 반反프랑코 진영이든 모든 산꼭대기에서는 더러운 남자들이 누더기를 입고 깃발 주위에 모여 덜덜 떨며 체온을 유지하려고 애썼다. 밤이고 낮이고 내내 무의미한 총알들이 텅 빈 계곡 위를 날아다니다가 아주 말도 안 되게 확률이 낮은 기회를 잡아 인간의 몸을 맞혔다.

나는 겨울 풍경을 눈으로 둘러보며 그곳에서 벌어지는 그 모든 무용한 일에 자주 경탄했다. 언제 끝날지 모르는 이런 전쟁이라니! 전에, 그러니까 10월쯤에 이 산악지대를 두고 잔혹한 싸움이 벌어졌다. 그러고 나니 사람과 무기, 특히 포가 부족해져서 대규모 작전이 전혀 불가능해졌다. 각 부대는 자신이 점령한 산꼭대기에서 참호를 파고 들어가 자리를 잡았다. 우리 오른편에는 우리와 마찬가지로 POUM 소속인 작은 전초기지가 있었다. 왼쪽 돌출부, 7시 방향에는 PSUC* 진지가 있고, 그 진지 앞의 높은 돌출부 꼭대기에는 소규모 파시스트 기지 여러 개가 점점이 늘어서 있었다. 이른바 전선이 지그재그 형태로 오락가락 형성되어 있었기 때문에, 각각의 진지에 깃발이 걸려 있지 않았다면 전선 모양을 알아보기가 힘들었을 것이다. POUM과 PSUC의 깃발은 빨간색, 무정부주의 세력의 깃발은 빨간색과 검은색이었다. 파시스트 진영은 대개 왕정 깃발(빨간색-노란색-빨간색)을 내걸었지만 간혹 공화파 깃발(빨간색-노란색-자주색)도 보였다.** 풍경은 정말 굉장했다. 모든 산꼭대기를 군대가 점령하고 있어서 깡통이 지저분하게 흩어져 있고 똥이 덕지덕지 굳어 있다는 사실을 잊을 수만 있다면. 우리 오른편에서 산맥이 남동쪽으로 휘어

---

* Partido Socialista Unificado de Cataluña, 카탈로니아 통합사회당

** 오웰은 훗날 정오표에서 이 문장을 다음과 같이 수정했다. "파시스트 진영에서 공화파 깃발이 휘날리는 것을 본 적이 있는지 지금은 완전히 확신할 수 없지만, 작은 나치 십자기장이 덧그려진 공화파 깃발이 가끔 걸려 있었던 **것 같다.**"(원주)

지며 널찍한 계곡으로 이어졌다. 긴 줄무늬를 그어놓은 것 같은 지형의 계곡이 우에스카까지 뻗어 있었다. 평원 한복판에는 작은 정육면체 몇 개가 주사위처럼 흩어져 있었다. 반 프랑코 진영이 점령한 로브레스시였다. 아침이면 구름 바다가 계곡을 가릴 때가 많았다. 구름 속에서 파란 산들이 단조롭게 솟아 있는 모습이 사진 음화陰畫와 묘하게 비슷했다. 우에스카 너머에도 우리가 있는 곳과 똑같은 형태의 산들이 있었다. 눈이 그려내는 줄무늬가 날마다 달라졌다. 아주 멀리에는 피레네산맥의 괴물 같은 산봉우리들이 공중에 둥둥 떠 있는 것처럼 보였다. 그곳에서는 눈이 녹는 법이 없다. 저 아래 평원에서도 모든 것이 생기 없고 황량하게 보였다. 우리 맞은편의 산들은 코끼리 피부처럼 주름이 지고 회색이었다. 하늘에는 새가 보일 때가 거의 없었다. 이렇게 새가 적은 나라를 본 적이 없는 것 같다. 언제든 우리가 볼 수 있는 새는 까치와 비슷한 새와 밤에 갑자기 소리를 내는 바람에 사람을 놀라게 하는 자고새 무리뿐이었다. 아주 드물게 독수리가 천천히 지나갈 때도 있었는데, 보통 그 뒤에 라이플 총성이 났지만 고고한 독수리님들은 알은 척도 하지 않았다.

밤이나 안개가 낀 날에는 우리와 파시스트 진영 사이의 계곡으로 순찰대가 파견되었다. 인기 있는 임무는 아니었다. 날이 너무 춥고 길을 잃어버리기 쉬웠다. 그래서 나는 원하기만 하면 언제든 순찰대에 합류할 수 있다는 사실을 곧 알아차렸다. 울퉁불퉁하고 거대한 계곡에는 종류를 막론하고 길이라고 할 만한 것이 전혀 없었다. 연달아 여러 번 오가면서 매번 새로운 이정표가 될 만한 것을 눈여겨 보아두어야 길을 찾을 수 있었다. 가장 가까운 파시스트 기지는 우리 기지에서 직선거리로 700미터 떨어져 있었지만, 사람이 다닐 수 있는 길로 이동할 때의 거리는 1마일 반이었다. 빗나간 총알들이 높은 하늘에서 붉은발도요처럼 횡횡 날아다니는 가운데 어두운 계곡을 돌아다니는 건 조금 재미있었다. 밤보다 더 좋은 건 짙은 안개가 낀 날이었다. 안개가 하루 내내 걷히지 않고 보통 산꼭대기 주위에만 잔뜩 매달려서 계곡은 오히려 맑을 때가 많았다. 파시스트 진영과 가까운 곳에서는 반드시 달팽이처럼 느린 속도로 기듯이 움직여야 했다. 그곳의 산길에는 밟으면 딱딱 소리가 나는 덤불과 땅땅 소리가 울리는 석회암이 있어서 조용히 움직이기가 몹시 힘들었다. 나는 서너 번 시도한 뒤에야 비로소 파시스트 진영 쪽으로 길을 찾아갈 수 있었다. 아주 짙은 안개가 낀 날, 나는 철조망까지 기어가 귀를 기울였다. 파시스트들의 이야기 소리와 노랫소리가 들려왔다. 그러다 여러 명이 내가 있는 쪽으로 산을 내려오는 소리가 들려서 화들짝 놀라 덤불 뒤에서 몸을 움츠리고 소리 없이 라이플의 공이치기를 당기려고 했다. 갑자기 덤불이 너무 작아 보였다. 하지만 적들은 방향을 꺾어 내 시야 안으로 들어오지 않았다. 나는 몸을 숨긴 덤불 뒤에서 이전에 있었던 싸움의 다양한 잔재와 마주쳤다. 빈 카트리지 더미, 총알구멍이 뚫린 가죽 모자, 우리 것이 분명한 빨간 깃발. 나는 깃발을 진지로 가져왔다. 진지 사람들은 감상에 젖지 않고 그 깃발을 찢어 걸레로 썼다.

　　전선에 도착하자마자 나는 병장, 즉 스페인어로 카보 cabo가 되어 경비대 열두 명을 지휘하게 되었다. 쉬운 일이 아니었다. 특히 처음에는 그랬다. 우리 백인대에는 훈련도 제대로 받지 못한 십 대 소년이 대부분이었다. 의용군 여기저기에서 때로는 겨우 열한 살이나 열두 살밖에 안 된 아이들과 마주쳤다. 대부분 파시스트 점령지에서 도망친 피난민 아이들인데, 그들에게는 의용군이 되는 것이 가장 쉽게 생계를 해결하는 방법이었다. 대개 그런 아이들은 후방에서 가벼운 일을 맡았으나, 때로는 어찌어찌 전선까지 오기도 했다. 그리고 전선에서 공공의 위협이 되었다. 어느 어린 녀석이 땅을 파고 피운 불 속으로 "장난삼아" 수류탄을 던진 일이 지금도 기억난다. 포세로산에는 열다섯 살보다 어린 아이가 없었던 것 같지만, 그래도 평균 연령은 틀림없이 스무 살보다 한참 아래였을 것이다. 그 나이의 소년들은 절대로 전선에 세우면 안 된다. 참호전과는 불가분의 관계인 수면 부족을 견디지 못하기 때문이다. 처음에는 밤에 우리 진지에서 경비를 제대로 서기가 거의 불가능했다. 우리 분대의 가엾은 아이들은 말을 잡고 참호에서 질질 끌어내야 간신히 잠에서 깼다. 하지만 상관이 돌아서자마자 위치를 이탈해 몸을 숨길 수 있는 곳으로 슬그머니 들어갔다. 무서울 정도로 날이 추운데도 참호 벽에 몸을 기대고 순식간에 깊이 잠들어버리기도 했다. 적들이 그리 대담하지 않은 것이 다행이었다. 어떤 날은 밤에 보이스카우트 스무 명이 공기총을 들고 오거나 걸가이드* 스무 명이 빨랫방망이를 들고 와도 우리 진지를 기습할 수 있을 것처럼 보였다.

이때뿐만 아니라 한참 나중까지도 카탈로니아 의용군은 기본적으로 전쟁 초기 때와 같은 상태였다. 프랑코의 반란 초기에 여러 노조와 정당이 급히 의용군을 모집했다. 따라서 그들은 중앙정부뿐만 아니라 해당 정당에도 충성하는 정치조직이었다. 그럭저럭 일반적인 방식으로 조직된 '비정치적' 군대인 공화파 인민군이 1937년 초에 만들어졌을 때, 이론적으로는 정치적 의용군들이 그 조직에 통합되었다. 그러나 그것은 오랫동안 서류상의 조치에 불과했다. 인민군 부대는 6월이 되어서야 비로소 아라곤 전선에 나타났고, 그때까지는 의용군 시스템이 그대로 유지되었다. 이 시스템에서 가장 기본이 되는 것은 장교와 병사의 사회적 평등이었다. 장군에서부터 이등병에 이르기까지 모두가 같은 봉급을 받고, 같은 음식을 먹고, 같은 옷

* 걸스카우트와 같은 뜻

을 입고, 완전히 평등하게 어울렸다. 원한다면 사단을 지휘하는 장군의 등을 한 대 후려치면서 담배 한 개비를 청할 수도 있었다. 누구도 그것을 이상하다고 생각하지 않았다. 어쨌든 이론적으로는 각각의 의용군이 위계질서가 아니라 민주적인 방식으로 운영되었다. 명령에 반드시 복종해야 한다는 의식은 있었지만, 명령은 상급자가 하급자에게 내리는 것이 아니라 동지 대 동지로 내리는 것이라는 의식도 있었다. 장교도 있고 부사관도 있었지만, 일반적인 의미의 계급은 없었다. 서로를 계급으로 부르지도 않고, 계급장도 없고, 발꿈치를 부딪치며 경례를 하는 법도 없었다. 그들은 의용군 내부에 계급 없는 사회의 작동 모델을 일시적으로나마 만들어내려고 시도했다. 물론 평등이 완벽하게 이루어지지는 않았지만, 내 경험상 평등에 가장 가깝기는 했다. 전쟁 중에 그런 평등이 가능할 줄은 몰랐다.

하지만 처음 전선의 상황을 봤을 때는 경악스러웠다는 사실을 인정할 수밖에 없다. 이런 군대로 어떻게 전쟁에 이길 수 있을까? 당시에는 모두가 같은 말을 했다. 맞는 말이지만 또한 합리적이지 않은 말이기도 했다. 당시 상황에서 의용군의 상태는 그 이상 나아질 수 없었다. 기계화된 현대적인 군대가 땅에서 그냥 솟아나지는 않는다. 만약 당시 정부가 휘하 군대가 완전히 훈련될 때까지 기다렸다면, 프랑코는 어떤 저항에도 부딪히지 않았을 것이다. 나중에는 의용군을 공공연히 헐뜯으면서, 사실은 훈련과 무기 부족으로 생겨난 문제들을 평등 시스템의 산물로 치부해버리는 것이 유행이 되었다. 갓 모집된 의용군 병사들이 기강 없는 오합지졸이었던 것은 장교가 이등병을 '동무'라고 불렀기 때문이 아니다. 원래 풋내기 병사들은 **언제나** 기강 없는 오합지졸이다. 현실적으로, 민주적이고 '혁명적인' 기강은 생각보다 믿을 만하다. 노동자 군대에서 기강은 이론적으로 병사들이 자진해서 지키는 것이다. 계급에 대한 충성이 그 기강의 바탕이 된다. 반면 징병된 부르주아 군대는 궁극적으로 두려움을 바탕으로 기강을 잡는다. (의용군을 대체한 공화파 인민군은 이 두 유형의 중간쯤 되었다.) 일반 군대에서 자행되는 괴롭힘과 학대는 의용군에서 단 한순간도 용인되지 않았을 것이다. 군대의 평범한 처벌도 존재했지만, 그 처벌이 시행되는 것은 죄가 아주 중할 때뿐이었다. 병사가 명령을 거부하더라도 즉각 처벌받지는 않았다. 동지의 이름으로 그에게 호소하는 것이 먼저였다. 부하를 다뤄본 경험이 없는 냉소적인 사람이라면 그런 방식이 절대 '제대로 돌아가지' 않을 것이라고 곧바로 말하겠지만, 사실 장기적인 관점에서 보면 '제대로 돌아간다'. 최악의 의용군 부대에서조차 시간이 흐르면서 점점 기강이 잡히는 것이 눈에 보였다. 1월에는 신병 열두 명을 어느 수준까지 끌어올리느라 내 머리가 거의 하얗게 셀 뻔했다. 그리고 5월에는 약 서른 명의 병사를 지휘하는 중위 대리 역할을 잠시 했다. 병사 중에는 영국인과 스페인인이 섞여 있었다. 우리 모두 몇 달 전부터 적의 포화에 노출되어 있었는데, 나는 병사들이 명령을 이행하게 하거나 위험한 임무에 자원하게 만드는 데 전혀 어려움을 겪지 않았다. '혁명적인' 기강은 정치의식에 좌우된다. 정치의식이란 **왜** 명령에 반드시 복종해야 하는지 이해하는 의식을 말한다. 이런 의식을 널리 퍼뜨리는 데에는 시간이 걸린다. 막사 연병장에서 병사를 훈련시켜 자동인형처럼 만드는 데 시간이 걸리는 것과 같다. 의용군 시스템을 비웃는 기자들은 공화파 인민군이 후방에서 훈련하는 동안 의용군이 전선을 지킬 수밖에 없었다는 사실을 잘 기억하지 못했다. 의용군이 전장에 머물렀다는 사실 자체가 '혁명적인' 기강의 강점을 입증해준다. 1937년 6월경까지 그들은 오로지 계급에 대한 충성심 때문에 전장을 지켰다. 병사가 탈영하면 총에 맞을 수 있었다. 실제로 총에 맞은 경우도 있었다. 하지만 만약 1천 명쯤 되는 병사가 한꺼번에 전장을 벗어나기로 결심했다면, 그들을 막을 수 있는 세력이 전혀 없었다. 같은 상황에서, 그러니까 헌병이 없는 상황에서 징집병 군대라면 그냥 눈 녹듯이 사라져버렸을 것이다. 하지만 의용군은 전선을 지켰다. 승리가 아주 드물었는데도. 심지어 병사 개개인의 탈영도 흔하지 않았다. POUM 의용군에서 4~5개월을 보내면서 나는 딱 네 명이 탈영했다는 소식밖에 듣지 못했다. 게다가 그중 두 명은 정보를 얻으려고 군에 들어온 스파이임이 거의 확실했다. 처음에는 확실히 부대가 혼란스럽고, 훈련도 부족하고, 5분 동안 열심히 떠들어야 비로소 병사들이 명령에 따를 때가 많아서 경악과 분노를 동시에 느꼈다. 영국 군대와 비슷하려니 했는데, 스페인 의용군은 확실히 아주 달랐다. 그러나 당시 상황을 감안하면, 그들은 예상하기 힘들 만큼 훌륭한 부대였다.

한편, 장작이 문제였다. 항상. 그 기간 내내 내 일기에 장작이 언급되지 않은 날이 전혀 없었던 것 같다. 우리가 있는 곳의 높이는 해발 2천 피트와 3천 피트 사이고 때는 한겨울이라서 얼마나 추운지 이루 말할 수 없었다. 기온이 유난히 낮은 것은 아니었다. 밤에 영하로 내려가지 않는 날이 많았다. 한낮에는 겨울 햇살이 한 시간 동안 우리를 비출 때도 많았다. 하지만 설사 그런 날씨라 해도, 우리에게는 정말로 춥게 느껴졌다. 어떤 날은 비명 같은 바람이 불어와 모자를 날리고 머리카락을 사방으로 꼬아놓았다. 또 어떤 날은 안개가 액체처럼 참호 안으로 쏟아져 뼛속까지 파고드는 것 같았다. 비도 자주 내렸다. 비가 15분만 내려도 우리 상황은 도저히 참을 수 없는 수준이 되었다. 석회암 위에 얄팍하게 덮인 흙이 즉시 미끄러운 기름처럼 변해서, 항상 비탈길을 걸을 수밖에 없는 그곳에서 발 디딜 자리를 도저히 찾을 수 없었다. 어두운 밤에는 20야드를 걷는 동안 여섯 번이나 넘어질 때가 많았다. 위험한 일이었다. 라이플의 안전장치가 움직이지 않을 만큼 진흙 범벅이 되기 때문이었다. 며칠 동안 옷, 군화, 담요, 라이플이 전부 진흙 범벅이 되었다. 나는 두꺼운 옷을 최대한 많이 가져왔지만, 옷차림이 형편없는 사람이 아주 많았다. 진지 전체의 병력이 약 백 명인데, 외투는 열두 벌뿐이라서 보초병들이 서로 돌려가며 입어야 했다. 대다수의 병사들은 가진 것이 고작 담요 한 장뿐이었다. 얼어붙을 듯이 추운 어느 날 밤, 일기에 당시 내가 입고 있던 옷의 목록을 적었다. 사람이 몸에 옷을 얼마나 많이 입을 수 있는지 보여주는 기록이라 조금 흥미롭다. 그때 나는 두꺼운 조끼와 바지, 플란넬 셔츠, 스웨터 두 개, 모직 재킷, 돼지가죽 재킷, 코듀로이 바지, 각반, 두꺼운 양말, 군화, 커다란 트렌치코트, 머플러, 가죽장갑, 모직 모자를 몸에 걸치고 있었다. 그런데도 흐물흐물한 젤리처럼 덜덜 떨었다. 물론 내가 유난히 추위를 타는 편이기도 하다.

장작은 정말로 중요했다. 특히 장작을 구할 길이 사실상 없다는 점이 문제였다. 우리가 있던 한심한 산에는 상황이 좋을 때에도 식물이 별로 없었는데, 벌써 몇 달 전부터 추위에 덜덜 떠는 의용군들이 그곳에 진을 치고 있었다. 그 결과 사람의 손가락보다 굵은 가지는 죄다 이미 오래전에 불길 속으로 사라졌다. 우리는 식사하고, 자고, 보초 서고, 잡일을 할 때를 제외하면 항상 진지 뒤편의 계곡에서 땔감을 찾아다녔다. 그 당시를 생각하면 거의 수직으로 뻗은 비탈길에서 군화가 갈기갈기 찢어질 만큼 깔쭉깔

쪽한 석회암 위를 빠르게 오르락내리락하며 잔가지라도 하나 눈에 보이면 달려들던 기억뿐이다. 세 명이 두어 시간 동안 찾아다니면 땅을 파서 피운 모닥불을 약 한 시간 동안 유지할 수 있는 땔감이 모였다. 우리가 어찌나 열심히 장작을 찾아다녔는지 모두 식물학자가 되다시피 했다. 우리는 산에서 자라는 모든 식물을 잘 타는 정도에 따라 분류했다. 다양한 종류의 히스와 풀은 불을 피울 때는 좋았지만 몇 분만에 다 타버렸다. 야생 로즈메리와 작은 가시 금작화 덤불은 불이 활활 타고 있을 때 넣기에 좋았고, 구즈베리 덤불보다도 작을 만큼 자라다 만 떡갈나무는 사실상 불에 타지 않았다. 잘 마른 갈대 같은 것도 근처에 있었는데, 불쏘시개로 아주 좋았지만 진지 왼편의 산꼭대기에서만 자라기 때문에 그걸 구하려면 적의 총알 세례를 각오해야 했다. 파시스트 진영의 기관총 사수들 눈에 띄면 일제사격이 집중적으로 쏟아졌다. 보통은 그들이 높은 곳을 겨냥해서 쏘는 덕에 총알이 머리 위에서 새처럼 지저귀지만, 때로는 무서울 정도로 가까운 곳에서 꽝 하는 소리와 함께 석회암을 조각내기도 했다. 그러면 우리는 바닥으로 몸을 던지듯 엎드렸다. 그래도 계속 갈대를 구하러 갔다. 땔감을 구하는 문제에 비하면 그 무엇도 중요하지 않았다.

추위에 비하면 다른 불편한 점들은 사소해 보였다. 우리 모두가 항상 아주 더러운 상태였던 것은 말할 필요도 없다. 식량과 마찬가지로 물도 알쿠비에레에서 노새

등에 실려 운반되었다. 한 사람이 하루에 쓸 수 있는 양은 약 1쿼트*였다. 그나마도 우유처럼 탁한 고약한 물이었다. 원래는 식수로만 써야 했지만, 나는 항상 아침에 그릇 하나 분량의 물을 몰래 세숫물로 사용했다. 세수와 면도를 한꺼번에 하기에는 물이 부족해서 하루는 세수를 하고, 그 다음 날은 면도를 했다. 진지에서는 몸서리가 날 만큼 악취가 진동했다. 바리케이드 밖으로 나가면 사방이 배설물 천지였다. 어떤 의용군들은 습관적으로 참호 안에서 대변을 보았다. 어둠 속에서 대변을 피해 걷다 보면 역겨움이 치밀었다. 하지만 더러움은 내게 전혀 걱정거리가 아니었다. 사람들은 더러움을 두고 지나치게 호들갑을 떤다. 손수건 없이 지내는 생활과 그릇 하나로 식사도 하고 세수도 하는 생활에 사람이 얼마나 빨리 익숙해지는지 놀라울 정도다. 옷을 입은 채 잠을 자는 것도 하루나 이틀 뒤에는 전혀 힘들지 않았다. 밤에 옷을 벗는 것은 당연히 불가능했다. 특히 군화를 벗는 것은 말할 필요도 없었다. 적이 공격해오면 즉시 나갈 준비가 되어 있어야 하기 때문이다. 그곳에서 80일을 보내면서 내가 밤에 옷을 벗은 것은 세 번뿐이었다. 하지만 낮에 어찌어찌 옷을 벗은 적도 가끔 있기는 하다. 너무 추워서 이도 생기지 않을 지경인데, 쥐는

---

* 약 1.14리터

들끓었다. 큰 쥐와 생쥐는 한꺼번에 나타나지 않는다고 말하는 사람이 많지만, 녀석들이 먹을 수 있는 것이 많을 때는 한꺼번에 나타난다.

이런 문제들을 제외하면 우리 상황은 그리 나쁘지 않았다. 음식도 그만하면 괜찮았고, 포도주는 풍부했다. 담배는 하루에 한 갑꼴로 지급되고, 성냥은 이틀에 한 번씩 나왔다. 심지어 양초도 지급되었다. 크리스마스 케이크에 꽂는 것처럼 아주 가느다란 양초였다. 사람들이 보통 교회에서 약탈해왔다고 생각하던 양초. 참호 한 곳마다 매일 양초 3인치*가 지급되었다. 약 20분 동안 태울 수 있는 양이었다. 당시만 해도 아직 양초를 구입하는 것이 가능했고, 나는 미리 챙겨온 양초가 몇 파운드**쯤 있었다. 나중에는 성냥과 양초 기근으로 생활이 비참해졌다. 이 두 가지가 없는 생활을 겪어보기 전에는 그 중요성을 깨닫지 못한다. 예를 들어, 밤에 비상이 걸려서 참호 속에 있던 모든 사람이 자기 라이플을 찾느라고 서로 얼굴을 밟으며 허둥지둥할 때 불을 켠다면 삶과 죽음이 갈릴 수도 있다. 모든 의용군은 부싯깃 라이터와 노란 양초 심지 몇 야드를 갖고 있었다. 라이플 다음으로 중요한 물건들이었다. 부싯깃 라

---

* 1인치는 2.54센티미터

** 1파운드는 약 453그램

이터는 바람 속에서도 사용할 수 있다는 점에서 아주 유용했지만, 연기만 좀 피워 올리는 수준이라 실제로 불을 붙이는 데에는 쓸모가 없었다. 성냥 기근이 최고조에 이르렀을 때에는 카트리지에서 총알을 하나 꺼내 부싯깃 라이터를 무연화약에 사용해야 불을 붙일 수 있었다.

그곳에서 우리는 비범한 생활을 하고 있었다. 비범한 전쟁이기도 했다. 그것을 전쟁이라고 부를 수 있다면. 의용군 전체가 무료함에 안달이 나서 왜 공격이 허락되지 않느냐고 끊임없이 아우성쳤다. 하지만 적이 먼저 공격하지 않는 한, 앞으로 한참 동안 전투가 없을 것임을 누구나 분명히 알 수 있었다. 조르주 콥은 주기적인 순시 때 우리에게 상당히 솔직한 이야기를 했다. "이건 전쟁이 아니다. 가끔 사망자가 발생하는 코믹 오페라야." 사실 아라곤 전선의 정체에는 정치적 원인이 있었으나, 당시 나는 그런 것을 전혀 몰랐다. 그래도 순전히 군사적인 면에서 (예비 병력이 부족하다는 점과는 별도로) 어려움이 있다는 사실은 모두의 눈에 환히 보였다.

우선 이 나라의 자연환경이 문제였다. 우리 진영과 파시스트 진영의 전선은 엄청난 강점을 지닌 자연환경 속에 자리 잡고 있었다. 접근로가 딱 한 곳밖에 없는 경우가 보통이었디. 참호를 몇 개 판다고 가정하면, 보병만으로는 그런 진지를 점령할 수 없다. 병력이 압도적으로 많다면 몰라도. 우리 진영을 포함해서 주변에 있는 대부분의 진지는 병사 십여 명이 기관총 두 대로 적의 한 개 대대를 물리칠 수 있는 조건을 갖추고 있었다. 우리 진지는 산꼭대기에 있었으므로, 포의 좋은 과녁이 되었을 것이다. 하지만 포가 없었다. 때로 나는 주변 풍경을 지그시 둘러보면서 포대가 두어 개쯤 있으면 좋겠다고 갈망했다. 얼마나 간절했는지 모른다! 망치로 견과류 껍질을 부수듯이 아주 쉽게 적진지를 차례로 파괴할 수 있을 텐데. 하지만 우리 편에 포는 전혀 없었다. 파시스트 진영이 가끔 사라고사에서 포를 한두 문 가져와 쏘기는 했다. 하지만 고작 몇 번 쏘고 말았기 때문에, 사거리가 얼마나 되는지도 파악되지 않아 포탄이 아무도 없는 계곡에 헛되이 떨어졌다. 포가 없는 상태에서 기관총만 상대한다면, 우리가 할 수 있는 일은 세 가지뿐이다. 안전한 거리, 예를 들어 400야드 떨어진 곳에 참호를 파고 들어가거나, 탁 트인 곳에서 진군하다가 학살당하거나, 전체적인 전황에는 영향을 미치지 못하는 소규모 야간 공격을 하거나. 다시 말해서, 한 곳에 정체되어 있거나 자살하는 방법밖에 없다는 뜻이다.

그뿐만 아니라, 온갖 종류의 전쟁 물자가 전혀 없다는 문제도 있었다. 당시 의용군의 무장 상태가 얼마나 형편없었는지 깨닫는 데는 노력이 필요하다. 영국 사립학교의 장교 양성단이 당시의 우리보다 훨씬 더 현대적인 군대의 면모를 갖추고 있다. 우리가 쓰던 무기의 열악함은 여기에 자세히 기록해둘 가치가 있다.

우리가 있던 지역에는 박격포 네 대가 전부였다. 한 대당 탄은 **열다섯 개**. 물론 함부로 발사하기에는 너무 귀한 물건이라, 네 대 모두 알쿠비에레에 보관되어 있었다. 기관총은 대략 병사 오십 명당 한 정꼴로 있었다. 조금 구식 물건이었지만, 300~400야드까지는 명중률이 상당히 좋았다. 그 외에 우리가 가진 무기는 라이플뿐인데, 대다수의 라이플이 고철이었다. 우리가 사용하던 라이플은 세 종류였다. 첫째, 길이가 긴 마우저. 이 중에는 만들어진 지 20년 이하의 물건을 찾기가 힘들었고, 가늠쇠는 고장 난 속도계만큼 쓸모가 없었다. 게다가 선조가 어떻게 할 수 없을 정도로 부식된 것이 대부분이었다. 하지만 라이플 열 정 중에 한 정은 나쁘지 않았다. 둘째, 길이가 짧은 마우저. 무스크통이라고 불리는 이 무기는 사실 기병대용이었다. 우리들 사이에서 이 무기가 비교적 인기 있었던 것은, 무게가 가벼워서 들고 다니기에 편하고 참호 안에서 덜 걸리적거렸기 때문이다. 비교적 새것이고, 성능이 좋아 보인다는 점도 있었다. 하지만 실제로는 거의 무용지물이었다. 부품을 재조립해서 만든 물건이라 노리쇠가 잘 맞지 않고, 4분의 3은 다섯 발을 쏘고 나면 반드시 고장이 났다. 셋째, 윈체스터 라이플 몇 정. 쏠 때의 느낌은 좋지만, 총알이 터무니없이 빗나가기 일쑤였다. 또한 카트리지에 클립이 없어서 한 번에 한 발씩 쏴야 했다. 탄약도 워낙 귀해서 전선에 나가는 군인들에게 일인당 50발만 지급되었다. 그나마 대부분의 총알 상태가 형편없었다. 스페인제 카트리지는 모두 재활용품인 탓에, 최고의 라이플조차 작동불능으로 만들었다. 멕시코제 카트리지는 좀 나았기 때문에 기관총에만 사용되었다. 최고의 제품은 독일제 탄약이었으나, 포로와 탈영병만이 유일한 공급원이라서 양이 얼마 되지 않았다. 나는 긴급한 상황을 대비해서 항상 독일제나 멕시코제 탄약을 꽂은 클립 한 개를 주머니에 갖고 다녔다. 하지만 실제로 긴급 상황이 되었을 때는 라이플을 거의 쏴보지 못했다. 어차피 그 형편없는 총이 고장 나서 발사되지 않을까 봐 무섭고 불안해서 좋은 탄알을 아껴둘 수도 없었다.

우리에게는 철모도, 총검도 없었다. 권총도 거의 없었다. 수류탄은 고작해야 다섯 명이나 열 명당 한 개꼴이었다. 당시 사용하던 수류탄은 'FAI 수류탄'이라고 불리는 무시무시한 물건이었다. 전쟁 초기 무정부주의 세력이 생산한 이 수류탄은 원칙적으로는 밀스 수류탄*이지만, 레버를 누르고 있는 것은 안전핀이 아니라 테이프였다. 우리는 테이프를 찢은 뒤 최대한 신속하게 수류탄을 던져야 했다. 사람들은 이 수류탄을 가리켜 '공평하다'고 말했다. 수류탄이 던져진 곳에 있는 사람들은 물론 수류탄을 던진 사람

* 달걀 모양의 전형적인 수류탄으로 개발자인 윌리엄 밀스의 이름에서 유래한 명칭

까지도 공평하게 죽인다는 뜻이었다. 밀스 수류탄 외에도 여러 종류의 수류탄이 있었다. 훨씬 더 원시적이기는 해도 위험성은 십중팔구 덜했을 것이다. 그러니까, 수류탄을 던지는 사람에게는. 나는 3월 말에야 그래도 적에게 던질 만한 수류탄을 보았다.

무기 외에, 전쟁에 꼭 필요한 사소한 물건들도 부족했다. 예를 들면, 지도가 전혀 없었다. 애당초 누군가 스페인 땅을 완전히 조사한 적이 없기 때문에, 그 지역의 상세한 지도는 옛날 군사지도밖에 없는데 거의 모두 파시스트 진영의 소유였다. 지도뿐만 아니라 거리계, 망원경, 잠망경, 쌍안경도 없었다. 개인이 소유한 쌍안경 몇 개뿐이었다. 조명탄도, 베리 신호탄도, 철사 끊는 기구도, 무기 수리 도구도 없었다. 심지어 총기 손질에 필요한 물건들도 거의 없었다. 스페인 사람들은 총열을 청소하는 끈에 대해 한 번도 들어보지 못했는지, 내가 그 끈을 직접 만들어 쓰자 깜짝 놀란 얼굴로 바라보았다. 병사들은 총을 깨끗이 닦고 싶으면 부사관에게 가져갔다. 부사관은 긴 황동 꼬챙이로 총열을 닦아주었는데, 그 꼬챙이가 죄다 휘어져 있어서 선조에 긁힌 자국이 남았다. 윤활유도 없었다. 병사들은 어쩌다 올리브유를 구하면 그걸 총에 발랐다. 나는 경우에 따라 바셀린, 콜드크림 등을 이용했다. 베이컨 기름을 사용한 적도 있었다. 랜턴이나 손전등도 없었다. 내 생각에는 당시 전선에서 우리가 맡은 지역을 통틀어서 손전등이 하나도 없었을 것 같다. 손전등을 사려면 바르셀로나까지 가야 했는데, 거기서도 쉽게 구할 수는 없었다.

　라이플 총성이 산만하게 산속을 뒤흔드는 나날이 이어지면서 나는 이 괴상한 전쟁에 조금이라도 생기를 불어넣을 수 있는 일이, 아니 죽음을 불러올 일이 과연 생기기는 할지 점점 의심스러워졌다. 우리는 적이 아니라 폐렴을 상대로 싸우고 있었다. 참호 사이의 간격이 500야드 이상일 때는 아주 운이 나쁘지 않은 이상 누구도 총에 맞지 않았다. 물론 사상자는 발생했지만, 대부분 아군 때문이었다. 내 기억이 옳다면, 내가 스페인에서 처음으로 본 부상자 다섯 명은 모두 우리 무기에 다친 사람들이었다. 의도적으로 일어난 일은 아니고, 사고나 부주의 때문이었다. 낡아빠진 라이플 자체가 위험 요소였다. 개중에는 개머리판으로 바닥을 두드리면 총알이 발사되는 고약한 물건도 있었다. 이 문제 때문에 어떤 사람이 자기 총으로 손바닥에 관통상을 입는 모습을 내가 직접 보았다. 어둠 속에서는 생초보 신병들이 항상 서로를 향해 총을 쏘았다. 어느 날 저녁 막 해가 질 무렵에 어떤 보초병이 20야드 거리에서 내게 총알을 날린 적도 있었다. 하지만 총알은 1야드쯤 빗나갔다. 스페인 병사들의 사격 솜씨 덕분에 내가 목숨을 구한 적이 얼마나 많은지 모른다. 또 한 번은 안개 속에서 순찰을 나가면서 경비대장에게 미리 조심스레 주의를 주었는데도, 돌아오는 길에 덤불에 발이 걸려 비틀거리자 깜짝 놀란 보초병이 파시스트들이 온다고 소리를 지른 적이 있었다. 그러자 경비대장은 전 대원에게 내가 있는 쪽으로 연속사격 지시를 내렸다. 물론 내가 바닥에 엎드린 덕분에 총알들은 그냥 허공을 날아갔다. 스페인 사람, 특히 젊은 스페인 사람에게는 총기가 위험하다고 아무리 말해도 소용이 없다. 방금 말한 사건보다 조금 더 뒤에 나는 총을 든 기관총 사수 몇 명의 사진을 찍었다. 그들 모두 총을 내 쪽으로 똑바로 들고 있었다.

"쏘지 마." 나는 카메라의 초점을 맞추면서 반쯤 농담처럼 말했다.

"그럼, 안 쏘지."

하지만 곧바로 무시무시한 굉음과 함께 총알들이 연달아 내 얼굴 옆을 스치듯 지나갔다. 무연화약 알갱이들 때문에 뺨이 따끔거릴 정도였다. 의도적인 일은 아니었지만, 기관총 사수들은 이걸 아주 재미있는 장난처럼 생각했다. 겨우 며칠 전 정치위원 한 명이 자동 권총을 가지고 놀다가 실수로 노새 몰이꾼의 폐에 총알 다섯 방을 쏘아버리는 광경을 직접 보았는데도.

당시 군대가 사용하던 어려운 암호들은 미약한 위험 요소였다. 한쪽이 정해진 말을 하면 상대방도 정해진 말로 대답해야 하는, 귀찮은 이중 암호였다. 보통 기운을 북돋아주는 말이나 혁명적인 말이 암호로 사용되었다. 쿨투라-프로그레소cultura-progreso, 세레모스-인벤시블레스 seremos-invencibles*처럼. 하지만 글을 모르는 보초병들에게는 이렇게 고급스러운 단어를 외우는 일이 불가능할 때가 많았다. 어느 날 밤의 일이 기억난다. 그날의 암호는 카탈루냐**-에로이카 Cataluña-heroica였는데, 둥근 얼굴의 농촌 청년 하이메 도메네치가 뭐가 뭔지 전혀 모르겠다는 얼굴로 내게 다가와 설명을 요구했다.

"에로이카…… 이게 무슨 뜻이에요?"

나는 그것이 발리엔테valiente***와 같은 뜻이라고 말해주었다. 조금 뒤 그가 어둠 속에서 참호를 기어 올라가자 보초병이 외쳤다.

"알토Alto****! 카탈루냐!"

"발리엔테!" 하이메가 외쳤다. 자신 있는 목소리였다.

빵!

하지만 보초병의 총알이 빗나갔다. 이 전쟁에서는 모두가 항상 빗나갔다. 그것이 인간적으로 가능할 때는.

* 각각 '문화-진보', '존재-무적'의 스페인어
** '카탈로니아'는 카탈루냐의 영어 지명
*** '용감한'의 스페인어
**** '정지'의 스페인어

4

전선에 머무른 지 3주쯤 됐을 때, ILP*가 영국에서
보낸 이삼십 명 규모의 파견단이 알쿠비에레에 도착했다.
윌리엄스와 나는 영국인들을 전선에서 한 곳에 모아놓으
려는 조치에 따라 그들이 있는 곳으로 갔다. 우리의 새로
운 진지는 서쪽으로 몇 마일 떨어진 트라조산에 있었다.
사라고사를 볼 수 있는 곳이었다.

진지는 뾰족한 석회암 위에 자리 잡고 있었다. 참호는
개천제비 둥지처럼 절벽에 수평으로 늘어서 있었다. 참호
의 깊이가 엄청나서, 안으로 들어가면 칠흑처럼 어두웠다.
높이는 일어서는 것은 고사하고 무릎 꿇고 앉을 수도 없을
만큼 낮았다. 우리 왼편의 산꼭대기에 POUM 진지 두 개
가 더 있었다. 그중 하나는 전선에 나와 있는 모두가 홀린

---

* Independent Labour Party, 영국의 독립노동당

듯이 바라보는 대상이었다. 여성 의용군 세 명이 요리를 해주는 곳이기 때문이었다. 딱히 아름다운 여자들은 아니었지만, 다른 부대의 남자들이 그 진지에 손을 뻗지 못하게 할 필요가 있었다. 우리 오른쪽으로 500야드 떨어진 곳, 알쿠비에레 도로가 휘어지는 지점에는 PSUC 기지가 있었다. 바로 그 지점에서 도로의 주인이 바뀌었다. 밤이면 알쿠비에레에서 오는 보급 트럭의 불빛이 길을 따라 구불구불 움직이는 것이 보였다. 그와 동시에 사라고사에서 오는 파시스트 트럭 불빛도 보였다. 불 켜진 배의 현창처럼 불빛들이 사라고사에 가늘고 길게 늘어서 있는 모습도 직접 볼 수 있었다. 남서쪽으로 12마일 떨어진 곳. 정부군은 1936년 8월부터 그 거리에서 사라고사를 계속 지그시 응시했다. 지금도 그러고 있다.

우리는 약 서른 명이었다. 스페인 사람(윌리엄스의 처남인 라몬) 한 명을 포함해서. 스페인인 기관총 사수는 열두 명이었다. 필연적으로 귀찮은 인간 한두 명(다들 알듯이 전장에는 온갖 쓰레기 같은 인간들이 모여드는 법이다)을 제외하면, 우리 부대의 영국인들은 유난히 좋은 사람들이었다. 신체적으로도 정신적으로도. 그중에서도 최고는 봅 스마일리였던 것 같다. 유명한 광부 지도자의 손자인 그는 나중에 발렌시아에서 너무나 무의미하고 흉악한 죽음을 맞았다. 영국인과 스페인인이 말이 잘 안 통하는데도 항상 잘 지냈다는 사실은 스페인 사람들의 성격이 어떤지를 잘 보여준다. 우리는 모든 스페인 사람이 영어 표현 두 개를 알고 있음을 알게 되었다. 하나는 "오케이, 베이비"였고, 다른 하나는 바르셀로나의 매춘부가 영국인 선원들과 흥정할 때 쓰던 단어라서 이 원고의 식자공이 빼버릴 것 같다.

　다시 말하지만, 전선 전체를 통틀어서 이렇다 할 일이 벌어지지 않았다. 가끔 느닷없이 총알이 날아올 뿐이었다. 아주 드물게 파시스트 진영의 박격포가 발사되면, 우리는 모두 가장 꼭대기의 참호로 달려가, 포탄이 어느 산에 떨어지는지 지켜보았다. 예전 진지에 비해 이곳은 적과 더 가까웠다. 아마 300~400야드 거리에 적이 있는 것 같았다. 가장 가까운 적진지는 우리와 정면으로 마주보고 있었는데, 기관총을 설치해둔 총안을 보면 언제나 탄약 카트리지를 낭비하고 싶다는 유혹을 받았다. 파시스트 측이 굳이 라이플을 쏘는 경우는 거의 없었다. 적진에서 누구든 몸을 드러내면, 그들은 정확한 겨냥으로 기관총을 갈겨댔다. 그래도 우리 진지에서 처음 사상자가 발생한 것은 10여 일이 지난 뒤였다. 우리 맞은편의 부대는 스페인인들로 구성되었지만, 탈영병들에 따르면 독일인 부사관도 몇 명 있다고 했다. 과거의 어느 시기에는 무어인도 있었는지(이런 추위 속에서, 가엾기도 하지!), 양측 진영 사이 무인 지대에 무어인의 시체가 한 구 있었다. 여기가 어디인지를 일깨워주는 광경이었다. 우리 왼편으로 1~2마일 떨어진 곳에서 전열이 끊어지고, 시골 풍경이 펼쳐졌다. 나지막하고 나무가 우거진 그곳은 파시스트의 땅도 우리 땅도 아니었다. 양편 모두 낮에 그곳을 순찰했다. 보이스카우트 같은 기분이 들어서 나쁘지 않았지만, 수백 야드보다 더 가까운 거리에서 파시스트 순찰병과 마주친 적은 없었다. 한참 포복으로 나아가다 보면 파시스트 전열 안쪽으로 조금 들어가 왕정 깃발을 내건 농가까지 볼 수 있었다. 이 지역의 파시스트 본부로 쓰이는 곳이었다. 우리는 가끔 그 농가에 라이플 일제사격을 퍼부은 뒤, 적의 기관총이 우리를 찾아내기 전에 몸을 숨겼다. 우리 총알이 창문이라도 몇 장 깨뜨렸다면 좋을 텐데. 하지만 족히 800미터는 떨어진 곳이라, 우리 라이플로는 그 거리에서 커다란 집조차 확실히 맞혔다고 자신할 수 없었다.

날씨는 대개 맑고 추웠다. 한낮에 햇빛이 날 때도 있었지만, 항상 추웠다. 산중턱 여기저기에서 야생 크로커스나 붓꽃의 초록색 잎들이 고개를 내밀었다. 봄이 오고 있음이 분명했으나, 그 속도가 몹시 느렸다. 밤은 그 어느 때보다 추웠다. 깊은 밤에 경비 근무를 마친 뒤 우리는 요리장에 남아 있는 불씨를 긁어 한곳에 모은 뒤, 빨갛게 타오르는 깜부기불 속에 들어가 서 있었다. 군화는 상해도 발에는 아주 좋았다. 하지만 산꼭대기 사이로 동이 트는 광경을 보면서 이런 불경한 시간에 깨어 있을 가치가 있다는 생각이 들 때도 있었다. 나는 산을 몹시 싫어한다. 그 찬란한 풍경을 생각해도 그렇다. 하지만 우리 후방의 산꼭대기 뒤로 동이 트는 모습, 어둠을 가르는 검처럼 황금색 줄무늬가 먼저 나타난 뒤 점점 빛이 강해지면서 진홍색 구름바다가 상상할 수도 없을 만큼 멀리까지 퍼지는 광경은 때로 밤을 꼬박 새운 뒤에도, 무릎 아래로 다리의 감각이 없고 앞으로 세 시간은 지나야 요기를 할 수 있다는 생각에 시무룩할 때에도 지켜볼 만한 가치가 있었다. 내 평생을 다 합친 것보다 그 전쟁 중에 본 일출이 더 많았다. 앞으로 다가올 일생과 비교해도 그렇기를 바란다.

인력이 부족했으므로 경비 근무 시간이 늘어나 우리는 더 피곤해졌다. 나도 수면 부족의 괴로움을 차츰 느끼게 되었다. 아무리 얌전한 전쟁에서도 수면 부족은 불가피하다. 경비 근무와 순찰 외에도 야간 비상과 대기 명령이 끊임없이 떨어졌다. 게다가 발이 얼어서 욱신거리는데 땅속에 판 구멍 안에서 제대로 잠을 자는 것은 어차피 불가능하다. 전선에 도착하고 처음 서너 달 동안 24시간 넘게 전혀 잠을 자지 못한 적이 아마 열두 번은 더 되는 것 같다. 반면 제대로 푹 잘 수 있었던 밤은 확실히 열두 번이 되지 않았다. 일주일에 이삼십 시간 정도 자는 것이 보통이었다. 그 영향이 생각만큼 나쁘지는 않았다. 정신이 아주 명해지고, 산을 오르내리는 일이 점점 힘들어지지만, 건강이 나빠지는 것 같지는 않았다. 그리고 항상 배가 고팠나. 세상에, 얼마나 배가 고팠는지! 무슨 음식이든 맛있는 것 같았다. 스페인에 오면 누구나 결국 보기만 해도 싫어하게 되는 까치콩조차 맛있었다. 물은 몇 마일이나 떨어진 곳에서 노새나 혹사당하는 당나귀의 등에 실려 운반되었다. 이유는 잘 모르겠지만, 아라곤 농부들은 노새에게는 잘해주면서 당나귀에게는 지독하게 굴었다. 당나귀가 움직이지 않으려 하면, 보통 녀석의 고환을 발로 차버렸다. 양초 지급은 중단되었고, 성냥도 부족했다. 스페인 사람들은 응고시킨 우유, 카트리지 클립, 걸레 조각으로 올리브유 램프를 만드는 법을 가르쳐주었다. 올리브유도 자주 구할 수 있는 물건은 아니었지만, 그래도 올리브유가 있을 때는 이렇게 만든 램프가 연기를 피워올리며 깜박깜박 주위를 밝혔다. 그 불빛은 양초에 비해 밝기가 4분의 1 정도라서 라이플이 어디 있는지 찾는 게 고작이었다.

진짜 전투가 벌어질 가망은 없는 것 같았다. 포세로산을 떠날 때 나는 카트리지 개수를 미리 세어두었다. 그런데 거의 3주가 지난 뒤에 다시 헤아려보니, 내가 적을 향해 쏜 총알이 세 발밖에 되지 않았다. 사람 한 명을 죽이려면 1천 개의 총알이 필요하다는데, 이런 속도라면 내가 파시스트 한 명을 처음으로 죽이는 데 20년이 걸릴 것 같았다. 트라조산에서는 전선이 더 가까워서 총도 자주 쏘았지만, 내가 아직 누구도 맞히지 않았다는 확신이 들었다. 사실 그 시기에 그 전선에서 진짜 무기는 라이플이 아니라 메가폰이었다. 적을 죽일 수 없으므로, 우리는 대신 적을 향해 소리를 질렀다. 이것이 워낙 비범한 전쟁 방식이라서 조금 설명이 필요하다.

적과 우리가 서로 고함을 지르면 들릴 만한 거리에 있을 때에는 항상 양측 참호에서 엄청난 고함소리가 터져 나왔다. 우리 참호에서는 "Facistas-maricones!" 파시스트 참호에서는 "Viva España! Viva Franco!"* 상대편에 영국인이 있다는 것을 아는 파시스트들은 이렇게 외쳤다. "영국인은 집으로 가라! 외국인이 웬 말이냐!" 정부 측의 당 소속 의용군에서는 적의 사기를 떨어뜨리기 위해 선전 문구를 외치던 것이 아예 일반적인 기법으로 발전했다. 기회가 오면 보통 기관총 사수들에게 총 대신 메가폰이 지급되었다. 그들은 대개 정해진 말을 외쳤다. 파시스트 병사들에게 너희들이 국제 자본주의의 용병에 불과하며, 지금 같은 계급의 사람에게 총을 겨누고 있다고 설명하는, 혁명의 감성이 가득한 말이었다. 그들은 또한 적에게 우리 편으로 넘어오라고 촉구했다. 여러 사람이 돌아가며 이런 말을 계속 반복했다. 어떤 때는 거의 밤새도록 계속되기도 했다. 이 방법이 효과가 있었음에는 거의 의심의 여지가 없다. 파시스트 진영에서 탈영병이 찔끔찔끔 발생한 데에 이 방법이 부분적으로 영향을 미쳤다는 주장에 모두가 동의했

---

* "스페인 만세! 프랑코 만세!"의 스페인어

다. 어느 가엾은 보초병이, 아마도 자신의 뜻과 상관없이 징병된 사회주의자 또는 무정부주의 노조원일 그 보초병이 추위에 덜덜 떨고 있는데, "같은 계급에게 총을 겨누지 말라!"는 구호가 어둠 속에서 자꾸만 크게 들려온다면 깊은 인상이 남을 수밖에 없다. 바로 그것만으로 탈영 여부가 결정되었을지도 모른다. 물론 이런 방식은 영국인이 생각하는 전쟁과 맞지 않는다. 솔직히 처음 이런 광경을 봤을 때 나는 기가 막히고 화가 났다. 적을 쏘지 않고 우리 편으로 개종시키려 하다니! 하지만 지금은 어느 모로 보나 합당한 작전이었다는 생각이 든다. 포가 없는 일반적인 참호전에서는 적과 똑같은 인명 피해를 감수하지 않는 한 적을 살상하기가 지극히 어렵다. 그러니 적의 일부를 탈영시킬 수 있다면 좋은 일이다. 게다가 탈영병은 시체가 된 적군보다 더 유용하다. 정보를 줄 수 있기 때문이다. 하지만 처음에는 우리 모두 그 작전에 당혹감을 느꼈다. 스페인 사람들이 자기네 전쟁을 진지하게 생각하지 않는 것 같았다. 우리 진지 오른편에 있는 PSUC 기지에서 구호를 외치던 남자의 솜씨는 예술의 경지였다. 그는 가끔 혁명 구호 대신 우리가 먹는 음식이 파시스트 진영에 비해 얼마나 더 훌륭한지 적에게 설명했다. 정부에서 나눠주는 군용 식량에 대한 그의 설명에는 상상력이 들어갈 때가 많았다. "버터 바른 토스트!" 고독한 계곡에 그의 목소리가 메아리쳤다. "지금 우린 앉아서 버터 바른 토스트를 먹고 있어! 정말

맛있는 토스트!" 다른 사람들과 마찬가지로 그도 몇 주 또는 몇 달 동안 버터를 구경도 하지 못했을 것이다. 그러나 얼어붙을 듯이 추운 밤에 버터 바른 토스트를 먹는다는 소식에 많은 파시스트의 입에 십중팔구 군침이 돌았을 것이다. 심지어 내 입에도 군침이 돌았다. 그의 말이 거짓임을 아는데도.

2월 어느 날 파시스트 진영의 비행기가 다가오는 것이 보였다. 여느 때처럼 기관총을 밖으로 끌고 나와 총열을 비스듬히 세운 뒤 모두 바닥에 엎드려 조준했다. 고립된 곳에 있는 우리 진지는 폭격할 가치가 없었다. 또한 우리 쪽을 지나가는 소수의 파시스트 진영 비행기는 선회하며 기관총 사격을 피하는 것이 보통이었다. 그런데 이번에는 비행기가 곧장 우리 진지 상공으로 날아왔다. 고도가 너무 높아서 총을 쏴도 소용이 없을 것 같았다. 비행기에서 떨어진 것은 폭탄이 아니라 하얗고 반짝이는 것이었다. 그것이 허공에서 데굴데굴 구르듯이 내려왔다. 우리 진지에도 몇 개가 팔랑팔랑 떨어졌다. 파시스트 신문인 〈에랄도 데 아라곤〉을 복사한 것으로, 말라가 함락 소식이 실려 있었다.

그날 밤 파시스트 부대가 별로 알맹이 없는 공격을 했다. 나는 졸려서 반쯤 주검이 되어 막 잠자리에 자리를 잡는 중이었다. 그때 머리 위에서 총탄이 우수수 쏟아지더니 참호 속에서 누군가가 소리쳤다. "적의 공격이다!" 나는 라이

플을 쥐고 자꾸 미끄러지며 내 자리로 올라갔다. 진지 꼭
대기, 기관총 옆이 내 자리였다. 칠흑 같은 어둠 속에서 악
마 같은 소란이 일었다. 내 생각에 다섯 정은 되는 것 같은
기관총의 총탄들이 머리 위로 쏟아지고, 파시스트들이 자
기네 흉벽 너머로 멍청하게 던져대는 수류탄이 연달아 커
다란 소리를 냈다. 너무나 어두웠다. 저 아래 왼쪽 계곡에
서 초록색이 살짝 섞인 라이플의 섬광이 보였다. 십중팔구
순찰대일 파시스트 군인 몇 명이 거기서 싸움에 끼어들고
있었다. 어둠 속에서 총탄들이 우리 주위를 날아다녔다.
빵빵, 핑핑. 포탄 몇 개가 횡 날아왔지만, 우리 근처에도 떨
어지지 못했다. 그리고 (이 전쟁에서 으레 그렇듯이) 대부분
이 불발탄이었다. 우리 뒤편의 산꼭대기에서 새로운 기관
총이 사격을 시작했을 때 나는 위기를 겪었다. 사실은 우
리를 지원하려고 거기까지 끌고 올라간 총이었는데, 그때
는 마치 우리가 포위된 기분이었다. 곧 우리 기관총의 방
아쇠가 걸려버렸다. 형편없는 카트리지 때문에 항상 벌어
지는 일이었다. 한 치 앞도 보이지 않는 어둠 속에서는 탄
약을 재는 쇠꼬챙이도 찾을 길이 없었다. 그냥 가만히 서
서 날아오는 총알에 맞는 것 외에는 할 수 있는 일이 없는
것 같았다. 스페인 기관총 사수들은 엄폐물에 몸을 숨기는
것을 비겁한 일로 생각했다. 그들은 아예 고의로 몸을 노
출시켰다. 그러니 나도 똑같이 해야 했다. 대단한 일은 아
니었지만, 그날 밤의 경험 전체가 몹시 흥미로웠다. 내가

제대로 포화에 노출된 것은 그때가 처음인데, 창피하게도 무시무시하게 겁이 났다. 심한 총격과 포화 앞에서는 누구나 같은 상태가 된다. 총에 맞을까 봐 겁이 난다기보다는, 내 몸 **어디**에 총알이 박힐지 몰라서 겁이 난다. 총알이 어디를 때릴지 계속 생각하다 보면, 온몸이 불쾌할 정도로 예민해진다.

한두 시간이 흐른 뒤 총격이 점차 잦아들었다. 그날 우리 측에서 발생한 사상자는 단 한 명이었다. 파시스트 측은 기관총 두어 대를 중간 무인 지대로 가지고 나왔지만, 우리 흉벽을 기습하려 하지 않고 안전한 거리를 지켰다. 사실 그들은 우리를 공격한 것이 아니라, 카트리지를 낭비하면서 말라가 함락을 축하하는 기쁨의 소란을 피운 거였다. 그날 일에서 가장 중요한 점은, 내가 신문에 실리는 전쟁 소식을 예전보다 더 신용하지 말아야겠다는 가르침을 얻었다는 것이다. 하루나 이틀 뒤 신문과 라디오는 기병대와 탱크가 (수직으로 솟은 산을 올라와!) 엄청난 공격을 퍼부었으나 영웅적인 영국인 병사들이 물리쳤다는 소식을 전했다.

말라가 함락 소식을 파시스트들이 전해주었을 때 우리는 거짓으로 치부했다. 그러나 다음 날 좀 더 믿음이 가는 소문이 돌았다. 그 소식이 공식적으로 확인된 것은 하루나 이틀이 지난 뒤였을 것이다. ᄀ 수치스러운 함락 이야기가 조금씩 흘러나왔다. 말라가의 병력이 총 한 방 쏘아보지도 않고 물러났다는 이야기, 이탈리아 군대의 광포함을 감내한 것은 이미 사라진 군대가 아니라 가엾은 민간인들이라는 이야기. 어떤 민간인들은 무려 100마일이나 이탈리아 군인들에게 쫓기다가 기관총에 맞았다. 전선에 있던 모두가 이 소식을 듣고 차갑게 가라앉았다. 진실이 무엇이든, 의용군들은 모두 배신 때문에 말라가가 함락되었다고 믿었다. 내가 배신이니 엇갈린 목표니 하는 말을 들은 것은 그때가 처음이었다. 그리고 이 전쟁에 대한 어렴풋한 회의가 내 마음에 처음으로 자리 잡았다. 그전까지는 누가 옳고 누가 그른지가 아주 멋들어지게 명확한 것 같았는데.

2월 중순에 우리는 트라조산을 떠나, 이 지역의 모든 POUM 부대와 함께 우에스카 포위에 참가하러 갔다. 트럭을 타고 겨울 평원을 50마일 달려가야 하는 길이었다. 잘린 덩굴에는 아직 꽃이 피지 않았고, 겨울 보리의 이파리들이 덩어리진 땅에서 막 고개를 내밀고 있었다. 우리가 새로 자리 잡은 참호에서 4킬로미터 떨어진 곳에 우에스카가 인형의 집으로 만들어진 도시처럼 작고 선명하게 반짝였다. 몇 달 전 시에타모가 함락되었을 때, 정부군을 지휘하던 장군은 유쾌하게 말했다. "우리는 내일 우에스카에서 커피를 마실 것이다." 하지만 이건 틀린 말이었다. 맹렬한 공격에도 우에스카는 우리 손에 떨어지지 않았다. 그래서 "우리는 내일 우에스카에서 커피를 마실 것"이라는 말

은 우리 군대의 모든 군인이 항상 주고받는 우스갯소리가
되었다. 만약 내가 다시 스페인에 가게 된다면, 반드시 우
에스카에서 커피 한 잔을 마실 것이다.

5

3월 말까지 우에스카 동편에서는 아무 일도 일어나지 않았다. 거의 문자 그대로 아무 일도 없었다. 우리와 적 사이의 거리는 1,200미터였다. 파시스트 군대가 우에스카로 쫓겨 들어갔을 때, 이쪽 전선을 지키던 공화군은 진군에 별로 열성을 보이지 않아서, 전선이 일종의 주머니 모양으로 형성되었다. 나중에는 우리가 앞으로 나아가야 하겠지만(포화 속에서 불안하게 수행해야 할 것이다), 지금은 적이 존재하지 않는 거나 마찬가지였다. 우리는 오로지 추위를 이길 온기를 유지하는 일과 식량을 충분히 구하는 데에만 몰두했다.

그러면서도 일상적인, 더 정확히 말하자면 야간의 공통 임무를 수행해야 했다. 보초 근무, 순찰, 참호 파기. 진흙, 비, 날카롭게 비명을 질러대는 바람, 그리고 가끔 내리는 눈. 4월이 되고도 한참 지난 뒤에야 밤 기온이 확연히 따뜻해졌다. 높은 고원 위의 3월 날씨는 영국의 3월 날씨와 거의 비슷했다. 하늘은 새파랗고, 바람이 신경을 건드렸다. 겨울 보리는 1피트쯤 자랐다. 벚나무에는 진홍색 꽃봉오리가 하나둘씩 맺혔다(이곳의 전선은 버려진 과수원과 채소밭을 가로질렀다). 도랑을 뒤져보면, 파란 종 모양 꽃의 한심한 표본 같은 야생 히아신스와 제비꽃을 찾을 수 있었다. 전선 바로 뒤편으로 멋진 개울이 졸졸 흘렀다. 전선에 온 뒤로 처음 보는 투명한 물이었다. 어느 날 나는 이를 악물고 그 물속으로 들어가 6주 만에 처음으로 목욕을 했다. 아주 짧은 목욕이었다. 주로 눈이 녹아 흘러내린 물이라서 수온이 어는점에 가까웠기 때문이다.

계속 아무 일도 일어나지 않았다. 영국인 병사들은 이건 전쟁이 아니라 망할 놈의 팬터마임이라고 말하는 버릇이 생겼다. 파시스트 진영에서 우리를 직접 겨냥하고 쏘는 일은 거의 없었다. 유일하게 위험한 건 빗나간 총알뿐인데, 전선이 양편에서 앞으로 휘어져 있기 때문에 여러 방향에서 그런 총알이 날아왔다. 당시 발생한 사상자도 모두 빗나간 총알 때문이었다. 아서 클린턴은 정체를 알 수 없는 총알에 맞아 왼쪽 어깨가 박살났다. 아마 팔에 영구적인 장애가 생겼을 것이다. 포탄도 조금 날아오긴 했으나, 유난히 효과가 없었다. 포탄이 휙 날아와 쾅 하고 터지는 광경이 가벼운 오락처럼 보일 정도였다. 파시스트 진영의 포탄이 우리 흉벽에 떨어지는 일은 한 번도 일어나지 않았다. 우리 뒤쪽으로 몇백 야드 떨어진 곳에는 라 그란하라고 불리는 시골 저택이 있었다. 그곳의 커다란 농장 건물들은 이 구역 부대들의 창고, 본부, 요리장으로 사용되었다. 파시스트 진영의 포수들이 겨냥하는 곳이 바로 여기였지만 거리가 5~6킬로미터나 되었고 겨냥이 항상 형편없어서 기껏해야 창문을 박살내고 벽을 조금 쪼개놓을 뿐이었다. 적의 포격이 시작되었을 때 위험한 것은 때마침 우연히 도로를 따라 다가오는 사람뿐이었다. 포탄은 도로 양편의 벌판에 떨어졌다. 포탄이 날아오는 소리만 듣고도 얼마나 가까운 곳에 떨어질지 알아차리는 신비한 기술을 우리는 거의 도착하자마자 배웠다. 파시스트 진영이 그 시기에 사용하던 포탄은 기가 막힐 정도로 형편없었다. 150밀리미터 포탄인데도, 너비 6피트, 깊이 4피트의 구덩이를 만들 뿐이었다. 게다가 불발탄이 적어도 네 개 중 한 개는 되었다. 파시스트 공장에서 작업 방해가 일어나 불발탄이 많다는 낭만적인 이야기가 돌아다녔다. 포탄 안에 화약 대신 '붉은 전선'이라고 적힌 쪽지를 넣어둔다는 이야기였지만, 나는 그런 포탄을 한 번도 보지 못했다. 사실은 포탄이 너무 낡아서 구제불능일 뿐이었다. 누군가가 날짜가 찍힌 놋쇠 신관 뚜껑을 주운 적이 있는데, 연도가 1917년이었다. 파시스트 진영의 포는 우리 것과 같은 구경의 같은 제품이었으므로, 불발탄을 수리해서 다시 쏠 때도 많았다. 그런 식으로 매일 이 진영 저 진영을 오가는데도 한 번도 터지지 않은 낡은 포탄이 하나 있고, 거기에 심지어 별명마저 붙어 있다는 이야기가 떠돌아다녔다.

　밤이면 소규모 순찰대가 중간의 무인 지대로 나가 파시스트 전열 근처 도랑에 엎드려 우에스카 내의 활동을 알려주는 소리(나팔 신호, 자동차 경적 소리 등)가 들려오는지 귀를 기울였다. 파시스트 부대가 항상 오가는데, 그렇게 귀를 기울인 순찰대의 보고로 이동하는 병력 규모를 어느 정도 확인할 수 있었다. 항상 교회 종소리를 보고하라는 특별 지시도 있었다. 파시스트들은 작전에 나서기 전에 언제나 미사에 참석하는 것 같았다. 밭과 과수원 사이에 인적이 끊긴 흙집이 여러 채 있었다. 그런 집의 창문을 가리면 성냥불을 켜고 안을 살펴봐도 안전했다. 그러다 보면 때로 전투용 도끼나 파시스트 부대의 수통(우리 것보다 좋아서 찾는 사람이 많았다) 같은 귀한 물건이 발견되었다. 낮에도 살펴볼 수는 있었지만, 대개는 네발로 기어 다녀야 했다. 아무도 없는 비옥한 밭에서 기어 다니는 기분이 이상했다. 밭에서는 딱 수확기에 시간이 정지된 것 같았다. 작년에 농사지은 작물이 손도 대지 않은 채 그대로 남아 있었다. 가지치기를 해주지 않은 덩굴은 뱀처럼 구불구불 바닥에 뻗어 있고, 우뚝 서 있는 옥수수의 속대는 돌처럼 딱딱하게 변했다. 근대와 사탕무는 거대한 수풀 덩어리처럼 비대해졌다. 농부들이 양쪽 부대 모두를 얼마나 욕했을까! 부대원들이 무리를 지어 중간의 무인 지대로 감자 서리를 나갈 때도 있었다. 우리 진지에서 오른쪽으로 1마일쯤 가면 양측 진영의 거리가 좀 더 가까운 지점이 나오는데, 그곳의 감자밭을 파시스트 부대도 우리 부대도 자주 찾았다. 우리는 낮에 가고, 파시스트들은 밤에만 왔다. 우리 기관총 사수들이 장악한 지역이기 때문이었다. 한번은 밤에 그들이 떼로 나타나서 밭의 감자를 싹쓸이해버렸다. 짜증이 난 우리는 좀 더 떨어진 곳에서 감자밭을 하나 더 찾아냈지만, 사실상 엄호를 기대할 수 없어서 엎드린 채 감자를 캐야 했다. 몹시 지치는 일이었다. 적의 기관총 사수가 우리를 발견하면, 우리는 문 밑에 깔려서 꿈틀거리는 쥐처럼 바닥에 납작하게 몸을 붙여야 했다. 우리 뒤로 몇 야드 떨어진 곳에서 총알이 흙덩어리를 깨뜨렸다. 당시에는 그런 위험을 무릅쓸 가치가 있는 것 같았다. 감자가 점점 귀해지고 있었기 때문에. 감자 한 자루를 캐서 요리장으로 가져가면, 수통을 가득 채운 커피와 교환할 수 있었다.

전선에서는 여전히 아무 일도 일어나지 않았다. 무슨 일이 일어날 것 같지도 않았다. "우리는 언제 공격합니까? 왜 공격하지 않아요?" 밤이나 낮이나, 스페인인이나 영국인이나 모두 이렇게 물었다. 싸움의 의미가 뭔지 생각해보면 군인들이 싸우고 싶어 하는 것이 이상하지만, 그들은 분명히 싸우고 싶어 한다. 정해진 장소에서 붙박이로 전쟁을 치르는 군인들은 항상 세 가지를 갈망한다. 전투, 더 많은 담배, 휴가 일주일. 우리의 무장 상태는 이전보다 조금 나아졌다. 각자에게 지급되는 탄약이 50발에서 150발로 늘었고, 총검, 철모, 수류탄 몇 개도 점차 지급되는 중이었다. 전투가 다가온다는 소문이 항상 돌아다녔지만, 부대의 사기를 떨어뜨리지 않으려고 일부러 소문을 퍼뜨린 것 같다는 생각이 내내 떠나지 않는다. 군사 지식이 많지 않아도 우에스카의 이쪽 편에서는 대규모 작전이 펼쳐지지 않을 것임을 알아차릴 수 있었다. 어쨌든 당분간은 그럴 것 같았다. 전략적으로 중요한 지점은 반대편에 있는 하카행 도로였다. 나중에 무정부주의 세력이 하카 도로를 공격했을 때, 우리가 맡은 일은 '견제공격'을 해서 파시스트 병력 일부를 다른 곳으로 유인하는 것이었다.

이 기간 내내, 즉 약 6주 동안 우리 쪽에서 행동에 나선 적은 딱 한 번뿐이었다. 파시스트들이 요새로 바꿔놓은 폐쇄된 정신병원 마니코미오를 우리 돌격대가 공격한 일. POUM에는 독일 난민 수백 명이 복무하고 있었다. 그들을 조직해서 만든 특수부대가 돌격부대로 불렸다. 군사적인 관점에서 그들은 다른 의용군 병사들과 아주 차원이 달랐다. 사실 내가 스페인에서 만난 누구보다 더 군인다웠다. 강습경비대와 국제종대의 일부를 제외하면. 돌격대의 공격은 여느 때처럼 실패로 끝났다. 이 전쟁에서 정부 측이 펼친 작전 중 실패하지 **않은** 것이 몇 번이나 될까? 돌격대는 기습으로 마니코미오를 차지했지만, 마니코미오를 내려다보는 인근 산을 점령해서 그들을 지원하기로 되어 있던 부대(어떤 의용군 부대인지는 잊어버렸다)의 작전이 엄청난 실패로 돌아갔다. 그 부대의 지휘관은 충성심이 의심스러운데도 정부 측이 고집스럽게 데려다 쓰는 정규군 출신 장교 중 한 명이었다. 그는 두려움 때문인지 아니면 반역을 할 셈이었는지 하여튼 적이 아직 200야드 떨어져 있을 때 적에게 미리 알려주듯이 수류탄을 하나 던졌다. 그 즉시 부하들이 그를 사살했다고 말할 수 있어서 기쁘다. 그러나 기습 공격에서 기습이라는 요소가 사라졌으므로, 의용군 대원들은 집중포화에 밀려 산에서 쫓겨났다. 따라서 밤이 내릴 무렵 돌격대는 마니코미오를 버리고 물러나는 수밖에 없었다. 밤새 구급차들이 시에타모로 이어진 지독한 도로를 줄지어 달렸다. 중상자들은 덜컹거리는 구급차 안에서 목숨을 잃었다.

이때쯤에는 우리 모두의 몸에 이가 들끓었다. 아직 춥기는 해도, 이가 생길 수 있을 만큼 따뜻해졌기 때문이다. 나는 다양한 해충을 경험해보았지만, 지독함만으로 따지면 이를 이길 것이 없다. 다른 해충, 예를 들어 모기는 더 고통스러워도 최소한 몸에 **상주**하지는 않는다. 인간 몸에 기생하는 이는 아주 작은 바닷가재처럼 생겼다. 사는 곳은 주로 바지 속이다. 옷을 죄다 불에 태우지 않는 한, 이를 제거할 방법은 없다. 이는 바지 솔기를 따라 반짝이는 하얀 알을 낳고, 아주 작은 쌀알처럼 생긴 이 알에서 태어난 새끼들은 무시무시한 속도로 번식한다. 평화주의자들이 전단지를 만들 때 이를 확대한 사진을 함께 싣는다면 효과가 있을 것 같다. 전쟁의 영광이라니! 전쟁터에서는 **모든** 군인의 몸에 이가 들끓는다. 적어도 기온이 어느 정도 올라가면 항상 그렇다. 베르됭*, 워털루, 플로든**, 센래크***, 테르모필레****에서 싸운 사람들, 그들 모두의 고환에는 이가 기어다니고 있었다. 우리는 알을 태우고 최대한 자주 목욕하는 방법으로 놈들을 어느 정도 억제할 수 있었다. 이가 아니라면 그 무엇도 얼음처럼 차가운 강물 속으로 나를 몰아낼 수 없었다.

모든 것이 부족했다. 군화, 옷, 담배, 비누, 양초, 성냥, 올리브유. 군복은 누더기가 다 되었고, 군화가 없어서 발에 밧줄을 감아둔 사람이 많았다. 낡아빠진 군화 더미가 어디에나 있었다. 한번은 땅을 파서 피운 모닥불을 순전히 군화만으로 이틀 동안 유지한 적도 있었다. 군화는 연료로 나쁘지 않다. 이 무렵에는 아내가 바르셀로나에 와 있어서 내게 차, 초콜릿 등을 보내주었다. 심지어 시가도 구할 수 있으면 보내주었다. 하지만 바르셀로나에도 모든 물자가 부족했다. 특히 담배가 그랬다. 차는 하늘에서 떨어진 선물 같았다. 우유도 없고 설탕을 구하기도 힘들었지만, 영

---

*   제1차 세계대전 때 독일군이 대패한 곳

**   1513년 스코틀랜드와 잉글랜드의 전투가 벌어진 곳

*** 1066년 헤이스팅스 전투가 벌어진 곳

**** 기원전 480년 그리스 연합군이 페르시아군에 전멸당한 곳

국의 가족들이 부대원들에게 끊임없이 소포를 보내는데도 제대로 도착하는 것은 하나도 없었다. 음식이든 옷이든 담배든 모든 것이 우체국에서 거부당하거나 프랑스에서 압수당했다. 묘하게도, 내 아내에게 차를 보내는 데 성공한(한번은 비스킷 한 통까지 보내주는 기념비적인 일이 있었다) 유일한 회사가 육해군 구매조합매점이었다. 육군과 해군이 가엾기도 하지! 그들은 자신의 임무를 고결하게 수행했지만, 만약 그 소포가 프랑코 쪽으로 가는 것이었다면 더 기뻐했을지도 모르겠다. 가장 심각한 것은 담배 부족이었다. 처음에는 하루에 한 갑씩 담배가 지급되다가 여덟 개비로, 그다음에는 다섯 개비로 줄어들었다. 나중에는 열흘 동안 담배가 전혀 지급되지 않는 무서운 일이 벌어졌다. 스페인에 도착한 뒤 처음으로 나는 런던에서 매일 볼 수 있는 광경을 보았다. 사람들이 담배꽁초를 줍고 있었다.

3월 말이 가까웠을 때 나는 손에 염증이 생겨서 절개한 뒤 팔걸이 붕대를 매야 했다. 병원에 가야 했지만 그런 사소한 일로 시에타모까지 갈 수는 없어서 몬플로리테의 병원이라는 곳에 머물렀다. 하지만 그곳은 단순히 사상자를 처리하는 곳에 불과했다. 그곳에 열흘 동안 있으면서, 한동안은 병상 신세를 졌다. 프락티칸테(보조 의사)들이 카메라와 사진 전부를 포함해서 내 귀중품을 몽땅 훔쳐갔다. 전선에서는 누구나 도둑질을 했다. 물자가 부족하니 어쩔 수 없는 일이지만 병원 사람들이 항상 최악이었다. 나중에 바르셀로나의 병원에서 만난 미국인은 국제종대에 합류하려고 배를 타고 오다가 이탈리아 잠수함의 어뢰 공격을 당했는데, 부상을 입고 해안으로 옮겨져 구급차에 실리는 동안 들것을 운반하는 사람들이 손목시계를 훔쳐갔다고 내게 말해주었다.

팔을 팔걸이 붕대에 건 채로 나는 며칠 동안 시골을 돌아다니며 행복한 시간을 보냈다. 몬플로리테는 진흙과 돌로 지은 집들이 모여 있는 평범한 곳이었다. 좁고 구불구불한 골목들은 트럭에 하도 긁혀서 여기저기 구덩이가 있는 달 표면 같았다. 교회도 크게 부서졌지만, 군용 창고로 쓰였다. 온 동네를 통틀어 크기를 막론하고 농장 주택은 두 곳밖에 없었다. 토레 로렌조와 토레 파비안. 이 일대에서 진짜로 크다고 할 만한 건물 역시 딱 그 두 곳뿐이었다. 한때 이 시골의 주인이었던 지주들의 저택인 듯했다. 농민들의 한심한 오두막을 보면 그들의 부가 어느 정도였는지 알 수 있었다. 강 바로 뒤편, 전선과 가까운 쪽에 시골 저택이 한 채 딸린 거대한 방앗간이 있었다. 거대하고 값비싼 기계들이 쓸모없이 녹슬어가는 모습이나 밀가루를 쏟아내는 나무 관이 장작으로 쪼개져 있는 모습이 안타까웠다. 나중에는 훨씬 더 먼 곳에 있는 부대의 군인들이 장작을 구하려고 트럭을 타고 와서 이 방앗간을 체계적으로 파괴했다. 그들은 어떤 방의 바닥 널을 박살내려고 방 안에 수류탄을 던져 넣는 방법을 썼다. 우리가 창고 겸 요리장으로 쓰는 라 그란하는 아마도 옛날에 수녀원이었던 것 같았다. 아주 큼직한 마당과 헛간이 있고, 전체 면적이 1에이커* 이상이었으며, 말 삼사십 마리가 들어가는 마구간도 갖춰져 있었다. 스페인 이 지역의 시골 저택은 건축적인 면에서는 관심을 끌 만한 것이 없지만, 둥근 아치와 위풍당당한 천장 프레임이 있고 회반죽을 칠한 석조 건물인 농장 건물들은 아마도 수백 년 동안 그대로 보존된 설계도로 지어진 훌륭한 곳이다. 의용군이 이런 건물을 점령한 뒤 어떻게 하는지 지켜보면, 때로 그 건물의 예전 주인인 파시스트에게 남몰래 동정심을 느끼게 되었다. 라 그란하에서는 사용하지 않는 방을 모두 변소로 만들었다. 부서진 가구 조각들과 배설물이 함께 흔들거리는 모습이 무서웠다. 바로 옆의 작은 예배당은 벽에 포탄 자국이 숭숭 나고, 바닥에는 똥이 몇 인치나 쌓여 있는 상태였다. 취사 담당자들이 국자로 음식을 나눠주는 넓은 마당에는 녹슨 깡통, 진흙, 노새 똥, 썩어가는 음식이 지저분하게 버려져 있어서 먹은 것이 올라올 정도였다. 옛 군가의 가사가 딱 맞았다.

쥐, 쥐가 있다,
고양이만큼 큰 쥐,

* 약 4,047제곱미터

보급품 창고에!

라 그란하의 쥐도 정말로 고양이만큼, 아니 거의 고양이만큼 컸다. 뚱뚱한 녀석들이 쓰레기 더미 속을 어기적어기적 돌아다니는데, 어찌나 뻔뻔한지 사람이 총을 쏘지 않으면 도망치지도 않았다.

진짜 봄이 마침내 왔다. 하늘의 파란색이 좀 더 부드러워지고, 공기가 갑자기 향기로워졌다. 도랑에서는 개구리들이 시끄럽게 짝짓기를 했다. 이 마을 노새들이 물을 마시는 연못 근처에서 나는 1페니 크기의 멋진 초록색 개구리들을 발견했다. 어찌나 멋들어진 모습인지, 어린 풀조차 녀석들 옆에서는 무색해질 정도였다. 농촌 청년들은 달팽이를 잡으려고 양동이를 들고나왔다. 잡은 달팽이는 양철판 위에서 산 채로 구웠다. 날씨가 좋아지자마자, 농부들이 밭을 갈려고 나왔다. 농지가 집산화되었는지 아니면 농부들이 그냥 자기들끼리 땅을 나눠 가졌는지 내가 확실히 알 수 없었던 것은 스페인 농업혁명이 원래 지극히 모호하게 진행되었기 때문이다. POUM과 무정부주의 세력이 차지한 지역이니, 원칙적으로는 농지를 집단농장으로 만드는 것이 맞았다. 어쨌든 지주들은 사라졌고, 밭에서는 농사가 계속되었으며, 사람들은 만족스러워 보였다. 농부들이 우리를 친절하게 대하는 것에 나는 항상 놀라움을 감출 수 없었다. 나이 많은 농부들에게 이 전쟁은 틀림없이 무의미하게 보였을 것이다. 전쟁으로 인해 모든 것이 부족해지고, 모두의 삶이 우울하고 칙칙해졌으니까. 좋은 시절에도 농부들은 자기네 동네에 군대가 머무르는 것을 싫어한다. 그런데도 그들은 우리에게 항상 친절했다. 우리가 다른 면에서는 아무리 참을 수 없는 존재라 해도, 어쨌든 그들 앞에서 예전 지주를 막아주는 역할을 했기 때문인 것 같다. 내전은 원래 기묘하다. 채 5마일도 안 되는 거리에 있는 우에스카는 이곳 주민들이 물건을 팔러 가는 도시였다. 우에스카에 친척이 없는 주민이 없고, 주민들은 매주 우에스카로 가서 자신이 기른 가금류와 채소를 팔았다. 그런데 8개월 전부터 난공불락의 철조망과 기관총이 그들을 막고 있었다. 가끔은 그들의 기억이 흘러나왔다. 스페인 사람들이 올리브유를 넣어 불을 밝히는 작은 철제 램프를 든 할머니와 이야기를 나눈 적이 있었다. "그런 램프는 어디서 사요?" 내가 물었다. "우에스카." 할머니는 아무 생각 없이 대답했다. 그러고는 우리 둘 다 웃음을 터뜨렸다. 마을 아가씨들은 찬란하고 생생했다. 머리카락은 석탄처럼 새까맣고, 걸을 때는 엉덩이가 흔들리고, 태도는 솔직했다. 남자 대 남자로 말하는 것 같은 태도는 십중팔구 혁명의 부산물이었을 것이다.

남자들은 해진 파란색 셔츠와 검은 코듀로이 바지에 챙이 넓은 밀짚모자를 쓰고 노새 한 무리와 함께 밭을 갈았다. 노새들의 귀가 리듬에 맞춰 펄럭거렸다. 쟁기의 상태가 형편없어서, 흙을 뒤집기만 할 뿐 고랑을 만들지는 못했다. 모든 농기구가 불쌍할 정도로 구식이었다. 금속이 워낙 비싼 탓이었다. 예를 들어 쟁기 날이 망가지면 몇 번이고 때워서 썼다. 그러다 보면 날 전체가 땜질투성이가 되기도 했다. 갈퀴는 나무로 만들었다. 장화가 거의 없는 마을에서 삽은 미지의 존재였다. 주민들은 인도 사람들이 쓰는 것 같은 조악한 괭이로 땅을 팠다. 써레를 보면 우리가 석기시대 말기로 곧장 돌아간 것 같았다. 판자를 묶어서 식탁만 한 크기로 만든 것인데, 판자에 수백 개의 구멍을 낸 다음 거기에 각각 돌조각을 끼워 넣었다. 1만 년 전 사람들의 방식 그대로 돌을 쪼개서 모양을 다듬은 돌조각들이었다. 양측 진영 사이의 무인 지대에 있는 버려진 오두막에서 그런 써레를 처음 봤을 때 거의 경악했던 기억이 난다. 나는 그 물건 앞에서 한참 머리를 굴린 뒤에야 그것이 써레임을 알아차렸다. 그런 물건을 만드는 데 얼마나 많은 수고가 들어갔을지, 주민들이 얼마나 가난했기에 강철 대신 돌조각을 쓸 수밖에 없었는지 생각하니 속이 아팠다. 그 뒤로 나는 산업주의에 비교적 너그러워졌다. 하지만 마을에 최신식 트랙터도 두 대 있었다. 어떤 대지주의 집에서 몰수해온 물건임이 분명했다.

나는 마을에서 1마일쯤 떨어진 묘지로 한두 번 정처 없이 걸어갔다. 전선에서 죽은 군인들은 보통 시에타모로 운반되었다. 사방이 벽으로 둘러진 이 작은 묘지에 묻힌

망자들은 이 마을 사람들이었다. 영국 묘지와 묘하게 달랐다. 여기서는 고인에 대한 존중을 볼 수 없었다! 덤불과 거친 풀이 사방에 웃자라 있고, 인간의 뼈가 여기저기 흩어져 있었다. 하지만 정말로 놀라운 사실은, 묘석에 종교적인 상징이나 글귀가 거의 보이지 않는다는 점이었다. 모두 혁명 이전의 무덤인데도. 딱 한 번 '아무개의 영혼을 위해 기도합니다'라는 글귀를 보았던 것 같다. 가톨릭 신자의 무덤에서 흔히 볼 수 있는 글귀다. 그 마을 무덤의 묘석에는 대부분 온전히 세속적인 글만 새겨져 있었다. 고인의 훌륭한 점을 익살맞게 표현한 시였다. 작은 십자가나 천국에 대한 형식적인 언급이 있는 무덤은 아마 네댓 개 중 한 개꼴이었던 것 같다. 그나마도 그런 글귀는 어떤 부지런한 무신론자가 끌로 깎아낸 경우가 대부분이었다.

　이 지역 사람들이 정말로 종교에 대해 아무 생각이 없는 것 같다는 생각이 문득 들었다. 전통적인 의미의 종교적 감정을 말하는 것이다. 내가 스페인에 있는 동안 성호를 긋는 사람을 한 번도 보지 못했다는 점이 신기하다. 혁명과는 상관없이 그런 행동은 본능적으로 나오는 것일 텐데. 언젠가는 스페인 교회가 틀림없이 되살아날 테지만(밤과 예수회는 항상 돌아온다는 말도 있지 않은가), 다 죽어가는 영국 교회가 같은 처지에 처했더라도 상상할 수 없을 만큼 스페인 교회가 혁명의 발발로 박살났다는 점을 부인할 수 없다. 스페인 사람들, 적어도 카탈로니아와 아라곤 사람들에게 교회는 순전히 나쁜 것이었다. 그래서 무정부주의가 신앙을 어느 정도 대신하게 되었을 가능성이 있다. 무정부주의는 확실히 널리 퍼져 있으며, 종교적인 색채도 살짝 띠고 있다.

내가 병원에서 돌아온 날 우리 부대는 전열을 원래 있어야 하는 자리로 밀고 나아갔다. 앞으로 1천 야드쯤 나아가, 파시스트 진영 앞으로 약 200야드 거리에 있는 개울을 따라 전선을 짠 것이다. 원래는 몇 달 전에 실시했어야 하는 작전이었다. 그런데 지금 하는 이유는, 무정부주의 세력이 하카 도로를 공격하고 있어서 우리가 진군함으로써 파시스트 병력을 우리 쪽으로 유인하기 위해서였다.

우리는 잠 한숨 자지 못하고 육칠십 시간째 깨어 있었다. 그래서 내 기억도 흐릿하다. 사진 몇 장을 연달아 붙여놓은 것 같기도 하다. 파시스트 전열의 일부로 요새화된 농장 주택인 카사 프란세사에서 100야드 떨어진 무인지대에서 적의 소리를 듣는 임무. 끔찍한 늪지대에 누워서 보낸 일곱 시간. 갈대 냄새가 나는 물속으로 몸이 점점 깊이 가라앉았다. 갈대 냄새, 감각을 마비시키는 추위, 까만 하늘에서 움직이지 않는 별들, 시끄러운 개구리 울음소리. 4월인데도 그날은 스페인에서 내가 기억하는 가장 추운 밤이었다. 우리 뒤편으로 겨우 100야드 거리에서는 사람들이 열심히 움직이고 있었지만, 우리가 있는 곳에는 개구리 합창 소리를 제외하면 오로지 침묵뿐이었다. 그날 밤

나는 딱 한 번 소리를 들었다. 삽으로 모래주머니를 납작하게 두드리는 친숙한 소리. 스페인 사람들이 가끔 눈이 부실 정도로 조직적인 움직임을 보이는 것이 신기하다. 그날의 움직임도 멋들어지게 계획되어 있었다. 육백 명이 일곱 시간 만에 1,200미터의 참호와 흉벽을 만들었다. 파시스트 진영에서 150~300야드 거리에. 그 작업이 어찌나 조용히 이루어졌는지 파시스트 부대원들은 아무 소리도 듣지 못했다. 밤새 발생한 사상자는 딱 한 명이었다. 물론 다음 날 더 많은 사상자가 발생하기는 했다. 모두 각자 맡은 일을 했다. 심지어 요리장 일꾼들도 예외가 아니었다. 그들은 작업이 끝난 뒤 브랜디를 섞은 포도주 양동이를 들고 갑자기 나타났다.

그렇게 동이 트고 난 뒤, 파시스트 진영은 우리가 그곳에 자리를 잡았다는 사실을 갑자기 알게 되었다. 비록 카사 프란세사는 200야드 떨어져 있었지만, 그 하얀 사각형 건물이 우리 머리 위에 탑처럼 서 있는 듯 보이고, 모래주머니를 쌓아놓은 위층 창가의 기관총은 참호를 똑바로 겨냥하고 있는 듯했다. 우리 모두 입을 쩍 벌리고 서서, 적이 왜 우리를 못 보는지 궁금해했다. 그때 총탄이 지독한 회오리바람처럼 몰려오자 모두들 털썩 무릎을 꿇고 미친 듯이 참호를 깊이 팠다. 그렇게 퍼낸 흙이 옆에 자그마한 방벽처럼 쌓였다. 내 팔은 여전히 붕대에 걸려 있었으므로, 나는 그날 땅을 파지 못하고 추리소설을 읽으며 대부분의 시간을 보냈다. 《사라진 대금업자*The Missing Moneylender*》가 제목이었다. 소설의 플롯은 기억나지 않지만, 그곳에 앉아 책을 읽을 때의 느낌은 아주 똑똑히 기억한다. 내 몸 아래에는 참호 바닥의 축축한 흙이 있고, 나는 허리를 숙이고 참호 안에서 바삐 움직이는 병사들에게 방해가 되지 않으려고 계속 다리를 이리저리 옮겼다. 머리 위로 1~2피트 높이에서 탕탕탕 총격 소리가 났다. 토머스 파커의 허벅지 위쪽을 총알이 관통했다. 파커 자신이 말했듯이, 그가 원한 것보다 DSO*에 더 가까워진 셈이었다. 사상자는 전선 곳곳에서 발생했지만, 만약 우리가 밤에 이동 중에 적의 총격을 당했다면 지금의 피해 정도는 무색해지는 피해를 입었을 것이다. 나중에 한 탈영병에게서 들은 이야기에 따르면, 파시스트 진영의 파수병 다섯 명이 근무 태만으로 총살당했다고 한다. 심지어 지금도 파시스트 진영은 먼저 나서서 박격포를 몇 대 동원한다면 우리를 학살해버릴 수 있었다. 비좁고 북적거리는 참호에서 부상자를 옮기는 일은 쉽지 않았다. 나는 어느 가엾은 병사가 들것

---

* Distinguished Service Order, 영국군의 무공훈장. 번역 저본에서는 이 표현을 다음과 같이 설명한다. "오웰은 토머스 파커가 '그가 원한 것보다 DSO에 더 가까워진 셈'이라고 썼다. 프랑스어판은 DSO가 영국군의 무공훈장을 패러디한 것이며 '가슴판이 총에 맞아 날아갔다 Dickie Shot Off'라는 뜻이라고 설명한다."

에서 내던져지며 고통에 겨워 숨을 삼키는 모습을 보았다. 그의 바지가 피에 젖어 검게 보였다. 우리는 부상병을 멀리까지, 1마일 넘게 떨어진 곳까지 운반해야 했다. 도로가 존재하더라도, 구급차는 결코 최전선 근처까지 오지 않기 때문이었다. 구급차가 너무 가까이 오면, 파시스트 진영에서 포탄을 퍼붓기 일쑤였다. 그럴 만도 하다. 현대전에서는 구급차를 이용해 탄약을 운반하는 일을 누구도 주저하지 않는다.

그다음 날 밤, 우리는 토레 파비안에서 공격을 위해 대기했으나, 마지막 순간 무전으로 공격이 취소되었다. 우리가 기다리던 헛간의 바닥에는 깊이 쌓인 뼈 무더기 위에 왕겨가 얇게 덮여 있었다. 뼈 무더기에는 인간의 뼈와 소뼈가 섞여 있고, 헛간 안은 쥐 세상이었다. 더러운 쥐새끼들이 사방의 바닥에서 떼를 지어 몰려나왔다. 내가 세상에서 가장 싫어하는 일을 하나 꼽는다면, 그건 바로 어둠 속에서 쥐가 내 몸 위를 뛰어다니는 것이다. 하지만 한 녀석에게 주먹을 제대로 먹여 공중으로 날려보내고 나니 만족감이 느껴졌다.

그 뒤 우리는 파시스트 흙벽에서 50~60야드 떨어진 곳에서 공격 명령을 기다렸다. 병사들이 길게 뻗은 관개수로 안에 웅크리고 있었다. 총검이 수로 위로 살짝 솟아오르고, 병사들의 흰자위가 어둠 속에서 반짝였다. 콥과 베냐민은 무선 수신 상자를 어깨에 건 남자와 함께 우리 뒤편에 쪼그리고 있었다. 서쪽 지평선에서 장밋빛 섬광이 번쩍인 뒤, 몇 초의 간격을 두고 엄청난 폭음이 울렸다. 무선기에서 핑핑핑 하는 소리가 나더니, 속삭이는 듯한 소리로 지시가 내려왔다. 상황이 나빠지기 전에 이 자리를 벗어나라는 지시였다. 우리는 명령에 따랐지만 신속하지 못했다. JCI(PSUC의 JSU에 대응하는, POUM의 청년연맹)의 불쌍한 어린애 열두 명이 파시스트 흉벽에서 고작 40야드 정도밖에 떨어지지 않은 곳에 배치되어 있다가 동이 트는 바람에 도망치지 못했다. 그들은 풀로 몸을 허술하게 은폐한 채 하루 내내 그 자리에 누워 있어야 했다. 그들이 움직이려 할 때마다 파시스트 진영에서 총알이 날아왔다. 밤이될 때까지 일곱 명이 죽고, 나머지 다섯 명은 어둠 속에서 간신히 포복으로 벗어났다.

그 뒤로 며칠 동안 아침마다 우에스카 반대편에서 무정부주의 세력이 공격하는 소리가 들렸다. 항상 똑같은 소리였다. 그러다 갑자기 깊은 밤 어느 시점에 폭탄 수십 개가 동시에 터지는 소리가 들렸다. 몇 마일이나 떨어진 곳에서도 그 사악하고 파괴적인 소리가 들렸다. 그러고는 수많은 라이플과 기관총의 포효가 끊이지 않고 이어졌다. 두두두두 울리는 북소리와 묘하게 비슷한 묵직한 소리였다. 총성은 우에스카를 에워싼 전선 전체로 점점 번져나갔다. 그러면 우리는 참호에서 비틀비틀 기어나와 졸린 얼굴로 흉벽에 몸을 기댔다. 거칠고 무의미한 총성이 머리 위를 휩쓸었다.

낮에는 포들이 간헐적으로 불을 뿜었다. 이제 우리의 요리장이 된 토레 파비안도 포격을 당해 일부 파괴되었다. 안전한 거리에서 포격을 보고 있으면, 포수가 항상 목표물을 맞히기를 바라게 되는 게 묘하다. 그 목표물 안에 나의 저녁 식사와 동료 몇 명이 있는데도. 그날 아침 파시스트 진영의 포격은 정확했다. 아마 독일인 포수들이 포를 다루고 있는 모양이었다. 그들은 토레 파비안에 깔끔하게 협차 포격을 퍼부었다. 포탄 하나는 건물 너머에, 다른 하나는 건물에 조금 못 미치는 곳에, 그러고는 휘잉 — 쾅! 서까래가 쪼개져 튀어 오르고, 누가 트럼프 카드를 손으로 튕겨 보내기라도 한 것처럼 우랄 석판이 허공을 날았다. 그다음 포탄은 거인이 칼로 베어내듯이 깔끔하게 건물 귀퉁이를 날려버렸다. 그래도 요리사들은 시간에 맞춰 식사를 만들어냈다. 기념비적인 업적이었다.

시간이 흐르면서, 눈에 보이지 않고 소리만 들리는 총 포들이 각각 또렷한 성격을 띠기 시작했다. 러시아산 75밀리미터 포열 두 개는 우리 뒤쪽 가까운 곳에서 포탄을 쏘아댔는데, 나는 왠지 골프공을 때리는 뚱뚱한 남자의 이미지를 떠올렸다. 그들은 내가 처음으로 본…… 아니, 소리를 들은 최초의 러시아산 포였다. 포탄이 날아오는 궤도가 나지막하고 속도가 몹시 빨라서, 카트리지 폭음, 휘잉 하는 소리, 포탄이 터지는 소리가 거의 동시에 들렸다. 몬폴

로리테 뒤에 있는 중포重砲 두 대는 하루에 몇 번 탄을 발사할 때마다 멀리서 사슬에 묶여 있는 괴물의 울부짖음과 비슷한 깊고 억눌린 포효 소리를 냈다. 정부군이 작년에 강습했던(역사상 처음이라고 했다) 아라곤산 위의 중세 요새는 우에스카 접근로 한 곳을 지키는 역할을 했다. 그곳에 배치된 중포는 틀림없이 19세기 물건인 것 같았다. 커다란 포탄들이 머리 위로 휭 하고 지나가는 속도가 어찌나 느린지, 사람이 그 옆에서 속도를 맞춰 뛸 수도 있을 것 같다는 생각이 들었다. 이 중포가 발사한 포탄은 사람이 자전거를 타고 가며 휘파람을 부는 소리와 똑같은 소리를 냈다. 참호의 박격포는 비록 크기가 작지만 가장 사악한 소리를 냈다. 박격포탄은 정말로 날개 달린 어뢰와 비슷하다. 모양은 주점에서 사람들이 던지며 노는 다트와 같고, 크기는 1쿼트들이 병과 비슷하다. 포탄이 터질 때는 악마 같은 금속성 소리가 난다. 금방 깨질 것 같은 거대한 강철 구가 모루 위에서 부서지는 소리 같다. 가끔 우리편 비행기가 머리 위를 날아가며 공중 어뢰를 떨어뜨렸다. 그 어뢰 소리가 엄청나게 메아리칠 때면 심지어 2마일이나 떨어진 곳에서도 땅이 흔들린다. 파시스트 진영의 대공포탄들이 형편없는 수채화 속의 구름 조각처럼 하늘을 점점이 수놓았지만, 그것들이 비행기에서 1천 야드 이내로 들어가는 모습은 한 번도 보지 못했다. 비행기가 아래로 쑥 내려와 기관총을 쏠 때 아래에서 그 소리를 들으면, 마치 날개가 파닥거리는 소리 같다.

우리 쪽 전선에서는 이렇다 할 일이 별로 벌어지지 않았다. 우리 오른쪽으로 200야드 거리에서는 파시스트 진영이 우리보다 높은 곳에 있었는데, 그쪽 저격수가 우리 동료 몇 명을 쏘아 쓰러뜨렸다. 왼쪽으로 200야드 떨어진 개울 위 다리에서는 파시스트 박격포와 다리를 가로지르는 콘크리트 바리케이드를 건설 중인 사람들 사이에 일종의 결투가 벌어지고 있었다. 사악한 소형 포탄들이 휭 하고 날아가 지잉―쾅! 지잉―쾅! 그것들이 아스팔트 위에 떨어지면 두 배나 악마적인 소리가 났다. 100야드 거리만 유지한다면, 안전을 전혀 걱정하고 않고 흙과 검은 연기가 마법의 나무처럼 공중으로 치솟는 모습을 구경할 수 있었다. 다리 근처의 가엾은 군인들은 낮에는 대부분 참호 옆에 파놓은 작은 맨홀 속에 웅크리고 있었다. 그래도 사상자는 생각보다 적었다. 바리케이드도 꾸준히 올라갔다. 두께 2피트의 콘크리트 벽에 기관총 두 대와 작은 야포 한 대를 위한 총안을 뚫어놓은 형태였다. 콘크리트를 강화하는 데 쓰인 낡은 침대 틀은 그 목적을 위해 구할 수 있는 유일한 쇠붙이인 것 같았다.

6

어느 날 오후 베냐민이 자원자 열다섯 명이 필요하다고 우리에게 말했다. 지난번에 취소되었던 파시스트 진영 공격이 그날 밤 시행될 예정이라고 했다. 나는 갖고 있던 멕시코제 탄약 카트리지 열 개에 기름칠을 하고, 총검에 때를 묻히고(칼날이 너무 번득이면 우리 위치가 들통난다), 빵 한 덩어리와 빨간 소시지 3인치를 챙겼다. 아내가 바르셀로나에서 보내준 뒤 오랫동안 감춰두었던 시가 한 개비도 함께 챙겼다. 수류탄은 일인당 세 개씩 분배되었다. 스페인 정부가 마침내 괜찮은 수류탄을 생산하는 데 성공한 것이다. 원칙적으로 밀스 수류탄을 바탕으로 한 제품이었으나, 핀이 한 개가 아니라 두 개라는 점이 달랐다. 핀 두 개를 다 뽑은 뒤 수류탄이 폭발할 때까지 7초의 여유가 있었다. 이 수류탄의 가장 큰 문제는 핀 하나가 몹시 뻑뻑하고, 다른 핀 하나는 몹시 헐겁다는 점이었다. 따라서 평소 두 핀을 모두 고스란히 놔두었다가 긴급한 상황에서 뻑뻑한 핀을 뽑지 못하는 난관에 봉착하거나, 아니면 뻑뻑한 핀을 미리 뽑아두고는 혹시 수류탄이 주머니 속에서 폭발하지 않을까 노상 애를 태우게 될 가능성이 있었다. 그래도 간편하게 사용할 수 있는 수류탄인 것은 확실했다.

자정 조금 전에 베냐민이 우리 열다섯 명을 이끌고 토레 파비안으로 내려갔다. 저녁때부터 비가 억수같이 쏟아지고 있었다. 관개수로에 빗물이 찰랑거려서, 어쩌다 그 안에 발을 잘못 딛기라도 하면 허리까지 물에 잠겼다. 칠흑 같은 어둠과 농장 마당을 두드려대는 폭우 속에서 기다리는 우리 모습이 흐릿하게 보였다. 콥은 처음에는 스페인어로, 그다음에는 영어로 우리에게 공격 계획을 설명했다. 이곳의 파시스트 진영은 L자 모양으로 휘어져 있으며, 우리가 공격할 흉벽은 L의 귀퉁이에 해당하는 경사지에 있었다. 영국인과 스페인인이 반반씩 섞인 서른 명이 우리 대대장(의용군에서 대대는 약 사백 명 규모였다) 호르헤 로카와 베냐민의 지휘로 경사지를 기어 올라가 파시스트 진영의 철조망을 끊어야 했다. 호르헤가 가장 먼저 수류탄을 던지는 것을 신호로 우리 모두 수류탄을 비 오듯이 던지면 적이 흉벽에서 물러날 것이고, 우리는 그들이 전열을 재정비하기 전에 그곳을 점령할 것이다. 그와 동시에 돌격대 칠십 명이 파시스트 진영의 다음 '진지'를 공격할 예정이었다. 우리가 공격할 지점에서 오른쪽으로 200야드 떨어진 그 진지는 통신 참호로 연결되어 있었다. 어둠 속에서 우리가 서로에게 총을 쏘는 사태를 방지하기 위해 하얀 완장이 지급될 것이라고 했다. 그런데 그 순간 전령이 나타나 하얀 완장이 하나도 없다고 말했다. 어둠 속에서 누군가가 애처롭게 말했다. "우리가 아니라 파시스트들이 하얀 완장을 차게 만들 수 없을까?"

한두 시간 정도 시간이 남아 있었다. 노새 마구간 위쪽의 헛간은 포화로 너무 많이 부서져서 불빛이 없으면 그 안에서 돌아다닐 수 없었다. 바닥 절반이 포탄에 맞아 뜯겨나갔고, 20피트 깊이의 구덩이 바닥에는 돌멩이들이 깔려 있었다. 누군가가 곡괭이를 하나 찾아내 쪼개진 바닥널을 뜯어내자 몇 분 만에 불을 피울 수 있었고, 비에 흠뻑 젖은 옷에서 김이 피어올랐다. 누군가가 카드 한 벌을 꺼냈다. 브랜디를 섞은 뜨거운 커피가 곧 나올 것이라는 소문(전쟁터 특유의 수수께끼 같은 소문)이 돌아다녔다. 우리는 무너지기 직전인 계단을 줄지어 내려가 어두운 마당을 돌아다니며 커피가 어디 있느냐고 물었다. 이럴 수가! 커피는 없었다. 대신 호르헤와 베냐민이 우리를 한자리에 모아 한 줄로 세우더니, 어둠 속으로 빠르게 걸어 들어갔다. 우리도 그 뒤를 따랐다.

비는 계속 내리고 사방이 깜깜했지만, 바람은 잦아들었다. 진흙탕은 말로 형용할 수 없었다. 비트밭을 통과하는 길은 한없이 울퉁불퉁하고, 기름 바른 장대만큼이나 미끄럽고, 사방에 거대한 물웅덩이가 있었다. 우리가 우리 흉벽을 벗어나는 지점에 도달하기 한참 전에 대원들이 모두 몇 번이나 넘어졌다. 라이플은 온통 진흙투성이였다. 흉벽에서 우리의 예비대가 기다리고 있었다. 의사와 들것도 있었다. 우리는 흉벽의 틈새를 일렬로 통과해서, 관개 수로의 물속을 걸었다. 풍덩 — 꼴딱꼴딱! 또 물이 허리까지 올라오고, 더럽고 미끄러운 진흙이 군화 속으로 스며들어왔다. 호르헤는 수로 밖의 풀밭에서 우리 모두가 수로를 통과할 때까지 기다렸다. 그러고는 몸을 거의 절반으로 접어 천천히 기듯이 전진하기 시작했다. 파시스트 진영의 흉벽이 약 150야드 거리에 있었다. 우리가 그곳까지 가려면 소리를 내지 않고 이동해야 했다.

나는 호르헤, 베냐민과 함께 대열 맨 앞에 있었다. 몸은 반으로 접었으나 고개는 든 채로 우리는 거의 새까만 어둠 속으로 살금살금 걸어 들어갔다. 한 걸음 내디딜 때마다 속도가 느려졌다. 빗줄기가 우리 얼굴을 가볍게 때렸다. 흘깃 뒤를 돌아보니 나와 가장 가까이에 있는 부대원들이 보였다. 커다란 검은색 버섯처럼 몸을 구부린 무리가 천천히 미끄러지듯 전진하고 있었다. 하지만 내가 고개를 들 때마다 바로 옆에서 베냐민이 사나운 목소리로 내 귓가에 속삭였다. "코개 숙여! 코개 숙여!" 그에게 걱정할 필요 없다고 말해줄 수도 있었다. 어두운 밤에는 스무 걸음 거리에 있는 사람도 보이지 않는다는 사실을 실험으로 알고 있었으니까. 그보다 훨씬 더 중요한 것은 소리를 내지 않는 것이었다. 만약 적이 한 번이라도 우리가 내는 소리를 듣는다면 우리는 끝장이었다. 그들이 어둠을 향해 기관총을 한 번 난사하기만 하면, 우리는 도망치든지 그 자리에서 학살당하든지 하는 수밖에 없었다.

하지만 물에 흠뻑 젖은 땅에서는 소리 없이 이동하기가 거의 불가능했다. 무슨 짓을 해도 발이 진흙탕에 빠져 움직이지 않고, 한 걸음 내디딜 때마다 철벅철벅 소리가 났다. 바람이 잦아든 것이 문제였다. 비가 내리는데도 사방이 아주 조용했다. 이런 상황에서는 소리가 멀리까지 퍼질 것이다. 한순간 내가 깡통을 발로 차는 바람에 오싹해졌다. 몇 마일 이내의 모든 파시스트 부대원이 틀림없이 그 소리를 들었을 것 같았다. 하지만 파시스트 진영에서는 아무 소리도 나지 않았다. 그 소리에 반응해서 총을 쏘지도 않고, 움직임을 보이지도 않았다. 우리는 계속 나아갔다. 계속 속도가 느려졌다. 목적지에 도착하고 싶다는 내 욕망이 얼마나 깊었는지 지금 설명할 길이 없다. 적이 우리 소리를 듣기 전에 수류탄을 던질 수 있는 거리 안에 들어갈 수만 있다면! 그런 순간에는 겁도 나지 않는다. 목적지까지 남은 거리를 빨리 가고 싶다는, 거대하고 절망적인 갈망을 느낄 뿐이다. 나는 야생동물의 뒤를 밟을 때에도 정확히 똑같은 경험을 했다. 빨리 사정거리 안에 들어가고 싶다는 고통스러운 갈망, 하지만 그것이 불가능할 것이라는 몽롱한 확신. 게다가 그 거리가 계속 늘어나는 것 같았다! 나는 그 지역을 잘 알았다. 거리는 고작해야 150야드였다. 그런데도 마치 1마일처럼 느껴졌다. 그렇게 느린 속도로 기듯이 이동하다 보면, 다양한 지형을 개미가 얼마나 거대하게 느낄지 알 수 있다. 여기는 매끄러운 풀밭, 저기는 고약한 진흙밭, 높이 솟아서 서로 스치는 소리를 내는 갈대밭은 반드시 피해야 하고, 돌더미는 희망을 포기하고 싶게 만든다. 소리 없이 그 돌더미를 넘어가기가 불가능할 것 같아서.

우리가 그렇게 기듯이 이동한 지가 너무 오래돼서 나는 차츰 길을 잘못 든 것 같다는 생각이 들었다. 그때 어둠 속에서 어둠보다 더 까맣고 가느다란 평행선들이 어렴풋이 보였다. 바깥쪽 철조망이었다(파시스트 진영에는 철조망이 두 개였다). 호르헤가 바닥에 주저앉아 주머니를 뒤졌다. 우리의 유일한 철조망 절단기가 그에게 있었다. 싹둑, 싹둑. 잘려서 늘어진 철조망을 조심스레 들어서 옆으로 젖혔다. 그리고 후미의 부대원들이 가까이 다가오기를 기다렸다. 그들이 무서울 정도로 시끄러운 소리를 내는 것 같았다. 이제 파시스트 진영의 흙벽까지 남은 거리는 50야드쯤이었다. 우리는 다시 몸을 잔뜩 숙이고 앞으로 나아갔다. 쥐구멍에 접근하는 고양이처럼 조심스레 발을 내려놓으며 은밀하게 움직였다. 그러고는 잠시 멈춰 서서 귀를 기울이다가 다시 한 발. 나는 고개를 들었다. 베냐민이 소리 없이 내 목덜미를 잡고 무자비하게 눌렀다. 안쪽 철조망이 흙벽에서 고작 20야드 거리에 있다는 걸 나는 알고 있었다. 서른 명이 아무 소리도 내지 않고 거기까지 가는 건 상상할 수 없는 일 같았다. 숨소리만으로도 우리 위치가 들통 날 지경이었다. 그런데도 우리는 안쪽 철조망에 무사히 도착했다. 이제 적의 흙벽이 눈에 보였다. 흐릿한 검은 언덕 같은 흙벽이 높이 솟아 있었다. 호르헤가 다시 바닥에 주저앉아 주머니를 뒤졌다. 싹둑, 싹둑. 철조망을 조용히 자를 길은 없었다.

안쪽 철조망도 처리되었다. 우리는 바닥에 엎드려 다소 신속하게 철조망을 통과했다. 이제 각자 위치를 잡을 시간만 있다면 문제가 없었다. 호르헤와 베냐민이 오른쪽으로 기어갔다. 하지만 뒤에 넓게 퍼져 있던 부대원들은 철조망의 좁은 틈새를 통과하기 위해 일렬로 늘어서야 했다. 바로 그 순간 파시스트 진영의 흙벽에서 섬광이 일고 폭음이 들렸다. 마침내 파수병이 우리 소리를 들은 것이다. 호르헤는 한쪽 무릎을 바닥에 댄 자세로 볼링공을 던지듯이 팔을 휘둘렀다. 쾅! 그가 던진 수류탄이 흙벽 쪽 어딘가에서 터졌다. 곧바로, 상상할 수도 없을 만큼 신속하게 총소리가 이어졌다. 열 자루나 스무 자루쯤 되는 라이플이 흙벽에서 불을 뿜었다. 그들이 처음부터 우리를 기다리고 있었음이 분명했다. 순간적으로 사방이 환해지면서 모래주머니가 하나하나 전부 보였다. 너무 뒤에 처진 부대원들이 수류탄을 던졌는데, 개중 일부는 흙벽에 미처 닿지 못했다. 모든 총안에서 불길이 뿜어져 나오는 것 같았다. 어둠 속에서 총에 맞는 것은 항상 너무 싫은 일이다. 모든 라이플의 불꽃이 똑바로 나를 향하고 있는 것 같다. 하지만 최악은 수류탄이었다. 어둠 속에서 나와 가까운 곳에 수류탄이 떨어져 터지는 모습을 직접 보기 전에는 그것이 얼마나 끔찍한 물건인지 상상할 수 없다. 낮에는 그냥 폭음만 날 뿐이지만, 어두울 때는 눈이 멀 것 같은 빨간 섬광이 함께 터진다. 나는 첫 일제사격 때 이미 바닥에 몸을 던진 상태였다. 미끄러운 진흙탕에 모로 누운 채 줄곧 수류탄의 안전핀과 미친 듯이 씨름했다. 그 망할 놈의 핀이 **도저히** 뽑히지 않았다. 그러다 마침내 내가 핀을 비트는 방향이 틀렸음을 깨달았다. 나는 핀을 뽑은 뒤 무릎으로 일어서서 수류탄을 던지고 다시 바닥에 몸을 던졌다. 수류탄은 오른쪽, 흉벽 바깥쪽에서 터졌다. 두려운 마음에 내가 겨냥을 잘못한 탓이었다. 바로 그 순간 다른 수류탄이 내 바로 앞에서 터졌다. 열기가 느껴질 만큼 가까운 곳이었다. 나는 바닥에 납작 엎드려, 진흙 속에 얼굴을 열심히 파묻었다. 너무 열심히 진흙 속으로 파고든 나머지 목이 아파와서 부상을 당한 줄 착각할 정도였다. 전투의 소음 속에서 내 뒤의 누군가가 영어로 조용히 말하는 소리가 들렸다. "나 맞았어." 그 수류탄은 사실 나만 빼고 내 주위의 여러 명에게 부상을 입혔다. 나는 무릎으로 일어서서 다시 수류탄을 던졌다. 그것이 어디에 떨어졌는지는 기억나지 않는다.

파시스트 진영에서 총탄이 날아오고, 내 뒤쪽 우리 편도 총을 쏘아댔다. 나는 중간에 갇혔음을 강하게 의식했다. 총알 하나가 날아가며 일으킨 돌풍이 느껴져서 나는 바로 내 뒤에 있는 부대원이 총을 쏘고 있음을 깨달았다. 나는 일어서서 그에게 소리쳤다. "나한테 쏘면 어떡해, 이 멍청아!" 그 순간 베냐민이 보였다. 그는 내 오른쪽 10~15야드 거리에서 나를 향해 팔을 흔들었다. 나는 그에게 뛰어갔다. 불을 뿜는 총안들 앞을 지나갔다는 뜻이다. 뛰어가면서 나는 왼손으로 뺨을 가렸다. 멍청한 짓이었다. 사람의 손이 총알을 막을 수 있다는 건가! 그래도 나는 얼굴에 총을 맞는 것이 두려웠다. 베냐민은 한쪽 무릎을 바닥에대고, 기뻐하는 악마 같은 표정으로 번쩍이는 라이플들을 향해 자동 권총을 신중하게 쏘고 있었다. 호르헤는 첫 번째 일제사격 때 부상을 당해 지금 당장 눈에 보이지 않는어딘가에 있었다. 나는 베냐민 옆에 무릎으로 서서 수류탄의 안전핀을 뽑고 수류탄을 던졌다. 아! 이번에는 의심의여지가 없었다. 수류탄이 흉벽 안에서 폭발했다. 기관총들이 있는 곳 바로 옆의 구석에서.

파시스트 진영에서 날아오는 총탄이 갑자기 확 줄어든 것 같았다. 베냐민이 벌떡 일어나서 소리쳤다. "전진! 돌격!" 우리는 흉벽이 서 있는 짧고 가파른 능선을 달려 올라갔다. 방금 '달려 올라갔다'고 말했지만, 사실은 '쿵쿵 무겁게 움직였다'는 말이 더 어울릴 것이다. 머리부터 발끝까지 빗물에 흠뻑 젖고 진흙투성이가 된 상태로, 무거운 라이플과 총검과 카트리지 150개를 들고 있다면 신속하게 움직일 수 없다. 나는 능선 꼭대기에서 당연히 적이 나를 기다리고 있을 거라고 생각했다. 그런 거리에서 총을 쏜다면, 그의 총알이 반드시 나를 맞힐 것이다. 하지만 왠지 그가 총을 쏠 것 같지는 않았다. 그저 총검으로 나를 공격하려 할 것 같았다. 우리 둘이 총검을 맞대는 감각이 미리 느껴지는 것 같았다. 그의 무기가 내 무기보다 더 튼튼할지 궁금했다. 그런데 날 기다리는 적이 없었다. 어렴풋한 안도감을 느끼며, 나는 낮은 흉벽과 모래주머니 덕분에 단단히 발을 디딜 수 있음을 깨달았다. 보통 흉벽을 넘어가는 건 힘든 일이다. 흉벽 안쪽의 모든 것이 박살나고, 총알들이 사방에서 날아다니고, 커다란 우랄석 조각들이 지저분하게 널려 있었다. 우리가 던진 수류탄이 거기 있던 오두막과 참호를 모두 난장판으로 만들어버렸다. 그런데 사람이 한 명도 보이지 않았다. 나는 적들이 땅속 어딘가에 숨어 있는 줄 알고 영어로 소리쳤다(그 순간에는 스페인어가 전혀 생각나지 않았다). "어서 나와! 항복해!" 아무런 반응이 없었다. 그때 한 남자가, 어둑한 빛 속에서 그림자처럼 보이는 남자가 부서진 오두막 한 곳의 지붕을 뛰어넘어 왼쪽으로 달아났다. 나는 그를 쫓아가며 어둠을 향해 총검을 찔러댔지만 소용없는 짓이었다. 그 오두막의 귀퉁이를 돌다가 나는 또 어떤 남자를 보았다. 아까 그 남자와 같은 사람인지는 지금도 알지 못한다. 그 남자는 다른 파시스트 진지로 이어진 통신 참호를 따라 달아났다. 나와 그의 거리가 아주 가까웠는지 그의 모습이 똑똑히 보였다. 머리에 아무것도 쓰지 않은 그는 몸에도 담요 한 장 외에는 아무것도 걸치지 않은 것 같았다. 그는 어깨에 걸친 담요를 단단히 붙잡고 있었다. 만약 내가 총을 쏘았다면, 그는 산산조각이 났을 것이다. 하지만 우리가 자칫 같은 편끼리 총을 쏘게 될 것을 우려해서, 흉벽 안에 들어간 뒤에는 총검만 사용하라는 지시가 이미 내려와 있었다. 게다가 어떤 경우라도 나는 총을 쏠 생각을 하지 못했다. 그 순간 내 머리는 20년 전으로 훌쩍 뛰어 돌아갔다. 학교에서 권투를 가르치던 선생님이 다르다넬스 해협에서 총검으로 튀르크 병사를 어떻게 공격했는지 팬터마임으로 생생하게 재현하던 순간으로. 나는 개머리판의 잘록한 부분을 잡고 그 남자의 등을 찔렀다. 하지만 그는 내가 닿을 수 있는 범위에서 살짝 벗어난 곳에 있었다. 다시 한번 찔러 보았지만 역시 총검이 닿지 않았다. 우리가 이런 식으로 짧은 거리를 이동하는 동안 그는 참호 안에서 계속 달렸고, 나는 땅 위에서 계속 그를 뒤쫓으며 그의 견갑골을 찌르려 했지만 단 한 번도 총검이 닿지 않았다. 지금 생각하면 웃기는 일이다. 비록 그에게는 웃기는 일이 아니었겠지만.

물론 그는 그곳의 지형을 나보다 잘 알고 있었으므로

금방 내게서 벗어나 도망쳤다. 내가 진지로 돌아오니 온통 고함을 지르는 사람들뿐이었다. 총격의 소음은 조금 덜했다. 파시스트 부대가 여전히 3면에서 우리를 향해 총격을 퍼부었으나, 거리가 전보다 멀었다. 우리가 그들을 일단 여기서 몰아낸 것이다. 그때 내가 예언자처럼 이렇게 말한 기억이 난다. "우리가 이곳을 지킬 수 있는 시간은 30분, 딱 그 정도야." 내가 왜 30분이라고 말했는지 모르겠다. 오른쪽 흙벽 너머를 보면, 초록색이 감도는 라이플 섬광이 무수히 어둠을 찔러대는 것이 보였다. 하지만 거기까지 거리가 100~200야드나 되었다. 이제 우리가 할 일은 진지를 수색해서 무엇이든 가치 있는 물건을 약탈하는 것이었다. 베냐민을 비롯한 몇 명이 이미 진지 중앙의 참호와 커다란 오두막의 잔해 속을 뒤지고 있었다. 베냐민은 부서진 지붕을 신나게 헤치다가 탄약 상자의 노끈 손잡이를 잡아당겼다.

"동지들! 탄약이야! 탄약이 아주 많아!"

"우리한테 탄약은 필요 없어." 누군가가 말했다. "라이플이 필요해."

맞는 말이었다. 우리가 가진 라이플 중 절반이 진흙 때문에 방아쇠를 당길 수 없는 상태였다. 청소를 할 수는 있겠지만, 어둠 속에서 라이플의 노리쇠를 빼는 것은 위험하다. 어딘가에 놓아두었다가 잃어버릴 수 있기 때문이다. 나는 아내가 바르셀로나에서 어렵게 구입한 자그마한 손전등을 갖고 있었다. 그걸 제외하면 우리에게는 어떤 불빛도 없었다. 멀쩡한 라이플을 갖고 있는 병사 몇 명이 저 멀리 섬광이 이는 곳을 향해 멋대로 총을 쏘기 시작했다. 누구도 감히 속사를 시도하지는 못했다. 상태가 최고인 라이플이라도 너무 뜨거워지면 고장 나기 쉬웠다. 흙벽 안에 있는 우리 편은 부상자 한두 명을 포함해서 약 열여섯 명이었다. 흙벽 밖에는 영국인과 스페인인을 막론하고 부상병 여러 명이 쓰러져 있었다. 벨파스트 출신의 아일랜드인으로 응급구조 훈련을 조금 받은 패트릭 오하라가 붕대를 들고 이리저리 돌아다니며 부상자들의 상처를 돌봤다. 그러고는 흙벽으로 돌아올 때마다 당연히 총격을 받았다. 그가 성난 목소리로 "POUM!"이라고 외쳤는데도.

우리는 진지 수색을 시작했다. 시신 여러 구가 쓰러져 있었지만, 나는 굳이 그들을 살피려고 걸음을 멈추지 않았다. 내가 찾는 것은 기관총이었다. 밖에서 엎드려 기다리는 동안 내내 나는 적이 왜 기관총을 쏘지 않는지 조금 궁금했다. 기관총 구역으로 가서 손전등을 켰더니, 이렇게 실망스러울 수가! 총이 없었다. 삼각대도 있고, 탄약 상자와 예비 부품도 있지만, 총은 없었다. 적들이 첫 경보가 울리자마자 기관총을 받침대에서 떼어내 가져간 모양이었다. 분명히 명령에 따른 행동이었을 것이다. 그러나 어리석고 비겁한 행동이었다. 그들이 총을 제자리에 두고 쏘았다면, 우리가 전멸했을지도 모른다. 우리는 분기탱천했다.

꼭 기관총을 노획할 생각이었는데.

여기저기 쑤셔보았지만, 이렇다 할 가치가 있는 물건을 찾지 못했다. 파시스트 수류탄이 상당히 많이 널려 있었지만, 줄을 잡아당겨 폭발시키는 열등한 모델이었다. 나는 그 수류탄 두 개를 기념품으로 주머니에 챙겨 넣었다. 파시스트 참호의 비참한 모습을 적나라하게 보고 나니 충격을 받지 않을 수 없었다. 여분의 옷가지, 책, 식량, 사소한 개인 물품 등 우리 참호에서 볼 수 있는 물건들이 전혀 없었다. 봉급도 받지 못하는 이 가난한 징집병들이 가진 것이라고는 비에 젖은 빵 몇 덩어리와 담요밖에 없는 듯했다. 진지 한쪽 끝의 작은 참호는 일부가 지상으로 나와서, 작은 창문까지 하나 달려 있었다. 우리는 손전등으로 창문 안을 살펴보다가 곧바로 환성을 질렀다. 가죽 케이스에 들어 있는 원통형 물체, 길이 4피트, 지름 6인치인 그 물체가 벽에 기대어져 있었다. 기관총 총열이 분명했다. 우리는 재빨리 달려가 문으로 들어갔다. 그런데 가죽 케이스 안의 그 물건은 기관총이 아니라, 무기에 굶주린 우리 부대에서 그보다 훨씬 더 귀한 물건이었다. 배율이 적어도 60배나 70배는 될 것 같은 커다란 망원경. 접이식 삼각대도 함께 있었다. 우리 편에는 이런 망원경이 전혀 없기 때문에 절실히 필요했다. 우리는 의기양양하게 그것을 가지고 나와, 나중에 가져가려고 흙벽에 기대어 세워두었다.

그 순간 파시스트들이 다가오고 있다고 누군가가 소

리쳤다. 확실히 총격 소리가 아까보다 엄청나게 커졌다. 그들이 오른쪽에서 반격하는 일은 없을 것 같았다. 그러려면 중간 무인 지대를 건너와서 자기네 흉벽을 공격해야 하기 때문이다. 그들에게 생각이 조금이라도 있다면, 전선 안쪽에서 우리에게 달려들 터였다. 나는 참호 반대편으로 돌아갔다. 진지는 대략 말굽 모양인데, 참호들이 중앙에 있어서 왼편에 우리를 가려주는 흉벽이 하나 더 있었다. 그쪽 방향에서 집중포화가 쏟아지고 있었으나 크게 중요하지는 않았다. 위험지대는 똑바로 앞쪽이었다. 엄폐물이 하나도 없기 때문이었다. 총알들이 줄줄이 머리 바로 위를 지나갔다. 전선을 따라 더 멀리 떨어진 또 다른 파시스트 진지에서 날아오는 총알이 분명했다. 결국 돌격대가 그 진지를 빼앗지 못한 모양이었다. 이번에는 귀가 멀 것 같이 총성이 컸다. 여러 정의 라이플이 한꺼번에 불을 뿜을 때 나는, 계속 북을 두드리는 것 같은 굉음이었다. 원래 조금 떨어진 거리에서 익숙하게 들리던 소리인데, 그런 소리가 나는 현장 한복판에 내가 있게 된 것은 이번이 처음이었다. 이제는 사방 몇 마일 이내의 모든 전선에서 포화가 날아왔다. 더글러스 톰슨은 부상당해 쓸 수 없게 된 한쪽 팔을 옆구리에 늘어뜨린 채 흉벽에 기대 한 손으로 적의 섬광을 향해 총을 쏘고 있었다. 라이플이 고장 나서 쏠 수 없게 된 누군가가 그를 위해 장전을 해줬다

　이쪽에 있는 우리 편은 네댓 명이었다. 이 인원으로

어떻게든 해봐야 했다. 앞쪽 흙벽에서 모래주머니를 끌어다 아무런 방벽이 없는 곳에 바리케이드를 쌓아야 했다. 그것도 아주 빨리. 지금은 총알이 높은 곳을 스쳐 지나가지만, 언제라도 겨냥이 낮아질 수 있었다. 사방에서 이는 섬광 덕분에 나는 적이 일이백 명 수준임을 알 수 있었다. 우리는 모래주머니를 끌어내려 앞쪽으로 20야드 운반해서 대충 한 무더기로 쌓기 시작했다. 지겨운 작업이었다. 모래주머니가 커서 무게가 각각 1헌드레드웨이트*였으므로, 그걸 끌어내리려면 있는 힘을 모두 긁어서 써야 했다. 그러다 망할 놈의 자루가 찢어지기라도 하면 축축한 흙이 폭포처럼 온몸으로 쏟아져 목과 소매 속으로 들어갔다. 모든 것이 너무나 끔찍하게 느껴지던 것이 기억난다. 혼돈, 어둠, 무서운 총성, 진흙 속에서 이리저리 미끄러지듯 움직이는 것, 자꾸 찢어지는 모래주머니와 씨름하는 것……. 그 와중에 라이플이 계속 거추장스러웠지만 혹시 잃어버릴까 봐 감히 내려놓지는 못했다. 누군가와 함께 모래주머니 한 개를 양옆에서 들고 휘청휘청 옮기면서 그에게 이런 고함을 지르기까지 했다. "이거 전쟁이라며! 기막히지 않아?" 갑자기 키 큰 인형들이 연달아 앞쪽 흙벽을 뛰어넘었다. 그들이 가까워지자 돌격대 군복을 입은 것이 보여서,

---

* 영국 단위로 약 50.8킬로그램

우리는 환성을 질렀다. 그들이 증원부대라고 생각했기 때문에. 하지만 그들은 도합 네 명뿐이었다. 독일인 세 명과 스페인인 한 명. 돌격대가 어떤 일을 겪었는지 우리는 나중에 들었다. 이 지역을 잘 모르는 그들이 어둠 속에서 엉뚱한 곳으로 가버리는 바람에, 파시스트 진영의 철조망에 걸려 많은 사람이 총에 맞아 쓰러졌다. 이 네 명이 도중에 길을 잃은 것은 그들에게 행운이었다. 독일인 세 명은 영어도, 프랑스어도, 스페인어도 전혀 할 줄 몰랐다. 우리는 손짓 발짓을 동원해서 우리가 지금 무엇을 하고 있는지 힘들게 설명한 뒤, 바리케이드 쌓는 작업을 도와달라고 말했다.

파시스트 진영에는 이제 기관총 한 정이 등장했다. 그것이 100~200야드 떨어진 곳에서 폭죽처럼 불을 뿜는 것이 보였다. 총알이 차가운 총성과 함께 꾸준히 날아왔다. 오래지 않아 우리는 나지막한 흉벽이라고 해도 될 만큼 모래주머니를 쌓았다. 우리 편 사람 몇 명이 그 뒤에 엎드려 사격할 수 있을 정도였다. 나는 그들 뒤에 쪼그려 앉았다. 박격포 포탄 하나가 휘잉 하고 날아와 무인 지대 어딘가에 떨어졌다. 그것도 위험 요소였으나, 저들이 사격 거리를 알아내는 데에는 앞으로도 몇 분이 더 걸릴 터였다. 그 망할 놈의 모래주머니와 씨름하는 일이 끝났으므로, 어떤 의미에서는 나쁘지 않았다. 소음, 어둠, 다가오는 섬광, 그 섬광을 향해 불꽃으로 응사하는 우리 편. 심지어 생각할 시간도 조금 있었다. 내가 겁에 질렸는지 잠시 고민하다가 그렇지 않다는 결론을 내린 것이 기억난다. 십중팔구 위험이 덜한 바깥쪽에서는 겁이 나서 거의 토할 것 같았는데. 파시스트들이 점점 다가오고 있다는 고함소리가 갑자기 들려왔다. 이번에는 의심의 여지가 없었다. 라이플의 섬광이 아까보다 훨씬 더 가까웠으니까. 20야드가 될까 말까 한 거리에서 섬광이 보였다. 그들이 통신 참호를 따라 올라오고 있음이 분명했다. 20야드라면 쉽게 수류탄을 던질 수 있는 거리였다. 우리는 모두 여덟아홉 명으로 한데 뭉쳐 있으니, 수류탄 한 개만 적절한 위치에 떨어진다면 우리가 한꺼번에 산산조각 날 터였다. 밥 스마일리가 작은 상처 때문에 피가 흘러내리는 얼굴을 하고 무릎으로 벌떡 일어나 수류탄을 던졌다. 우리는 몸을 웅크리고 폭음을 기다렸다. 수류탄이 공중을 날아가는 동안 신관이 빨갛게 타올랐지만 수류탄은 터지지 않았다. (수류탄 중 적어도 4분의 1은 불발탄이었다.) 내 수중에는 파시스트 수류탄밖에 남은 것이 없는데, 이것들이 어떻게 작동하는지 확실치 않았다. 나는 혹시 수류탄에 여분이 있느냐고 다른 병사들에게 소리쳤다. 더글러스 모일이 주머니를 뒤져 수류탄 하나를 건넸다. 나는 그것을 던진 뒤 바닥에 엎드렸다. 1년에 한 번쯤 찾아오는 행운 덕분에 나는 라이플이 섬광을 뿜은 자리에 거의 정확히 수류탄을 떨어뜨릴 수 있었다. 폭음이 들리더니 즉시 지독한 비명과 신음이 들려왔다. 어쨌든 우리가 놈들 중 한 명을 해치운 것이다. 그가 죽었는지는 알 수 없지만, 심하게 다친 것은 분명했다. 불쌍한 놈, 불쌍한 놈! 그의 비명을 들으며 나는 어렴풋이 슬퍼졌다. 하지만 그와 동시에 라이플 섬광의 희미한 불빛 속에서 라이플이 섬광을 뿜은 바로 그 자리에 누군가가 서 있는 것이 보였다. 아니, 그런 모습이 보인 것 같았다. 나는 라이플을 획 들어올려 쏘았다. 또 비명이 났지만, 그것 역시 수류탄 때문이었던 것 같다. 수류탄 여러 개가 더 날아갔다. 그다음에 보인 라이플 섬광은 아주 멀었다. 100야드 넘게 떨어져 있는 것 같았다. 우리가 놈들을 격퇴했다는 뜻이었다. 적어도 일시적으로나마.

모두가 욕설을 퍼부으며, 왜 지원 병력을 보내주지 않는 거냐고 말하기 시작했다. 기관단총 한 정이나 깨끗한 라이플을 든 병사 스무 명만 있으면 적이 대대를 보내더라도 이 진지를 지킬 수 있을 텐데. 그 순간 베냐민 다음으로 지휘권을 지닌 패디 도노번이 명령을 받으러 갔다가 돌아와 앞쪽 흉벽을 넘어 들어왔다.

"어이! 거기서 나와! 모두 즉시 후퇴다!"

"뭐?"

"후퇴야! 거기서 나와!"

"왜?"

"명령이다. 우리 전선까지 속보로 돌아가."

병사들이 벌써 앞쪽 흉벽을 넘고 있었다. 무거운 탄약

상자 때문에 애를 먹는 사람이 여럿 있었다. 아까 진지 반대편의 흉벽에 기대어 세워둔 망원경으로 내 생각이 훌쩍 날아갔다. 그런데 그 순간 돌격대 네 명이 미리 무슨 정체불명의 지시를 받았는지 통신 참호를 따라 뛰어가는 것이 보였다. 그 참호는 다른 파시스트 진지와 이어져 있으니, 만약 그들이 거기까지 간다면 확실한 죽음이 있을 뿐이었다. 그들의 모습이 어둠 속으로 점차 사라졌다. 나는 스페인어로 '후퇴'가 무엇인지 열심히 생각하면서 그들의 뒤를 쫓아 뛰었다. 마침내 내가 소리쳤다. "Atrás! Atrás!" 아마도 내 뜻이 제대로 전달된 모양이었다. 돌격대의 스페인인 대원이 이 말을 알아듣고 다른 대원들을 불렀다. 흉벽에서 패디가 기다리고 있었다.

"얼른, 서둘러."

"망원경은 어쩌고!"

"망원경 따위! 밖에서 베냐민이 기다려."

우리는 흉벽을 넘어갔다. 패디가 나를 위해 철조망을 들어주었다. 우리가 파시스트 진영의 흉벽에서 벗어나자마자, 악마 같은 포화가 우리에게 쏟아졌다. 사방에서 날아오는 것 같았다. 그중 일부는 틀림없이 우리 편에서 날아왔을 것이다. 전선을 따라 모두가 총을 쏘고 있었으니까. 우리가 어느 쪽으로 방향을 돌리든, 총알들이 줄지어 횡횡 지나갔다. 우리는 어둠 속에서 양 떼처럼 이리저리 쫓겼다. 적에게서 노획한 탄약 상자를 끌고 있는 것도 우리에게는 도움이 되지 않았다. 탄약 1,750발이 든 상자의 무게는 약 1헌드레드웨이트다. 게다가 수류탄 상자 하나와 파시스트 진영의 라이플 여러 정도 있었다. 흙벽과 흙벽 사이의 거리가 채 200야드가 되지 않고 우리 중 대부분이 이 지역을 잘 아는데도, 우리는 몇 분 만에 완전히 길을 잃었다. 총알이 양편에서 날아온다는 사실 외에는 아무것도 알지 못한 채 진흙탕에서 이리저리 미끄러지고 있었다. 방향을 알려줄 달도 없었다. 하지만 하늘이 조금씩 밝아졌다. 우리 전선은 우에스카 동쪽에 있었다. 나는 먼동이 터서 동서를 분간할 수 있을 때까지 그 자리에 가만히 있고 싶었으나, 다른 사람들이 반대했다. 우리는 미끄러운 진흙탕 속에서 앞으로 나아가며 여러 차례 방향을 바꿨다. 탄약 상자는 서로 돌아가며 운반했다. 마침내 우리 앞쪽에 나지막한 흙벽이 보였다. 우리 것일 수도 있고 파시스트 진영의 것일 수도 있었다. 우리가 어느 방향으로 움직이고 있는지 짐작이라도 하는 사람이 한 명도 없었다. 베냐민은 포복으로 키 크고 희끄무레한 잡초밭을 통과해 흙벽에서 약 20야드 거리까지 접근했다. 그가 누구냐고 묻자 "POUM!"이라는 응답이 돌아왔다. 우리는 벌떡 일어나서 흙벽을 따라 길을 찾은 다음, 다시 관개수로를 철벅철벅 통과해서 안전한 곳으로 들어갔다.

흙벽 안쪽에서 콥이 스페인인 몇 명과 함께 기다리고 있었다. 의사와 들것은 보이지 않았다. 부상자를 모두 운반한 모양이었다. 영국인 중 히들스턴이라는 자와 호르헤만 빼고. 그 둘은 실종되었다. 콥은 몹시 창백한 얼굴로 서성거렸다. 그의 목 뒤편에 몇 겹으로 늘어진 살조차 창백했다. 나지막한 흉벽 위로 연달아 날아와 그의 머리 근처에서 시끄러운 소리를 내는 총알에 그는 전혀 주의를 기울이지 않았다. 우리는 대부분 흉벽 뒤에 숨어 쪼그리고 앉아 있었다. 콥이 중얼거렸다. "호르헤! 꼬뇨Coño*! 호르헤!" 그러고는 영어로 말을 이었다. "만약 호르헤가 잘못됐다면, 끄음찍한 일이야, 끄음찍해!" 호르헤는 그의 개인적인 친구이자, 그의 휘하에 있는 최고의 장교 중 하나였다. 갑자기 콥이 우리에게 시선을 돌려 자원자 다섯 명이 필요하다고 말했다. 영국인 두 명, 스페인인 세 명이 가서 실종자를 찾아보면 좋겠다는 것이었다. 모일과 내가 자원하고, 스페인인 세 명이 나섰다.

우리가 밖으로 나설 때 스페인 사람들은 날이 점점 밝아져서 위험하다고 중얼거렸다. 맞는 말이었다. 하늘이 살짝 푸른색을 띠었다. 파시스트 진영에서는 사람들이 들떠서 엄청난 소리로 떠들어대고 있었다. 그 진지를 전보다 훨씬 더 많은 병력으로 다시 점령한 모양이었다. 우리가 흉벽에서 60~70야드 거리까지 갔을 때 그들이 우리를 보

---

* '제기랄'의 스페인어

거나 소리를 들었는지 일제사격을 퍼부었다. 우리는 곧바로 엎드릴 수밖에 없었다. 적의 병사 한 명이 흉벽 너머로 수류탄을 던졌다. 틀림없이 당황했다는 증거였다. 우리는 풀밭에 엎드려 움직일 기회를 기다렸다. 그때 파시스트 부대원들의 목소리가 훨씬 더 가까운 곳에서 들렸다. 아니, 우리가 들었다고 생각한 건지도 모르겠다. 나는 그것이 순전히 우리 상상이었다고 확신하지만, 그때는 정말로 목소리가 가까이에서 들린 것 같았다. 그들이 흉벽에서 나와 우리를 잡으러 오고 있었다. "도망쳐!" 나는 모일에게 이렇게 소리지르고 벌떡 일어섰다. 그러고는 세상에, 얼마나 죽어라 뛰었는지! 아까 어두울 때만 해도 나는 머리부터 발끝까지 흠뻑 젖고 라이플과 카트리지 무게에 짓눌리는 상태로는 달릴 수 없다고 생각했으나, 이제는 무장한 사람 오십에서 백 명에게 쫓긴다 싶을 때는 **언제나** 달릴 수 있음을 알게 되었다. 하지만 내가 빨리 달릴 수 있다면, 다른 사람들은 더 빨리 달릴 수 있었다. 도망치던 도중 유성우 비슷한 것이 내 옆을 휙 스쳐 지나갔다. 앞에 있던 스페인인 세 명이었다. 그들은 우리 흉벽에 도달한 뒤에야 발을 멈췄고, 나는 그제야 그들을 따라잡았다. 사실 이런 일이 벌어진 건 우리 모두 신경이 너덜너덜해진 상태이기 때문이었다. 하지만 날이 다 밝지 않아 아직 어스름할 때 다섯 명이 움식인다면 쉽게 눈에 뛰어도 한 명의 움직임은 보이지 않는다는 사실을 나는 알고 있었다. 그래서 혼자 적을 향해 다가가 적 진영의 바깥쪽 철조망 근처에서 최대한 정찰을 했다. 포복으로 움직여야 하는 탓에 성과가 그리 좋지는 않았다. 호르헤와 히들스턴의 자취가 전혀 보이지 않아서 나는 포복으로 되돌아왔다. 우리는 호르헤와 히들스턴이 일찌감치 응급 치료소로 실려갔음을 나중에 알게 되었다. 호르헤는 어깨에 가벼운 부상을 입었고, 히들스턴의 부상은 심각했다. 총알이 그의 왼팔을 따라 올라가면서 뼈가 여러 군데 부러진 상태였다. 게다가 그가 바닥에 무력하게 쓰러져 있을 때, 근처에서 수류탄 하나가 터지는 바람에 몸의 여러 부위가 찢어졌다. 다행히 그는 회복했다. 자신이 누운 채로 어느 정도 이동한 뒤 부상당한 스페인인 한 명을 붙잡았으며, 둘이 서로를 부축해 진지로 돌아왔다고 나중에 내게 말해주었다.

점점 날이 밝았다. 사방 몇 마일 이내의 전선에서 무의미한 포화가 천둥 같은 소리를 냈다. 폭풍이 지나간 뒤 계속 비가 내릴 때와 비슷했다. 모든 것이 황량해 보이던 것이 기억난다. 진흙탕, 빗물을 뚝뚝 떨어뜨리는 포플러나무, 참호 바닥에 노랗게 고인 물, 탈진한 사람들의 얼굴. 수염이 텁수룩한 그들의 얼굴에서 진흙이 줄무늬를 그리고, 연기 때문에 눈만 제외하고 얼굴 전체가 시커멨다. 내가 참호로 돌아왔을 때, 그곳을 함께 사용하는 세 명은 이미 곤히 잠들어 있었다. 모든 장비를 여전히 몸에 걸친 채로 진흙투성이 라이플을 꼭 붙들고 바닥에 널브러진 모양이었다. 참호 안팎이 모두 물에 푹 젖어 있었다. 나는 한참 찾아 헤맨 끝에 작은 불을 피울 수 있을 만큼 마른 나뭇조각들을 간신히 모을 수 있었다. 불을 피운 뒤에는 줄곧 아껴두었던 시가를 피웠다. 밤새 시가가 부러지지 않은 것이 놀라웠다.

그날의 작전이 나름대로 성공이었음을 우리는 나중에 알았다. 우리는 파시스트 군대가 우에스카의 반대편에서 병력을 돌리게 하려고 그들을 기습했을 뿐이었다. 무정부주의 세력이 그곳을 다시 공격 중이었다. 내 판단으로는 파시스트 군대가 반격에 일이백 명을 투입한 것 같았지만, 나중에 들어온 탈영병은 육백 명이었다고 말했다. 감히 말하건대, 이건 거짓말이다. 탈영병은 우리의 비위를 맞추려 할 때가 많다. 이유는 뻔히 짐작이 갈 것이다. 망원경 일은 정말 유감이었다. 그 아름답고 멋진 전리품을 잃어버린 것이 지금도 마음에 걸린다.

7

날이 점점 더워져서 이제는 밤에도 적당히 따뜻했다. 우리 흙벽 앞, 총알에 맞은 나무에 버찌가 잔뜩 맺히고 있었다. 강에서 목욕하는 일이 이제는 괴로움이 아니라 거의 즐거움이 되었다. 접시만 한 크기의 분홍색 들장미가 토레 파비안 주위의 포탄 구멍들에 어지럽게 피었다. 전선 뒤편에서는 들장미를 귀에 꽂은 농민들을 볼 수 있었다. 저녁이면 그들은 초록색 그물을 가지고 나와 메추라기를 사냥했다. 풀밭 위에 그물을 펼쳐놓고 엎드려서 암컷 메추라기 소리를 흉내내면, 그 소리를 들은 수컷 메추라기가 달려왔다. 녀석이 그물 아래로 들어갔을 때 사람이 돌을 던져 녀석에게 겁을 주면, 녀석은 재빨리 날아오르다가 그물에 걸려버렸다. 이 방법으로는 확실히 수컷 메추라기만 잡을 수 있으므로, 내가 보기에는 불공평했다.

우리 옆 구역에 안달루시아 분대가 있었다. 그들이 어떻게 이쪽 전선으로 오게 되었는지는 잘 모른다. 당시 떠

돌아다니는 얘기는, 그들이 말라가에서 너무나 빨리 도망친 나머지 발렌시아에서 멈추는 걸 깜박했다는 거였다. 하지만 이건 당연히 카탈로니아인들에게서 나온 이야기였다. 그들은 안달루시아 사람들을 반半야만인으로 낮잡아 보았다. 안달루시아 사람들이 몹시 무지한 것은 확실했다. 글을 읽을 줄 아는 사람이 아예 없거나 거의 없고, 스페인 사람이라면 누구나 아는 것도 모르는 듯했다. 즉, 자신이 어느 당파에 속하는지를 몰랐다는 뜻이다. 그들은 스스로 무정부주의자라고 생각했지만 확신하지는 못했다. 어쩌면 공산주의자일 수도 있었다. 그들은 거칠고 무례해 보였다. 올리브 숲에서 일하는 노동자 또는 목동인 듯했으며, 얼굴에는 남쪽의 강렬한 햇빛 때문에 생긴 얼룩이 깊었다. 바싹 마른 스페인 잎담배를 담배로 마는 솜씨가 특히 뛰어나다는 점에서 그들은 우리에게 아주 유용했다. 담배는 이제 문제가 되지 않았지만 몬플로리테에서는 가끔 가장 싼 잎담배를 살 수 있었다. 생김새와 질감이 다진 왕겨와 아주 흡사했다. 향은 나쁘지 않았지만 너무 바싹 말라서 담배로 마는 데 성공하더라도 담뱃잎이 곧바로 빠져나와 빈 원통만 남았다. 그러나 안달루시아 사람들은 담배를 훌륭하게 말아서 양쪽 끝을 갈무리하는 특별한 기술을 갖고 있었다.

영국인 두 명이 일사병으로 쓰러졌다. 그 당시의 기억 중 가장 생생한 것은 한낮의 뜨거운 햇살이다. 반쯤 벌거벗은 채 모래주머니를 옮기느라, 그렇지 않아도 이미 햇빛에 껍질이 벗겨진 어깨를 더욱 괴롭히던 기억도 난다. 형편없는 옷과 군화는 문자 그대로 조각조각 부서지는 중이었다. 식량을 가져다주는 노새와 씨름하던 일. 녀석들은 라이플 총성에는 전혀 신경을 쓰지 않았지만, 유산탄이 공중에서 터질 때는 냅다 도망쳤다. 그리고 (막 활발히 활동하기 시작한) 모기와 쥐. 모두에게 성가신 존재인 쥐는 심지어 가죽 허리띠와 카트리지 주머니까지 먹어 치웠다. 가끔 저격수의 총에 맞아 발생하는 사상자, 우에스카를 향한 산발적인 포격과 공습을 제외하면 아무 일도 일어나지 않았다. 이제 나무에 이파리가 무성해졌으므로, 우리는 전선 가장자리에 있는 포플러 나무에 전망대처럼 생긴 저격대를 설치했다. 우에스카 반대편에서도 공격이 뜸해지는 중이었다. 무정부주의 세력은 심한 피해를 입고도 하카 도로를 완전히 끊어버리는 데 실패했다. 그들은 도로에 기관총 사격을 퍼부어 차가 지나갈 수 없게 만들 만한 자리를 차지하는 데에는 성공했지만, 그들이 차지한 위치 사이의 거리가 1킬로미터나 되고 파시스트들이 일종의 거대한 참호처럼 생긴 도로를 만들어 트럭들이 지나다닐 수 있게 했다. 탈영병들의 보고에 따르면 우에스카에는 탄약이 아주 많지만 식량은 거의 없었다. 그래도 우에스카가 함락될 것 같지는 않았다. 무장이 형편없는 병력 1만 5천 명으로는 십중팔구 불가능할 것이다. 시간이 흐른 뒤 6월에 정부가 마드리드 전선에서 병력을 불러와 우에스카에 3만 명을 투입했다. 엄청나게 많은 비행기도 함께 투입되었으나 우에스카는 여전히 함락되지 않았다.

　내가 전선에서 115일을 보냈을 때 우리는 휴가를 얻었다. 당시에는 그 115일이 내 인생을 통틀어 가장 무익한 시기였던 것 같았다. 나는 파시즘과 싸우려고 의용군에 들어왔는데, 싸워본 적이 거의 없었다. 일종의 수동적인 객체처럼 존재하며, 군용 식량을 제공받는 대가로 한 일이라고는 추위와 수면 부족으로 고생한 것이 전부였다. 어쩌면 대부분의 전쟁에서 대부분의 군인들이 같은 운명을 경험하는 건지도 모른다. 어쨌든 지금의 시각으로 그때를 되돌아보면 아쉬움만 있는 것은 아니다. 스페인 정부를 위해 내가 더 유능하게 복무할 수 있었으면 좋았을 것이다. 그러나 개인이라는 관점에서, 그러니까 나 자신의 발전이라는 관점에서, 내가 전선에 처음 도착해서 보낸 그 3~4개월은 당시 내가 생각했던 것만큼 무익하지 않았다. 그 시기는 내 인생에서 일종의 휴지기였으며, 그때까지의 어떤 시기와도 달랐다. 아마 앞으로 다가올 어떤 시기와도 다를 것이다. 또한 나는 다른 방식으로는 배울 수 없었을 교훈들을 거기서 얻었다.

　가장 중요한 점은, 그 시기 동안 내내 내가 고립되어 있었다는 사실이다. 전선에서는 바깥세상과 거의 완전하게 단절된다. 심지어 바르셀로나의 상황에 대해서도 어렴풋이 짐작만 할 뿐이었다. 내 주위에 있던 사람들은 대략 혁명가라고 말해도 크게 틀리지 않았다. 의용군 시스템이 낳은 결과였다. 아라곤 전선에서 이 시스템은 1937년 6월경에야 근본적으로 바뀌었다. 노조에 기반을 둔 노동자 의용군은 부대마다 정치적으로 그럭저럭 같은 견해를 지닌 사람들로 구성되어, 그 나라의 가장 혁명적인 감성이 전부 그곳으로 모이는 효과를 냈다. 내가 서유럽에서 정치적 의식과 자본주의에 대한 불신이 정상으로 취급되는 유일한 집단에 들어가게 된 것은 우연이었다고 해도 될 것이다. 그러나 여기 아라곤에서는 나와 같은 군대에 속한 수만 명의 사람이 전부는 아닐지언정 대부분 노동계급 출신이고 생활수준도 똑같아서 서로 평등하게 어울렸다. 이론적으로는 완벽한 평등이 이루어져 있었고, 현실도 그리 크게 다르지 않았다. 우리가 사회주의의 맛보기를 경험하고 있었다고 말해도 될 것 같다. 우리들 사이에서 정신적으로 대세를 차지한 것이 사회주의였다는 뜻이다. 문명 생활에서 사람을 움직이는 일반적인 동기 중 대부분, 즉 속물근성, 재물 욕심, 윗사람에 대한 두려움 같은 것이 아예 존재하지 않았다. 평범한 계급 구분도 돈으로 더럽혀진 영국의 분위기에서는 거의 생각도 할 수 없는 수준으로 사라졌다. 존재하는 것은 농민과 우리뿐이었고, 누구도 타인을 소유하지 않았다. 물론 이런 상태가 오래 지속될 수는 없었다. 그것은 온 지구에서 펼쳐지는 거대한 게임에서 일시적이고 지역적인 상황이었을 뿐이다. 그래도 그것을 경험한 사람이 영향을 받을 정도는 되었다. 당시에는 아무리 욕을 퍼부었더라도, 나중에는 자신이 뭔가 낯설고 귀한 것과 접했음을 깨달았다. 냉담이나 냉소주의보다 희망이 더 일반적인 곳이었다. 거기서는 '동무'라는 단어가 동지애를 상징했다. 대부분의 나라에서처럼 사기극의 상징이 아니었다. 우리는 평등의 공기를 호흡했다. 지금은 사회주의가 평등과 아무 관계 없다고 주장하는 것이 유행임을 나도 잘 알고 있다. 세상의 모든 나라에서 엄청나게 거대한 집단을 이루고 있는 맹목적인 정당 지지자들과 번드르르한 교수들은 사회주의가 계획된 국가자본주의에 불과하며 약탈 욕구가 고스란히 남아 있다는 점을 '증명'하느라 여념이 없다. 그러나 다행히도 이것과는 상당히 다른 사회주의의 이상도 존재한다. 평범한 사람이 사회주의에 매력을 느껴 기꺼이 위험을 무릅쓰게 만드는 요소, 사회주의의 '신비한 매력'은 바로 평등이라는 이상이다. 대다수의 사람에게 사회주의는 계급 없는 사회를 뜻한다. 이것이 아니면 무의미하다. 내가 의용군에서 보낸 몇 달을 귀하게 여기는 이유가 이것이다. 스페인 의용군은 계급 없는 사회의 축소판이었다. 그곳에서는 누구도 이득을 노리지 않았다. 모든 것이 부족했지만 특권도 아첨도 없었으므로, 우리는 아마도 사회주의의 조임이 어떤 모습인지 조악하게나마 예측해 볼 수 있었던 것 같다. 사실 나는 거기서 사회주의에 환멸을 느끼기보다 오히려 깊은 매력을 느꼈다. 그 결과 사회주의의 실현을 보고 싶다는 욕망이 그 어느 때보다 훨씬 더 생생해졌다. 스페인인들과 함께 시간을 보낸 행운이 아마 여기에 어느 정도 영향을 미쳤을 것이다. 선천적으로 품위 있고 언제나 무정부주의적 색채를 띤 그들은 기회만 생긴다면 사회주의의 초입조차도 참을 만한 상태로 만들어놓을 것이다.

물론 당시 나는 내 머릿속에서 일어나는 변화를 거의 의식하지 못했다. 주위의 모든 사람과 마찬가지로, 내가 주로 의식한 것은 지루함, 더위, 추위, 더러움, 이, 궁핍함, 그리고 가끔 찾아오는 위험이었다. 지금은 상당히 다르다. 당시 그토록 평온하고 무익해 보였던 그 시기가 지금은 내게 몹시 중요하다. 내 인생의 다른 시기와는 크게 달라서, 보통 오래된 추억만이 얻을 수 있는 마법 같은 분위기를 이미 얻었다. 그 시기를 실제로 경험하던 당시에는 지긋지긋했으나, 지금은 내 정신이 이리저리 살펴볼 수 있는 훌륭한 대상이다. 당시의 분위기를 여러분에게 전달할 수 있다면 좋을 텐데. 앞에서 조금이나마 그 분위기가 전달되었다면 좋겠다. 내 머릿속에서 그때의 기억은 모두 겨울 추위, 해진 군복, 스페인인들의 달걀형 얼굴, 모스부호처럼 기관총을 두드리던 소리, 지린내와 빵 썩는 냄새, 더러운 그릇으로 급히 퍼먹던 콩 스튜의 양철 맛과 얽혀 있다.

그 시기 전체가 지금도 이상할 정도로 생생히 기억난

다. 기억 속에서 나는 너무 사소해서 떠올릴 가치도 없을 것 같은 일들을 다시 경험한다. 포세로산의 참호 안에 다시 들어가 있다. 침대 역할을 하는 석회암 바위 턱에 있는 그곳에서 어린 라몬이 내 어깨뼈 사이에 코가 납작하게 눌린 채 코를 곤다. 나는 차가운 개울물처럼 나를 휘감는 안개를 헤치며 더러운 참호에서 비틀비틀 이동하고 있다. 산허리 바위틈을 절반쯤 올라와 균형을 잃지 않으려고 애쓰며, 땅에서 야생 로즈메리 뿌리를 뽑아내려 한다. 머리 위 높은 곳에서 무의미한 총알 몇 개가 노래를 부른다.

　나는 트라조산 서쪽의 저지대에서 작은 무화과나무 사이에 엎드려 숨어 있다. 콥과 밥 에드워즈, 그리고 스페인 병사 세 명이 함께 있다. 오른쪽에 있는 벌거벗은 회색 산을 파시스트 군인들이 개미처럼 줄지어 오르는 중이다. 앞쪽 가까운 곳의 파시스트 전선에서 나팔 소리가 울린다. 콥이 그 소리를 듣고 나와 눈을 마주치더니, 남학생처럼 엄지로 코를 문지른다.

　나는 라 그란하의 더러운 마당에 있다. 내 주위의 무질서한 사람들은 스튜 냄비 옆에서 각자의 양철 그릇을 들고 서로 다툰다. 뚱뚱한 요리사가 지친 얼굴로 국자를 흔들어 그들을 쫓아낸다. 근처의 탁자에서는 수염을 기른 남자가 허리띠에 커다란 자동 권총을 매달고, 빵 덩어리를 다섯 조각으로 자른다. 내 뒤에서 런던 사투리를 쓰는 누군가(빌 체임버스다. 나와 심하게 다툰 적이 있는 그는 나중에 우에스카 외곽에서 목숨을 잃었다)가 노래를 부른다.

쥐, 쥐가 있다,

고양이만큼 큰 쥐,

보급품…….

포탄이 비명을 지르며 날아온다. 열다섯 살 어린애들이 바닥에 몸을 던져 엎드린다. 요리사는 냄비 뒤로 숨는다. 포탄이 100야드 떨어진 곳에서 곤두박질쳐 쾅 소리를 내자 모두 계면쩍은 얼굴로 일어선다.

나는 검게 보이는 포플러 나무 가지 아래에 띄엄띄엄 보초들이 서 있는 곳을 따라 오락가락 걷고 있다. 물이 흘러넘친 바깥쪽 도랑에서 쥐들이 수달처럼 시끄러운 소리를 내며 헤엄친다. 뒤에서 노란색 여명이 밝아오자, 안달루시아인 보초병이 외투로 입을 막은 채 노래를 시작한다. 무인 지대 저편, 100~200야드 떨어진 곳에서 파시스트 보초병도 노래하는 소리가 들린다.

4월 25일, 여느 때처럼 마냐나를 거친 뒤 다른 분대가 와서 우리와 교대했다. 우리는 라이플을 그들에게 넘기고, 배낭을 꾸려서 몬플로리테로 돌아갔다. 전선을 떠나는 것이 아쉽지 않았다. 내 바지 속의 이들이 늘어나는 속도가 내가 녀석들을 죽이는 속도를 훨씬 뛰어넘었고, 지난 한 달 동안 나는 양말 없이 살았다. 군화 밑창도 남은 게 별로 없어서 나는 거의 맨발로 걷고 있는 셈이었다. 뜨끈한 목욕, 깨끗한 옷, 이불을 덮고 잠을 청하는 밤이 간절했다. 평범한 문명 생활을 할 때는 생각도 할 수 없을 만큼 강렬히 열망했다. 우리는 몬플로리테의 어느 헛간에서 몇 시간 눈을 붙인 뒤, 새벽에 트럭을 타고 이동해서 바르바스트로에서 5시 기차에 올랐다. 그리고 운 좋게 레리다에서 고속열차로 갈아타 26일 오후 3시 바르셀로나에 도착했다. 그다음부터 문제가 시작되었다.

8

버마*의 만달레이에서 기차를 타면 그 지역에서 가장 중요한 하계 주둔지 메이묘로 갈 수 있다. 샨고원 가장자리에 있는 곳이다. 그 여행은 다소 기묘한 경험이다. 출발지는 동양 도시 특유의 분위기, 즉 살을 태우는 햇볕, 흙먼지를 뒤집어쓴 야자수, 생선과 향료와 마늘 냄새, 질퍽질퍽한 열대 과일, 떼 지어 모여 있는 검은 얼굴의 사람들이 있는 곳이다. 기차의 승객은 이 분위기에 워낙 익숙해서 기차 안까지 그 분위기를, 말하자면 고스란히 가져간다. 기차가 해발 4천 피트 높이의 메이묘에 다다랐을 때에도 승객은 정신적으로 아직 만달레이에 있다. 그러나 기차에서 내리면 마치 다른 반구에 온 것 같다. 갑자기 콧속으로 들어오는 서늘하고 달콤한 공기는 영국의 것이라고 해

---

* 미얀마의 옛 이름

도 될 것 같고, 주위에는 온통 초록색 풀밭, 고사리, 무화과나무, 바구니에 담긴 딸기를 파는 분홍색 뺨의 산간 지방 여자들이 있다.

전선에서 3개월 반을 보내고 바르셀로나로 돌아오니 그 여행이 생각났다. 그때와 똑같이 갑작스럽게 놀라울 정도로 분위기가 바뀌었다. 바르셀로나에 도착할 때까지 기차 안에는 줄곧 전선의 분위기가 끈질기게 남아 있었다. 흙먼지, 소음, 불편함, 누더기가 된 옷, 궁핍함, 동지애, 평등. 바르바스트로를 떠날 때 이미 의용군들로 가득하던 기차는 역에 정차할 때마다 계속 농민들의 침공을 받았다. 다발로 묶은 채소, 겁에 질린 채 머리가 아래로 가게 손에 들려 있는 가금류, 바닥에서 꿈틀꿈틀 난리를 피워서 결국 그 안에 살아 있는 토끼가 잔뜩 들어 있음이 밝혀진 자루. 나중에는 농민들이 상당한 규모의 양 떼를 기차 객실로 몰고 들어와 빈 공간에 어떻게든 밀어넣었다. 의용군들이 고래고래 부르는 혁명가 소리가 기차의 덜컹거리는 소리를 잡아먹었고, 군인들은 기차 밖에 예쁜 아가씨가 보이기만 하면 자기 손에 키스하는 시늉을 하거나 빨간색과 검은색으로 된 스카프를 흔들었다. 형편없는 아라곤 술인 아니스와 포도주가 병째로 이 손에서 저 손으로 옮겨다녔다. 염소 가죽으로 만든 스페인식 수통을 누르면 기차 통로 맞은편에 앉아 있는 친구의 입에 포도주 한 줄기를 쏘아줄 수 있다. 그 덕분에 수고가 많이 줄어들었다. 내 옆에서는 검은 눈의 열다섯 살 소년이 얼굴 피부가 가죽처럼 변한 늙은 농부 두 명을 상대로 자신이 전선에서 어떤 공적을 세웠는지 아주 멋지게 들려주고 있었다. 틀림없이 가짜일 그 이야기를 두 농부는 입을 헤 벌리고 열심히 들었다. 곧 농부들은 자기네 짐을 풀어서 검붉은색의 찐득거리는 포도주를 우리에게 주었다. 모두들 좋아서 무지하게 들떠 있었다. 이루 말로 표현할 수 없을 정도로. 그러나 기차가 사바델을 통과해 바르셀로나에 들어선 뒤, 기차에서 내린 우리가 마주한 것은 파리나 런던과 거의 똑같이 낯설고 적대적인 분위기였다.

전쟁 중에 몇 달 간격으로 바르셀로나에 두 번 와본 적이 있는 사람들은 모두 그곳에서 맞닥뜨리는 엄청난 변화를 언급한다. 8월과 1월에 차례로 바르셀로나에 간 사람이든, 아니면 나처럼 12월과 4월에 간 사람이든, 하는 말은 모두 똑같았다. 혁명의 분위기가 사라져버렸다는 것. 거리의 핏자국이 아직 채 마르지도 않았고 의용군들이 말쑥한 호텔을 숙소로 쓰고 있던 8월에 바르셀로나에 있었던 사람들에게 12월의 바르셀로나는 틀림없이 부르주아적으로 보였을 것이다. 반면 영국에서 온 내게는 미처 상상도 해보지 못한 노동자의 도시처럼 보였다. 그런데 이제는 물살이 되돌아왔다. 이 도시는 전쟁으로 약간의 고난과 파괴를 겪었지만 평범한 도시의 모습을 되찾았다. 노동계급이 주도권을 쥐고 있는 듯한 모습은 어디서도 볼 수 없었다.

군중의 변화도 놀라웠다. 의용군 군복과 파란색 작업복 차림이 거리에서 거의 사라지고, 모두들 스페인 재단사들이 아주 잘 만드는 말쑥한 여름 정장 차림인 것 같았다. 뚱뚱하고 부유한 남자들, 우아한 여자들, 매끈한 자동차들이 어디서나 보였다. (개인 승용차는 아직 없는 것 같았지만, 그래도 '한가락 한다는' 사람들은 자동차를 부릴 수 있는 것 같았다.) 신설된 인민군의 장교들, 내가 바르셀로나를 떠날 때는 거의 존재하지 않았던 그들이 놀라울 정도로 커다란 무리를 지어 돌아다녔다. 인민군의 장교 비율은 병사 열 명당 한 명꼴이었다. 이 장교 중 일부는 의용군에 복무하며 전선에서 활약하다가 기술적인 교육을 위해 다시 불려온 사람들이었지만, 대다수는 의용군에 합류하기보다 군사학교에 다닌 젊은이들이었다. 그들과 병사의 관계는 부르주아 군대의 관계와 달랐어도, 계급의 차이가 분명히 존재했다. 봉급과 군복의 차이가 그 증거였다. 병사는 거친 갈색 천으로 만든 작업복 같은 것을 입었고, 장교는 우아한 카키색 군복을 입었다. 허리가 꼭 맞는 모양이 영국군 장교의 군복과 비슷했으나, 이들의 군복 허리가 더 몸에 꼭 끼었다. 그들 중 전선에 나가본 사람의 비율이 스무 명 중 한 명을 넘지는 않았을 것이다. 그런데도 그들의 허리띠에는 자동 권총이 매달려 있었다. 전선에서 우리는 무슨 수를 써도 권총을 구할 수 없었는데. 일행과 힘께 기리를 걷다가 나는 사람들이 우리의 더러운 꼴을 빤히 바라보고 있음을 알아차렸다. 전선에서 여러 달을 보내고 온 사람이 모두 그렇듯이 우리의 몰골도 당연히 끔찍했다. 나는 허수아비 같은 꼴임을 의식했다. 내 가죽 재킷은 누더기였고, 모직 모자는 모양이 일그러져서 계속 한쪽 눈 위로 흘러내렸다. 군화는 갈라지고 벌어진 윗부분을 제외하면 남은 것이 거의 없었다. 우리 모두 상태가 비슷했다. 게다가 더럽고 면도도 하지 못했으니 사람들이 빤히 보는 것도 무리가 아니었다. 그래도 나는 조금 당혹스러웠다. 지난 3개월 동안 이상한 일들이 벌어지고 있었음을 절실히 느꼈다.

그 뒤 며칠 동안 나는 이러한 첫인상이 틀리지 않았다는 증거를 수없이 보았다. 이 도시가 깊이 달라져 있었다. 그중에서도 가장 중요한 변화는 두 가지였다. 첫째, 사람들, 즉 민간인들이 전쟁에 대한 관심을 아주 많이 잃어버렸다는 것. 둘째, 부자와 가난한 사람, 상류층과 하류층이라는 평범한 계급 구분이 다시 살아나고 있다는 것.

전쟁에 대한 일반적인 무관심은 놀라울 뿐만 아니라 다소 역겹기도 했다. 마드리드는 물론이고 심지어 발렌시아에서 바르셀로나로 온 사람들도 경악을 금치 못했다. 바르셀로나가 이렇게 된 데에는 실제로 싸움이 벌어지는 곳이 멀리 떨어져 있다는 점이 어느 정도 영향을 미쳤다. 나는 한 달 뒤 타라고나에서도 같은 현상을 알아차렸다. 그곳에서도 멋진 해변 도시의 평범한 삶이 거의 아무런 변화 없이 이어지고 있었다. 그러나 스페인 전역에서 군에 지원하는 사람이 1월경부터 줄곧 줄어들고 있다는 점은 의미심장했다. 2월에는 카탈로니아에서 인민군을 향한 열광이 파도처럼 일었으나, 그것이 신입 병사의 커다란 증가로 이어지지는 않았다. 전쟁이 시작된 지 겨우 6개월 정도인데, 스페인 정부는 징병에 의존하는 수밖에 없었다. 외국과의 전쟁이라면 당연한 일이겠지만, 내전에서는 변칙처럼 보인다. 전쟁이 시작되는 데 기여한 혁명의 희망이 실망으로 바뀐 것과 관련되었음이 분명했다. 노조원들이 스스로 의용군을 조직해서 전쟁 초기 몇 주 만에 파시스트 세력을 사라고사로 쫓아버릴 수 있었던 것은, 자신이 노동계급 지배권을 위해 싸우고 있다는 믿음이 크게 작용한 덕분이었다. 그러나 노동계급의 지배는 이미 물 건너간 일이 되었음이 점점 분명해지고 있었으니, 일반 사람들, 특히 내전이든 외국과의 전쟁이든 전쟁이 벌어지기만 하면 군대에 나가야 하는 프롤레타리아들이 어느 정도 냉담해진 것을 탓할 수는 없었다. 전쟁에 지기를 원하는 사람은 없지만, 대다수는 전쟁이 하루라도 빨리 끝나기를 바라는 마음이 컸다. 어디에 가든 이런 분위기가 눈에 띄었다. 어디서나 사람들은 기계적으로 말했다. "이 전쟁은…… 끔찍해, 그렇지? 언제 끝나려나?" 정치적인 의식이 있는 사람들은 프랑코와의 싸움보다 무정부주의 세력과 공산주의 세력 사이의 격전을 훨씬 더 의식했다. 대중에게 가장 중요한 문제는 식량 부족이었다. '전선'은 신화 속의 멀고 먼 어떤 곳으로 여겨지게 되었다. 그곳으로 간 청년들은 영영 돌아오지 못하고 사라지거나, 아니면 서너 달 뒤 엄청난 액수의 돈을 주머니에 지니고 돌아왔다. (의용군은 대개 휴가를 떠날 때 밀린 봉급을 받았다.) 부상병은 목발을 짚고 통통 뛰어다니는 처지가 되더라도 특별한 배려를 전혀 받지 못했다. 의용군에 들어가는 것이 이제는 유행이 아니었다. 대중의 취향을 항상 정확히 보여주는 상점들에 이 점이 분명히 드러났다. 내가 처음 바르셀로나에 왔을 때 상점들은 비록 가난하고 추레한 모습이었지만 의용군의 장비를 전문적으로 다뤘다. 보병 작업모, 지퍼가 달린 재킷, 샘 브라운 벨트*, 사냥용 칼, 수통, 권총집이 모든 상점에 진열되어 있었다. 이제는 상점들이 전에 비해 확연히 말쑥해졌으나, 전쟁 용품은 뒤로 밀려났다. 나중에 전선으로 돌아가기 전에 필요한 물품을 사면서 나는 전선에서 반드시 필요한 몇 가지 물건을 구하기가 몹시 힘들어졌음을 알았다.

한편 각 당파에 소속된 의용군을 깎아내리고 공화파 인민군을 치켜세우는 체계적인 선전이 벌어졌다. 이곳의 입장은 다소 기묘했다. 2월부터 모든 무장 세력은 원칙적으로 인민군에 통합되었다. 서류상으로는 의용군도 인민군 편제에 맞게 재편되어 계급과 봉급 체계 등등이 정해졌

---

* 어깨에서 사선으로 내려오는 가죽 띠와 연결된 폭넓은 허리띠

다. 사단은 '혼합 여단'으로 구성되었다. 인민군과 의용군이 섞이는 것이 원칙이었다는 뜻이다. 그러나 실제로 변한 것은 이름뿐이었다. 예를 들어, 과거 레닌 사단이라고 불리던 POUM 부대는 이제 29사단으로 불렸다. 6월까지 아라곤 전선에 도착한 인민군 부대가 거의 없었기 때문에, 의용군은 자기들만의 구조와 특별한 성격을 그대로 보존할 수 있었다. 그러나 담장마다 정부 공작원들이 스텐실로 새겨놓은 문구가 있었다. "우리에게는 인민군이 필요하다." 라디오와 공산주의 언론은 의용군을 끊임없이 헐뜯었다. 때로는 심한 악의가 담겨 있기도 했다. 그들은 의용군에 훈련과 기강 등이 부족하다면서, 인민군은 '영웅적'이라고 항상 말했다. 이런 선전을 듣다 보면, 자발적으로 전선에 나간 것은 불명예스러운 일이고 징병될 때까지 기다리는 것은 찬양할 만한 일인 것 같았다. 그러나 인민군이 후방에서 훈련을 받는 동안 전선을 유지하고 있는 것은 의용군이었다. 정부는 이 사실을 가능한 한 알리지 않으려 했다. 전선으로 돌아가는 의용군들은 이제 북을 울리고 깃발을 휘날리며 거리를 행진하지 않았다. 새벽 5시에 기차나 트럭으로 몰래 떠났다. 이제 전선으로 떠나기 시작한 소수의 인민군 부대들은 예전처럼 화려하게 거리를 행진했지만, 전쟁에 대한 관심이 전반적으로 시들해진 탓에 그들을 대하는 분위기도 예전만큼 열광적이지 않았다. 서류상으로는 의용군 또한 인민군이라는 사실을 언론매체들은 선전에 노련하게 이용했다. 모든 공적은 인민군의 것이 되고, 모든 비난은 의용군의 몫이 되었다. 그러다 보니 때로는 같은 부대가 인민군으로 찬양받는 동시에 의용군으로 비난받는 일이 벌어지기도 했다.

그러나 이 모든 것 외에 사회적으로 가장 놀라운 변화가 있었다. 실제로 경험하지 않으면 상상하기 어려운 변화였다. 처음 바르셀로나에 도착했을 때 나는 이 도시에 계급 구분과 커다란 빈부격차가 거의 존재하지 않는다고 생각했다. 확실히 그렇게 보였다. '말쑥한' 옷차림은 비정상이었고, 굽실거리거나 팁을 받는 사람은 전혀 없었다. 웨이터, 꽃 파는 여자, 구두닦이 모두 상대의 눈을 똑바로 바라보며 '동무'라는 호칭을 썼다. 나는 이것이 주로 희망과 위장이 혼합되어 나타난 현상임을 알지 못했다. 노동계급은 이미 시작된 혁명을 믿었으나 하나가 되지 못했고, 부르주아는 겁에 질려 일시적으로 노동자 행세를 했다. 혁명이 일어나고 처음 몇 달 동안 안전을 위해 일부러 작업복을 입고 혁명 구호를 외친 사람이 수천 명은 될 것이다. 그런데 이제는 사회가 평소 모습으로 돌아가고 있었다. 멋진 식당과 호텔을 가득 메운 부자들이 값비싼 음식을 게걸스레 먹어치우는 동안, 노동계급은 봉급 인상 없이 식량 가격만 폭등한 상황에 맞닥뜨렸다. 모든 물건의 값이 비싸졌을 뿐만 아니라 이런저런 물자가 부족해지는 현상도 자꾸 벌어졌다. 이런 현상은 당연히 부자보다 가난한 사람에게 타격이 된다. 식당과 호텔은 필요한 물자를 구하는 데 별로 어려움이 없는 것 같았지만, 노동계급 거주 구역에서는 빵과 올리브유 등 필수적인 일용품을 사기 위해 사람들이 수백 야드나 줄을 섰다. 전에 바르셀로나에서 나는 거지가 없는 것을 보고 충격을 받았다. 이제는 거지가 많이 보였다. 람블라스 거리 꼭대기에 늘어선 델리카테센* 앞에서는 항상 맨발의 아이들이 무리 지어 기다리다가 누가 상점에서 나오면 그 주위에 몰려들어 음식 찌꺼기라도 달라고 외쳐댔다. '혁명적인' 말투는 점점 사라지는 중이었다. 낯선 사람들이 서로를 '당신'이나 '동무'로 부르는 일은 거의 없었다. 대신 '세뇨르'와 '우스테드'를 썼다. 또한 '부에노스 디아스'가 '살루드'를 밀어내기 시작했다. 웨이터들은 다시 예장용 와이셔츠를 입었고, 상점 지배인은 친숙한 모습으로 굽실거렸다. 아내와 내가 스타킹을 사려고 람블라스 거리의 양말 가게에 들어갔을 때, 판매원은 고개를 숙여 인사하고 양손을 비벼댔다. 요즘은 영국에서도 그러지 않는다. 20~30년 전에는 그랬지만. 팁을 주는 문화도 은밀하고 간접적인 방식으로 되살아나고 있었다. 노동자 순찰대는 명령에 따라 해산되고, 전쟁 이전의 경찰들이 다시 거리를 담당했다. 그 결과 노동자 순찰대가 대부분 폐쇄시

---

* 훈제 생선, 소시지, 샐러드 등 직접 만든 식품을 파는 상점

켰던 카바레 쇼와 고급 유곽이 곧바로 다시 문을 열었다.*
이제 모든 것이 부유층에게 유리하게 돌아간다는 사실을
보여주는 작지만 의미심장한 사례는 바로 담배 부족이었
다. 대다수의 사람들이 담배 부족으로 절박한 상황이라,
얇게 저민 감초 뿌리로 속을 채운 담배가 거리에서 팔리고
있었다. 나도 그런 담배를 한 번 피워보았다(그런 사람이 많
았다). 스페인의 담배 산지인 카나리아 제도가 프랑코의 손
에 있었으므로, 정부 측이 갖고 있는 담배 재고는 전쟁 전
부터 있던 것뿐이었다. 그 양이 이제는 아주 크게 줄어들
었기 때문에, 담배 가게들은 일주일에 한 번만 문을 열었
다. 사람들은 담배 가게 앞에 두어 시간 동안 줄을 섰다가
운이 좋으면 4분의 3온스** 들이 담배 한 묶음을 살 수 있
었다. 원칙적으로 정부는 해외에서 담배를 구입하는 것을
허락하려 하지 않았다. 무기를 비롯해서 여러 필수품을 구

---

* 원래는 "노동자 순찰대가 유곽의 75퍼센트를 폐쇄시켰다고 한
다"라고 되어 있으나 정오표에서 오웰은 이 주를 다음과 같이 고쳤다.
"전쟁 초기 매춘이 75퍼센트 감소했다는 확실한 증거는 내게 없다. 내
생각에는 무정부주의 세력이 유곽을 억압하지 않고 '집산화'한다는 원
칙을 계속 이어 나갔던 것 같다. 그러나 매춘에 반대하는 운동이 있었
다(포스터 등). 또한 전쟁 초기 몇 달 만에 고급 유곽과 노출이 심한 카
바레 쇼가 폐쇄되었다가, 전쟁이 1년쯤 되었을 때 다시 문을 연 것은
사실이다."(원주)

** 1온스는 약 30그램

입하는 데 반드시 필요한 금 보유고가 줄어들 수 있기 때문이었다. 사실 럭키스트라이크처럼 값비싼 외국산 담배가 밀수로 꾸준히 공급되고 있었다. 밀수는 폭리를 취할 수 있는 기회를 제공했다. 사람들은 고급 호텔에서 밀수 담배를 대놓고 살 수 있었다. 한 갑에 10페세타(의용군의 하루치 임금)를 지불할 수 있다면 거리에서도 역시 쉽게 담배를 구할 수 있었다. 밀수는 부자들에게 이득이 되었으므로 묵인되었다. 돈만 있으면 무슨 물건이든 얼마든지 구할 수 있었다. 상당히 엄격하게 배급되는 빵은 간혹 예외였다. 노동계급이 아직 고삐를 쥐고 있던, 아니 그렇게 보이던 몇 달 전만 해도 빈부격차가 이렇게 노골적으로 드러나는 것은 불가능한 일이었다. 그러나 이것을 순전히 정치권력의 변화 탓으로만 돌리는 것은 공정하지 않을 것이다. 이런 현상에 부분적으로 영향을 미친 것은 바로 바르셀로나가 안전한 곳이라는 사실이었다. 가끔 있는 공습을 제외하면, 여기에는 전쟁을 연상시키는 요소가 거의 없었다. 마드리드에 다녀온 사람들은 모두 그곳 분위기가 완전히 다르다고 말했다. 마드리드에서는 공통의 위험 때문에 거의 모든 종류의 사람들이 어쩔 수 없이 일종의 동지애를 느낀다고 했다. 아이들이 빵을 구걸하는 동안 뚱뚱한 남자가 메추라기를 먹는 광경은 역겹다. 그러나 총성이 울리는 곳에서는 그런 광경을 볼 가능성이 비교적 희박하다.

시가전이 있고 하루나 이틀 뒤 고급 상점들이 있는 거

리를 지나다가 진열창에 우아하기 짝이 없는 봉봉 과자와 패스트리가 가득 진열된 제과점을 본 것이 기억난다. 혼이 달아날 것 같은 가격이 붙어 있었다. 런던의 본드 거리나 파리의 뤼드라뻬에서나 볼 수 있는 상점이었다. 전쟁과 굶주림에 시달리는 나라에서 아직도 그런 것에 돈을 낭비하는 사람들이 있다는 사실에 놀라움과 더불어 어렴풋한 경악을 느낀 기억이 있다. 내가 개인적으로 우월감을 드러내는 것은 절대 아니다. 불편한 환경에서 여러 달을 지낸 탓에 나는 좋은 음식과 포도주, 칵테일, 미국 담배 등을 탐욕스럽게 갈망하고 있었다. 내가 가진 돈으로 누릴 수 있는 모든 사치에 탐닉했음을 솔직히 고백한다. 휴가 첫 주, 시가전이 시작되기 전에 내가 집착하던 것이 여러 가지 있는데, 그것들이 신기하게 상호작용을 일으켰다. 이미 말했듯이, 애당초 나는 최대한 안락한 생활을 좇느라 여념이 없었다. 둘째, 과식과 과음 때문에 그 주 내내 건강이 살짝 어긋난 상태였다. 조금 몸이 안 좋아서 하루의 절반을 침대에서 보낸 뒤 일어나 또 엄청나게 먹어대고는 몸이 다시 안 좋아지곤 했다. 그러는 와중에 나는 권총 구입을 비밀리에 시도하고 있었다. 권총이 절실히 필요했다. 참호전에서는 권총이 라이플보다 훨씬 더 유용했기 때문이다. 그러나 권총을 구하기가 몹시 힘들었다. 정부는 경찰관과 인민군 장교에게만 권총을 지급하고, 의용군에게는 지급하지 않았다. 따라서 무정부주의자들이 운용하는 비밀 상점에서 불법적으로 구입하는 수밖에 없었다. 귀찮은 일과 야단법석을 여러 차례 겪은 뒤, 무정부주의자인 친구가 아주 자그마한 26구경 자동 권총 하나를 구해주었다. 거리가 5야드를 넘어가면 쓸모가 없는 한심한 무기였지만, 그래도 없는 것보다는 나았다. 또한 이런 노력과 별개로, 나는 POUM 의용군을 떠나 확실히 마드리드 전선으로 갈 수 있는 다른 부대에 들어가려는 예비 조치를 취하고 있었다.

나는 POUM을 떠날 것이라는 말을 오래전부터 모두에게 했다. 순전히 개인적인 취향만 따진다면, 내가 무정부주의 군대에 들어가는 편이 좋았을 것이다. CNT*의 일원이 되었다면, FAI** 의용군에도 들어갈 수 있었다. 하지만 FAI에 들어가면 마드리드보다 테루엘로 파견될 가능성이 더 높다는 말을 들었다. 마드리드에 가고 싶다면 반드시 국제종대에 들어가야 했다. 즉, 공산당원의 추천장이 필요하다는 뜻이었다. 나는 스페인 의료지원대 소속인 공산주의자 친구를 찾아내서 사정을 설명했다. 그는 나를 자기네 군대로 데려가고 싶은 마음을 아주 강하게 드러내며, 혹시 ILP의 다른 영국인들도 설득해서 데려올 수 있느냐고 물었다. 내 건강상태가 좋았다면 아마 바로 그 자리

---

* Confederación Nacional del Trabajo, '전국노동연합'이라는 뜻으로 아나코생디칼리즘을 따르는 스페인 노조들의 연합

** Federación Anarquista Ibérica, 이베리아 무정부주의 동맹

에서 그렇게 하겠다고 답했을 것이다. 하지만 지금은 그랬다고 해서 무엇이 달라졌을지 잘 모르겠다. 어쩌면 바르셀로나 전투가 시작되기 전에 내가 알바세테로 파견되었을지도 모른다. 그랬다면 싸움을 가까이에서 보지 못했을 테니 공식적인 설명을 사실로 받아들였을 가능성이 있다. 반면 만약 내가 싸움 중에 바르셀로나에서 공산당의 지시를 받으면서도 POUM의 동지들에게 여전히 개인적인 의리 같은 것을 느끼고 있었다면, 내 처신이 아주 곤란해졌을 것이다. 하지만 당시 내게는 휴가가 일주일 더 남아 있었고, 나는 전선으로 돌아가기 전에 빨리 건강을 회복해야 한다는 생각에 빠져 있었다. 또한 주문해둔 군화가 완성될 때까지 기다려야 한다는 문제도 있었다. 이런 사소한 일이 항상 사람의 운명을 결정한다. (스페인 군대 전체를 뒤져봐도 내 발에 맞는 큰 군화가 없었다.) 나는 공산주의자 친구에게 결정적인 조치는 나중에 취하고 싶다고 말했다. 휴식을 취하는 것이 먼저였다. 심지어 아내와 나는 이틀이나 사흘 정도 바닷가에 다녀올 수도 있겠다는 생각까지 하고 있었다. 그런 생각을 하다니! 그런 일이 불가능한 상황이라는 사실을 정치적 분위기를 보고 알아차렸어야 하는 건데.

도시의 겉모습 아래, 한편은 호화롭고 다른 한편에서는 빈곤이 점점 커지는 모습 아래, 꽃을 파는 노점과 다채로운 깃발과 선전용 포스터가 있고 사람들이 북적거려서 유쾌해 보이는 거리의 모습 아래, 정치적 경쟁과 증오가 틀림없이 무시무시하게 느껴졌다. 정치적으로 어느 쪽에 속하든 상관없이 온갖 사람들이 불길한 말을 하고 있었다. "머지않아 문제가 생길 거야." 아주 간단하고 쉽게 이해할 수 있는 위험이었다. 혁명이 앞으로 나아가기를 바라는 사람들과 혁명을 억제하거나 예방하고 싶어 하는 사람들 사이의 적대감. 궁극적으로는 무정부주의자와 공산주의자 사이의 적대감이었다. 카탈로니아의 정치세력은 이제 PSUC와 그들의 자유주의 동맹뿐이었다. 그러나 이들에 맞서는 CNT가 불확실한 힘을 갖고 있었다. 무장 상태가 비교적 좋지 않은 그들은 자신이 무엇을 원하는지 적들만큼 확실히 알지 못했으나, 여러 핵심 산업에서 우세를 점하고 있고 조합원 수가 많아서 강력했다. 이런 세력 관계를 감안하면 반드시 문제가 생길 수밖에 없었다. PSUC가 장악한 제네랄리다드*의 관점에서 볼 때, 자신의 위치를 공고히 하기 위해 가장 먼저 필요한 일은 CNT 노동자들의 손에서 무기를 빼앗는 것이었다. 내가 앞에서 지적했듯이,** 여러 당파의 의용군을 해산하려는 시도는 근본적으로 이 목적을 달성하기 위한 작전이었다. 이와 동시에, 전쟁 전의 무장 세력인 시민경비대 등이 다시 불려 나와 많은

* 카탈로니아 정부
** 부록 I 참조. 초판에서는 부록 I이 4장과 5장 사이에 위치했다. (원주)

무기를 지원받으며 크게 강화되고 있었다. 이것이 의미하는 바는 하나뿐이었다. 시민경비대가 유럽 대륙의 일반적인 헌병대와 같은 역할을 한다는 것. 헌병대는 거의 1세기 동안 유산계급의 경호원 역할을 했다. 한편 개인은 소지한 무기를 모두 내놓아야 한다는 포고문이 나왔다. 시민들은 당연히 이 지시에 따르지 않았다. 무정부주의자들의 무기를 빼앗으려면 무력을 동원할 수밖에 없음을 분명히 알 수 있었다. 이 시기 내내 여러 소문이 돌아다녔다. 신문 검열 때문에 항상 애매하고 모순적인 내용이었으나, 카탈로니아 전역에서 사소한 분쟁이 벌어지고 있다는 소문이었다. 여러 곳에서 무장경찰 병력이 무정부주의 세력의 본거지를 공격했다. 그들은 프랑스 국경 지역에 있는 푸이체르다로 국경 경비대를 보내 무정부주의 세력이 장악한 세관을 점령하게 했는데, 그 과정에서 유명한 무정부주의자인 안토니오 마르틴이 목숨을 잃었다. 피게레스에서도 비슷한 일이 있었고, 내 생각에는 타라고나에서도 있었던 것 같다. 바르셀로나에서도 노동계급이 거주하는 근교에서 비공식적인 다툼이 연달아 일어났다. CNT와 UGT* 조합원들이 얼마 전부터 서로를 죽여대는 중이었고, 살인이 벌어진 뒤 정치적 증오를 부추기기 위해 일부러 도발적으로

  ＊ Unión General de Trabajadores, 일반노동자연합

연출된 대규모 장례가 열린 적도 여러 번 있었다. 얼마 전에도 살해된 CNT 회원의 장례 행렬에 CNT 조합원 수십만 명이 따라나섰다. 4월 말, 내가 바르셀로나에 도착한 직후에 UGT의 저명한 회원인 롤단 코르타다가 살해되었다. 범인은 CNT 사람으로 짐작되었다. 정부는 모든 상점에 문을 닫으라는 명령을 내리고, 엄청난 장례 행렬을 준비했다. 주로 인민군 군인들로 구성된 장례 행렬이 어느 한 지점을 지나는 데에 두 시간이 걸릴 정도였다. 나는 호텔 창문으로 그 광경을 무심히 지켜보았다. 그 장례식이라는 것이 사실은 단순한 힘의 과시일 뿐임을 분명히 알 수 있었다. 이런 일이 몇 번만 더 일어나면 유혈 사태가 벌어질 가능성이 있었다. 그날 밤 아내와 나는 100~200야드 떨어진 카탈루냐 광장에서 들려오는 일제사격 소리에 잠에서 깼다. 거기서 CNT 사람 한 명이 처치되었다는 소식은 다음 날 들었다. 범인은 UGT 사람으로 짐작되었다. 물론 이 모든 살인 사건을 선동 공작원이 저질렀을 가능성도 분명히 있었다. 다른 나라의 자본주의 언론들이 롤단 코르타다 살인 사건은 크게 다룬 반면, 그 보복으로 일어난 살인은 신중하게 언급하지 않은 데서 그들이 공산주의 세력과 무정부주의 세력의 분쟁을 어떻게 바라보았는지를 짐작할 수 있다.

5월 1일*이 가까워지자, CNT와 UGT가 모두 참가하는 엄청난 시위가 있을 것이라는 이야기가 돌아다녔다.

일반 조합원보다 온건한 CNT 지도자들은 오래전부터 UGT와의 화해를 위해 애쓰고 있었다. 실제로 두 노조가 하나의 거대한 연합을 이룰 수 있게 노력하자는 것이 그들의 정책 기조였다. 시위의 목적은 CNT와 UGT가 함께 행진하며 연대를 과시하는 것이었다. 그러나 마지막 순간에 시위가 취소되었다. 시위의 끝이 폭동일 수밖에 없음을 누구나 분명히 알 수 있었다. 따라서 5월 1일에는 아무 일도 일어나지 않았다. 기묘한 상황이었다. 파시스트의 지배를 받지 않는 유럽 도시 중 그날 축하 행사를 벌이지 않은 곳은 이른바 혁명의 도시라는 바르셀로나가 아마 유일했을 것이다. 하지만 솔직히 나는 조금 마음이 놓였다. 그날 시위 행렬에서 ILP 파견대가 POUM 구역에 합류할 것으로 예상되었는데, 모두가 문제가 벌어질 것이라고 짐작했다. 무의미한 거리 싸움에 휘말리는 것은 내가 결코 원하지 않는 일이었다. 기운을 북돋는 구호가 적힌 빨간 깃발을 따라 거리를 행진하다가 생판 모르는 사람이 2층 창문에서 발사한 기관단총 총알에 죽어버리는 것, 이건 내가 생각하는 쓸모 있는 죽음이 아니다.

---

* 매년 국제적 노동제가 열리는 노동절

9

　5월 3일 정오경에 한 친구가 호텔 라운지를 가로지르며 아무렇지도 않게 말했다. "전화국에 무슨 문제가 있다는 것 같아." 이유는 잘 모르겠지만 나는 그때 이 말에 전혀 주의를 기울이지 않았다.

　그날 오후 3시에서 4시 사이에 람블라스 거리를 중간쯤 걸어가고 있는데 뒤에서 라이플 총성이 여러 번 들렸다. 뒤를 돌아보니 무정부주의 세력의 빨간색과 검은색 스카프를 목에 맨 젊은이 몇 명이 라이플을 손에 들고 람블라스에서 북쪽으로 뻗은 골목을 살금살금 걸어가고 있었다. 높은 팔각형 탑 안에 있는 누군가와 총격을 주고받는 중인 듯했다. 아마 교회인 듯한 그 탑은 골목 전체를 지배하고 있었다. 나는 즉시 이런 생각이 들었다. '시작됐어!' 하지만 이런 생각을 하면서도 크게 놀랍지는 않았다. 며칠 전부터 모두들 언제든 '그것'이 시작될 것이라고 예상했기 때문이었다. 나는 당장 호텔로 돌아가 아내가 무사한지 확인해야 한다는 생각이 들었다. 그러나 골목 입구에 뭉쳐 있는 무정부주의자들이 손짓으로 사람들을 뒤로 물리며 총격이 오가는 사선射線을 넘어오지 말라고 소리쳤다. 총성이 더 울려 퍼졌다. 탑에서 쏜 총알들이 거리를 가로질러 날아오자 겁에 질린 사람들은 람블라스 거리를 따라 빠르게 도망쳤다. 거리 사방에서 상점 사람들이 진열창 앞의 강철 셔터를 탁, 탁, 탁 내리는 소리가 들렸다. 인민군 장교 두 명이 권총에 손을 대고 나무에서 나무로 조심스레 후퇴하는 모습이 보였다. 내 앞에서는 많은 사람이 람블라스 거리 중간에 있는 지하철역 안으로 한꺼번에 몰려들어가 몸을 숨기고 있었다. 나는 그들을 따라가지 않기로 곧바로 결정을 내렸다. 자칫하면 지하에서 몇 시간 동안이나 발이 묶일 우려가 있었다.

그 순간 우리와 함께 전선에 있었던 미국인 의사가 내게 달려와 팔을 잡았다. 크게 흥분한 기색이었다.

"어서 갑시다. 팔콘 호텔로 가야 해요." (팔콘 호텔은 POUM이 관리하는 하숙집 같은 곳으로 주로 휴가를 나온 의용군들이 사용했다.) "POUM 사람들이 거기에 모일 겁니다. 싸움이 시작되었으니, 우리는 한데 뭉쳐야 해요."

"이게 다 무슨 일이랍니까?" 내가 말했다.

의사는 내 팔을 잡고 잡아당겼다. 너무 흥분해서 뭔가를 똑똑히 말할 수 있는 상태가 아니었다. 무장한 강습경비대가 트럭 여러 대에 나눠 타고 주로 CNT 노동자들이 일하는 그곳을 기습했을 때 그는 카탈루냐 광장에 있었던 모양이었다. 얼마 뒤 무정부주의자들이 나타나 싸움이 벌어졌다. 아까 들었던 '문제'는 정부가 전화국을 넘기라고 요구한 것을 말하는 듯했다. 물론 그 요구는 거부되었다.

거리를 걷는 우리 옆으로 맞은편에서 달려온 트럭 한 대가 쌩하니 지나갔다. 라이플을 든 무정부주의자들이 가득 타고 있었다. 맨 앞의 기관단총 뒤에는 겹쳐 쌓은 매트리스 위에 허름한 차림의 소년이 엎드려 있었다. 람블라스 거리 끝에 있는 팔콘 호텔에 도착하니, 입구 현관에 사람이 들끓고 있었다. 엄청난 혼란 속에서 우리가 무엇을 해야 하는지 아무도 모르는 것 같았다. 평소 이 건물의 경비대 역할을 하는 소수의 돌격대원을 제외하면 무장한 사람도 없었다. 나는 거리 맞은편에 있는 POUM 지역위원회로 향했다. 평소 의용군들이 봉급을 받으러 가던 2층 방에도 사람이 들끓고 있었다. 키가 크고, 안색이 창백하고, 다소 잘생긴 편인 서른 살가량의 남자가 민간인 복장을 하고 질서를 회복하려고 애쓰며 구석에 쌓인 허리띠와 카트리지 상자를 나눠주는 중이었다. 아직 라이플은 보이지 않았다. 의사는 어디론가 사라져버렸지만(벌써 사상자가 발생해서 누가 의사를 불렀던 것 같다), 영국인 한 명이 도착했다. 곧 그 키 큰 남자가 다른 사람들과 함께 안쪽 방에서 라이플을 한아름 안고 나와 나눠주기 시작했다. 나와 새로 도착한 영국인은 외국인이라서 살짝 의심을 받고 있었으므로, 처음에는 누구도 우리에게 라이플을 주려 하지 않았다. 그때 전선에서 알고 지내던 의용군이 도착해 나를 알아본 덕분에 그들은 마지못해 우리에게 라이플과 카트리지 몇 개를 내주었다.

멀리서 총성이 들리고, 거리에는 사람이 한 명도 없었다. 모두들 람블라스를 걸어서 이동하기가 불가능하다고 말했다. 강습경비대는 사방을 내려다볼 수 있는 위치의 건물들을 차지하고, 지나가는 사람이 보이기만 하면 총을 쏘아댔다. 나는 위험을 무릅쓰고 호텔로 돌아가고 싶었지만, 언제든 지역위원회가 공격당할 가능성이 높으므로 우리가 대기하는 게 좋겠다는 분위기가 어렴풋이 퍼져 있었다. 건물 전체에서, 계단과 바깥쪽 인도에서도 사람들이 삼삼오오 모여 서서 흥분된 목소리로 이야기를 주고받았다. 지금 상황을 정확히 아는 사람은 하나도 없는 것 같았다. 내가 짐작할 수 있는 것은, 강습경비대가 전화국을 공격했고, 노동자들이 차지한 건물들을 내려다볼 수 있는 전략적인 위치 여러 곳을 손에 넣은 것 같다는 점뿐이었다. 강습경비대가 CNT와 노동계급 전체를 '잡으려' 한다는 인상을 받았다. 일이 이쯤 이르고 보니, 누구도 정부를 비난하지 않는 것 같다는 점이 눈에 띄었다. 바르셀로나의 가난한 사람들은 강습경비대를 블랙앤드탠*과 비슷하게 보았다. 또한 당연히 그들이 먼저 나서서 이번 공격을 시작했다고 보는 듯했다. 일단 상황을 파악하고 나니 마음이 좀 편안해졌다. 상황은 명확했다. 한편에는 CNT, 다른 한편에는 경찰. 부르주아 출신 공산주의자가 이상적으로 미화한 '노동자'에 대해 나는 특별한 호감이 없다. 그러나 실제 피와 살로 이루어진 노동자가 자신의 자연스러운 적인 경찰과 싸우는 모습 앞에서는 내가 누구 편인지 자문해볼 필요가 없다.

많은 시간이 흘렀지만, 우리가 있는 곳에서는 아무 일도 일어나지 않는 것 같았다. 호텔에 전화해서 아내가 무사한지 확인할 수 있다는 생각이 그때는 떠오르지 않았다. 전화국이 당연히 제대로 돌아가지 않을 것 같았다. 하지만 전화국의 업무가 중단된 것은 사실 고작 두 시간 정도였다. 두 개의 건물 안에 약 삼백 명이 있는 것 같았다. 부두쪽 뒷골목에서 온 빈민 중의 빈민들이 압도적으로 많았다. 여자들도 적잖이 있었는데, 몇 명은 아기를 데리고 있었다. 허름한 차림의 소년들 무리도 보였다. 그들 중 많은 이가 뭐가 어떻게 돌아가는지 전혀 모르고 단순히 안전을 위해 POUM 건물 안으로 도망쳐 들어왔을 것이다. 휴가 중인 의용군들도 있었다. 외국인은 간간이 보였다. 내 짐작에 우리에게 있는 라이플은 고작해야 60정 정도일 것 같았다. 사람들이 계속 2층 사무실을 점거하고 라이플을 요구

---

*　1921년 아일랜드 반란을 진압하기 위해 파견된 영국 정부군

했지만, 남은 것이 없다는 답이 돌아왔다. 의용군의 소년 병들은 이번 일을 무슨 소풍처럼 생각하는지 사방을 배회하다가 라이플을 가진 사람이 보이면 감언이설로 빼앗거나 훔치려고 했다. 오래지 않아 소년병 한 명이 영리한 속임수로 내 라이플을 빼앗아 즉시 사라져버렸다. 그렇게 해서 나는 자그마한 자동 권총을 빼면 다시 무기가 없는 상태가 되었다. 권총의 탄창은 내게 한 개뿐이었다.

날은 점점 어두워지고, 나는 허기가 졌다. 팔콘 호텔에는 먹을 것이 전혀 없는 듯했다. 나는 친구와 함께 친구가 묵는 호텔로 살짝 빠져나왔다. 별로 멀지 않은 그곳에서 먹을 것을 구할 수 있었다. 거리는 완전히 어둡고 조용했다. 움직이는 사람은 한 명도 없고, 모든 상점에 강철 셔터가 내려져 있었다. 하지만 아직 바리케이드는 세워지지 않았다. 우리는 한참 소란을 겪은 뒤에야 허락을 얻어 문이 잠긴 호텔 안으로 들어갔다. 팔콘 호텔로 돌아와 전화국이 제대로 돌아가고 있다는 소식을 들은 나는 아내에게 전화를 하려고 2층 사무실로 올라갔다. 그런데 건물 안에는 전화번호부가 없고, 나는 콘티넨털 호텔의 전화번호를 몰랐다. 거의 한 시간 동안 이 방 저 방을 돌아다닌 끝에 전화번호가 나와 있는 안내서를 우연히 발견했다. 그래도 아내와 직접 연락하는 데에는 실패했지만, 바로셀로나에 나와 있는 ILP 대표 존 맥네어와는 연락이 닿았다. 그는 아무 문제 없고, 총에 맞은 사람도 없다면서, 지역위원회 사람들은 무사하냐고 물었다. 나는 담배만 좀 있으면 아무 문제 없을 것 같다고 말했다. 순전히 농담으로 한 말인데, 30분 뒤 맥네어가 럭키스트라이크 두 갑을 들고 나타났다. 그는 무정부주의 순찰대가 어슬렁거리는 칠흑 같은 거리를 용감하게 걸어오다가 두 번이나 검문에 걸렸다. 순찰대는 그에게 총구를 들이대고, 그의 신분증을 검사했다. 작지만 영웅적인 그의 행동을 나는 잊지 않을 것이다. 우리는 담배를 보고 몹시 기뻐했다.

대부분의 창문에 무장 경비병이 배치되고, 창문 아래 거리에서는 돌격대원 몇 명이 드문드문 지나가는 행인들을 불러 세워 심문했다. 무정부주의 세력의 순찰차 한 대가 다가왔는데, 무기가 빼곡했다. 운전자 옆에서는 열여덟 살쯤으로 보이는 아름다운 검은 머리 여자가 기관단총을 무릎 위에 안고 있었다. 나는 오랫동안 건물 안을 여기저기 돌아다녔다. 구조가 산만하고 안이 넓어서 도저히 구조를 외울 수 없었다. 어디든 지저분한 것들이 널려 있었다. 부서진 가구와 찢어진 서류는 혁명의 필연적인 산물인 것 같다. 사방에서 사람들이 잠들어 있었다. 통로에 놓인 부서진 소파에서는 부두 쪽에서 온 가난한 여자 두 명이 평화롭게 코를 골았다. 이곳은 POUM이 점령하기 전에는 극장형 카바레였다. 바닥보다 높은 무대가 있는 방이 여러 곳인데, 그중 한 곳에는 그랜드피아노 한 대가 쓸쓸히 서 있었다. 마침내 나는 원하는 것을 찾아냈다. 병기고. 이번 일이 어떻게 돌아갈지 알 수 없기 때문에 무기가 절실히 필요했다. PSUC, POUM, CNT-FAI 등 서로 경쟁하는 세력들이 모두 바르셀로나에 무기를 모아두었다는 말을 워낙 자주 들은 터라, POUM의 주요 건물 두 곳에 있는 라이플이 아까 보았던 50~60정이 전부일 거라고는 믿을 수 없었다. 병기고 역할을 하는 방에는 경비가 없고, 문도 빈약했다. 다른 영국인 한 명과 나는 전혀 힘들이지 않고 그 문의 잠금장치를 열었다. 안으로 들어가니 아까 사람들이 하던 말이 사실임을 알 수 있었다. 정말로 무기가 **없었다**. 고작해야 구식 소구경 라이플 20여 정과 엽총 몇 정이 전부고, 카트리지는 전혀 없었다. 나는 사무실로 올라가 여분의 권총 탄약이 있는지 물어보았다. 전혀 없다고 했다. 그러나 수류탄이 몇 상자 있었다. 무정부주의 순찰차가 가져다준 물건이었다. 나는 수류탄 두 개를 내 카트리지 상자에 넣었다. 꼭대기에 성냥 비슷한 것을 문질러서 점화시키는 조잡한 수류탄이라서, 저절로 터질 위험이 컸다.

바닥 여기저기에 사람들이 널브러져 자고 있었다. 어느 방에서 아기가 울었다. 쉴 새 없이 울어댔다. 5월인데도 밤이 되자 날이 추워졌다. 카바레 무대 한 곳의 막이 올라가 있는 것을 보고 나는 칼로 막을 찢어낸 뒤 그 천으로 몸을 둘둘 감고 몇 시간 동안 잠들었다. 고약한 수류탄을 걱정하느라 잠을 설친 기억이 난다. 너무 기운차게 돌아눕다가 수류탄이 터져 내가 산산조각 날지도 모른다는 생각이 들었다. 새벽 3시에 이곳의 지휘관인 듯한 키 크고 잘생긴 남자가 날 깨우더니, 라이플 한 정을 주고 창문을 지키게 했다. 그는 전화국 공격의 책임자인 경찰국장 살라스가 체포되었다고 말해주었다. (나중에 알았지만, 사실 그는 단순히 직위해제를 당했을 뿐이었다. 그래도 그 소식은 강습경비대가 명령 없이 무단으로 행동했다는 일반적인 인상을 확인해주었다.) 동이 트자마자 아래층 사람들은 두 곳에 바리케이드를 세우기 시작했다. 하나는 지역위원회 앞에, 다른 하나는 팔콘 호텔 앞에. 바르셀로나의 거리들은 사각형 돌로 포장되어 있어서, 그것을 쌓아 벽을 세우기 쉽다. 그리고 그 돌 아래에 있는 지붕널 비슷한 것은 모래주머니를 채우는 데 유용하다. 바리케이드를 세우는 모습은 기묘하면서도 놀라운 광경이었다. 그 모습을 사진으로 찍을 수 있다면 좋았을 텐데. 스페인 사람들이 무슨 일이든 일단 해보자고 확실히 결정했을 때 나타나는 열정적인 에너지를 지닌 남자들과 여자들, 심지어 어린아이들까지 길게 늘어서서 포석을 떼어낸 뒤 어딘가에서 찾아낸 손수레에 실어 옮겼다. 무거운 모래주머니 때문에 휘청거리며 오가는 사람들도 있었다. 지역위원회 출입구에서 독일계 유대인 여자가 웃는 얼굴로 그 광경을 지켜보았다. 의용군 병사들의 바지를 입었는데, 원래는 무릎에서 잠그게 되어 있는 단추가 여자의 발목에 닿아 있다. 두이 시간 만에 머리 높이의 바리케이드가 만들어지고, 총안에 라이플 사수가 배치되었다.

한쪽 바리케이드 뒤에서는 남자들이 불을 피워 달걀프라이를 만들고 있었다.

사람들이 내 라이플을 다시 가져갔다. 내가 사람들을 도와 할 수 있는 일이 전혀 없는 것 같았다. 또 다른 영국인과 나는 콘티넨털 호텔로 돌아가기로 했다. 멀리서 수많은 총성이 들렸지만, 람블라스 거리에서는 총성이 전혀 울리지 않는 것 같았다. 호텔로 가는 길에 우리는 식료품 시장을 들여다보았다. 열려 있는 매대가 거의 없었다. 그나마도 람블라스 남쪽의 노동계급 구역에서 온 사람들이 잔뜩에워싸고 있었다. 마침 우리가 그곳에 도착했을 때 밖에서 라이플 총성이 엄청나게 크게 나더니, 천장 유리창이 덜덜 떨렸다. 사람들은 뒤쪽 출입구로 날 듯이 도망쳤다. 그래도 몇 군데 매대는 여전히 열려 있었다. 우리는 각자 커피 한 잔을 샀다. 나는 염소젖 치즈도 한 조각 사서 수류탄 옆에 놓았다. 며칠 뒤 그 치즈는 내게 몹시 반가운 존재가 되었다.

전날 무정부주의자들이 총격전을 시작한 길모퉁이에 이제는 바리케이드가 서 있었다. 그 뒤에 있던 남자(나는 거리 맞은편에 있었다)가 나더러 조심하라고 소리쳤다. 교회 탑 안에서 강습경비대가 지나가는 사람들에게 무차별적으로 총을 쏜다고 했다. 나는 잠시 가만히 있다가 뛰어서 길을 건넜다. 아니나 다를까 총알 하나가 내 옆을 횡 지나갔다. 무서울 정도로 가까웠다. POUM 집행부 건물이 가까워졌을 때, 길 건너편에서 문간에 서 있던 돌격대원 몇명이 또 조심하라고 소리쳤다. 그때는 그들의 말을 정확히 알아듣지 못했다. 나와 건물 사이(스페인에서 이런 종류의 거리 중앙에는 널찍한 보도가 있다)에 신문 노점과 나무들이 있었기 때문에 그들이 무엇을 가리키는지도 보이지 않았다. 나는 콘티넨털 호텔로 가서 아무 일도 없음을 확인하고 세수를 한 뒤 다시 POUM 집행부 건물(길을 따라 약 100야드 떨어진 곳에 있었다)로 가서 지시를 내려달라고 말했다. 이 때쯤에는 여러 방향에서 불을 뿜는 라이플과 기관총 소리가 전장의 소음과 거의 맞먹을 정도였다. 내가 막 콥을 발견하고 우리가 뭘 해야 하는지 묻고 있는데, 아래쪽에서 무시무시한 소리가 연달아 들려왔다. 그 소리가 워낙 커서 나는 누가 야포로 우리를 쏘는 줄 알았다. 하지만 사실은 수류탄일 뿐이었다. 수류탄이 석조 건물들 사이에서 터지면 평소보다 두 배나 큰 소리가 난다.

콥은 창밖을 흘깃 보고, "우리가 조사해보자"고 말하더니 여느 때처럼 태평한 모습으로 한가로이 계단을 내려갔다. 나는 그 뒤를 따랐다. 출입구 바로 안쪽에서 돌격대원 한 무리가 마치 볼링을 치듯이 인도 위로 수류탄을 굴리고 있었다. 수류탄은 20야드를 굴러가 고막이 찢어질 것 같은 무시무시한 소리를 내며 터지고, 여기에 라이플 총성이 뒤섞였다. 도로 중간의 신문 노점 뒤에서 누군가의 머리가 삐져나왔다. 나랑 잘 아는 사이인 미국인 의용군의 머리였는데, 꼭 시장에 진열된 코코넛 같았다. 나는 나중에야 상황을 정확히 파악했다. POUM 건물 옆에 카페가 있고, 그 위에는 호텔이 있었다. 카페 이름은 카페 모카였다. 전날 강습경비대원 이삼십 명이 카페에 들어갔다가 싸움이 시작되자 갑자기 그 건물을 점령하고는 바리케이드를 쌓고 틀어박혔다. 나중에 POUM 건물을 공격하기 위한 예비 조치로 그 카페를 점령하라는 지시를 받은 듯싶었다. 아침 일찍 그들이 밖으로 나오려 하자 총성이 오가면서 돌격대원 한 명은 중상을 입고, 강습경비대원 한 명은 목숨을 잃었다. 강습경비대는 카페 안쪽으로 도망쳤으나, 미국인 의용군이 거리로 나오자 그를 향해 총을 쏘기 시작했다. 그가 비무장 상태였는데도. 미국인은 신문 노점 뒤편으로 몸을 던져 숨었고, 돌격대는 강습경비대원들을 다시 건물 안으로 쫓아버리기 위해 수류탄을 굴리는 중이었다.

콥은 눈길 한 번으로 상황을 파악한 뒤, 앞으로 밀고 나아가 빨간 머리 독일인 돌격대원을 끌고 돌아왔다. 그는 막 이로 수류탄 안전핀을 뽑던 중이었다. 콥은 모두 출입구에서 물러서라고 소리치며, 반드시 유혈 사태를 피해야 한다고 여러 나라 말로 우리에게 말했다. 그러고는 인도로 나가 강습경비대원들이 볼 수 있는 곳에서 보란 듯이 권총을 빼 바닥에 내려놓았다. 스페인인 의용군 장교 두 명도 똑같은 행동을 했다. 세 사람은 강습경비대원들이 모여 있는 출입구를 향해 천천히 걸어가기 시작했다. 나라면 누가 20파운드를 준다 해도 그런 짓을 하지 않을 것이다. 겁을 먹어 정신이 나가버린 상태로 장전된 총을 들고 있는 사람들을 향해 그들은 비무장 상태로 걸어가고 있었다. 겁을 먹어 얼굴이 흙빛이 된 셔츠 차림의 강습경비대원 한 명이 밖으로 나와 콥과 교섭하면서, 잔뜩 흥분한 기색으로 인도 위에서 아직 폭발하지 않은 수류탄 두 개를 계속 가리켰다. 콥은 우리에게 돌아와 우리가 그 수류탄을 건드려 폭발시켜야 할 것 같다고 말했다. 길에 그렇게 내버려두면, 지나다니는 사람들이 위험해질 터였다. 돌격대원 한 명이 수류탄 하나를 먼저 라이플로 쏘아 폭발시키고, 나머지 하나를 쏘았으나 빗나갔다. 나는 그에게 라이플을 달라고 말한 뒤, 무릎을 바닥에 대고 앉아 수류탄을 쏘았다. 안타깝지만 나도 그것을 맞히지 못했다. 그 소요 사태 중에 내가 총을 쏜 것은 그때가 유일했다. 길바닥은 카페 모카의 간판에서 떨어진 유리 조각으로 뒤덮여 있었다. 콥의 관용차를 포함해서, 건물 밖에 주차되어 있던 자동차 두 대는 총에 맞아 벌집이 되었고, 앞 유리창은 수류탄 폭발로 박살이 났다.

콥은 나를 다시 2층으로 데리고 올라가 상황을 설명했다. 만약 POUM 건물들이 공격받는다면 우리가 방어해야 하는데, POUM 지도자들은 우리더러 방어 태세를 갖추되 가능하면 총은 쏘지 말라는 지시를 내렸다고 했다.

우리 건물 바로 맞은편에 폴리오라마라는 영화관이 있는데, 그 위에는 박물관이 있고, 일반적인 건물 옥상보다 높은 맨 꼭대기에는 돔 두 개로 이루어진 작은 전망대가 있었다. 거리를 모두 내려다볼 수 있는 그 돔에 라이플 사수 몇 명을 배치하면 POUM 건물들을 공격하려는 시도를 미연에 방지할 수 있을 것 같았다. 영화관 관리자들은 CNT 조합원이니 우리가 오가는 걸 허락해줄 터였다. 카페 모카의 강습경비대와는 문제가 없을 것이라고 했다. 그들도 싸움을 원치 않는 만큼, 자기들도 살고 우리도 살 수 있는 방법이 있다면 무조건 기쁘게 받아들일 것이라고. 콥은 상대가 먼저 우리에게 총을 쏘거나 우리 건물을 공격하지 않는 한 우리가 먼저 총을 쏘면 안 된다는 것이 지시의 내용임을 반복해서 말해주었다. 비록 그가 말로 설명하지는 않았지만, 내 짐작에는 POUM 지도자들이 이번 일에 억지로 휘말린 것에 몹시 화를 내면서도 CNT의 편을 들어야 한다고 느끼는 것 같았다.

전망대에는 이미 사람이 배치되어 있었다. 그 뒤 사흘 동안 나는 밤낮을 가리지 않고 계속 폴리오라마 옥상에 있었다. 자리를 비운 것은 살짝 길을 건너가서 호텔에서 식사를 하는 짧은 시간뿐이었다. 위험은 전혀 없었고, 내게 가장 큰 고통은 허기와 지루함이었다. 그런데도 평생을 통틀어 가장 견디기 힘든 시기 중 하나였다. 시가전이 벌어진 그 고약한 며칠보다 더 넌더리가 나거나, 더 환멸스럽거나, 더 신경을 갉아먹은 경험은 거의 없었던 것 같다.

나는 옥상에 앉아 눈앞에 펼쳐진 터무니없는 상황에 놀라움을 금치 못했다. 전망대의 작은 창문으로 밖을 내다보면 반경 몇 마일 거리까지 전부 볼 수 있었다. 높고 날씬한 건물, 유리 돔, 초록색과 구리색 타일이 눈부시게 빛나고 전체적으로 구불구불한 모양을 한 환상적인 옥상 등이 한없이 펼쳐졌다. 동쪽에서는 바다가 연한 파란색으로 반짝였다. 내가 스페인에 온 뒤로 바다를 조금이라도 본 것은 그때가 처음이었다. 백만 명이 사는 거대한 도시가 폭력적인 관성에 갇혀 있었다. 움직임은 없이 소리만 나는 악몽이었다. 햇볕이 내리쬐는 거리에는 인적이 거의 없었다. 모래주머니를 쌓아둔 창문과 바리케이드에서 총알이 줄줄 날아오는 것을 빼면 아무 일도 없었다. 거리에서 움직이는 차량도 없었다. 람블라스 거리 여기저기에는 싸움이 시작되었을 때 기관사가 도망쳐버린 전차들이 미동도 없이 서 있었다. 그 와중에도 지독한 소음이 수천 개의 석조 건물에 부딪혔다가 메아리치며 계속 이어졌다. 열대의 폭풍우 같았다. 탕탕, 덜컥덜컥, 쾅. 총성이 겨우 몇 번으로 잦아들 때가 있는가 하면, 귀가 멀 것 같은 일제사격이 쏟아질 때도 있었다. 어쨌든 햇빛이 비치는 동안 그 소리가 멈추는 법은 없었다. 그리고 다음 날 동이 트면 기다렸다는 듯이 다시 시작되었다.

도대체 무슨 일이 벌어지고 있는 건지, 누가 누구랑 싸우고 누가 이기고 있는지 처음에는 잘 알 수 없었다. 바르셀로나 사람들은 시가전에 워낙 익숙하고 시내 지리를 잘 알아서, 어느 당파가 어떤 거리와 건물을 손에 넣어 지킬지를 본능적으로 알아차린다. 그에 비하면 외국인은 구제불능이다. 전망대에서 밖을 내다보며 나는 이 도시의 가장 중요한 도로 중 한 곳인 람블라스가 분계선 역할을 한다는 사실을 파악할 수 있었다. 람블라스 오른편의 노동계급 구역에서는 무정부주의 세력이 탄탄했다. 왼쪽에서는 구불구불한 골목에서 혼란스러운 싸움이 벌어졌지만 PSUC와 강습경비대가 그럭저럭 그곳을 장악하고 있었다. 우리가 있는 곳, 그러니까 카탈루냐 광장 인근에서는 상황이 하도 복잡해서, 모든 건물에 깃발이 내걸리지 않았다면 뭐가 어떻게 돌아가는지 파악하기 어려웠을 것이다. 여기서 가장 중요한 이정표 역할을 하는 건물은 콜론 호텔이었다. PSUC가 본부로 쓰고 있는 그 건물이 카탈루냐 광장을 지배했다. 호텔 전면에 크게 붙어 있는 이름 'Hotel Colón' 중 끝에서 두 번째 O와 가까운 창문에 광장을 무시무시하게 휩쓸어버릴 수 있는 기관총 하나가 설치되어 있었다. 우리 오른쪽으로 람블라스 거리를 따라 100야드 떨어진 곳에는 JSU, 즉 PSUC의 청년연맹(영국 공산주의 청년연맹과 상응하는 조직)이 차지한 대형 백화점이 있었다. 모래주머니를 쌓아놓은 측면 창문들이 우리 전망대와 마주보는 위치에 있었다. 그들은 빨간 깃발을 끌어 내리고, 카탈로니아 국기를 올렸다. 이 모든 싸움의 시작점인 전화국에서는 카탈로니아 국기와 무정부주의 세력의 깃발이 나란히 나부꼈다. 그곳에서 모종의 임시 타협이 이루어진 덕분에, 전화국은 아무런 차질 없이 운영되고 있었으며 그 건물에서 총성이 울리는 일도 없었다.

우리 진지는 묘하게 평화로웠다. 카페 모카의 강습경비대는 강철 덧문을 내리고, 카페의 가구들을 쌓아 바리케이드를 만들었다. 나중에는 강습경비대원 여섯 명이 우리 맞은편의 옥상으로 올라와 매트리스로 또 바리케이드를 쌓더니, 그 위에 카탈로니아 국기를 매달았다. 하지만 그들은 확실히 싸움을 시작할 생각이 없는 것 같았다. 콥은 그들과 확실하게 합의했다. 그들이 우리에게 총을 쏘지 않는다면, 우리도 총을 쏘지 않겠다는 내용이었다. 콥은 이제 그쪽 대원들과 상당히 친해져서 카페 모카에 여러 번 다녀오기까지 했다. 당연히 카페 안에서 마실 수 있는 것을 모두 약탈한 그들은 맥주 열다섯 병을 콥에게 선물로 주었다. 콥은 그 보답으로 무려 우리 라이플 한 정을 주었다. 그들이 전날 어찌어찌하다 잃어버렸다는 라이플 대신 쓰라고. 그래도 옥상에 앉아 있으면 기분이 묘했다. 때로는 이 모든 일이 그저 지루하기만 해서 지옥 같은 총성에 전혀 신경을 쓰지 않고, 펭귄 출판사의 책 여러 권을 몇 시간 동안 연달아 읽었다. 내가 며칠 전 그 책들을 사놓은 것이 다행이었다. 또 어떤 때는 50야드 거리에서 무장한 사람들이 나를 감시하고 있다는 사실이 머리에서 떠나지 않았다. 다시 참호 안에 있는 것 같은 기분이 조금 들었다. 순전히 습관 때문에, 강습경비대를 '파시스트'로 말하려다가 멈춘 적이 여러 번 있었다. 옥상에는 보통 나를 포함해서 약 여섯 명이 있었다. 두 전망대에 각각 한 명씩 파수를 서게 하고, 나머지 사람들은 옥상에 앉았다. 돌 말뚝 외에는 몸을 숨길 곳이 전혀 없었다. 나는 언제든 강습경비대에 사격을 지시하는 전화가 걸려 올 수 있음을 잘 알고 있었다. 그들은 총을 쏘기 전에 우리에게 미리 경고해주기로 합의했지만, 그 합의를 지킬 것이라는 보장은 없었다. 하지만 문제가 생길 것처럼 보인 적은 딱 한 번뿐이었다. 강습경비대원 한 명이 무릎을 바닥에 댄 자세로 바리케이드 너머에서 사격을 시작했다. 내가 전망대에서 파수를 서고 있을 때였다. 나는 그에게 라이플을 겨누고 소리쳤다.

"어이! 우리한테 총 쏘지 마!"

"뭐?"

"총 쏘지 말라고. 우리도 마주 쏘아야 하니까!"

"아냐, 아냐! 당신들한테 쏜 거 아니야. 봐. 저기 아래!"

그는 라이플로 우리 건물 옆의 골목을 가리켰다. 아니나 다를까, 라이플을 손에 든 파란색 작업복 차림의 청년이 살금살금 모퉁이를 돌고 있었다. 방금 옥상의 강습경비대원에게 총을 한 방 쏜 모양새였다.

"저놈한테 쏜 거야. 저놈이 먼저 쐈어." (나는 이 말이 사실이었을 것이라고 믿는다.) "당신들을 쏠 생각은 없어. 우린 그냥 노동자야. 당신들이랑 같아."

그는 반反파시스트 경례를 했다. 나도 같은 경례를 하고, 그에게 소리쳤다.

"맥주 남은 거 있어?"

"아니, 다 떨어졌어."

그날 거리 저편 JSU 건물에서 한 남자가 이렇다 할 이유도 없이 갑자기 라이플을 들어 나를 쏘았다. 나는 창문에서 몸을 내밀고 있었다. 어쩌면 내가 유혹적인 과녁이었는지도 모른다. 나는 응사하지 않았다. 고작 100야드 거리에서 날아온 총알인데도 어찌나 크게 빗나갔는지, 심지어 전망대 지붕조차 맞히지 못했다. 스페인인들의 표준적인 사격 실력이 여느 때처럼 나를 살려주었다. 나는 그 건물에서 여러 차례 총격의 대상이 되었다.

지독한 총성은 한없이 이어졌다. 그러나 내 눈과 귀로 파악할 수 있는 한, 양편 모두 방어적인 싸움을 하고 있었다. 사람들은 자기 건물이나 바리케이드를 떠나지 않고, 그냥 반대편 사람들을 향해 총을 갈겼다. 우리가 있는 곳에서 약 반 마일 떨어진 어느 거리에서 CNT와 UGT의 중요 사무실 몇 개가 거의 정면으로 서로를 마주보고 있었다. 그쪽에서 돌려오는 총성은 끔찍할 정도였다. 전투가 끝난 다음 날 그 거리를 걸으면서 보니, 상점 진열창 유리가 체처럼 변해 있었다. (바르셀로나의 상점 주인들은 대부분 진열창에 길게 자른 종이를 종횡으로 붙여 놓았다. 총에 맞았을 때 유리가 산산이 부서지는 것을 막기 위해서였다.) 라이플과 기관총 소음 사이에 수류탄 터지는 소리가 들릴 때도 있었다. 아주 긴 간격을 두고 엄청난 폭음이 들린 적도 있는데, 다 합하면 아마 열두 번쯤 되었을 것이다. 당시 나는 그 폭음의 정체를 알지 못했다. 공중에서 투하된 폭탄이 터지는 소리 같았는데, 주위를 날아다니는 비행기가 없으니 그런 폭탄일 리가 없었다. 나중에 듣기로는, 선동 공작원들이 소음과 공포를 더 키우려고 대량의 폭탄을 터뜨렸다고 했다. 사실일 가능성이 높다. 그러나 포성은 들리지 않았다. 만약 그런 소리가 들린다면 일이 심각해진다는 뜻이었으므로, 나는 특히 주의를 기울였다(포는 시가전에서 결정적인 요소다). 상황이 끝난 뒤 포대가 거리에서 포격을 실시했다는 터무니없는 이야기들이 신문에 실렸지만, 포탄에 맞은 건물이 어디인지 누구도 정확히 지적해 보여주지 못했다. 어쨌든 포성에 익숙한 사람은 포성을 확실히 구분할 수 있다.

식량은 거의 처음부터 부족했다. POUM 집행부 건물에 있는 의용군 열다섯에서 스무 명을 위해 어둠을 틈타 팔콘 호텔로 가서 힘겹게 식량을 조달해 왔지만(강습경비대가 람블라스 거리를 향해 끊임없이 총을 쏘았다), 간신히 함께 나눠 먹을 수 있는 정도였다. 따라서 가능한 한 많은 사람이 콘티넨털 호텔로 가서 끼니를 해결했다. 콘티넨털 호텔은 CNT나 UGT가 집산화한 대부분의 호텔과 달리 제네랄리다드에 의해 집산화되었으므로 중립지대로 간주되었다. 싸움이 시작되자마자 이 호텔에는 정말로 엄청나게 다양한 사람이 가득 모여들었다. 외국 기자, 온갖 종류의 정치적 용의자, 정부를 위해 일하는 미국 조종사, 다양한 공산당 공작원 등이 있었는데, 공산당 공작원 중 뚱뚱하고 불길해 보이는 소련인은 오게페우* 요원이라고 했다. 찰리 찬이라는 별명으로 불리던 그의 허리띠에는 권총 한 자루와 작은 수류탄 한 개가 매달려 있었다. 그 밖에 파시스트 동조자로 보이는 부유한 스페인인들이 가족을 데리고 와 있었고, 국제종대의 부상병 두세 명, 오렌지를 프랑스로 운송하던 도중 싸움 때문에 발이 묶인 거대한 프랑스 화물차 무리의 기사들, 인민군 장교 여러 명도 있었다. 인민군 자체는 싸움 내내 중립을 유지했으나, 막사에서 몰래 빠져나가 개인 자격으로 싸움에 참여한 군인이 몇 명 있었다. 나는 화요일 아침에 POUM 바리케이드에서 그들을 두어 명 보았다. 처음에, 그러니까 식량 부족이 아직 심각하지 않고 신문들도 아직 증오심을 부추기지 않을 때에는 이 일 전체를 일종의 농담처럼 보는 경향이 있었다. 바

---

* OGPU, 통합국가정치보위부. 1922년부터 1934년까지 운영된 소련의 국가 비밀경찰

르셀로나에서는 이런 일이 매년 일어난다고 사람들이 말했다. 이탈리아 기자이자 우리의 훌륭한 친구인 게오르게 티올리가 바지가 피에 흠뻑 젖은 모습으로 들어왔다. 상황을 살피러 나갔다가 길에서 부상자의 상처를 보살피고 있었는데 누군가가 장난처럼 그에게 수류탄을 던졌다고 했다. 부상이 심하지 않아 다행이었다. 그가 바르셀로나의 포석에 번호를 붙여야 한다고 말한 것이 기억난다. 그러면 바리케이드를 세우고 부수는 수고를 크게 절약할 수 있을 것이라고 했다. 내가 밤새 경비를 서다가 지치고 배고프고 더러운 몰골로 호텔의 내 방에 들어갔더니 국제종대 소속인 남자 두 명이 거기 앉아 있던 일도 기억난다. 그들의 태도는 완전히 중립적이었다. 만약 그들이 당에 충성하는 사람들이었다면, 내게 자기들 편으로 넘어오라고 권유했을 것이다. 심지어 나를 묶어두고 내 주머니에 가득한 수류탄을 빼앗아 갔을 수도 있다. 그러나 그들은 휴가를 나와 옥상에서 경비를 서게 된 나를 가엾게 여겼을 뿐이다. 그들의 태도는 대체로 "이건 무정부주의 세력과 경찰 사이의 소란에 불과해. 아무 의미도 없어"라는 식이었다. 싸움의 규모와 사상자 수가 상당했는데도, 내 생각에는 이 일을 계획적인 봉기로 묘사한 공식적인 설명보다는 이런 인식 쪽이 사실에 더 가까운 것 같다.

수요일(5월 5일)쯤 뭔가 변화가 일어나는 것 같았다. 상점마다 셔터가 내려져서 유령의 거리 같았다. 이런저런 이유로 어쩔 수 없이 밖에 나온 소수의 행인들은 하얀 수건을 크게 흔들어대며 기듯이 움직였다. 람블라스 거리 한가운데에는 총탄의 위협에서 안전한 곳이 있었는데, 거기서 남자들 몇 명이 텅 빈 거리를 향해 신문을 판다고 외쳐댔다. 화요일에 무정부주의 신문인 〈솔리다리다드 오브레라〉가 전화국 공격을 "가공할 도발"(또는 이런 뜻의 말)이라고 묘사했다. 그러나 수요일에는 논조가 바뀌어, 모두 일터로 돌아가라고 간절히 권고하기 시작했다. 무정부주의 세력의 지도자들도 방송으로 같은 메시지를 전달했다. POUM 신문인 〈라 바타야〉 사무실이 무방비 상태로 있다가 전화국 공격과 거의 같은 시각에 강습경비대의 기습으로 점령당했으나, 신문은 다른 곳에서 계속 발행되어 몇 부만 배포되었다. 그 신문은 사람들에게 계속 바리케이드를 지키라고 촉구했다. 사람들은 갈피를 잡지 못하고, 이번 일이 도대체 어떻게 끝날지 불안해했다. 아직은 바리케이드를 떠난 사람이 없었던 것 같지만, 틀림없이 무의미한 싸움에 모두 진력이 났을 것이다. 이 싸움이 본격적인 내전으로 번지면 프랑코와의 전쟁에서 패배할 수 있기 때문에 이 싸움에서는 어떤 결론도 내려질 수 없었다. 모두가 이런 두려움을 드러냈다. 당시 사람들이 하던 말을 근거로 최대한 추측해보면, CNT 일반 조합원들이 원한 것은, 처음부터 원한 것은 둘뿐이었다. 전화국 반환과 강습경비대의 무장해제. 만약 제네랄리다드가 이 두 가지를 약속하고, 또한 식량을 이용한 폭리행위에도 종지부를 찍겠다고 약속했다면, 틀림없이 두 시간 만에 바리케이드가 해체되었을 것이다. 그러나 제네랄리다드는 굴복할 기색이 전혀 없었다. 고약한 소문들이 돌아다녔다. 발렌시아 정부가 바르셀로나를 점령하려고 6천 명의 병력을 보낼 예정이며, 무정부주의 세력과 POUM 병력 5천 명이 그들에 맞서기 위해 아라곤 전선을 떠났다는 내용이었다. 이 중에 첫 번째 소문만 진실이었다. 전망대에서 사방을 감시하던 우리는 나지막한 회색 전함들이 항구로 다가오는 것을 보았다. 뱃사람이었던 더글러스 모일은 영국 구축함처럼 보인다고 말했다. 사실 그들은 **정말로** 영국 구축함이었으나, 우리는 나중에야 그 사실을 알았다.

에스파냐 광장에서 강습경비대 사백 명이 무정부주의 세력에게 항복하고 무기를 넘겼다는 소식을 우리는 그날 저녁에 들었다. 교외(주로 노동계급이 사는 곳)를 CNT가 장악했다는 소식도 어렴풋이 들려왔다. 우리가 이기고 있는 것 같았다. 그러나 그날 저녁 콥이 나를 부르더니, 자신이 방금 받은 정보에 따르면 정부가 곧 POUM을 불법으로 규정하고 전쟁을 선포하려 한다고 심각한 얼굴로 말해주었다. 나는 충격을 받았다. 이번 일이 나중에 어떻게 해석될지 내가 처음으로 언뜻 엿본 순간이었다. 싸움이 끝나면 POUM이 모든 비난을 뒤집어쓰게 될 미래가 희미하게 보이는 듯했다. 세력이 가장 약한 POUM은 희생양으로 삼기에 가장 적합했다. 한편 우리의 지역적인 중립성도 끝났다. 만약 정부가 우리를 상대로 전쟁을 선포한다면 우리는 방어에 나설 수밖에 없었다. 여기 집행부 건물에 모여 있는 우리는 옆 건물의 강습경비대에 우리를 공격하라는 명령이 떨어질 것이라고 확신할 수 있었다. 우리가 먼저 그들을 공격하는 방법밖에 없었다. 좁은 전화로 떨어질 명령을 기다리는 중이었다. POUM이 확실히 불법화되었다는 소식이 들려온다면, 우리는 즉시 카페 모카를 점령할 준비를 해야 했다.

우리가 그날 건물을 요새화하며 보낸 길고 악몽 같았던 밤을 기억한다. 우리는 앞쪽 출입구에 강철 막을 세우고, 이 건물을 수리하던 일꾼들이 두고 간 석판으로 그 뒤에 바리케이드를 만들었다. 그리고 우리가 갖고 있는 무기들을 점검했다. 맞은편 폴리오라마 옥상에 있는 라이플 여섯 정을 포함해서 총 스물한 정의 라이플이 있었으나 그중 한 정은 고장 난 상태였고, 라이플 한 정당 탄약은 약 50발이었다. 그리고 수류탄 수십 개. 그밖에는 권총 몇 자루가 전부였다. 대부분이 독일인인 십여 명의 사람이 때가 되면 카페 모카를 공격하겠다고 자원한 상태였다. 물론 공격은 깊은 밤에 옥상에서 그들을 기습하는 형식으로 이루어져야 했다. 수는 그쪽이 더 많지만, 사기는 우리 쪽이 높았다. 틀림없이 우리가 그곳을 습격할 수 있을 것이다. 비록 그 과정에서 목숨을 잃는 사람이 나올 수밖에 없겠지만. 건물 안에 먹을 것이라고는 초콜릿 몇 개뿐이었다. 게다가 '그들'이 물을 끊어버릴 것이라는 소문이 이미 돌고 있었다. ('그들'이 누구인지 아는 사람은 없었다. 물 공급 설비를 관리하는 정부일 수도 있고 CNT일 수도 있지만, 누구도 답을 내놓지 못했다.) 우리는 화장실의 모든 세면대, 구할 수 있는 모든 양동이에 물을 가득 채웠다. 시간이 오래 걸렸다. 나중에는 강습경비대가 콥에게 주었던 맥주 열다섯 병, 이제는 맥주를 다 마셔서 비어버린 그 병에도 물을 채웠다.

　　육십 시간 동안 별로 잠을 자지 못한 탓에 나는 기진맥진한 데다가 정신적으로도 지독한 상태였다. 한밤중이라 아래층 바리케이드 뒤의 바닥 여기저기에서 사람들이 잠들어 있었다. 2층에는 소파가 있는 작은 방이 하나 있었다. 우리는 그곳을 상처 치료실로 쓸 생각이었으나, 말할 필요도 없이 건물 안에는 요오드도 붕대도 없었다. 혹시 간호사가 필요할 경우에 대비해서 아내가 호텔에서 미리 와 있었다. 나는 '모카' 공격에 나서기 전에 30분쯤 쉬고 싶어서 소파에 누웠다. 모카 공격이 시작되면 나는 아마도 목숨을 잃을 것 같았다. 허리띠에 매달아둔 권총이 허리를 찔러대는 바람에 참을 수 없이 불편했던 기억이 난다. 그다음으로 기억나는 것은 퍼뜩 깨어나 보니 아내가 내 옆에 서 있던 광경이다. 이미 한낮이었고, 그때까지 아무 일도 일어나지 않았다. 정부가 POUM에 전쟁을 선포하지도 않았고, 물이 끊기지도 않았다. 거리에서 산발적으로 들려오는 총성을 빼면 모든 것이 평소와 같았다. 아내는 차마 날 깨우고 싶지 않아서 건물 앞쪽의 방 한 곳에서 안락의자에 앉아 잠을 잤다고 말했다.

　　그날 오후 일종의 휴전이 이루어졌다. 총성이 가라앉자 놀라울 정도로 순식간에 거리가 사람으로 가득해졌다. 상점 몇 곳이 셔터를 올리기 시작했고, 시장에는 먹을 것이 필요하다고 아우성을 치는 사람들이 빽빽하게 몰려들었다. 그러나 시장의 판매대는 거의 텅 비어 있었다. 또한 전차가 아직 다니지 않는 것도 눈에 띄었다. 모카의 강습경비대는 여전히 바리케이드를 지켰다. 어느 편 소속이든 요새화된 건물에서 사람들이 물러나지도 않았다. 모두들 바삐 돌아다니며 먹을 것을 구하려고 애썼다. 사방에서 사람들이 불안에 젖은 목소리로 똑같은 질문을 던져댔다. "그게 이제 다 끝났을까? 또 시작될 것 같아?" 이 문장의 주어인 '그것'(싸움)은 이제 허리케인이나 지진 같은 자연재해로 여겨졌다. 모두가 똑같이 겪는 일이자 우리 힘으로는 어쩔 수 없는 일. 아니나 다를까 거의 곧바로(내 생각에는 사실 몇 시간 동안 휴전이 이루어졌던 것 같지만, 그때는 몇 시간이라기보다 몇 분처럼 느껴졌다) 6월의 호우처럼 라이플 총성이 갑자기 들려오자 사람들은 모두 허둥지둥 움직였다. 강철 셔터가 순식간에 내려가고, 거리도 마법처럼 텅 비고, 바리케이드에 지기는 사람들이 나타나 '그것'이 다시 시작되었다.

나는 역겨움과 분노가 가슴에 단단히 뭉친 것 같은 기분으로 옥상의 내 위치로 돌아갔다. 이런 일에 참여하는 것은 작게나마 역사를 만드는 데 참여하는 것이므로, 자신이 역사적인 인물이 된 것 같은 기분을 느껴야 마땅하다. 하지만 실제로는 그런 기분이 전혀 들지 않는다. 그런 순간에는 언제나 세세한 물리적인 상황이 다른 모든 것을 압도하기 때문이다. 싸움이 지속되는 내내 나는 수백 마일 떨어진 곳에서 기자들이 아주 그럴듯하게 내놓고 있던 정확한 상황 '분석'을 전혀 하지 않았다. 내가 주로 생각한 것은 사람들이 서로의 목숨을 빼앗는 이 한심한 상황의 옳고 그름이 아니라 견디기 힘든 그 옥상에 밤낮으로 앉아 있으면서 겪는 불편함과 지루함, 그리고 갈수록 심해지는 허기였다. 우리 중 누구도 월요일 이후로 제대로 식사를 한 적이 없었다. 이번 일이 끝나는 대로 전선으로 돌아가야겠다는 생각이 내내 머리를 떠나지 않았다. 너무 화가 났다. 전선에서 115일을 보내고 나서 약간의 휴식과 안락함을 갈망하며 바르셀로나로 돌아왔는데, 휴식은커녕 옥상에 앉아 시간을 보내는 꼴이라니. 나와 대적하고 있는 강습경비대원들도 나만큼 지루한 얼굴로 주기적으로 손을 흔들며 자기들은 '노동자'라고 나를 안심시켰다(내가 자기들에게 총을 쏘지 않았으면 한다는 뜻이었다). 하지만 명령이 떨어진다면 그들은 틀림없이 총을 쏠 터였다. 이 상황이 역사인지는 몰라도, 내게는 그렇게 느껴지지 않았다. 그보다는 전선에서 상황이 좋지 않을 때, 그러니까 사람이 부족해서 보초 임무를 비정상적으로 수행해야 하는 때와 더 비슷했다. 그럴 때 사람들은 영웅이 되는 대신 그냥 자신의 위치를 지키며 지루해하다가 졸려서 쓰러질 수밖에 없었다. 자신이 여기서 왜 이러고 있는지에 대해서는 전혀 관심이 가지 않았다.

호텔 안에는 감히 문 밖으로 코를 내밀지 못한 다양한 사람이 모여 있었다. 그들 사이에서 무시무시한 의심의 분위기가 점점 자라났다. 여러 사람이 스파이 병에 감염되어 살금살금 돌아다니며 자기만 빼고 모두가 공산당이나 트로츠키주의자나 무정부주의 세력 등이 보낸 스파이라고 속닥거렸다. 뚱뚱한 소련 요원은 모든 외국인 피난민들을 차례로 구석에 몰아넣고, 이번 일이 모두 무정부주의 세력의 음모라는 설명을 그럴듯하게 내놓았다. 나는 약간 흥미를 느끼며 그를 지켜보았다. 거짓말이 직업인 사람을 본 것은 그때가 처음이었다. 기자를 포함시킨다면 이야기가 달라지지만. 라이플 총성이 시끄럽게 울리는 가운데 셔터가 내려진 창문 뒤에서 말쑥한 호텔 생활의 패러디 같은 모습이 유지되는 것이 조금 혐오스러웠다. 건물 앞쪽의 식당은 창문을 뚫고 들어온 총알이 기둥을 쪼개 놓은 뒤로 버림받았다 손님들은 뒤쪽의 조금 어두운 방에 북적북적 모여 있었는데, 그들이 모두 앉을 수 있을 만큼 테이블이 충분하지 않았다. 웨이터의 수도 줄어들었다. 그들 중 일부가 CNT 조합원이라서 총파업에 동참한 탓이었다. 남은 웨이터들은 예장용 흰 와이셔츠를 잠시 포기했지만, 끼니때마다 여전히 격식 있는 행사를 치르듯이 음식을 내왔다. 하지만 먹을 것이 거의 없었다. 목요일 밤 저녁 식사 때 주요리는 일인당 정어리 **한 마리**였다. 호텔에 빵이 떨어진 지 며칠이 지났고, 남은 포도주도 워낙 적어서 우리는 점점 더 오래된 포도주를 점점 더 높은 가격에 마시고 있었다. 음식 부족은 싸움이 끝난 뒤에도 여러 날 동안 지속되었다. 아내와 내가 사흘 연속 빵도 음료수도 없이 염소젖 치즈 한 조각으로 아침 식사를 대신했던 기억이 난다. 풍부하게 남아도는 것은 오렌지뿐이었다. 프랑스인 화물차 기사들이 운반하던 오렌지를 호텔로 잔뜩 가지고 들어왔다. 거칠어 보이는 그들은 번지르르하게 꾸민 스페인 여자들과 검은 블라우스를 입은 거대한 짐꾼을 데리고 있었다. 다른 때 같았으면 속물이지만 신사 행세를 하는 호텔 지배인이 최선을 다해 그들을 불편하게 만들었을 것이다. 아니, 사실 그들을 아예 호텔 경내에 들여놓지도 않았을 것이다. 하지만 지금은 그들이 인기인이었다. 다른 사람들과 달리 그들이 따로 갖고 있는 빵이 있어서 모두들 어떻게든 그 빵을 얻어내려고 했다.

나는 마지막 날 밤을 옥상에서 보냈다. 다음 날 보니 싸움이 정말로 끝나가는 것 같았다. 그날은 총성이 많지 않았던 것 같다. 그 금요일에는. 발렌시아에 있던 군대가 정말 이쪽으로 오고 있는지 확실히 아는 사람이 하나도 없었으나, 그 군대는 사실 그날 저녁에 도착했다. 정부는 위로와 협박이 반씩 섞인 메시지를 방송으로 내보내며, 사람들에게 집으로 가라고 말했다. 일정한 시간이 지나고 나면 무기를 소지한 사람이 모두 체포될 것이라는 말도 했다. 정부의 방송에 주의를 기울이는 사람은 별로 없었지만, 사방의 바리케이드에서 사람들이 조금씩 사라지고 있었다. 나는 틀림없이 식량 부족이 가장 큰 이유였을 것이라고 생각한다. 어디서나 같은 말이 들렸다. "남은 음식이 없어. 다시 일터로 돌아가야겠어." 반면 시내에 먹을 것이 있기만 하다면 반드시 군용 식량을 배급받을 수 있는 강습경비대는 계속 자리를 지킬 수 있었다. 오후가 되자 거리는 평소 모습에 거의 가까웠다. 하지만 버림받은 바리케이드는 아직 그대로였다. 람블라스 거리에 사람들이 북적거리고, 거의 모든 상점이 문을 열었다. 무엇보다 마음이 놓이는 것은, 오랫동안 얼음덩이처럼 가만히 서 있던 전차들이 다시 움직이기 시작했다는 점이었다. 강습경비대는 계속 카페 모카를 차지한 채 바리케이드를 내리지 않았지만, 그들 중 일부가 의자를 들고 나와 무릎에 라이플을 놓은 채로 인도에 앉아 있었다. 내가 지나가면서 그들 중 한 명에게 윙크를 했더니 그리 적대적이지 않은 미소가 돌아왔다. 물론 내가 누군지 알고 한 짓이었다. 전화국에서는 무정부주의 세력의 깃발이 내려지고, 카탈로니아 깃발만 휘날렸다. 노동자들이 확실히 패배했다는 뜻이었다. 정부가 좀 더 자신감을 얻으면 보복이 있을 것이라는 깨달음이 왔으나, 정치적 무지로 인해 그 깨달음이 아주 선명하지는 않았다. 당시 나는 그런 일에 관심이 없었다. 지긋지긋한 총성이 끝났고, 이제는 전선으로 돌아가기 전에 먹을 것을 좀 사서 휴식과 평화를 누릴 수 있다는 생각에 깊은 안도감이 느껴질 뿐이었다.

발렌시아의 군대가 처음으로 거리에 모습을 드러낸 것은 틀림없이 늦은 저녁이었을 것이다. 강습경비대인 그들은 이 지역의 강습경비대, 증오의 대상인 시민경비대, 카라비네로(즉 주로 경찰 역할을 하도록 만들어진 조직)와 비슷한 조직이자 공화국이 엄선한 군인들이었다. 그들이 갑자기 땅에서 솟아난 것처럼 나타나더니, 열 명이 한 조가 되어 온 거리를 순찰하고 다녔다. 회색이나 파란색 제복을 입은 키 큰 남자들이 긴 라이플을 어깨에 메고, 조마다 한 정씩 지급된 기관단총을 들고 있었다. 한편 신중하게 처리해야 하는 일이 있었다. 우리가 전망대에서 경비를 설 때 사용했던 라이플 여섯 정이 아직 옥상에 그대로 있었는데, 무슨 수를 쓰든 그것을 POUM 건물로 다시 가져다주어야 했다. 그 건물의 정규 무기 중 일부였기 때문이다. 그러나 그걸 가지고 거리로 나가는 것은 정부의 지시를 위반하는 행동이었다. 만약 그 무기를 소지하고 있다가 들키면 틀림없이 체포될 것이다. 그보다 심각한 문제는, 라이플을 몰수당할 것이라는 점이었다. 건물 안에 있는 라이플이 고작 스물한 정밖에 안 되는 상황에서, 여섯 정을 잃어버릴 수는 없었다. 어떤 방법이 가장 좋을지 많은 의논을 거친 끝에, 빨간 머리 스페인 청년과 내가 몰래 무기를 빼내려고 시도했다. 발렌시아 강습경비대의 순찰대를 피하기는 쉬웠다. 위험한 것은 '모카' 안의 강습경비대였다. 우리 전망대에 라이플이 있다는 사실을 잘 알고 있으니, 만약 우리가 그 무기를 들고 지나가는 것을 본다면 그들이 산통을 깰 가능성이 있었다. 우리는 각자 옷을 일부 벗고, 라이플을 왼쪽 어깨에 멨다. 개머리판은 겨드랑이 아래에 두고, 총열은 바지 다리에 쑤셔 넣었다. 긴 마우저 라이플이라서 곤란했다. 나처럼 키가 큰 남자도 바지 다리에 긴 마우저를 쑤셔 넣으면 불편을 느낄 수밖에 없다. 왼쪽 다리를 전혀 구부릴 수 없는 상태로 전망대의 나선형 계단을 내려오자니 죽을 맛이었다. 일단 거리로 나온 우리는 지극히 천천히 움직일 수밖에 없다는 사실을 깨달았다. 그래야 무릎을 구부리지 않고 움직일 수 있었다. 내가 거북이처럼 느릿느릿 기어가고 있는데, 영화관 앞에서 사람들이 몹시 흥미롭다는 표정으로 나를 빤히 보고 있는 것이 눈에 띄었다. 내가 그런 걸음을 걷게 된 이유를 그들이 어떻게 짐작했을지 지금도 자주 궁금해진다. 어쩌면 전쟁터에서 부상을 당한 줄 알았을지도 모른다. 어쨌든 우리는 모든 라이플을 무사히 몰래 옮기는 데 성공했다.

다음 날 발렌시아 강습경비대가 사방으로 퍼져서 정복자처럼 거리를 걸어 다녔다. 정부가 이미 저항할 수 없는 상태가 된 사람들에게 더 두려움을 안겨주기 위해 힘을 과시하고 있음이 분명했다. 또 싸움이 벌어질 것이라는 우려가 조금이라도 있었다면, 발렌시아 강습경비대는 그렇게 작은 무리로 나뉘어 거리로 흩어지지 않고 막사에서 계속 대기했을 것이다. 그들은 훌륭한 군대였다. 내가 스페인에서 본 군대 중 최고라고 할 만했다. 어떤 의미에서 그들은 '적'이었지만, 나는 그들의 모습에 호감을 느끼지 않을 수 없었다. 그들이 한가로이 돌아다니는 모습을 지켜보며 나는 조금 감탄했다. 누더기를 걸치고 무기도 변변히 갖추지 못한 아라곤 전선의 의용군 모습에 익숙했기 때문이다. 공화국이 이런 부대를 보유하고 있는 줄은 미처 몰랐다. 그들은 신체적인 면에서도 정예 병사들이었지만, 내게 가장 놀라운 것은 그들의 무기였다. 모두 '소련 라이플'이라고 불리는 최신 라이플(소련이 스페인으로 보내준 라이플이지만, 생산지는 미국이었을 것이다)로 무장하고 있었다. 나는 그 라이플 한 정을 자세히 살펴보았다. 완벽한 라이플과는 거리가 멀었지만, 우리가 전선에서 쓰던 지독한 구식 총에 비하면 엄청나게 좋았다. 발렌시아 강습경비대는 열 명당 한 정꼴로 기관단총을 갖고 있었고, 자동 권총은 일인당 한 정꼴이었다. 전선에는 기관총이 대략 오십 명당 한 정꼴로 있었는데, 권총은 순전히 불법적인 방법으로 손에 넣을 수밖에 없었고. 사실 지금에야 알아차린 사실이지만, 어디서나 사정이 똑같았다. 결코 전선으로 나갈 일이 없는 카라비네로와 강습경비대의 무장과 의복이 우리보다 훨씬 더 좋았다. 이런 건 어느 전쟁에서나 볼 수 있는 상황인 것 같다. 후방의 말쑥한 경찰과 전선의 초라한 군인이 항상 이렇게 대조를 이룬다. 발렌시아 강습경비대는 처음 하루, 이틀이 지난 뒤부터 전체적으로 주민들과 아주 좋은 관계를 유지했다. 첫날 어느 정도 문제가 발생한 것은 강습경비대원 중 일부가 도발적인 행동을 하기 시작했기 때문이다(아마 명령에 따른 행동이었을 것이다). 그들은 무리를 지어 전차에 올라서 승객들을 수색했다. 그러다 주머니에 CNT 조합원카드를 갖고 있는 승객을 발견하면, 카드를 찢고 발로 짓밟았다. 이로 인해 무장한 무정부주의자들과 드잡이가 벌어져 한두 명이 목숨을 잃었다. 그러나 발렌시아 강습경비대가 금방 정복자 같은 태도를 버리자 비교적 우호적인 관계가 형성되었다. 하루나 이틀이 지난 뒤 강습경비대원 대부분이 여자와 같이 다니기 시작한 것이 눈에 띄었다.

바르셀로나 전투로 발렌시아 정부는 카탈로니아에 온전한 통제력을 행사할 핑계를 얻었다. 오래전부터 원하던 핑계였다. 정부는 노동자 의용군을 해산해서 그들을 인민군에 다시 배치하려고 했다. 바로셀로나 전역에서 스페인 공화국 깃발이 휘날렸다. 파시스트 참호를 제외하면,

내가 그 깃발을 본 것이 그때가 처음이었던 것 같다.[*] 노동계급 구역의 바리케이드들이 다소 어설프게 해체되고 있었다. 돌맹이를 제자리에 돌려놓기보다 바리케이드를 세우기가 원래 훨씬 더 쉬운 법이다. PSUC 건물 앞 바리케이드는 해체되지 않았다. 사실 6월까지도 많은 바리케이드가 남아 있었다. 강습경비대는 전략적인 지점들에 계속 머물렀다. CNT 본거지에서 엄청난 양의 무기가 몰수되었지만, 몰수를 피한 무기도 상당히 많았을 것이다. 〈라 바타야〉는 계속 발행되었으나 검열이 심해서 나중에는 1면이 거의 다 백지로 나올 정도였다. PSUC 신문들은 검열 없이, POUM을 진압하라고 요구하는 선동적인 기사를 실었다. POUM이 위장한 파시스트 조직으로 선포되면서, POUM을 상징하는 캐릭터의 얼굴에서 낫과 망치가 그려진 가면이 떨어지자 나치 십자기장이 그려진 무섭고 광기 어린 얼굴이 드러나는 만화가 PSUC 공작원들에 의해 도시 전체로 퍼졌다. 바르셀로나 전투에 대한 공식적인 설명은 이미 확고히 정해진 듯했다. 순전히 POUM의 공작으로 일어난 '제5열' 파시스트 반란이라고 했다.

싸움이 끝난 뒤 호텔에서는 서로를 의심하고 적대하는 무서운 분위기가 더욱 심해졌다. 서로를 비난하는 말

---

[*]   50쪽의 각주 참조(원주)

이 난무하는 가운데 중립적인 태도를 유지하기는 불가능했다. 우편국이 다시 돌아가면서 외국의 공산주의 신문들을 구할 수 있게 되었는데, 바르셀로나 전투에 대한 그들의 보도는 지극히 당파적일 뿐만 아니라 사실적인 면에서도 당연히 터무니없이 부정확했다. 현장에서 실제 상황을 목격한 공산주의자 중 일부는 신문에 실린 이런 해석에 당혹했을 것이다. 그래도 그들은 자연스레 자기 편의 주장을 고수했다. 공산주의자인 우리 친구가 다시 내게 접근해서, 국제종대로 옮길 생각이 없느냐고 물었다.

나는 조금 놀랐다. "자네 신문에 따르면 난 파시스트야. POUM 출신이니 정치적으로 의심을 받을 텐데."

"아, 그건 중요하지 않아. 어차피 자네는 명령에 따랐을 뿐이잖아."

나는 이번 일을 겪은 만큼 공산당이 장악한 부대에는 들어갈 수 없다고 그에게 말하는 수밖에 없었다. 조만간 이런 사유가 스페인 노동계급에게 불리한 쪽으로 이용될 수도 있었다. 이런 싸움이 언제 다시 터질지 아무도 모르는데, 그런 상황에서 내가 라이플을 쏘아야 한다면 노동계급을 겨냥하는 게 아니라 그들의 편에서 총을 쏘고 싶었다. 친구는 내 말에 아주 점잖은 반응을 보였지만, 그때부터 분위기가 완전히 달라졌다. 예전처럼 '서로 다른 것을 존중'하면서 정치적 반대 세력으로 짐작되는 사람과 술을 한잔하는 건 이제 불가능했다. 호텔 라운지에서도 고약한 말다툼이 벌어졌다. 감옥에는 이미 사람이 가득 차서 넘칠 지경이었다. 싸움이 끝난 뒤 무정부주의 세력은 당연히 감옥에 가둔 사람들을 석방했지만, 강습경비대는 자기들이 가둔 사람을 풀어주지 않았다. 대부분 재판도 없이 감옥에 갇힌 사람들이었다. 심지어 몇 달째 갇혀 있는 사람도 많았다. 여느 때처럼 경찰의 실수로 완전히 무고한 사람들도 체포되었다. 더글러스 톰슨이 4월 초쯤 부상당했다는 말을 내가 앞에서 한 적이 있다. 누가 부상을 당하면 흔히 그렇듯이 그 뒤로 우리는 연락이 끊겼다. 부상자가 이 병원 저 병원으로 옮겨지는 경우가 잦기 때문이었다. 사실 그는 타라고나 병원에 있다가 싸움이 시작될 무렵 바르셀로나로 돌려보내졌다. 화요일 아침에 나는 길에서 그와 마주쳤다. 그는 사방에서 들려오는 총성에 상당히 당황한 얼굴로 누구나 던지던 질문을 내게 던졌다.

"도대체 이게 다 무슨 일이야?"

내 능력껏 설명해주었더니 톰슨이 곧바로 이렇게 말했다.

"난 여기서 빠질래. 팔이 아직 안 좋아. 호텔로 돌아가서 가만히 있어야겠어."

그는 호텔로 돌아갔으나, 불행히도 강습경비대가 장악한 지역에 있는 호텔이었다(시가전에서는 국지적인 지리적 상황을 파악하는 것이 얼마나 중요한지 모른다!). 호텔이 습격을 당하면서 톰슨은 체포되어 여드레 동안 감옥에 갇혀 있었다. 감방에 사람이 어찌나 많았는지 누울 자리도 없었다. 그때는 톰슨과 비슷한 사례가 아주 많았다. 수상쩍은 정치적 기록을 지닌 많은 외국인이 도망치고 경찰은 그 뒤를 쫓았다. 그 외국인들은 언제 고발당할지 모른다는 두려움에 항상 시달렸다. 여권이 없고 대체로 자기 나라의 비밀경찰에게 수배당한 경우가 많은 이탈리아인과 독일인의 상황이 최악이었다. 체포되면 그들은 프랑스로 추방당할 가능성이 높았다. 만약 프랑스가 그들을 이탈리아나 독일로 돌려보낸다면, 거기서 어떤 끔찍한 일이 기다릴지는 하느님만 아실 일이었다. 외국인 여성 한두 명은 스페인 사람과 급히 '결혼'해서 합당한 신분을 얻었다. 신분을 증명할 서류가 전혀 없는 독일인 여성은 어떤 남자의 정부 행세를 하며 여러 날 동안 경찰의 추적을 피했다. 그 가엾은 여자가 남자의 방에서 나오다가 나와 우연히 마주쳤을 때 지었던 수치스럽고 비참한 표정이 지금도 기억난다. 물론 그녀는 그 남자의 정부가 아니었지만, 내가 그렇게 오해했다고 생각했음이 분명하다. 지금까지 친구였던 사람이 비밀경찰에 나를 고발할지도 모른다는 기분 나쁜 생각이 내내 따라다녔다. 긴 악몽 같았던 싸움, 총성, 식량과 수면 부족, 옥상에 앉아서 언제 내가 총에 맞거나 남을 쏠 수밖에 없는 상황에 맞닥뜨릴지 모른다고 생각하며 느끼던 긴장과 권태 때문에 신경이 곤두섰다. 나중에는 문에서 시끄러운 소리가 날 때마다 권총을 움켜쥐는 지경에 이르렀다.

토요일 아침에 밖에서 엄청난 총성이 들려오자 모두들 소리쳤다. "또 시작이야!" 내가 거리로 달려 나가보니, 발렌시아 강습경비대가 어느 미친개를 총으로 쏘는 소리였을 뿐이었다. 당시는 물론이고 그 뒤로 몇 달 동안 바르셀로나에 있었던 사람이라면 두려움, 의심, 증오, 검열당한 신문, 사람이 가득한 감옥, 먹을 것을 사려는 사람들의 엄청난 줄, 무장한 채 어슬렁거리는 무리가 만들어낸 그 끔찍한 분위기를 잊지 못할 것이다.

지금까지 나는 바르셀로나 전투를 한복판에서 겪으며 느낀 것을 조금이나마 전달하려고 시도했다. 하지만 그 당시의 그 기묘한 기분을 많이 전달하지는 못한 것 같다. 그때를 되돌아볼 때 항상 마음에 남는 것 중 하나는 사람들이 서로 태평하게 어울리던 모습이다. 그 모든 일을 단순히 무의미한 소란으로만 보는 비전투원들의 모습을 갑자기 언뜻 보게 된 것 같았다. 세련된 옷차림의 여성이 팔에 장바구니를 걸고, 하얀 푸들의 목줄을 끌면서 람블라스를 한가로이 걷던 모습이 기억난다. 한두 골목 떨어진 곳에서는 라이플들이 엄청난 소리와 함께 불을 뿜고 있었다. 어쩌면 그녀는 귀가 들리지 않는 사람이었는지도 모른다. 하얀 손수건을 양손에 하나씩 들고 흔들어대며 사람이 전혀 없는 카탈루냐 광장을 급히 가로지르던 남자도 있었다. 온통 검은 옷을 입은 사람들이 커다란 무리를 지어 카탈루냐 광장을 건너려고 약 한 시간 동안 시도하다가 계속 실패하는 모습도 보았다. 그들이 길모퉁이의 골목에서 모습을 드러낼 때마다, 콜론 호텔에서 기관총을 겨누고 있던 PSUC 사수들이 사격을 개시해 그들을 다시 골목으로 몰아넣었다. 이유는 모르겠다. 그들은 어떻게 봐도 비무장인 것 같았는데. 그 뒤로 어쩌면 그들이 장례식을 치르는 사람들이었는지도 모른다는 생각이 들었다. 폴리오라마 위층의 박물관에서 관리인으로 일하던 자그마한 남자도 생각난다. 그는 싸움 전체를 마치 사교적 행사처럼 받아들이는 것 같았다. 영국인들이 자기를 찾아오는 것을 몹시 기뻐하면서, 영국인들은 정말 심파티코simpático*하다고 말했다. 그는 싸움이 끝난 뒤에도 우리가 모두 자기를 만나러 또 와주면 좋겠다고 했다. 사실 나는 정말로 그를 만나러 갔다. 문간에 몸을 피한 또 다른 자그마한 남자도 있었다. 그는 지옥 같은 총성이 들려오는 카탈루냐 광장 쪽으로 기쁜 듯이 고개를 확확 움직이며, (마치 아침 날씨가 좋다고 말하는 사람처럼) "다시 7월 19일 같아요!"라고 말했다.** 신발 가게에서 내 군화를 제작하던 사람들도 있다. 나는 싸움 전에, 싸움이 끝난 뒤, 그리고 5월 5일의 짧은 휴전 때 몇 분 동안 그곳에 들렀다. 값이 비싼 상점이었는데, 그곳 직원들은 UGT

---

* '붙임성이 좋다', '호감이 간다'의 스페인어

** 바르셀로나에서 시가전이 있었던 날

였다. 어쩌면 PSUC 소속일 수도 있었다. 어쨌든 그들은 정치적으로 나와 다른 편에 있었고, 내가 POUM 쪽 군대에 있다는 사실도 알고 있었다. 하지만 그 점에 대해 그들은 완전히 무심한 태도를 보여주었다. "정말 안타까운 일이에요, 이런 건, 그렇죠? 장사에도 아주 안 좋고요. 저게 멈추질 않으니 어째야 할지! 전선에서 싸우는 것만으로도 부족한 건지!" 이런 말이 계속 이어졌다. 싸움에 대해 조금의 관심도 없거나, 기껏해야 공습 때 생기는 관심 정도만 갖고 있는 사람들이 바르셀로나 주민 중에 아주 많았을 것이다. 어쩌면 대다수였을 수도 있다.

이번 장에서 나는 나의 개인적인 경험만 이야기했다. 부록 Ⅱ에서는 중요한 이슈들, 즉 그때 실제로 무슨 일이 벌어졌고 그것이 어떤 결과를 낳았는지, 당시 옳은 것과 틀린 것이 무엇이었는지, 혹시 책임자가 있다면 누구인지 등에 대해 최선을 다해 이야기할 것이다. 바르셀로나 전투로 엄청난 정치적 자본이 만들어졌기 때문에, 그 싸움에 대해 균형 잡힌 시각을 확보하려고 애쓸 필요가 있다. 수많은 책을 가득 채울 만큼 엄청난 양의 글이 이미 이 주제에 대해 나와 있지만, 그중 10분의 9가 진실이 아니라고 말해도 과장은 아닐 것 같다. 당시에 나온 거의 모든 신문 기사는 현장에서 멀리 떨어져 있던 기자들이 만들어낸 것이라서 사실이 부정확할 뿐만 아니라 의도적인 오해를 불러일으킨다. 흔히 그렇듯이, 문제의 한 면만이 많은 사람에게 전달되었다. 당시 바르셀로나에 있었던 모든 사람과 마찬가지로, 나 역시 내 주변에서 일어나는 일만 보았을 뿐이지만, 그곳에서 보고 들은 것만으로도 그동안 세상에 퍼진 많은 거짓말을 반박할 수 있을 정도는 된다.

10

우리가 전선으로 돌아간 것은 틀림없이 바르셀로나 전투가 끝나고 사흘 뒤였을 것이다. 싸움이 끝난 뒤, 더 구체적으로는 신문들 사이의 비속어 시합이 끝난 뒤, 전처럼 순진하고 이상적인 시각으로 이 전쟁을 생각하기가 힘들어졌다. 스페인에서 몇 주 이상 시간을 보낸 사람이라면 누구나 어느 정도 환멸을 느꼈을 것 같다. 나는 바르셀로나에 온 첫날 마주친 신문 특파원을 다시 떠올렸다. 그는 내게 이렇게 말했다. "이 전쟁도 다른 전쟁과 똑같은 사기예요." 당시(12월) 나는 깊은 충격을 받아, 이 말을 믿지 않았다. 5월이 된 지금도 그의 말은 사실 같지 않았지만, 점점 사실처럼 변해가는 중이었다. 사실 모든 전쟁은 달이 갈수록 일종의 진행성 퇴화를 겪는다. 개인의 자유나 진실한 언론 같은 것이 군사적 효율과는 결코 양립할 수 없기 때문이다.

이제 앞으로 어떤 일이 벌어질지 조금 짐작을 해볼 수

있게 되었다. 카바예로 정부가 무너지고 더 우익적인 동시에 공산주의의 영향을 더 강하게 받은 정부가 들어설 것임을 쉽게 예측할 수 있었다(1~2주 뒤 실제로 이런 일이 일어났다). 새 정부는 노조의 힘을 단번에 완전히 꺾어버리려고 나설 터였다. 그 뒤에 프랑코를 물리치더라도, 스페인의 재건이라는 엄청난 문제를 제외하고도 전망이 그리 밝지 않았다. 이것이 '민주주의를 위한 전쟁'이라는 신문들의 주장은 순전히 속임수였다. 머리가 제대로 돌아가는 사람이라면, 전쟁이 끝난 뒤 몹시 분열되고 지쳐버린 스페인에서 영국이나 프랑스식 민주주의가 실현될 희망이 있다고는 전혀 믿지 않았다. 독재가 들어설 수밖에 없을 터였다. 그러나 노동자 독재가 들어설 기회는 확실히 지나가버렸다. 전반적인 흐름이 파시즘 쪽으로 향할 것이라는 뜻이었다. 물론 더 정중한 이름으로 불리는 파시즘일 것이다. 또한 여기는 스페인이므로, 독일이나 이탈리아의 파시즘보다는 더 인간적이고 덜 효율적인 파시즘일 것이다. 이 파시즘의 유일한 대안은 헤아릴 수 없이 더 나쁜 프랑코의 독재밖에 없었다. 아니면 스페인이 실제 경계선으로 나뉘든 여러 경제 구역으로 나뉘든 분단된 채로 전쟁이 끝나는 것도 대안이었다(이 가능성은 언제나 존재했다).

어떻게 봐도 우울한 전망이었다. 그러나 프랑코와 히틀러가 대표하는 더 적나라하고 발진된 파시즘에 맞서 싸우는 것에 비해 정부 편에서 싸우는 것이 가치 없는 일이라고 할 수는 없었다. 전쟁 이후 들어선 정부가 어떤 결점을 지니고 있든, 프랑코의 정권이 분명 더 나쁠 것이다. 노동자, 도시 프롤레타리아에게는 결국 누가 승리하든 달라질 것이 별로 없을지 몰라도, 스페인은 기본적으로 농업국가인 만큼 농민에게는 정부가 승리하는 편이 거의 확실히 더 이로울 터였다. 몰수된 땅 중 적어도 일부는 그들의 소유가 될 것이고, 프랑코가 차지했던 지역의 땅도 분배될 것이다. 그리고 스페인의 일부 지역에 존재했던 사실상의 농노제도가 되살아날 가능성은 별로 없었다. 전쟁이 끝난 뒤 나라를 장악한 정부는 어쨌든 종교가 권력을 쥐는 데 반대하고 봉건주의에도 반대할 것이다. 적어도 한동안은 교회를 견제하면서 도로를 건설하는 등 나라를 현대화하는 한편, 교육과 보건에도 힘을 쓸 것이다. 전쟁 중에도 이미 이런 노력이 일부 이루어졌다. 반면 프랑코는 이탈리아와 독일의 단순한 꼭두각시는 아니지만, 봉건 대지주와 엮여 있어서 케케묵은 성직자-군부 반동 세력을 상징했다. 인민전선은 협잡일지 몰라도, 프랑코는 시대착오적인 존재였다. 그의 승리를 바라는 사람은 백만장자나 낭만주의자밖에 없을 터였다.

게다가 파시즘의 국제적인 특권이라는 문제도 있었다. 1~2년 전부터 악몽처럼 나를 괴롭히던 문제였다. 1930년 이후 파시스트 세력은 모든 싸움에서 승리했다. 이제는 그들이 두들겨 맞을 때였다. 때리는 사람이 누구인지는 별로 중요하지 않았다. 만약 우리가 프랑코와 그가 부리는 외국 용병들을 바다로 몰아넣을 수 있다면, 세계정세가 크게 좋아질 가능성이 있었다. 비록 스페인은 숨 막히는 독재의 손아귀에 잡혀 훌륭한 사람들이 모두 감옥에 갇히게 되더라도, 그 이유 하나만으로도 이 전쟁에서 이기는 것은 가치 있는 일이었다.

당시 나는 상황을 이렇게 보고 있었다. 네그린 정부가 처음 들어섰을 때*에 비해 지금은 내가 그 정부를 훨씬 더 높이 평가한다고 말해도 될 것이다. 네그린 정부는 눈부신 용기로 힘겨운 싸움을 계속했으며, 누구도 기대하지 않았던 정치적 관용을 보여주었다. 하지만 스페인이 비록 결과를 예측할 수 없다 해도 어쨌든 분단되지 않는 한, 전후戰後 정부는 파시스트 성향을 띨 수밖에 없다고 나는 지금도 믿고 있다. 대부분의 예언자가 그랬던 것처럼 나도 시간에 운을 걸어보겠다.

우리가 막 전선에 도착했을 때, 밥 스마일리가 영국으로 돌아가던 중 국경에서 체포되어 발렌시아까지 끌려와 구금되었다는 소식이 들려왔다. 스마일리는 지난해 10월에 스페인으로 와서 POUM 사무실에서 몇 달 동안 일하다가, ILP 사람들이 도착했을 때 의용군에 들어갔다. 그가 전

* 1937년 5월

선에서 3개월 동안 복무한 뒤 영국으로 돌아가 선전 활동에 참여한다는 암묵적인 양해가 있었다. 우리는 얼마쯤 시간이 흐른 뒤에야 그의 체포 사유를 알 수 있었다. 그는 인코무니카도 incommunicado* 상태로 구금 중이라서 심지어 변호사도 그를 만날 수 없었다. 스페인에는 인신보호영장 제도가 없으므로(어쨌든 실행되지는 않는다), 재판은커녕 기소조차 없이 몇 달씩 투옥되는 것도 가능하다. 결국 우리는 석방된 죄수에게서 스마일리가 '무기 소지' 때문에 체포되었다는 소식을 들었다. 내가 우연히 알게 된 바에 따르면, 그가 소지한 '무기'는 전쟁 초기에 사용하던 원시적인 수류탄 두 개였다. 그는 강의 때 보여주려고 포탄 조각 등 여러 기념품과 함께 그 수류탄을 가져가던 중이었다. 화약과 신관은 이미 제거된 상태라서, 수류탄은 사실상 아무런 피해를 끼칠 수 없는 강철 원통에 불과했다. 그와 POUM의 관계가 이미 알려져 있으므로, 수류탄은 순전히 그를 체포하기 위한 핑계였음이 분명했다. 바르셀로나 전투가 이제 막 끝난 터라 당국은 그 싸움에 대한 공식적인 설명과 다른 이야기를 할 것 같은 사람이 스페인 밖으로 나가지 못하게 하려고 극도로 신경을 곤두세우고 있었다. 따라서 아주 하찮은 핑계로 국경에서 체포될 수 있었다. 아마 처음

---

* '외부와 연락할 수 없다'의 스페인어

에는 스마일리를 며칠 동안만 잡아둘 생각이었을 것이다. 하지만 스페인에서는 일단 감옥에 갇히고 나면 재판을 받든 못 받든 계속 감옥에 있게 된다는 점이 문제다.

우리는 계속 우에스카에 있었지만, 배치된 위치는 과거보다 오른쪽으로 더 치우쳐 있었다. 몇 주 전 우리가 일시적으로 점령했던 파시스트 요새 맞은편이었다. 이제 나는 영국인과 스페인인을 합쳐서 약 서른 명을 지휘하는 테니엔테teniente* 역할을 맡았다. 영국군으로 치면 소위에 해당하는 계급인 것 같다. 정식 임관을 위해 내 이름이 올라갔지만, 임관을 받게 될지는 불확실했다. 예전에 의용군 장교들은 정식 임관을 거부했다. 장교가 되면 봉급을 추가로 받게 되므로 의용군의 평등주의 이상과 충돌한다는 것이 이유였다. 하지만 지금은 반드시 임관을 받아야 했다. 베냐민은 이미 대위로 공시되었고, 콥은 소령 공시를 앞두고 있었다. 정부에게 의용군 장교들은 당연히 꼭 필요한 존재인데도, 소령보다 높은 계급은 받지 못했다. 아마 정규군 장교들과 전쟁 학교를 졸업한 신임 장교들을 위해 높은 자리를 남겨두고 싶은 모양이었다. 따라서 우리가 있는 29사단뿐만 아니라 다른 많은 부대에서도 사단장, 여단장, 대대장의 계급이 모두 소령인 괴상한 상황이 일시적으로

* '중위'의 스페인어

벌어졌다.

전선에서는 이렇다 할 일이 별로 없었다. 하카 도로 주변의 전투는 사그라들었다가, 6월 중순에야 다시 시작되었다. 우리 진지에서 가장 골칫덩이는 저격수였다. 파시스트 진영의 참호는 150야드 넘게 떨어져 있었지만, 그쪽 지대가 더 높고 우리 진지 양편을 감싸는 형태였다. 우리 쪽 전선은 직각으로 돌출한 모양이었다. 돌출부의 귀퉁이가 위험한 지점이었다. 거기서 항상 저격수에 당한 사상자가 나왔다. 때로 파시스트 진영에서 우리를 향해 총유탄 같은 무기를 던졌다. 그러면 무시무시한 폭음이 났는데, 그것이 다가올 때는 소리가 나지 않아 피할 수 없기 때문에 우리는 폭음에 기겁하곤 했다. 하지만 많이 위험한 무기는 아니었다. 그들이 터지면서 땅에 생기는 구덩이는 기껏해야 빨래통 크기였다. 밤에는 기온이 기분 좋게 따뜻하고 낮에는 이글이글 타는 듯이 더웠다. 모기들이 점점 귀찮아졌다. 게다가 바르셀로나에서 가져온 깨끗한 옷을 입었는데도 전선에 도착하자마자 이가 들끓었다. 무인 지대의 버려진 과수원에서는 버찌들이 나무에 매달린 채 허옇게 변해가고 있었다. 이틀 동안 쏟아진 폭우에 참호에 물이 넘치고 흉벽은 1피트나 가라앉았다. 비가 그친 뒤에는 자루도 없고 날이 숟가락처럼 잘 휘어지는 형편없는 스페인 삽으로 며칠 동안 끈적거리는 진흙땅을 팠다.

위에서 우리에게 박격포를 주겠다고 약속했기 때문

에 나는 몹시 고대하며 기다리고 있었다. 밤에는 여느 때처럼 순찰에 나섰다. 파시스트 진영의 참호에 인력이 보충되었고 그쪽 군인들이 더 정신을 바짝 차리고 있어서 순찰이 과거보다 위험해졌다. 파시스트 진영에서는 철조망 바로 바깥쪽에 깡통을 흩어놓고 누가 그걸 건드리는 소리가 나면 기관총을 쏘아댔다. 낮에 우리는 무인 지대에서 적을 저격했다. 100야드를 기어가면 높이 자란 풀밭에 가려진 도랑이 나오는데, 거기서 파시스트 진영의 흉벽에 난 틈이 보였다. 우리는 도랑에 라이플 거치대를 설치했다. 한참 기다리다 보면 카키색 옷을 입은 사람이 흉벽의 틈새를 서둘러 지나가는 것이 보였다. 나는 총을 여러 발 쐈다. 그 총알에 맞은 사람이 있는지는 모른다. 없을 가능성이 높다. 내 라이플 사격 솜씨가 한심한 수준이니까. 그래도 재미있었다. 파시스트 병사들은 총알이 어디서 날아오는지 알지 못했다. 그리고 나는 조만간 놈들 중 한 명을 반드시 잡을 생각이었다. 하지만 오히려 내가 내 함정에 빠져서 적의 저격수가 먼저 나를 잡았다. 전선에 도착한 지 열흘쯤 됐을 때의 일이었다. 총알에 맞는 경험 자체는 매우 흥미로우니 자세히 설명할 가치가 있는 것 같다.

새벽 5시, 흉벽 귀퉁이에서 벌어진 일이다. 그 시각에는 우리 뒤쪽에서 동이 트기 때문에 항상 위험했다. 흉벽 위로 고개를 내밀면 하늘을 배경으로 머리 윤곽이 선명하게 보였다. 나는 교대를 준비하며 파수병과 이야기를 하고 있었다. 그런데 한참 이야기를 하던 중에 갑자기 뭔가가 느껴졌다. 뭘 느꼈는지 설명하기는 아주 어렵지만, 그때의 기억은 지극히 생생하다.

대략 말하자면, 폭발의 **중심**에 있는 것 같은 느낌이었다. 크게 쾅 하는 소리와 눈이 멀어버릴 것 같은 섬광이 내 주위를 가득 채우더니, 엄청난 충격이 느껴졌다. 아프지는 않고 격렬한 충격이 느껴질 뿐이었다. 마치 전기 단자에 닿았을 때처럼. 그와 함께 몸에서 힘이 완전히 빠지면서 몸이 충격을 받아 쪼그라들다가 아예 사라져버리는 것 같았다. 내 앞의 모래주머니들이 엄청나게 멀리 물러났다. 번개에 맞으면 대략 비슷한 느낌이 들 것 같다. 나는 총에 맞았음을 즉시 알아차렸지만, 굉음과 섬광 때문에 가까이에 있던 라이플이 오발되면서 나를 맞힌 줄 알았다. 이 모든 일이 1초도 안 되는 사이에 일어났다. 곧바로 무릎이 꺾이면서 나는 쓰러졌고, 머리가 땅에 닿으면서 엄청나게 큰 소리가 났지만 아프지 않아서 다행이다 싶었다. 감각이 없고 멍한 기분이었다. 아주 심하게 다쳤다는 의식은 있었지만, 평범한 의미의 통증은 없었다.

나와 이야기하던 미국인 파수병이 앞으로 다가오고 있었다. "세상에! 맞았어?" 사람들이 주위에 모여들었다. 그러고는 여느 때처럼 소란스러워졌다. "일으켜봐! 어딜 맞은 거야? 셔츠를 열어!" 등등. 미국인 파수병이 내 셔츠를 잘라서 열어야 하니 칼을 달라고 소리쳤다. 나는 주머니에 있는 칼을 꺼내려고 했지만, 오른팔이 마비된 것을 깨달았다. 통증이 없는 상태에서 막연한 만족감이 느껴졌다. 이걸 알면 아내가 좋아하겠어. 이런 생각이 들었다. 아내는 항상 내가 부상당하기를 바랐다. 그러면 대전투가 벌어질 때 내가 전사할 위험이 없어질 거라면서. 이제야 어디를 총에 맞았는지, 부상이 얼마나 심한지 궁금해졌다. 아무 느낌도 없었지만, 몸의 앞쪽 어딘가가 총에 맞았다는 의식은 있었다. 말을 하려고 했으나 목소리가 나오지 않았다. 희미하게 끽끽거리는 소리가 날 뿐이었다. 그래도 한 번 더 시도한 끝에 내가 어디에 총을 맞았느냐고 간신히 물을 수 있었다. 사람들이 목에 맞았다고 말해주었다. 들것 담당인 해리 웹이 야전 드레싱을 위해 지급되는 알코올 한 병과 붕대를 가져왔다. 사람들이 나를 일으키자 입에서 피가 대량으로 쏟아졌다. 뒤에서 스페인인 병사가 총알이 내 목을 깨끗이 관통했다고 말하는 소리가 들렸다. 알코올이 상처에 마구 뿌려지는 것이 느껴졌다. 평소 같으면 미칠 듯이 따가웠을 텐데 그때는 기분 좋게 시원할 뿐이었다.

누군가가 들것을 가지러 간 사이에 사람들이 나를 다시 땅에 눕혔다. 총알이 목을 깨끗이 관통했다는 말을 듣자마자 나는 당연히 이제 끝이라고 생각했다. 사람이든 동물이든 목 한가운데를 총알에 관통당하고도 살아남았다는 이야기는 들은 석이 없다. 입기로 피가 뚝뚝 떨어졌다. '동맥이 터졌구나.' 나는 속으로 생각했다. 경동맥이 잘

렸을 때 사람이 얼마나 버티는지 궁금했다. 아마 몇 분이 안 될 것이다. 모든 것이 아주 흐릿했다. 내가 이미 죽었다고 생각한 시간이 대략 2분쯤 된 것 같다. 그것 역시 흥미로웠다. 그런 때에 사람이 무슨 생각을 하는지 알게 된 것이 흥미롭다는 뜻이다. 가장 먼저 떠오른 것은 아내였다. 평범했다. 두 번째로 떠오른 것은 이 세상을 떠나야 한다는 사실에 대한 격렬한 분노였다. 이러니저러니 해도 이 세상은 내게 아주 잘 맞는 곳인데. 이런 걸 몹시 생생하게 느낄 시간이 있었다. 이 황당한 불운에 미칠 듯이 화가 났다. 이런 무의미한 일이! 전투를 하다 이렇게 된 것도 아니고, 퀴퀴한 참호 구석에서 한순간의 방심 때문에 쓰러지다니! 나를 쏜 사람도 생각났다. 그가 어떤 사람인지, 스페인 사람인지 외국인인지, 자기가 날 잡은 걸 아는지 궁금했다. 그에 대해서는 전혀 화가 나지 않았다. 그는 파시스트이니, 가능했다면 내가 그를 죽였을 것이라는 생각이 들었다. 하지만 만약 이 순간에 그가 포로가 되어 내 앞으로 끌려온다면, 나는 단순히 총을 잘 쐈다고 칭찬만 해줄 것 같았다. 그러나 정말로 죽어가는 사람이라면 다른 생각을 했을지도 모른다.

사람들이 날 막 들것에 올렸을 때, 마비됐던 오른팔이 살아나 죽을 만큼 아파 오기 시작했다. 내가 쓰러지면서 오른팔이 부러진 것 같다는 생각이 들었지만, 통증을 느끼면서 오히려 마음이 놓였다. 사람이 죽어갈 때 통증이 더 심해지는 일은 없다는 사실을 알기 때문이었다. 마음이 조금 진정되면서, 어깨에 들것을 메고 미끄러운 길에서 땀을 뻘뻘 흘리며 고생하는 네 사람에게 미안해졌다. 구급차까지는 1마일 반을 가야 했다. 그것도 울퉁불퉁하고 미끄러운 길을 걸어서. 그게 얼마나 힘든 일인지 나도 알고 있었다. 하루나 이틀 전에 부상자를 옮기는 데 손을 보탠 적이 있기 때문이었다. 간혹 우리 참호의 테두리를 장식하는 은사시나무 이파리들이 내 얼굴에 스쳤다. 은사시나무가 자라는 세상에 살아 있는 것이 얼마나 좋은 일인지 모르겠다는 생각이 들었다. 그 와중에도 팔의 통증이 지옥 같아서 욕이 절로 나왔지만 나는 애써 참았다. 숨을 세게 내쉴 때마다 입에서 피거품이 부글부글 흘러나왔기 때문에.

의사가 상처에 붕대를 다시 감고, 모르핀 주사 한 대를 놓아준 뒤, 나를 시에타모로 보냈다. 시에타모의 병원들은 나무로 급하게 지은 오두막이었다. 부상자는 거기에 몇 시간 동안 있다가 바르바스트로나 레리다로 보내지는 것이 보통이었다. 나는 모르핀에 취한 상태였는데도 여전히 통증이 심했다. 사실상 몸을 움직일 수 없고, 목구멍으로 계속 피가 넘어갔다. 환자가 이런 상태인데도 제대로 훈련받지 않은 간호사가 병원의 일반 식사를 억지로 먹이려 했다. 그것이 스페인 병원의 전형적인 방식이었다. 간호사는 수프, 날살, 기름진 스튜 등으로 이루어진 푸짐한 식사를 억지로 먹이려다가 내가 거부하자 놀란 것 같았다.

나는 담배를 한 개비 달라고 말했지만, 마침 담배 기근에 시달리던 때라 병원 안에 담배가 단 한 개비도 없었다. 몇 시간 동안 전선을 비워도 좋다는 허락을 받은 동지 두 명이 곧 내 옆에 나타났다.

"헬로! 살아 있지, 응? 좋아. 당신 손목시계, 권총, 손전등을 내놔야겠어. 칼이 있으면 그것도 내놓고."

그들은 내 소지품 중 휴대가 가능한 물건을 모두 갖고 가버렸다. 이건 부상자에게 항상 있는 일이었다. 그의 소지품을 즉시 여러 사람이 나눠 갖는 것. 그럴 수밖에 없는 것이, 손목시계나 권총 같은 물건은 전선에서 아주 귀했다. 그러니 이런 물건이 부상자의 행낭에 담긴 채 이리저리 옮겨지다 보면 도중에 어딘가에서 반드시 도둑맞을 수밖에 없었다.

저녁이 되자 그때까지 찔끔찔끔 들어온 병자와 부상자가 구급차 몇 대를 채울 만한 수가 되었다. 병원 측은 우리를 바르바스트로로 보냈다. 거기까지 가는 길이라니! 이 전쟁에서 말초 부위에 부상을 입으면 회복할 수 있지만, 복부 부상을 입으면 반드시 죽는다는 말이 돌아다녔다. 나는 이제 그 이유를 알 것 같았다. 내출혈을 일으키기 쉬운 상처를 입었다면, 무거운 화물차들 때문에 산산이 부서졌는데도 전쟁이 시작된 뒤 한 번도 보수되지 않은 그 금속 도로에서 덜컹거리며 몇 마일을 달려가고도 살아남을 수가 없었다. 쾅, 덜컹, 털썩! 아주 어렸을 때 화이트시티 전

시회에서 본 위글-워글이라는 무시무시한 것이 저절로 생각났다. 병원 사람들이 우리를 들것에 묶어서 고정하는 걸 깜박 잊은 것이 문제였다. 나는 그래도 왼팔에 힘이 있어서 버틸 수 있었지만, 한 가엾은 녀석은 바닥으로 떨어져 고통에 시달렸다. 그것이 어떤 고통인지는 하느님만 아실 것이다. 걸어 다닐 수 있어서 구급차 구석에 앉아 있던 또 다른 녀석은 사방에 속을 게워냈다. 바르바스트로 병원에는 환자가 어찌나 많은지 다닥다닥 놓인 병상이 서로 거의 닿을 정도였다. 다음 날 아침 사람들이 나를 포함한 환자 여러 명을 병원 기차에 실어 레리다로 보냈다.

나는 레리다에 닷새나 엿새쯤 있었다. 병자, 부상자, 평범한 민간인 환자가 혼잡스럽게 섞여 있는 큰 병원이었다. 내가 있는 병동의 환자 중 일부는 무시무시한 상처를 입은 부상자였다. 내 옆 병상에 누운 검은 머리 청년은 무슨 병을 앓고 있었던 것 같은데, 병원이 주는 약을 먹으면 에메랄드처럼 선명한 초록색 오줌이 나왔다. 그의 병상에 걸린 소변 통은 병동의 구경거리 중 하나였다. 영어를 할 줄 아는 네덜란드인 공산주의자가 병원에 영국인이 있다는 말을 듣고 와서 내게 친근하게 굴며 영어 신문을 가져다주었다. 그는 10월 싸움에서 심각한 부상을 입었으나, 어찌어찌하다 보니 레리다 병원에 자리를 잡고 간호사 한 명과 결혼까지 했냐고 밀했다. 그때 입은 부상 때문에 한쪽 다리가 가늘게 쪼그라들어서 고작해야 내 팔뚝만 한 굵기가 되었다. 내가 전선에 나간 뒤 일주일이 지나기도 전에 만난 적이 있는 의용군 두 명이 휴가 중에 부상당한 친구를 문병하러 왔다가 나를 알아보았다. 둘 다 열여덟 살쯤 된 아이들이었다. 그들은 내 침대 옆에 어색하게 서서 뭔가 할 말을 생각해내려고 애를 쓰다가, 자기들이 부상당한 나를 안쓰럽게 생각한다는 사실을 보여주려는 듯 주머니에서 담배를 몽땅 꺼내 주고는 내가 미처 돌려주기도 전에 도망쳐버렸다. 진짜 딱 스페인인다웠다! 나중에 알았지만, 그때 시내에는 담배를 파는 곳이 전혀 없었고 그들이 내게 준 것은 부대에서 배급받은 일주일 치 분량이었다.

며칠이 지나자 나는 일어나서, 팔을 팔걸이에 걸고 걸어 다닐 수 있게 되었다. 이유는 잘 모르겠지만, 팔을 그냥 아래로 내리면 훨씬 더 아팠다. 쓰러지면서 내가 스스로 입은 부상 때문에 한동안 속이 많이 아팠고, 목소리도 거의 나오지 않았다. 하지만 총에 맞은 상처는 단 한 번도 아픈 적이 없었다. 다른 사람들도 대부분 이런 것 같다. 총상의 엄청난 충격으로 국소적인 감각이 사라지는 것이다. 포탄이나 수류탄 파편은 깔쭉깔쭉해서 몸에 맞았을 때 보통 충격이 덜한데, 이런 상처가 오히려 미칠 듯이 아플 때가 많다. 병원 안에는 쾌적한 정원이 있었다. 그 정원의 연못에는 진한 회색의 작은 물고기와 금붕어가 살았다. 회색 물고기는 아마 잉어 종류였던 것 같다. 나는 가만히 앉아서 물고기들을 몇 시간 동안이나 지켜보곤 했다. 레리다의 병원들이 돌아가는 모습을 통해 아라곤 전선의 병원 시스템을 들여다볼 수 있었다. 다른 전선에서도 상황이 똑같았는지는 모르겠다. 어떤 면에서 병원은 아주 훌륭했다. 의사들은 유능했고, 약이나 장비가 부족하지도 않은 것 같았다. 하지만 두 가지 문제가 있었다. 살 수도 있었는데 이 문제들 때문에 죽은 사람이 틀림없이 수십만 명은 될 것이다.

첫 번째 문제는 전선 근처의 모든 병원이 사상자를 후송하는 기지로 이용된다는 점이었다. 그 결과, 후송이 불가능할 만큼 부상이 심한 경우가 아니라면 그런 병원에서는 어떤 치료도 받지 못했다. 원칙적으로는 대부분의 부상자를 곧바로 바르셀로나나 타라고나로 보내야 했지만, 운송 수단이 부족한 탓에 거기까지 도착하는 데 일주일이나 열흘이 걸릴 때가 많았다. 그래서 부상자들은 시에타모, 바르바스트로, 몬손, 레리다 같은 곳에 발이 묶인 채 대기하면서 아무런 치료도 받지 못했다. 가끔 붕대를 갈아주는 정도가 전부였는데, 이런 처치조차 받지 못할 때도 있었다. 포탄에 맞아 뼈가 부서지는 등 심각한 부상을 입은 사람들에게는 붕대와 석고로 깁스를 해주고, 깁스 겉면에 상처를 설명하는 말을 연필로 썼다. 이 깁스는 환자가 열흘 뒤 바르셀로나나 타라고나에 도착한 뒤에야 제거되는 경우가 보통이었다. 그러니 가는 도중에 환부를 보는 것은 거의 불가능했다. 그런 일을 할 수 있는 의사도 거의 없었고, 그마저도 바삐 병상 옆을 지나치며 그냥 이렇게 말할 뿐이었다. "그래요, 그래요, 바르셀로나에서 봐줄 겁니다." 항상 떠돌아다니는 소문에 따르면, 바르셀로나행 병원 기차는 마냐나에 떠난다고 했다. 두 번째 문제는 유능한 간호사가 부족하다는 점이었다. 스페인에는 훈련된 간호사가 전혀 공급되지 않는 것 같았다. 전쟁 전에는 주로 수녀들이 간호사 역할을 했기 때문인 것 같다. 나는 스페인 간호사들에게 불만이 전혀 없다. 그들은 항상 한없이 상냥한 태도로 나를 대했다. 하지만 그들이 무서울 정도로 무지했다는 점에는 의심의 여지가 없다. 그들 모두 체온 재는 법은 알고 있었다. 일부 간호사는 붕대 매는 법도 알았다. 하지만 그것이 전부였다. 그 결과 스스로 몸을 돌볼 수 없는 환자들은 기가 막힐 정도로 방치될 때가 많았다. 환자가 일주일 내내 대변을 보지 못해도 간호사들은 그냥 내버려두었다. 기운이 없어서 몸을 씻지 못하는 환자를 간호사가 씻겨주는 일도 거의 없었다. 팔이 박살난 가엾은 녀석이 3주째 세수도 못 하고 있다고 말한 것이 기억난다. 심지어 병상도 며칠 동안 정리해주지 않았다. 어느 병원이든 식사의 질은 아주 좋았다. 사실, 너무 좋았다. 다른 곳에 비해 스페인에서는 특히 병자에게 소화하기 힘든 음식을 잔뜩 먹이는 것이 전통인 것 같았다. 레리다에서 나오는 음식은 굉장했다. 아침 6시쯤에 나오는 식사는 수프, 오믈렛, 스튜, 빵, 백포도주, 커피였고, 점심 식사는 이보다 훨씬 더 푸짐했다.

대부분의 민간인이 심각한 영양부족에 시달리던 시기였는데도. 스페인 사람들의 머릿속에는 가벼운 식사라는 것이 존재하지 않는 것 같다. 그들은 건강한 사람에게도 환자에게도 똑같은 음식을 내놓는다. 언제나 모든 것이 올리브유에 흠뻑 젖은 기름진 음식이다.

어느 날 아침 내가 있는 병동의 환자들이 바로 그날 바르셀로나로 이송될 것이라는 발표가 있었다. 나는 간신히 아내에게 전보를 보내, 곧 간다고 알렸다. 이윽고 사람들이 우리를 버스 여러 대에 가득 싣고 역으로 갔다. 그런데 기차가 실제로 움직이기 시작하자, 우리와 함께 움직이던 병원 직원이 우리가 가는 곳은 사실 바르셀로나가 아니라 타라고나라고 아무렇지도 않게 폭탄을 터뜨렸다. 아마 기관사가 마음을 바꾼 것 같다. '스페인이 그럼 그렇지!' 나는 속으로 생각했다. 하지만 내가 전보를 다시 보내는 동안 기차를 출발시키지 않겠다고 내 사정을 봐준 것도 딱 스페인다운 일이었다. 그리고 그 전보가 끝내 목적지에 도착하지 못한 것은 더욱더 스페인다웠다.

사람들은 우리를 나무 의자가 있는 평범한 삼등칸에 태웠다. 심한 부상자가 많았는데, 그들은 그날 아침에야 처음으로 침대를 벗어난 참이었다. 열차 안의 열기와 덜컹거림 때문에 오래지 않아 심한 부상자 중 절반이 졸도했고, 바닥에 속을 게운 사람도 여럿이었다. 병원 직원은 물이 가득 든 커다란 염소 가죽 수통을 들고, 사방에 시체처럼 늘어진 사람들 사이를 요리조리 이동하며 이 사람 저 사람의 입에 물을 부어주었다. 아주 더러운 물이었다. 그 맛이 지금도 기억난다. 우리는 해가 아래로 내려갈 무렵 타라고나에 들어섰다. 바다에서 돌을 던지면 닿을 거리에 해안을 따라 철로가 뻗어 있다. 우리 열차가 역으로 들어갈 때, 국제종대의 군인들로 가득 찬 군용 열차가 역을 빠져나오고 있었다. 다리 위에 모여든 사람들이 그들에게 손을 흔들었다. 아주 긴 기차에 군인들이 터질 듯이 가득했고, 무개화차에는 야포가 고정되어 있었다. 그 야포들 주위에도 군인이 많았다. 그 열차가 노란 저녁 빛 속으로 들어가던 모습이 지금도 묘하게 생생히 기억난다. 지나가는 창문마다 미소 짓는 검은 얼굴과 기울어진 긴 총신이 가득하고, 진홍색 스카프가 휘날렸다. 이 모든 것이 청록색 바다를 배경으로 서서히 미끄러지듯 우리 옆을 지나갔다.

"에스트란헤로스Estranjeros. 외국인들이야." 누군가가 말했다. "이탈리아인."

그냥 보기에도 분명히 이탈리아인이었다. 다른 나라 사람은 누구도 그렇게 멋들어지게 모여 있거나, 군중의 경례에 그렇게 우아하게 답하지 못한다. 그들 중 절반이 포도주 병을 거꾸로 들고 술을 마시는 중이라 해도 역시 우아했다. 나중에 들으니, 그들은 3월에 과달라하라에서 대승을 거둔 부대의 일부라고 했다. 당시 그들은 휴가를 즐긴 뒤 아라곤 전선으로 이동 중이었다. 안타깝지만, 몇 주 뒤 우에스카에서 그들 대부분이 목숨을 잃었을 것이다. 우리 차의 부상자 중 혼자 일어설 수 있는 사람들은 창문으로 다가가 우리 옆을 지나가는 이탈리아인들에게 환호를 보냈다. 목발을 창밖으로 내밀어 흔들고, 붕대를 감은 팔로 붉은 경례*를 했다. 전쟁을 다룬 우화적인 영화 같았다. 생생한 군인들은 기차를 타고 자랑스럽게 전선으로 향하고, 부상자들은 반대 방향으로 천천히 미끄러지듯 움직인다. 그동안 내내 무개화차의 야포들은 가슴을 뛰게 만든다. 포가 항상 그렇듯이. 그리고 쉽사리 떨쳐버릴 수 없는 치명적인 감정, 전쟁은 결국 영광스러운 것이라는 **그 감정**이 되살아난다.

타라고나의 병원은 아주 컸는데, 모든 전선에서 온 부상병이 가득했다. 얼마나 다양한 부상자들이 있었는지! 아마도 최신 치료법에 따라 특정 부상을 치료하는 것 같았지만, 보기에는 유난히 공포스러웠다. 상처 부위를 붕대로 감지 않고 완전히 열어둔 채, 올이 성긴 천을 프레임에 씌운 모기장으로 상처에 파리가 앉는 것을 방지하는 방법이었다. 모기장 너머로, 반쯤 치유된 상처가 빨간 젤리처럼 보였다. 얼굴과 목을 다친 한 병사는 둥근 헬멧처럼 생긴

---

* red salute, 주먹을 들어올리는 것. 정치적 연대를 상징하며, 사회주의와 공산주의 등 혁명적인 사회운동의 상징으로 자주 쓰인다.

모기장 안에 머리가 들어가 있었다. 닫힌 입술 사이에 고정된 작은 튜브로 숨을 쉬는 그가 이리저리 돌아다니며 그 모기장 안에서 말도 못 하고 사람들을 바라보는 모습이 몹시 외로워 보였다. 나는 타라고나에 사나흘 정도 있었다. 몸에 힘이 점점 돌아와서 어느 날 천천히 해변까지 걸어가는 데 성공했다. 바닷가의 삶이 거의 평소처럼 계속되는 모습을 보니 기분이 이상했다. 산책로 변의 멋진 카페들. 1천 마일도 채 떨어지지 않은 곳에서 전쟁이 벌어지는 현실과는 상관없이 접의자에 앉아 일광욕을 하거나 수영을 즐기는 이 지역의 통통한 부르주아들. 그런데 수영을 즐기던 사람이 물속으로 가라앉는 모습이 우연히 눈에 들어왔다. 이렇게 얕고 미지근한 바다에서는 익사가 불가능할 것 같았는데.

전선을 떠난 지 여드레나 아흐레쯤 되었을 때, 마침내 의사가 내 상처를 살펴보았다. 새로 도착한 환자를 진찰하는 수술실에서 커다란 가위를 든 의사들이 가슴을 덮은 깁스를 잘라내고 있었다. 갈비뼈나 빗장뼈 등을 다친 환자에게 응급 치료소에서 해준 깁스였다. 크고 어색하게 가슴을 덮은 깁스의 위쪽 구멍에서 일주일 치 수염이 자란 불안하고 더러운 얼굴이 튀어나와 있었다. 서른 살쯤 된 팔팔한 미남 의사가 나를 의자에 앉히고 거친 거즈로 내 혀를 붙잡아 최대한 밖으로 빼내더니, 치과용 거울을 내 목구멍 안쪽으로 불쑥 집어 넣고는 나더러 '에!'라는 소리를 내보라고 말했다. 혀에서 피가 흐르고 눈에서 눈물이 줄줄 흐를 때까지 이렇게 하고 나서, 의사는 성대 한쪽이 마비되었다고 말했다.

"그럼 언제 목소리가 돌아올까요?" 내가 말했다.

"목소리요? 아, 목소리는 영영 안 돌아올 겁니다." 그가 유쾌하게 말했다.

하지만 나중에 그의 말은 틀린 것으로 판명되었다. 약 두 달 동안은 속삭이는 소리 이상으로는 말을 할 수 없었지만, 그 뒤로 다소 갑자기 정상적인 목소리가 나왔다. 멀쩡한 성대 한쪽이 마비된 쪽의 기능까지 '대신하게' 되었기 때문이다. 팔의 통증은 목 뒤편의 신경다발을 총알이 뚫고 지나간 것이 원인이었다. 신경통처럼 찌르는 듯한 통증이 약 한 달 동안 끊임없이 지속되었다. 특히 밤에 더 심해져서 잠을 제대로 잘 수 없었다. 오른손 손가락도 반쯤 마비되었다. 다섯 달이 지난 지금도 집게손가락에 여전히 감각이 없다. 목 부상의 후유증으로는 기묘한 증세다.

내 부상이 조금 호기심의 대상이었는지, 다양한 의사들이 내 상처를 살피며 혀를 끌끌 차고, "케 수에르테! 케 수에르테Qué suerte! Qué suerte!"*라는 말을 반복했다. 한 의사는 총알이 "약 1밀리미터" 차이로 동맥을 비껴갔다고 권

---

* '이렇게 운이 좋을 수가!'의 스페인어

위자처럼 내게 말해주었다. 그가 그걸 어떻게 알았는지 모르겠다. 당시 내가 만난 의사, 간호사, 보조 의사, 환자 중 누구도 목을 관통하는 상처를 입고 살아난 사람은 세상에서 가장 행운아라는 말을 빼먹지 않았다. 나는 애당초 총에 맞지 않는 편이 더 행운이었을 것이라는 생각을 지울 수 없었다.

11

내가 바르셀로나에서 머무른 몇 주 동안 유난히 고약한 분위기가 도시에 퍼져 있었다. 의심, 두려움, 불안, 감춰진 증오가 섞인 분위기였다. 5월의 싸움이 남긴 이 후유증을 지울 길이 없었다. 카바예로 정부가 무너지고 공산주의자들이 확고하게 권력을 쥐면서, 내부 질서를 잡는 책임도 공산주의 세력의 장관들 몫이 되었다. 조금이라도 기회가 생기면 그들이 정치적 라이벌을 박살낼 것이라는 짐작을 의심하는 사람은 없었다. 아직은 아무 일도 일어나지 않았다. 나 역시 앞으로 무슨 일이 벌어질지 조금도 상상할 수 없었다. 하지만 위험한 느낌이 항상 어렴풋이 있었다. 악마 같은 일이 임박했다는 의식이었다. 실제로 음모를 꾸미지 않는 사람도 이런 분위기 때문에 음모꾼이 된 것 같은 기분이 들 수밖에 없었다. 사람들은 카페 구석자리에서 소곤소곤 대화를 나누며 옆자리 사람이 경찰 스파이가 아닌지 의심하느라 하루를 보내는 것 같았다.

언론 검열로 인해 온갖 불길한 소문이 날개 달린 듯이 돌아다녔다. 그중 하나는 네그린-프리에토 정부가 전쟁에 타협할 계획이라는 소문이었다. 당시 나는 이 소문을 믿는 쪽으로 기울어져 있었다. 파시스트 세력이 빌바오*로 점점 다가오는데 정부는 아무런 조치도 취하지 않는 것처럼 보였기 때문이다. 시내 전역에 바스크 깃발이 걸리고, 여자들은 카페에서 모금 상자를 덜걱덜걱 흔들어대고, 방송에서는 평소처럼 '영웅적인 수호자들'을 이야기했다. 하지만 바스크 지역은 어디서도 진정한 도움을 얻지 못했다. 정부가 이중으로 장난을 치고 있다고 믿고 싶어질 정도였다. 나중에 일어난 사건들은 내 생각이 틀렸음을 증명해주었지만, 조금만 더 힘을 보태주었다면 빌바오는 구원할 수 있었을 것 같다. 아라곤 전선에서 공세를 펼쳤다면, 비록 그 공세가 실패로 끝나더라도, 프랑코가 휘하 병력 일부를 그쪽으로 돌릴 수밖에 없는 상황이 되었을 것이다. 그러나 정부는 이미 때가 한참 늦은 뒤에야, 그러니까 빌바오가 함락될 무렵에야 비로소 공세에 나섰다. CNT는 대량으로 배포한 전단에서 이렇게 말했다 "경계를 늦추지 말라!" 그리고 '특정 일파'(즉 공산주의 세력)가 쿠데타를 꾸미고 있음을 암시했다. 카탈로니아가 침공당할 것이라는 두려움도

---

* 스페인 북부 바스크 지역의 중심 도시

널리 퍼져 있었다. 전에 전선에 돌아갔을 때, 나는 전선 뒤편으로 수십 마일 지점에 강력한 방어진이 구축되는 것을 보았다. 바르셀로나 전역에도 폭탄에 대비한 방공호가 새로 만들어지고 있었다. 공습과 해습sea-raid을 두려워하는 것은 자주 있는 일이었다. 대개는 잘못된 경보였으나, 사이렌이 울릴 때마다 시내가 몇 시간 동안 암흑에 잠기고 소심한 사람들은 지하실로 몸을 던졌다. 경찰 스파이는 어디에나 있었다. 감옥에는 5월 싸움 때 갇힌 사람들이 여전히 가득했고, 더 많은 사람(물론 전부 무정부주의자나 POUM 추종자)이 하나둘씩 감옥으로 사라졌다. 사람들이 아는 한, 재판을 받은 사람은 하나도 없었다. 심지어 기소당한 사람도, 그러니까 '트로츠키주의'처럼 확실한 죄목으로 기소당한 사람도 없었다. 감옥에 한번 던져지면 그대로 연락이 끊기는 경우가 대부분이었다. 봅 스마일리는 여전히 발렌시아의 감옥에 있었다. 현장에 있던 ILP 대표단도 변호사도 면회를 허락받지 못했다는 사실 외에는 어떤 소식도 알 수 없었다. 국제종대와 다른 여러 의용군의 외국인들이 점점 더 많이 감옥에 갇히고 있었다. 보통 그들은 탈영병이라는 이유로 체포되었다. 의용군이 자원병인지 아니면 정규군인지 확실히 아는 사람이 전혀 없다는 것이 그 당시 전반적인 상황의 특징이었다. 몇 달 전에는 누구든 의용군에 이름을 올린 사람이 자원병으로 규정되었으므로, 기한을 다 채운 뒤 원한다면 언제든 제대 서류를 손에 넣을 수 있었다. 하지만 이제는 정부가 마음을 바꿔 의용군을 정규군으로 취급하면서, 고향으로 돌아가려는 의용군을 탈영병으로 간주하는 것 같았다. 하지만 이 점에 대해 확실히 아는 사람도 역시 전혀 없는 듯했다. 전선의 어떤 지역에서는 상급자들이 여전히 제대 서류를 발급해주었다. 국경에서는 이 서류를 인정해줄 때도 있고 그렇지 않을 때도 있었다. 서류를 인정받지 못한 사람은 곧바로 구금되었다. 나중에는 감옥에 갇힌 외국인 '탈영병'의 수가 수백 명으로 불어났지만, 본국에서 소란을 피우면 대부분 자기 나라로 송환되었다.

무장한 발렌시아 강습경비대원들이 여러 무리를 지어 거리 곳곳을 돌아다녔다. 이 지역 강습경비대는 전략적인 위치의 카페와 건물을 여전히 점거하고 있었으며, PSUC 건물 중에는 아직 모래주머니와 바리케이드가 설치된 곳이 많았다. 시내 다양한 지점에 이 지역 강습경비대나 카라비네로가 검문소를 만들어놓고 행인들을 불러세워 신분증을 요구했다. 모두들 내게 POUM 의용군 신분증을 보여주면 안 되니, 그냥 여권과 병원 출입증만 보여주라고 주의를 주었다. POUM 의용군에서 복무했다는 사실이 알려지는 것만으로도 조금 위험했다. 부상을 당했거나 휴가 중인 POUM 의용군은 사소한 불이익을 당했다. 예를 들어, 봉급을 찾기가 힘들어지는 식이었다. 〈라 바타야〉는 계속 발행되었지만 검열이 워낙 심해서 거의 사라지기 직전이었고, 〈솔리다리다드〉를 비롯한 무정부주의 신문들 역시 심한 검열을 당했다. 신문에서 검열로 기사가 삭제된 부분을 백지로 남겨두지 말고 반드시 다른 것으로 채워야 한다는 새로운 규칙이 만들어졌기 때문에, 이제는 기사가 잘려나가도 그 사실을 알 수 없을 때가 많았다.

전쟁 내내 변동이 심했던 식량 부족은 당시 심각한 상태였다. 빵이 희귀해져서, 쌀을 섞은 값싼 빵이 나돌았다. 막사에서 병사들에게 지급되는 빵은 너무 끔찍한 나머지 접착제인 퍼티 같았다. 우유와 설탕도 몹시 희귀해졌고, 담배는 값비싼 밀수 담배를 제외하면 거의 존재하지 않았다. 스페인 사람들이 여러 가지 용도로 사용하는 올리브유도 심각하게 부족했다. 올리브유를 사려고 줄을 선 여자들을 기마 강습경비대가 통제했는데, 가끔 말을 뒤로 몰아 줄 안으로 들어가서 말발굽으로 여자들의 발가락을 밟으려고 시도하면서 자기들끼리 즐거워하곤 했다. 당시 사소한 불편을 하나 꼽는다면, 동전 부족이 있다. 은화는 모두 사라졌고, 새로운 동전은 아직 발행되지 않았다. 따라서 10상팀 동전과 2.5페세타 지폐 사이에 아무것도 없었다. 게다가 10페세타 미만의 지폐도 모두 몹시 희귀했다.[*]

---

[*]   1페세타의 구매 가치는 약 4펜스(원주)

가장 가난한 사람들에게 이것은 식량 부족의 악화를 의미했다. 가진 것이 10페세타 지폐 한 장밖에 없는 여성이 몇 시간 동안 줄을 서서 식료품점에 들어가도, 상점 주인에게 거스름돈으로 내어줄 잔돈이 없어서 아무것도 살 수 없기 때문이었다. 그렇다고 가난한 여성이 지폐 한 장을 통째로 내어줄 수도 없는 노릇이었다.

당시의 악몽 같은 분위기를 전달하기가 쉽지 않다. 항상 바뀌는 소문, 검열당한 신문, 언제나 눈에 보이는 무장한 사람들 때문에 독특하게 불편한 분위기가 있었다. 그러나 지금 영국에는 그런 분위기를 만드는 데 반드시 필요한 요소가 존재하지 않기 때문에 설명하기가 쉽지 않다. 영국에서 정치적 불관용은 아직 당연하게 받아들여지지 않는다. 사소한 정치적 박해는 존재한다. 만약 내가 광부라면 상사에게 공산주의자로 알려져도 별로 개의치 않겠지만, 대륙 정치의 폭력배 겸 축음기 역할을 하는 '훌륭한 정당인'은 아직 드물고 나와 다른 의견을 지닌 사람들을 모두 '처리'하거나 '제거'하는 것은 아직 자연스러워 보이지 않는다. 하지만 바르셀로나에서는 너무나 자연스러운 일이었다. '스탈린주의자들'이 권력을 쥐고 있었으므로, 모든 '트로츠키주의자'가 위험해진 것은 당연한 일이었다. 모두가 두려워한 일은 결국 일어나지 않았다. 만약 예전처럼 또 거리에서 싸움이 벌어졌다면, POUM과 무정부주의 세력이 원인으로 지목되어 비난받았을 것이다. 가끔 총성이 들리는 것 같을 때가 있었다. 마치 거대하고 사악하고 지능적인 존재가 도시를 굽어보고 있는 것 같았다. 모두 이런 분위기를 알아차리고 저마다 한마디씩 했다. 모든 사람의 말이 거의 똑같다는 점이 기묘했다. "여기 분위기 말인데…… 무시무시하네. 무슨 정신병원에 들어와 있는 것 같아." 아니, 어쩌면 **모든 사람**이라는 말이 틀린 건지도 모르겠다. 스페인을 잠시 스쳐 가며 호텔에만 묵는 영국인 방문객 중 일부는 전체적인 분위기가 이상하다는 사실을 전혀 알아차리지 못하는 것 같았다. 아솔 공작부인은 다음과 같이 썼다(〈선데이 익스프레스〉, 1937년 10월 17일 자).

> 나는 발렌시아, 마드리드, 바르셀로나에 있었다. (…) 세 도시에서 모두 완벽한 질서가 유지되었으며, 무력은 전혀 겉으로 드러나지 않았다. 내가 머무른 호텔들은 모두 '정상적'이고 '점잖을' 뿐만 아니라, 버터와 커피가 부족한 상황에서도 지극히 안락했다.

말쑥한 호텔 외에 다른 것이 존재한다는 생각을 잘 못하는 것이 영국인 여행자들의 독특한 특징이다. 호텔 측이 아솔 공작부인을 위해 버터를 좀 구할 수 있었기를 바란다.

나는 POUM이 운영하는 요양소 중 한 곳인 마우린 요양원에 있었다. 티비다보산 인근 근교에 있는 곳이었는데, 바르셀로나 뒤편에 이상한 모양으로 불쑥 솟아 있는 그 산은 악마가 예수에게 지상의 여러 나라를 보여준 언덕이라고 전통적으로 알려져 있다(이것이 이름의 유래다*). 요양원이 있는 건물은 과거 부유한 부르주아의 집이었다가 혁명 때 몰수당한 곳이었다. 그곳에 수용된 사람들은 대부분 병에 걸려 전선에서 이송되었거나 부상으로 사지 중 한 곳을 절단하는 등 영구적인 장애를 입은 상태였다. 나 외에 영국인도 여러 명 있었다. 다리를 다친 윌리엄스, 열여덟 살 소년으로 결핵이 의심되어 참호에서 이곳으로 보내진 스태퍼드 코트먼, 박살난 왼팔이 철사로 만든 커다란 장치에 아직도 고정되어 있는 아서 클린턴. 스페인 병원들이 사용하는 클린턴의 그 커다란 장치는 비행기라는 별명으로 불렸다. 아내가 계속 콘티넨털 호텔에 머무르고 있었기 때문에, 나는 낮에는 보통 바르셀로나에 와 있었다. 아침에는 종합병원에서 팔에 전기치료를 받았다. 전기충격이 연달아 따끔따끔 팔을 찔러대면 여러 근육이 움찔움찔 움직이는 기묘한 경험이었으나, 효과가 있는 것 같기는 했다. 손가락을 다시 사용할 수 있게 되었고, 통증도 조금 줄어들었다. 아내와 나는 최대한 빨리 영국으로 돌아가는 것

---

* 라틴어 성경에서 마태복음과 누가복음의 관련 구절에 '네게 준다'는 뜻의 'tibi dabo'가 나온다.

이 최선이라는 결론을 이미 내린 뒤였다. 나는 극도로 쇠약해진 상태였고, 사라진 목소리는 영원히 돌아올 것 같지 않았다. 의사들은 최소한 여러 달은 지나야 내가 다시 싸움에 나설 수 있을 것이라고 말했다. 나는 조만간 다시 돈을 벌어야 하는 처지였으므로, 스페인에 남아 다른 사람들에게 돌아가야 할 식량을 먹어 치우는 것이 무의미해 보였다. 하지만 나를 움직인 가장 큰 요인은 이기심이었다. 이 모든 것에서 도망치고 싶은 욕망이 나를 압도했다. 정치적 의심과 증오가 퍼진 무시무시한 분위기에서, 무장한 사람들이 우글거리는 거리에서, 공습에서, 참호에서, 기관총에서, 비명을 질러대는 전차에서, 우유를 넣지 않은 차에서, 기름진 음식에서, 담배 부족에서, 내가 스페인과 함께 연상하게 된 거의 모든 것에서 도망치고 싶었다.

종합병원 의사들이 의학적으로 내가 군복무에 적합하지 않다는 사실을 확인해주었지만, 제대 허가를 받기 위해서는 전선 근처 병원의 의료위원회를 거친 뒤 시에타모의 POUM 의용군 본부로 가서 도장이 찍힌 서류를 받아와야 했다. 콥은 방금 전선에서 돌아온 터라 기뻐서 어쩔 줄 몰랐다. 얼마 전까지 작전에 참가한 그는 우에스카가 마침내 함락될 것 같다고 말했다. 정부는 마드리드 전선에서 부대를 불러와 3만 명을 이곳에 집중 배치했고, 비행기도 대거 투입했다. 내가 타라고니에서 전선으로 가는 모습을 본 이탈리아인들이 하카 도로를 공격했으나 심한 사상자를 내고 탱크 두 대를 잃었다. 콥은 그래도 우에스카는 반드시 함락될 것이라고 말했다. (안타깝게도 우에스카는 함락되지 않았다! 공격이 무서울 정도로 엉망진창이었기 때문에 신문들이 멋대로 떠들어낸 거짓말을 제외하면 아무런 결과도 얻지 못했다.) 콥은 전쟁부 면접을 위해 발렌시아로 가야 했다. 현재 동부군을 지휘하는 포자스 장군의 편지를 갖고 있었는데, 그가 콥을 "온전히 믿을 수 있는 사람"으로 칭하며 공병 부대 쪽의 특수임무에 추천한다는 평범한 내용이었다 (콥은 민간인 시절 엔지니어였다). 그는 내가 시에타모로 떠난 6월 15일에 발렌시아로 떠났다.

내가 바르셀로나로 돌아온 것은 닷새 뒤였다. 나를 포함해 많은 사람을 가득 태운 화물 트럭이 시에타모에 도착한 것은 자정 무렵이었다. 그런데 POUM 본부에 가자마자 사람들이 우리를 줄 세우더니 이름도 묻지 않고 라이플과 탄약 카트리지를 나눠주기 시작했다. 공격이 곧 시작되려는 것 같았다. 언제든 예비대가 필요해질 가능성이 높았다. 내 주머니에 병원 서류가 들어 있었지만, 다른 사람들과 함께 행동하는 것을 거부할 수 없었다. 나는 카트리지 상자를 베개 삼아 땅바닥에 누웠다. 몹시 당혹스러웠다. 부상당한 뒤로 한동안 신경이 예민해져서(이것이 보통 있는 일인 것 같다) 다시 총탄이 오가는 곳에 가야 한다는 생각에 너무나 겁이 났다. 하지만 여느 때처럼 마냐나가 있어서 우리는 끝까지 불려가지 않았다. 다음 날 아침 나는 병원 서류를 꺼내 들고 제대 허가를 받기 위한 탐색에 나섰다. 혼란스럽고 피곤한 여정이었다. 여느 때처럼 나는 이 병원 저 병원을 전전해야 했다. 시에타모, 바르바스트로, 몬손, 다시 시에타모. 여기서 제대 서류에 도장을 받은 다음 다시 여행을 시작해서 바르바스트로와 레리다를 거쳤다. 우에스카로 병력이 집중되는 바람에 모든 교통수단 또한 그쪽으로 몰리고, 모든 것이 혼란스러워졌다. 이상한 곳에서 잠을 잤던 기억이 난다. 한 번은 병원 침대에서, 또 한 번은 도랑에서, 또 한 번은 아주 좁은 벤치에서 자다가 한밤중에 떨어지고, 또 한 번은 바르바스트로의 시립 하숙집 같은 곳에서 밤을 보냈다. 철로를 벗어나는 순간부터 이동 수단은 어쩌다 만나는 화물트럭에 올라타는 것뿐이었다. 오리와 토끼를 잔뜩 들고 수심에 찬 표정을 지은 농부들과 길가에서 몇 시간씩, 어떤 때는 서너 시간씩 계속 기다리면서 화물트럭이 지나갈 때마다 손을 흔들어야 했다. 그러다 마침내 사람이나 빵이나 탄약 상자를 빽빽하게 싣지 않은 화물차를 얻어타더라도, 고약한 도로에서 덜컹거리다 보면 몸이 곤죽이 되었다. 말을 탈 때도 그때만큼 공중으로 높이 던져진 적이 없다. 거기서 버티려면 전부 하나로 뭉쳐서 서로에게 매달리는 방법뿐이었다. 내가 남의 도움을 받지 않으면 혼자서 화물트럭에 올라탈 수 없을 만큼 여전히 쇠약한 상태라는 사실이 굴욕스러웠다.

나는 의료위원회를 만나러 간 몬손 병원에서 하룻밤

을 보냈다. 내 옆 침대에는 왼쪽 눈을 다친 강습경비대원이 있었다. 그는 친절하게 굴면서 내게 담배를 주었다. 내가 말했다. "바르셀로나에서는 서로를 쏘아야만 하는 처지였는데요." 우리는 서로 웃어넘겼다. 전선과 가까운 곳에 있을 때는 전체적인 분위기가 바뀌는 것이 이상했다. 정치적 당파들 사이의 못된 증오가 전부 또는 거의 전부 증발하듯 사라졌다. 내가 기억하는 한, 전선에 있는 동안 PSUC 추종자가 내게 POUM 소속이라는 이유로 적의를 드러낸 적이 단 한 번도 없었다. 그런 감정은 바르셀로나 또는 그보다 더 전쟁에서 멀리 떨어진 곳에 속했다. 시에타모에는 강습경비대원이 아주 많았다. 우에스카 공격에 참가하기 위해 바르셀로나에서 파견된 사람들이었다. 강습경비대는 원래 전선에서 싸우기 위해 만들어진 부대가 아니라서, 적의 포화를 경험한 적이 없는 사람이 많았다. 바르셀로나에서는 그들이 거리의 제왕이었으나, 여기서는 퀸토스 quintos(신참)이므로 몇 달 동안 전선에 있었던 열다섯 살짜리 의용군 소년병들과 친구가 되었다.

몬손 병원의 의사는 다른 의사들처럼 혀를 잡아당기고 거울을 입 안에 쑥 집어넣는 절차를 거친 뒤, 다른 의사들과 똑같이 쾌활한 태도로 내가 다시는 목소리를 되찾을 수 없다고 확언하더니 서류에 서명했다. 내가 거기서 진찰 순서를 기다리는 동안 수술실에서는 마취도 없이 무시무시한 수술이 진행 중이었다. 왜 마취를 하지 않았는지는 모르겠다. 수술은 계속되고 비명도 계속되었다. 내가 안으로 들어갔을 때 바닥에는 피와 오줌이 흥건했고 의자들이 사방에 제멋대로 뒤집어져 있었다.

이 마지막 여행이 내 머릿속에 묘하게 선명하고 상세하게 남아 있다. 나는 지난 몇 달 동안 느낀 것과는 다른 기분이었다. 좀 더 관찰자에 가까운 기분. 제대 서류도 손에 넣었고, 거기에 29사단의 인장도 찍혔다. 의사의 확인서에는 내가 "쓸모없다"고 적혀 있었다. 이제 자유로이 영국으로 돌아갈 수 있었다. 그 결과로 이제야 스페인을 볼 수 있을 것 같은 기분이 거의 처음으로 들었다. 기차가 하루에 한 대밖에 없었기 때문에 나는 바르바스트로에서 하루를 보내야 했다. 전에는 바르바스트로를 잠깐씩 스치듯 보았을 뿐이고, 그나마도 그냥 전쟁의 일부로 인식했을 뿐이었다. 차갑고 진흙투성이인 회색 도시, 시끄러운 소리를 내는 화물트럭과 추레한 군대가 가득한 곳. 그런데 지금은 묘하게 달라 보였다. 이 도시를 정처 없이 돌아다니며 나는 유쾌하고 구불구불한 길, 오래된 석조 다리, 사람 키만큼 커다란 통에서 술이 새어 나오는 주류 판매점, 사람들이 수레바퀴, 단검, 나무 숟가락, 염소 가죽 수통 등을 만들고 있는 흥미로운 반지하 공방 등을 눈에 담았다. 어떤 남자가 가죽으로 병을 만드는 모습을 지켜보다가 전에는 미처 모르던 사실을 발견하고 커다란 흥미를 느꼈다. 가죽에서 털을 제거하지 않고 털이 있는 부분이 안쪽으로 가게 병을 만들기 때문에, 사람들이 사실은 염소 털의 정수를 마시게 된다는 사실. 나는 몇 달 동안 그런 수통으로 물을 마셨는데도 이걸 몰랐다. 도시 뒤편에는 얕은 옥색 강이 있고, 그 강에서 수직으로 솟은 바위 절벽에 주택들이 지어져 있었다. 침실 창문으로 침을 뱉으면, 100피트 아래의 강물 속으로 침이 곧장 떨어질 정도였다. 절벽에 난 많은 구멍 속에는 헤아릴 수 없이 많은 비둘기가 살고 있었다. 한편 레리다에는 낡아서 부서질 것 같은 건물들이 있었는데, 그런 곳 처마에 수천 마리의 제비들이 지은 둥지가 있었다. 조금 떨어져서 보면, 건물이 로코코 시대의 불그스름한 몰딩으로 장식된 것 같았다. 거의 6개월 동안 내가 이런 것을 보지 못했다는 사실이 이상했다. 주머니에 제대 서류가 있으니 이제 다시 사람이 된 기분이었다. 관광객이 된 것 같은 기분도 조금 들었다. 내가 정말로 스페인에 있다는 생각을 그때 거의 처음으로 했다. 여기는 내가 평생 와보고 싶어 하던 나라였다. 레리다와 바르바스트로의 조용한 뒷골목에서 모든 사람의 상상 속에 존재하는, 스페인에 대한 아득한 소문 같은 것이 언뜻언뜻 보이는 것 같았다. 하얗고 뾰족뾰족하게 늘어선 산, 염소지기, 종교재판 시대의 지하 감옥, 무어 양식의 궁전, 노새를 신고 구불구불 달리는 검은 기차, 회색 올리브나무와 레몬나무 숲, 검은 만티야*를 쓴 여자들, 말라가와 알리칸테의 포도주, 성당, 추기경, 투우, 집시, 세레나데…… 간단히 말해서 스페인. 유럽의 모든 나라 중에서 이곳이 내 상상력을 가장 많이 사로잡았다. 마침내 여기에 오게 된 내가 지금껏 혼란스러운 전쟁의 한복판에서 그것도 주로 겨울에 스페인의 북동쪽 귀퉁이만 조금 본 것이 안타까웠다.

바르셀로나에 도착했을 때는 밤이 늦어서 택시가 없었다. 도시 경계선 바로 외곽에 있는 마우린 요양원까지 가는 건 불가능했기 때문에 나는 콘티넨털 호텔로 가기로 하고 도중에 저녁 식사를 해결했다. 누군가의 아버지 같은 인상의 웨이터와 떡갈나무 조끼에 대해 대화를 나눈 기억이 난다. 그 식당에서는 구리로 떡갈나무 판자를 묶어 만든 조끼에 포도주를 담아서 내왔다. 나는 이 조끼를 한 세트 사서 영국으로 가져가고 싶다고 말했다. 웨이터는 공감한다는 표정을 지었다. 그래요, 정말 아름답죠? 하지만 요즘은 그걸 구매하는 것이 불가능하다고 했다. 만드는 사람이 없기 때문이었다. 이제는 무엇이든 만드는 사람이 없었다. 이 전쟁 때문에……. 이렇게 안타까울 데가! 우리는 전쟁이 안타까운 일이라고 의견 일치를 보았다. 관광객이 된 것 같은 기분이 또 들었다. 웨이터가 부드럽게 물었다. 스페인이 마음에 드셨나요? 다시 오실 건가요? 아, 그럼요, 스페인에 다시 올 겁니다. 이 대화의 평화로운 분위기가

---

* 스페인 여성들이 머리에 쓰는 베일이나 스카프

내 기억 속에 남아 있다. 바로 그 직후에 벌어진 일 때문에.

호텔에 도착하니 아내가 라운지에 앉아 있었다. 아내가 일어나서 내게 다가오는 모습이 내게는 몹시 무심해 보였다. 아내는 내 목에 한 팔을 두르고, 라운지에 있는 다른 사람들에게 보여주기 위해 다정한 미소를 지으며 내 귓가에서 다급하게 속삭였다.

"**밖으로 나가!**"

"뭐?"

"여기서 **당장** 나가!"

"뭐?"

"여기 서 있지 마! 빨리 밖으로 나가야 돼!"

"뭐? 왜? 무슨 소리야?"

아내는 내 팔을 잡고 벌써 계단 쪽으로 끌고 가는 중이었다. 계단을 반쯤 내려갔을 때 프랑스인을 만났다. 그의 이름을 여기서 밝히지는 않겠다. 비록 그가 POUM과는 아무 관련이 없었지만 우리가 문제를 겪는 동안 내내 우리의 좋은 친구였기 때문이다. 그는 걱정스러운 표정으로 나를 보았다.

"잘 들어요! 당신은 여기 오면 안 됩니다. 누가 경찰에 신고하기 전에 빨리 나가서 숨어요."

그뿐이 아니었다! 계단 아래에서 POUM 당원인 호텔 직원(아마 호텔 간부들은 이 사실을 몰랐던 것 같다) 한 명이 은밀하게 승강기에서 내려 내게 엉터리 영어로 밖으로 나가라고 말했다. 나는 여전히 뭐가 어떻게 된 건지 모르는 상태였다.

"이게 대체 무슨 일이야?" 나는 밖으로 나오자마자 이렇게 말했다.

"소식 못 **들었어?**"

"아니. 무슨 소식? 난 아무것도 못 들었어."

"POUM이 단속당했어. 건물도 전부 빼앗겼고. 거의 모두 감옥에 갇혔어. 벌써 사람들을 사살하고 있대."

그런 거였다. 어디로든 가서 이야기를 할 필요가 있었다. 람블라스 거리의 큰 카페에는 죄다 경찰들이 북적거렸지만, 우리는 골목에서 조용한 카페를 발견했다. 아내는 내가 떠나 있는 동안 무슨 일이 벌어졌는지 설명해주었다.

6월 15일에 경찰이 갑자기 안드레스 닌의 사무실로 와서 그를 체포했다. 같은 날 저녁에는 팔콘 호텔을 습격해 거기 있던 사람을 모두 체포했다. 대부분 휴가를 나온 의용군이었다. 호텔은 즉시 감옥으로 바뀌었고, 곧 온갖 죄수들로 가득해졌다. 다음 날 POUM은 불법 조직으로 선포되고, POUM의 사무실, 길거리 책방, 요양원, '붉은 구조대'* 센터 등이 모두 압류되었다. 경찰은 POUM과 어

---

*   Red Aid. 코민테른이 국제적인 정치 적십자 역할을 할 기구로 1922년에 설립한 조직

떤 식으로든 관련이 있다고 알려진 사람이라면 누구나 닥치는 대로 체포하고 있었다. 1~2일 안에 집행위원회의 위원 사십 명 전원 또는 거의 전원이 투옥되었다. 한두 명이 도망쳐서 몸을 숨겼을 가능성은 있지만, 경찰은 체포하려던 사람이 사라지면 그의 아내를 인질로 잡는 수법(이 전쟁에서 양쪽 모두 이 방법을 폭넓게 사용했다)을 썼다. 체포된 사람이 몇 명이나 되는지 알아낼 길이 없었다. 아내는 바르셀로나에서만 약 사백 명이라는 말을 들었다고 했다. 나는 그 당시에 이미 그보다 많은 사람이 감옥에 있었을 것이라는 생각을 지금도 하고 있다. 게다가 가장 굉장한 사람들이 이미 투옥되어 있었다. 어떤 경우에는 경찰이 병원에 가서 부상당한 의용군을 끌고 나오기까지 했다.

모든 것이 너무나 당혹스러웠다. 이게 다 무슨 일일까? 저들이 POUM을 탄압하는 건 이해할 수 있지만, 무슨 혐의로 사람들을 체포하는 거지? 딱히 드러난 혐의는 없었다. POUM을 탄압하는 조치에는 소급 효과도 있는 것 같았다. POUM이 이제 불법 조직이 되었으니, 전에 이곳에 속한 적이 있다는 것만으로도 불법이 된다는 식이었다. 여느 때처럼 체포된 사람 중 누구도 기소되지 않았다. 그런데도 발렌시아의 공산주의 신문들은 거대한 '파시스트 음모', 적과의 무선통신, 투명 잉크로 서명된 서류 등등에 관한 기사를 불꽃처럼 쏟아냈다. 부록 Ⅱ에서 이 이야기를 더 상세히 다루겠다. 의미심장한 사실은 이런 기사가 발렌시아 신문에만 실린다는 점이었다. 바로셀로나에서 발행되는 신문에는 공산주의 신문이든 무정부주의 신문이든 공화파 신문이든 할 것 없이 POUM 탄압 기사가 단 한 마디도 실리지 않았다고 말해도 틀리지 않을 것 같다. 우리가 POUM 지도자들에게 적용된 정확한 혐의를 처음으로 알게 된 것은 스페인 신문이 아니라 하루나 이틀 뒤 바르셀로나에 도착한 영국 신문을 통해서였다. 하지만 반역과 간첩 혐의에 대해 정부는 책임이 없다는 사실을 당시에는 알지 못했다. 정부 관리들은 나중에 자신들의 관련성을 부인했다. 당시 우리는 POUM 지도자들이 파시스트 세력의 돈을 받았다는 혐의를 받고 있음을 어렴풋이 알 뿐이었다. 아마도 우리 모두에게 같은 혐의가 적용될 것 같았다. 사람들이 감옥에서 비밀리에 총살되고 있다는 소문이 벌써 사방을 날아다녔다. 많이 과장된 이야기지만, 실제로 이런 일이 벌어지기도 했다. 닌의 경우가 그랬을 것이 거의 확실하다. 닌은 체포된 뒤 발렌시아로 옮겨졌다가 다시 마드리드로 호송되었다. 6월 21일에 벌써 그가 총살되었다는 소문이 바르셀로나에 닿았다. 시간이 흐르면서 소문은 좀 더 분명한 형태를 띠었다. 닌이 비밀경찰에 의해 감옥에서 총살되었으며, 그의 시체가 거리에 버려졌다는 내용이었다. 이 소문의 출처는 전직 정부 관리인 페데리카 몬세니를 비롯한 여러 곳이었다. 그날부터 지금까지 닌이 살아 있다는 소식은 두 번 다시 들려오지 않았다. 시간이 흐른 뒤 여러 나라에서 온 대표단이 정부에 질문을 던졌을 때, 그들은 우물쭈물하면서 닌이 사라졌으며 자신들은 그의 행방을 모른다는 말만 했다. 일부 신문은 그가 파시스트 지역으로 도망쳤다는 이야기를 내놓았다. 이 이야기를 뒷받침하는 증거는 전혀 제시되지 않았다. 법무장관 이루호는 나중에 에스파냐 통신사가 자신의 공식 코뮈니케 communiqué*를 위조했다고 단언했다.** 어쨌든 닌처럼 중요한 정치범에게 도주가 허용되었을 것 같지는 않다. 언젠가 그가 살아서 나타나지 않는 한, 그가 감옥에서 살해되었다고 봐야 할 것 같다.

누가 체포되었다는 이야기는 몇 달 동안 끊임없이 들려왔다. 나중에는 정치범의 수가 파시스트를 제외하고도 수천 명으로 불어났다. 한 가지 눈에 띄는 점은 하위 계급 경찰관들의 자율성이었다. 많은 체포가 불법이었음이 인정되었으며, 경찰국장이 석방을 명령한 사람들이 감옥 정문에서 다시 체포되어 '비밀 감옥'으로 끌려가는 경우도 많았다. 쿠르트 란다우와 그의 아내가 전형적인 사례다. 두 사람은 6월 17일경에 체포되었는데, 란다우는 즉시 '사라졌다'. 다섯 달이 지난 뒤에도 아내는 재판도 없이 계속 감

---

* '성명서'의 프랑스어
** 부록 II의 맥스턴 대표단 보고서 참조(원주)

옥에 갇혀 있었다. 남편의 소식도 알 수 없었다. 그녀가 단식투쟁을 선포하자, 법무장관이 그녀에게 남편이 죽었다는 전갈을 보냈다. 그 직후 그녀는 석방되었지만, 곧바로 다시 체포되어 감방에 내동댕이쳐졌다. 경찰은 자신의 행동이 전쟁에 어떤 영향을 미칠지 적어도 처음에는 전혀 무심한 것 같았다. 그들은 미리 허가도 받지 않고, 중요한 위치에 있는 장교들을 주저 없이 체포했다. 6월 말경 29사단을 지휘하는 호세 로비라 장군이 바르셀로나에서 파견된 경찰대에 의해 전선 근처 어딘가에서 체포되었다. 그의 부하들은 전쟁부로 대표단을 보내 항의했다. 전쟁부도 오르테가 경찰국장도 로비라의 체포 사실을 통보받지 못했음이 드러났다. 이때의 모든 일과 관련해서 어쩌면 별로 중요한 사실이 아닐 수도 있지만 가장 내 마음에 걸리는 것은 전선에 있는 군인들에게 소식이 전혀 전달되지 않았다는 점이다. 나도 전선에 있는 다른 누구도 POUM이 탄압당하고 있다는 소식을 전혀 듣지 못했다. POUM 의용군 본부, 붉은 구조대 센터 등 모든 것이 평소처럼 돌아가고 있었다. 바르셀로나에서 고작 100마일쯤 떨어진 레리다 전선에도 6월 20까지 아무런 소식이 전해지지 않았다. 바르셀로나 신문에도 관련 기사가 전혀 실리지 않았다(간첩 기사를 보도한 발렌시아 신문들은 아라곤 전선에 닿지 않았다). 바르셀로나에서 휴가 중이던 POUM 외용군들을 전원 체포한 것은 그들이 전선으로 돌아가 소식을 전하는 걸 막기 위해서였음이 분명하다. 내가 6월 15일에 함께 전선으로 이동한 부대가 마지막이었던 것 같다. 당시 상황을 어떻게 비밀에 부칠 수 있었는지 지금도 잘 모르겠다. 군수품 공급 트럭 등이 여전히 전선을 오가고 있었는데. 하지만 비밀은 확실히 **지켜졌고**, 내가 그 뒤로 여러 사람에게서 들은 바에 따르면 전선에 있던 사람들은 며칠 뒤까지 아무 소식도 듣지 못했다. 이런 일을 저지른 동기는 뚜렷하다. 우에스카 공격이 곧 시작될 참인데 POUM 의용군은 여전히 별도의 부대였다. 따라서 만약 의용군들이 상황을 알아차리면 전투를 거부할 것이라는 걱정이 있었을 것이다. 하지만 막상 소식이 전해졌을 때 그런 일은 일어나지 않았다. 그 며칠 동안 후방에서 발행되는 신문들이 자신을 파시스트로 부른다는 사실을 끝내 알지 못한 채 전사한 사람이 많았을 것이다. 이런 일은 용서하기가 쉽지 않다. 군인들에게 나쁜 소식을 숨기는 것이 평범한 정책이라는 사실은 나도 안다. 아마 이런 정책은 원칙적으로 정당화될 것이다. 하지만 사람을 전장으로 보내면서 후방에서 그들의 당파가 탄압받고 있으며, 지도자들이 반역 혐의를 받고 있고, 그들의 친구와 가족이 감옥으로 끌려가고 있다는 사실을 알려주지 않는 것은 다른 문제다.

아내는 우리 친구들의 소식을 말해주기 시작했다. 영국인을 비롯한 여러 외국인 중 일부는 국경을 건넜다. 윌리엄스와 스태퍼드 코트먼은 마우린 요양원이 습격당했을 때 체포되지 않고 어딘가에 숨어 있었다. 존 맥네어도 마찬가지였다. 그는 프랑스에 있다가 POUM이 불법 단체로 선포된 뒤 다시 스페인에 들어왔는데, 경솔한 짓이었지만 동지들이 위험한 마당에 혼자만 안전한 곳에 머무르고 싶지 않았다고 했다. 나머지 사람들에 대해서는 그저 '누구누구가 잡혔다더라' '또 누구누구가 잡혔다더라' 하는 소식의 연속이었다. 거의 모든 사람이 '잡힌' 것 같았다. 조르주 콥 또한 잡혔다는 소식에 나는 깜짝 놀랐다.

"뭐! 콥이? 발렌시아에 있는 줄 알았는데."

아무래도 콥이 바르셀로나로 돌아온 모양이었다. 그는 동부전선에서 공병대 작전을 지휘하는 대령에게 전쟁부가 보내는 서신을 갖고 있었다. POUM이 탄압의 대상이 되었다는 사실은 당연히 알고 있었으나, 시급한 군사 임무를 띠고 전선으로 이동 중인 자신을 체포할 만큼 경찰이 멍청하다는 생각은 미처 하지 못했을 것이다. 그는 자신의 행낭을 찾으러 콘티넨털 호텔에 들렀다. 그때 아내는 밖에 나가 있었는데, 호텔 사람들이 거짓말로 콥을 붙들어 놓고 경찰에 신고했다고 했다. 콥이 체포되었다는 소식을 들었을 때 나는 솔직히 화가 났다. 그는 개인적으로 내 친구였으며, 전선에서 여러 달 동안 내 상급자였고, 나와 함께 적의 포화 앞에 섰다. 나는 그가 걸어온 길을 알고 있었다. 그는 오로지 스페인에 와서 파시즘과 싸우기 위해 가족, 국적, 생계 등 모든 것을 희생했다. 벨기에 예비군 소속이면서 허락 없이 벨기에를 떠나 외국 군대에 들어가고 그 이전에도 스페인 정부를 위한 불법적인 탄약 제조에 일조한 것으로 그는 조국으로 돌아갈 경우 몇 년 동안 감옥에 갇힐 수 있는 죄를 쌓았다. 그는 1936년 10월부터 전선에서 활약하면서 의용군 병사에서 소령까지 올라갔으며, 작전에 참가한 횟수가 얼마나 되는지는 나도 잘 알지 못한다. 부상도 한 번 당했다. 5월 분쟁 때 나는 그가 국지적인 싸움을 미리 막아서 열 명이나 스무 명쯤의 목숨을 구한 것을 직접 목격했다. 그런데 그 보상으로 돌아온 것이 투옥이라니. 화를 내는 것은 시간 낭비였지만, 이런 식의 어리석은 악의는 사람의 인내심을 시험한다.

그 와중에도 내 아내는 '잡히지' 않았다. 아내가 콘티넨털 호텔에 계속 머물렀는데도 경찰은 체포하려는 움직임을 보이지 않았다. 아내가 미끼로 사용되고 있음이 분명했다. 하지만 이틀 전 한밤중에 사복경찰 여섯 명이 우리 호텔 방에 쳐들어와서 수색을 실시해 수중에 있던 모든 서류와 종이를 압수했다. 여권과 수표책이 압수를 면한 것이 다행이었다. 그들은 내 일기장, 우리가 갖고 있던 모든 책, 여러 달 동안 모인 신문 기사 스크랩(그 기사들이 경찰에게 무슨 소용이 있었을지 지금도 자주 궁금해진다), 내가 모은 전쟁 기념품, 서신을 가져갔다. (참고로, 내가 독자들에게서 받은 편지 여러 통도 압수되었다. 개중에는 미처 답장을 쓰지 못한 것도 있었는데, 당연히 내게는 따로 적어놓은 주소가 없었다. 내가 가장 최근에 발표한 책에 대해 편지를 썼으나 답장을 받지 못한 분이 혹시 지금 이 글을 읽고 있다면, 이 설명을 내 사과로 받아주시기를 바란다.) 내가 마우린 요양원에 두고 온 다양한 소지품 또한 경찰에 압수되었다는 사실은 나중에 알았다. 경찰은 심지어 빨지 않은 내의까지 가져갔다. 어쩌면 거기에 투명 잉크로 메시지가 적혀 있다고 생각했는지도 모르겠다.

확실히 아내는 호텔에 남아 있는 편이 더 안전할 것 같았다. 어쨌든 한동안은 그랬다. 만약 아내가 모습을 감추려고 시도한다면, 그들이 즉시 아내를 추적할 것이다. 나는 곧장 몸을 숨겨야 했다. 생각하면 속이 상했다. 이미 헤아릴 수 없이 많은 사람이 체포되었는데도 나는 내 처지가 위험해졌다고 믿기 힘들었다. 모든 것이 너무나 무의미해 보였다. 콥도 이 어이없는 상황을 나처럼 진지하게 받아들이지 않다가 감옥에 갇히고 말았는데, 나는 계속 이렇게 말했다. 누가, 왜 날 체포하고 싶어 하겠어? 내가 무슨 짓을 했다고? 나는 심지어 POUM의 당원도 아니었다. 5월 전투 때 내가 무기를 들고 다닌 건 확실하지만, 그런 사람이 (추측건대) 4만 명이나 5만 명은 되었을 것이다. 게다가 나는 잠을 제대로 자고 싶은 생각이 간절했다. 위험을 무릅쓰고 호텔로 돌아가고 싶을 정도였다. 아내는 내 말을 듣지 않으려고 했다. 그리고 지금 상황을 참을성 있게 설명해주었다. 내가 무슨 짓을 했는지는 중요하지 않았다. 이것은 범죄자 일제 검거가 아니라 단순한 공포정치였다. 나는 어떤 죄도 분명하게 저지른 적이 없었다. '트로츠키주의'가 문제였다. 내가 POUM 의용군에 복무했다는 사실만으로도 나를 감옥에 넣기에 충분했다. 법을 지키기만 하면 안전하다는 영국식 사고방식에 매달려봤자 아무 소용이 없었다. 법은 사실상 경찰 마음대로였다. 그러니 지금은 바짝 엎드려서, 내가 POUM과 조금이라도 관련되었다는 사실을 숨기는 방법뿐이었다. 우리는 내 주머니에 있던 서류들을 훑어보았다. 아내는 'POUM'이라는 글자가 크게 찍혀 있는 내 의용군 신분증을 찢어버리라고 했다. POUM 깃발 앞에서 의용군 동료들과 찍은 사진도 마찬가지였다. 요즘은 그런 것이 체포의 빌미가 된다고 했다. 하지만 제대 서류는 갖고 있어야 했다. 거기에 29사단 인장이 찍혀 있어서 그것 역시 위험한 일이기는 했다. 29사단이 POUM이라는 사실을 경찰은 십중팔구 알고 있을 터였다. 하지만 이 서류가 없으면 내가 탈영병으로 체포될 가능성이 있었다.

지금 우리가 생각해야 하는 것은 스페인을 떠나는 방법이었다. 조만간 붙잡힐 것이 확실한 상황에서 여기에 머무를 이유가 없었다. 사실은 우리 둘 다 상황을 보기 위해서라도 계속 머무르고 싶은 생각이 컸다. 하지만 나는 스페인 감옥이 고약한 곳일 거라고 예측했다(사실은 내 상상보다 훨씬 더 심한 곳이었다). 일단 감옥에 들어가면 언제 풀려날지 알 수 없는데, 나는 팔의 통증과 별도로 건강이 아주 나빠진 상태였다. 우리는 다음 날 영국 영사관에서 만나기로 했다. 코트먼과 맥네어도 그곳으로 올 예정이있다. 여권을 정리하는 데에는 십중팔구 이틀 정도 시간이 걸릴 것이다. 스페인을 떠나기 전에 우리는 경찰국장, 프랑스 영사, 카탈로니아 이민 당국에서 각각 여권에 도장을 받아야 했다. 경찰국장은 당연히 위험인물이었다. 하지만 우리가 POUM 관련자라는 사실이 알려지지 않게 영국 영사가 일을 처리해줄 수도 있을 것 같았다. '트로츠키주의자'로 의심되는 외국인의 명단이 틀림없이 존재할 것이다. 거기에 우리 이름이 있을 가능성이 아주 높았지만, 운이 따른다면 그 명단보다 먼저 국경에 도착할 수 있을 것이다. 스페인에는 분명히 혼란한 일 처리와 마냐나가 아주 많았다. 여기가 독일이 아니라 스페인인 것이 다행이었다. 스페인 비밀경찰은 게슈타포의 정신을 조금 갖고 있지만, 능력은 별로였다.

우리는 그렇게 헤어졌다. 아내는 호텔로 돌아가고 나는 잘 곳을 찾아 어둠 속을 정처 없이 돌아다녔다. 부루퉁해져서 지루하다고 생각하던 기억이 난다. 침대에서 밤을 보내고 싶은 생각이 간절했다! 하지만 갈 곳이 없었다. 몸을 피할 수 있는 집이 없었다. POUM에는 사실상 지하조직이 없었다. 이 당이 탄압당할 가능성이 높다는 것을 지도자들은 항상 의식하고 있었을 테지만, 이렇게까지 전면적인 마녀사냥은 결코 짐작하지 못했다. POUM이 불법화된 바로 그날까지도 POUM 건물들의 개조(특히 예전에 은행이던 집행부 건물 안에 영화관을 만들고 있었다)를 계속 진행할 정도였다. 따라서 모든 혁명당이 마땅히 갖고 있어야 하는 집결 장소와 은신처가 존재하지 않았다. 그날 밤 길에서 밤을 보내는 사람들(경찰에게 집을 습격당한 사람들)이 몇 명이나 되었는지는 짐작만 할 뿐이다. 나는 지친 몸으로 닷새 동안 떠돌아다니며 얼토당토않은 곳에서 잠을 잤다. 팔은 미칠 듯이 아픈데 저 멍청이들은 여기저기서 내 뒤를 쫓고 있으니 다시 길에서 잠을 자야 했다. 내가 생각한 것은 여기까지였다. 올바른 정치적 성찰은 전혀 하지 않았다. 상황이 진행 중일 때 나는 원래 그런 생각을 하지 않는다. 전쟁이나 정치에 휘말렸을 때가 그런 경우인 것 같은데, 이 말도 안 되는 상황이 빨리 끝나기를 바라는 깊은 욕망과 육체적 불편함 외에는 아무것도 생각하지 않는다. 나중에는 당시 상황의 의미가 눈에 들어오지만, 상황이 한창 진행 중일 때는 거기서 벗어나고 싶은 생각뿐이다. 조금 천박한 특징인지도 모르겠다.

나는 한참 걸어서 종합병원 근처에 이르렀다. 냄새를 맡은 경찰관이 나를 찾아내서 신분증을 요구할 위험이 없는 곳을 찾아 눕고 싶었다. 그래서 방공호를 찾아가 보았지만, 만든 지 얼마 안 되는 곳에서 물이 새고 있었다. 그다음에는 혁명 때 약탈당하고 불에 탄 교회의 폐허를 우연히 발견했다. 지붕도 없이 벽 네 개만 건물 잔해를 에워싸고 있었다. 어스름 속에서 여기저기 기웃거린 끝에 나는 들어가 누울 수 있을 것 같은 곳을 발견했다. 깨진 벽돌 더미는 눕기에 편안한 장소가 아니지만, 다행히 따뜻한 밤이라서 몇 시간 동안 수면을 취할 수 있었다.

12

바르셀로나 같은 도시에서 경찰에 쫓기는 사람에게 가장 안 좋은 점은 어떤 상점이든 너무 늦게 문을 연다는 것이다. 밖에서 잠을 자면 항상 새벽에 깨어나는데, 바르셀로나의 카페 중에는 9시 이전에 문을 여는 곳이 없다. 나는 몇 시간을 기다린 뒤에야 비로소 커피를 한 잔 사거나 면도를 할 수 있었다. 이발소에서 팁이 금지되었다는 무정부주의 세력의 공고문이 아직도 벽에 붙어 있는 것을 봤을 때는 기분이 이상했다. "혁명이 우리의 사슬을 끊었습니다." 그 공고문에는 이렇게 적혀 있었다. 이발사들에게 조심하지 않으면 금방 다시 사슬이 채워질 것이라고 말해주고 싶었다.

나는 시내 중심부 쪽으로 정처 없이 걸어갔다. POUM 건물 위에 걸려 있던 빨간 깃발은 찢긴 채 끌어 내려지고, 그 자리에 공화국 깃발이 휘날렸다. 문간에는 무장한 강습경비대원들이 어슬렁거렸다. 카탈루냐 광장 귀퉁이의 붉은 구조대 센터에서 경찰은 창문을 대부분 박살내며 즐거운 시간을 보냈다. POUM의 길거리 책방에서 책들이 싹 쓸려나갔고, 람블라스 거리 저편의 게시판에는 반反 POUM 만화가 붙었다. 가면이 벗겨지면서 파시스트의 얼굴이 드러나는 그 만화였다. 람블라스 거리 끝, 부두 근처에서 나는 이상한 광경과 맞닥뜨렸다. 전선에서 흙투성이로 돌아와 아직 누더기를 입고 있는 의용군들이 구두닦이 의자에 지친 듯이 널브러져 있는 모습이었다. 나는 그들이 누군지 알고 있었다. 실제로 내가 얼굴을 아는 사람도 한 명 있었다. 그들은 전날 전선에서 내려와 POUM이 불법화되었음을 알게 된 POUM 의용군이었다. 집이 이미 단속되었으므로 그들은 거리에서 밤을 보낼 수밖에 없었다. 이 시기에 바르셀로나로 돌아온 POUM 의용군은 누구나 곧바로 몸을 숨기지 않으면 감옥에 갇힐 수밖에 없었다. 전선에서 서너 달을 보낸 사람들에게 유쾌한 대접은 아니었다.

당시 우리는 기묘한 처지였다. 밤이면 사냥당하는 도망자 신세지만, 낮에는 거의 정상적인 생활이 가능했다. POUM 지지자가 있다고 알려진(또는 그럴 가능성이 높은) 집은 모두 감시 대상이었다. 호텔이나 하숙집에 가는 것도 불가능했다. 낯선 사람이 도착하면 호텔 관리인은 반드시 경찰에 즉시 알려야 한다는 포고가 내려왔기 때문이었다. 그러니 사실상 밖에서 밤을 보내는 수밖에 없었다. 반면 낮에는 바르셀로나처럼 큰 도시에서는 상당히 안전했다. 거리에는 이곳과 발렌시아의 강습경비대원, 카라비네로, 일반 경찰이 우글거렸다. 그 밖에 사복을 입은 스파이가 몇 명이나 되는지는 하느님만 아실 일이었다. 그래도 그들이 지나는 사람을 모조리 붙잡아 검문할 수는 없었다. 따라서 겉모습이 평범하면 눈에 띄지 않고 지나갈 수 있었다. 잡히지 않으려면 POUM 건물들 근처에서 어슬렁거리는 일, 안면을 익힌 웨이터가 있는 카페나 식당에 가는 일을 피해야 했다. 나는 그날과 그다음 날 공중목욕탕에서 목욕을 하며 긴 시간을 보냈다. 사람들의 눈을 피해 시간을 보내기에 좋은 방법인 것 같았다. 하지만 안타깝게도 나와 같은 생각을 한 사람이 아주 많아서, 며칠 뒤(내가 바르셀로나를 떠난 뒤) 경찰이 공중목욕탕을 급습해 자연 상태 그대로인 '트로츠키주의자'를 많이 체포했다.

람블라스 거리 중간쯤에서 나는 마우린 요양원에 있던 부상자 한 명과 마주쳤다. 우리는 당시 사람들이 흔히 교환하던, 보이지 않는 윙크를 교환하고 거리를 조금 더 걸어간 곳에 있는 카페에서 조용히 만나는 데 성공했다. 그는 마우린이 기습당했을 때 체포를 피해 도망쳤으나, 다른 사람들과 똑같이 거리로 내몰렸다. 도망치면서 재킷을 챙기지 못해 셔츠 바람이었고 돈도 없었다. 그는 강습경비대원 한 명이 벽에 걸려 있던 마우린의 커다란 컬러 초상화를 뜯어내 발로 차서 산산이 부숴버렸다고 말해주었다.

POUM의 창시자 중 한 명인 마우린은 파시스트 세력에 잡혀 있었는데, 당시 이미 그들에게 총살당한 것으로 여겨졌다.

나는 10시에 영국 영사관에서 아내와 만났다. 맥네어와 코트먼도 곧 나타났다. 그들이 내게 가장 먼저 알려준 것은 봅 스마일리가 죽었다는 소식이었다. 그는 발렌시아의 감옥에서 죽었다. 사망 원인은 누구도 확실히 알지 못했다. 그곳에 있던 ILP 대표 데이비드 머리가 시신을 보겠다고 신청했으나 거부당했고, 시신은 즉시 땅에 묻혔다.

물론 나는 이 소식을 듣자마자 스마일리가 총살되었을 것이라고 짐작했다. 당시에는 모두가 그렇게 생각했다. 하지만 그 뒤로 내가 틀렸을지도 모른다는 생각이 들었다. 나중에 맹장염이 그의 사망 원인으로 알려졌고, 감옥에 갇혔다가 석방된 사람에게서 스마일리가 감옥에서 정말로 아팠다는 말도 들었다. 그러니 맹장염이 진짜 원인이었을 수도 있다. 머리에게 시신을 보여주지 않은 것은 순전히 앙심 때문이었는지도 모른다. 하지만 이 말은 꼭 해야겠다. 당시 봅 스마일리는 고작 스물두 살이었으며, 내가 만난 사람 중에 신체적으로 가장 건강한 편이었다는 것. 영국인과 스페인인을 막론하고, 그는 내가 아는 한 참호에서 3개월을 보내면서 단 하루도 앓지 않은 유일한 사람이었다. 그렇게 건강한 사람은 맹장염에 걸리더라도 제대로 보살핌을 받기만 한다면 죽지 않는다. 하지만 당시 스페인 감옥(정치범을 수감하기 위해 임시변통으로 만든 감옥)의 상태를 보고 나면, 병든 사람이 제대로 치료받을 확률이 얼마나 되는지 깨닫게 된다. 그곳을 설명하는 데 적합한 단어는 지하 감옥밖에 없었다. 영국에서는 18세기까지 거슬러 올라가야 비슷한 것을 찾을 수 있을 것이다. 사람들을 가둬놓은 공간이 얼마나 좁은지, 수감자들이 간신히 누울 수 있을 정도였다. 지하실처럼 어두운 곳에 사람들을 가두는 경우도 많았다. 이것은 임시 조치가 아니었다. 햇빛이 거의 들어오지 않는 곳에 네다섯 달이나 갇힌 사례도 있었다. 공급되는 음식도 하루에 수프 두 그릇과 빵 두 조각으로 빈약했으며 불결하기까지 했다. (하지만 몇 달 뒤에는 음식이 조금 나아진 것 같다.) 내가 과장하는 것이 아니다. 스페인에서 정치범으로 수감된 적이 있는 사람에게 물어보면 된다. 나는 다양한 경로로 스페인 감옥에 대한 이야기를 들었는데, 서로 일치하는 부분이 너무 많아서 믿을 수밖에 없다. 게다가 나 역시 스페인 감옥 사정을 언뜻 접한 적이 몇 번 있다. 나중에 감옥에 갇힌 또 다른 영국인 친구는 자신이 감옥을 경험하고 나니 "스마일리의 상황을 이해하기가 더 쉬워졌다"고 썼다. 스마일리의 죽음을 나는 쉽사리 용서할 수 없다. 용감하고 재능 있는 청년이 글래스고대학에서 경력을 쌓을 기회를 내던지고 파시즘과 싸우러 달려왔다. 그리고 흠잡을 데 없는 용기와 기꺼이 나서는 자세로 전선에서 자신의 몫을 다하는 것을 내 눈으로 직접 보았다. 그런데 그들은 그를 감옥에 던져 넣고 방치된 동물처럼 죽어가게 했다. 피가 낭자한 거대한 전쟁 한복판에서 개인의 죽음을 가지고 지나치게 호들갑을 피우는 것은 소용없는 일이라는 것을 안다. 북적거리는 거리에 비행기가 떨어뜨린 폭탄이 수많은 정치적 박해보다 더 많은 고통을 불러온다. 그러나 스마일리의 죽음 앞에서 화가 나는 것은 그것이 철저히 무의미한 죽음이었기 때문이다. 전장에서 죽는 것⋯⋯. 그래, 그것은 이미 예상한 일이다. 그러나 하다못해 상상 속의 죄목도 없이 순전히 맹목적인 앙심 때문에 감옥에 갇혀 방치된 채 혼자 죽어가야 했다는 것, 이것은 다른 문제다. 어떻게 이런 행동이 승리를 앞당길 수 있다는 건지 나는 잘 모르겠다. 게다가 스마일리의 사례가 예외적이었던 것도 아니다.

아내와 나는 그날 오후 콥을 면회했다. 연락이 차단되지 않은 죄수들에게는 면회가 허락되었다. 비록 한두 번 이상 면회를 가는 것은 안전한 일이 아니었지만. 경찰은 오가는 사람들을 감시하다가, 너무 자주 감옥을 방문하는 사람이 눈에 띄면 그 사람 역시 '트로츠키주의자'로 낙인찍었다. 그러면 그 사람도 감옥에 갇힐 위험이 높았다. 이미 그런 일을 당한 사람이 많았다.

콥은 연락이 차단된 상태가 아니었으므로 우리는 어렵지 않게 면회 허가를 받았다. 사람들이 우리를 데리고 강철 문 몇 개를 지나 감옥으로 들어가는 동안, 내가 전선에서 알고 지내던 스페인인 의용군이 강습경비대원 두 명에게 끌려 나왔다. 시선이 마주쳤을 때 우리는 그 보이지 않는 윙크를 주고받았다. 그러고 나서 우리가 감옥 안에서 가장 먼저 본 사람은 며칠 전 고국으로 떠난 미국인 의용군이었다. 그가 여행에 필요한 서류를 훌륭하게 갖고 있었는데도, 당국은 국경에서 그를 체포했다. 십중팔구 그가 여전히 코듀로이 바지를 입고 있어서 의용군이라는 신분이 드러났기 때문일 것이다. 우리는 전혀 모르는 사람들처럼 스쳐 지나갔다. 끔찍했다. 나는 몇 달 동안 그와 같은 참호를 썼고, 내가 부상당했을 때 그는 나를 전선에서 후방으로 운반하는 데 손을 보탰다. 하지만 우리가 할 수 있는 일은 그것밖에 없었다. 푸른 옷의 간수들이 사방을 기웃거렸다. 너무 많은 사람을 알아보는 것은 치명적이었다.

이른바 감옥이라는 곳이 사실은 어느 상점의 1층이었다. 각각 20평방피트*쯤 되는 방 두 곳에 거의 백 명이 갇혀 있었다. 정말로 18세기 〈뉴게이트 캘린더〉**를 연상시키는 곳이었다. 퀴퀴하고 불결한 환경, 웅크린 사람들, 가구라

---

* 1.8제곱미터
** 뉴게이트는 런던에 있던 유명한 감옥. 원래 이 감옥에서 시행된 처형을 알리는 월간 회보의 이름이 〈뉴게이트 캘린더〉였으나, 여러 출판업자가 이 제목을 가져가 악명 높은 범죄자의 이야기를 담은 싸구려 책으로 펴냈다.

고는 없는 돌바닥에 긴 의자 하나와 해진 담요 몇 장. 창문에 골함석 셔터가 닫혀 있어서 침침한 실내. 더러운 벽에는 혁명 구호가 휘갈겨져 있었다. '비스카 POUM!' '비바 라 레볼루시옹Viva la revolución!'* 이곳은 몇 달 전부터 정치범들을 몰아넣는 쓰레기장으로 이용되었다. 사람들이 떠들어대는 소리가 어찌나 큰지 귀가 멀 것 같았다. 면회 시간이라서 움직이기 힘들 정도로 사람들이 빽빽했다. 거의 모두가 노동계급 중에서도 가장 가난한 사람들이었다. 여자들이 감옥에 갇힌 집안 남자들을 위해 가져온 빈약한 음식 보따리를 푸는 것이 보였다. 죄수 중에는 마우린 요양원에서 온 부상자도 여러 명 있었다. 그중 두 명은 다리를 절단했는데, 한 명은 목발도 없이 감옥으로 끌려오는 바람에 한 발로 통통 뛰어다녔다. 기껏해야 열두 살쯤으로 보이는 소년도 있었다. 저들이 심지어 아이들까지 잡아오는 모양이었다. 위생 설비가 제대로 갖춰지지 않은 곳에 수많은 사람을 가둬두면 항상 생기는 지독한 악취가 풍겼다.

콥은 팔꿈치로 사람들을 헤치며 우리를 만나러 왔다. 통통하고 싱싱한 얼굴은 평소와 별로 다르지 않았고, 이 더러운 곳에서도 제복을 깔끔하게 관리하고 있었다. 심지어 용케 면도까지 한 모양이었다. 죄수 중에 인민군 군복을 입

* '혁명 만세'의 스페인어

은 장교가 한 명 더 있었다. 그와 콥은 힘겹게 서로를 지나쳐 가면서 경례를 했다. 왠지 애처롭게 보였다. 콥은 정신적으로 아주 좋은 상태인 것 같았다. "글쎄, 아마 우리 모두 총살당할 것 같은데." 그가 유쾌하게 말했다. '총살'이라는 단어에 나는 속으로 조금 부르르 떨었다. 얼마 전 내 몸에 총알이 들어온 적이 있기 때문에 그때의 느낌이 아직 기억 속에 생생했다. 내가 잘 아는 누군가가 그런 일을 겪게 된다고 생각하면 기분이 좋지 않게 마련이다. 당시 나는 콥을 포함해서 POUM의 주요 인물들이 모두 당연히 **총살당할** 것이라고 생각했다. 닌의 죽음에 관한 첫 소문이 바로 얼마 전에 새어 들어오면서 우리는 POUM이 반역과 간첩 활동을 저질렀다는 비난의 대상이 되었음을 알았다. 모든 것이 거대하게 조작된 재판과 그 뒤에 이어질 중요 '트로츠키주의자들'의 학살을 가리켰다. 친구가 감옥에 갇힌 모습을 보는 것도, 자신에게 그를 도울 힘이 없음을 깨닫는 것도 모두 끔찍한 일이다. 우리가 할 수 있는 일은 하나도 없었다. 벨기에 당국에 호소하는 것조차 무용했다. 콥이 이곳에 온 것 자체가 본국의 법을 어긴 행위였기 때문에. 나는 대화를 대체로 아내에게 맡기는 수밖에 없었다. 내 새된 목소리로는 소음 속에서 상대에게 말을 전할 수 없었다. 콥은 그동안 다른 죄수들과 친구가 되었다는 이야기, 간수 중 일부는 좋은 사람이지만 숫기 없는 죄수를 때리고 학대하는 간수도 있다는 이야기, 음식이 꿀꿀이죽 같다는 이야기를 했다. 우리가 음식과 담배를 가져올 생각을 한 것이 다행이었다. 콥은 체포당할 때 빼앗긴 문서에 대해 이야기하기 시작했다. 그중에 전쟁부의 편지가 있는데, 수신인은 동부군에서 공병 작전을 지휘하는 대령이었다. 경찰은 그 편지를 압수한 뒤 돌려주지 않았다. 경찰국장 집무실에 그 편지가 그냥 놓여 있다고 했다. 콥은 만약 그 편지를 되찾는다면 상황이 크게 달라질 수도 있다고 말했다.

나는 이것이 몹시 중요한 일이 될 수 있음을 즉시 알아챘다. 그런 종류의 공식 서한, 더구나 전쟁부와 포자스 장군의 추천서가 붙어 있는 편지라면 콥의 진의가 확실히 증명될 것이다. 하지만 그 편지가 실제로 존재한다는 사실을 증명하는 것이 문제였다. 만약 경찰국장의 집무실에서 그 편지가 개봉된다면, 경찰 끄나풀이 틀림없이 편지를 파기할 것이다. 이 편지를 되찾아올 수 있는 사람은 단 하나, 그 편지의 수신인뿐이었다. 콥도 이미 이 점을 생각하고 편지를 써두었다며, 나더러 그 편지를 몰래 가지고 나가서 부쳐달라고 말했다. 하지만 그것이야말로 감옥으로 직행하는 빠른 길이었다. 나는 아내를 콥 옆에 남겨두고 급히 밖으로 나와 한참 헤맨 끝에 택시를 잡았다. 무엇보다 시간이 중요했다. 지금 시각이 5시 반 정도인데, 대령은 십중팔구 6시에 퇴근할 것이다. 대령이 편지를 보지 못한 채 내일이 되면 편지의 행방은 하느님만이 아실 것이다. 어쩌면 편지가 파기될 수도 있고, 계속 용의자가 체포되면서 쌓여

만 가는 서류의 혼돈 속으로 사라져버릴 수도 있다. 대령의 집무실은 부두 근처의 전쟁국에 있었다. 내가 계단을 서둘러 올라가는데, 문 앞을 지키던 강습경비대원이 긴 총검으로 문 앞을 막고 '신분증'을 요구했다. 나는 전역증을 그의 눈앞에서 흔들었다. 그는 글자를 모르는지 나를 그냥 통과시켜주었다. 정체를 알 수 없는 '증서'의 신비로운 모습에 감탄한 듯했다. 안으로 들어가니 안뜰을 중심으로 거대하고 복잡한 토끼굴 같은 건물이 나타났다. 층마다 수백 개의 사무실이 있는데, 여기가 스페인이다 보니 내가 찾는 사무실이 어디에 있는지 아무도 몰랐다. 나는 계속 같은 말을 되풀이했다. "El coronel ○○○○, jefe de ingenieros, Ejército del Este!"* 사람들은 빙긋 웃으며 우아하게 어깨를 으쓱했다. 뭐라고 대답해준 사람도 있었지만, 사람마다 알려주는 방향이 달랐다. 계단을 올라가고, 내려가고, 한없이 긴 통로들을 지난 끝에 도달한 곳은 막다른 길이었다. 시간은 계속 흘렀다. 마치 악몽 속에 들어와 있는 것 같은 기묘한 기분이 들었다. 허겁지겁 계단을 오르락내리락하고, 정체를 알 수 없는 사람들이 오락가락하고, 열린 문틈으로 사방에 서류가 흩어지고 타자기 소리가 들리는 사무실의 혼돈이 언뜻 보였다. 어쩌면 한 사람의 생명이 걸려

---

* 동부군 공병 지휘관인 대령을 찾는다는 의미의 스페인어

있는데, 시간이 계속 흘렀다.

　　그래도 나는 늦지 않게 목적지에 도착했다. 상대가 내 말을 들어주겠다고 해서 조금 놀랐다. ○○○○ 대령을 직접 만나지는 못했지만 그의 부관인지 비서인지, 하여튼 말쑥한 군복을 입은 껑충한 장교가 커다란 눈을 가늘게 뜨고 대기실로 나와 나를 면담했다. 나는 이야기를 쏟아놓기 시작했다. 내 상관인 조르주 콥 소령을 대신해서 왔는데, 소령은 긴급한 임무로 전선으로 가던 길에 착오로 체포되었다. ○○○○ 대령 앞으로 된 편지에는 기밀이 담겨 있으므로 즉시 회수해야 한다. 나는 몇 달 동안 콥 소령 휘하에서 복무했는데, 소령은 인품이 고결한 장교이므로 그의 체포는 착오가 분명하다. 경찰이 그를 다른 사람으로 착각했다, 등등등. 나는 콥이 전선으로 갈 때 정말 긴급한 임무를 맡고 있었음을 계속 강조했다. 이것이 가장 잘 먹히는 부분임을 알기 때문이었다. 하지만 장교에게는 이상한 이야기로 들렸음이 분명했다. 내 지독한 스페인어가 다급한 순간에는 항상 프랑스어로 돌아가버렸으니까. 특히 이야기를 시작하자마자 목소리가 나가버려서, 내가 엄청나게 힘을 기울여야만 간신히 쉰 목소리를 낼 수 있었다는 점이 최악이었다. 목소리가 아예 나오지 않을까 봐, 저 장교가 내 말에 귀를 기울이다 점점 지쳐버릴까 봐 무서웠다. 그가 내 목소리를 어떻게 생각했을지 지금도 자주 궁금해진다. 그는 내가 술에 취했다고 생각했을까, 아니면 양심의 가책에 시달린다고 생각했을까.

그래도 그는 참을성 있게 내 말을 들으며 자주 고개를 끄덕이고, 조심스레 내 말에 동의했다. 그래요, 착오가 있었던 것 같네요. 확실히 그 문제를 들여다봐야겠어요. 마냐나……. 나는 반발했다. 마냐나는 안 돼요! 급한 일이란 말입니다. 콥 소령은 이미 전선에 가 있었어야 해요. 이번에도 장교는 동의하는 것 같았다. 그때 내가 두려워하던 질문이 날아왔다.

"이 콥 소령은…… 어떤 부대에서 복무했습니까?"

무서운 단어를 말할 수밖에 없었다. "POUM 의용군이었습니다."

"POUM!"

그의 목소리에 깃든 충격과 놀라움을 여러분에게도 전달할 수 있으면 좋겠다. 당시 사람들이 POUM을 어떻게 생각했는지 잊으면 안 된다. 첩자에 대한 두려움이 최고조에 이르러 있었다. 선량한 공화파라면 누구나 POUM이 독일의 돈으로 활동하는 거대한 스파이 조직이라는 말을 십중팔구 하루나 이틀 정도는 믿었을 것이다. 인민군 장교에게 이 이름을 말하는 것은 붉은 편지* 사태 직후에 캐벌

---

* 원래 이름은 지노비에프 편지. 1924년 영국 총선 나흘 전에 〈데일리 메일〉이 보도한 편지로, 모스크바에서 코민테른을 이끄는 그레고리 지노비에프가 영국 공산당에 선동을 지시한 내용이라고 알려졌다.

리 클럽*에 들어가 자신이 공산주의자라고 밝히는 것과 같은 일이었다. 장교의 어두운색 눈동자가 내 얼굴을 비스듬히 훑었다. 한참 침묵이 흐른 뒤 그가 느릿느릿 말했다.

"당신도 전선에서 그 장교와 함께 있었다면, 당신 역시 POUM 의용군에 복무한 겁니까?"

"네."

그는 돌아서서 대령의 방으로 뛰어 들어갔다. 흥분한 대화가 들려왔다. '다 끝났어.' 나는 속으로 생각했다. 콥의 편지는 결코 되찾지 못할 것이다. 게다가 나 역시 POUM에 있었음을 고백했으니, 저들이 틀림없이 경찰을 불러 나를 체포하게 할 터였다. 트로츠키주의자를 잡아넣으려고. 하지만 장교가 금방 다시 나타나서 모자를 쓰고, 엄격한 얼굴로 내게 따라오라고 손짓했다. 경찰국장을 만나러 가는 길이었다. 걸어서 20분이 걸리는 먼 거리였다. 장교는 내 앞에서 군대식 걸음으로 뻣뻣하게 행군하듯 걸었다. 걷는 내내 우리는 단 한 마디도 나누지 않았다. 경찰국장 집무실 앞에는 무시무시하기 짝이 없는 불한당들, 틀림없이 경찰 끄나풀, 정보원, 온갖 종류의 첩자처럼 보이는 사람들이 모여 있었다. 장교는 안으로 들어갔다. 열띤 대화가

이 보도는 선거에 큰 영향을 미쳤으니, 현재 역사가들은 이 편지를 가짜로 보고 있다.

* 런던에 있는 신사 클럽

한참 동안 이어졌다. 화가 나서 격렬하게 높아진 목소리가 들렸다. 격렬한 몸짓이 보이는 듯했다. 어깨를 으쓱거리고, 탁자를 주먹으로 쾅 내리칠 것이다. 경찰이 편지를 내놓지 않겠다고 버티는 모양이었다. 하지만 마침내 장교가 밖으로 나왔다. 얼굴이 상기되어 있었지만, 커다란 공문서 봉투를 들고 있었다. 콥의 편지였다. 우리가 작은 승리를 거둔 것이다. 하지만 그 편지는 결국 상황을 조금도 바꿔놓지 못했다. 편지가 제대로 전달되었는데도, 콥의 상관들은 그를 감옥에서 꺼내주지 못했다.

장교는 편지가 제대로 전달될 것이라고 내게 약속했다. 그럼 콥은 어떻게 되는 겁니까? 내가 말했다. 석방시킬 수 있는 겁니까? 장교는 어깨를 으쓱했다. 그건 또 다른 문제라면서. 그들은 콥이 무슨 죄목으로 체포됐는지 알지 못했다. 장교는 제대로 조사가 이루어질 것이라는 말밖에 하지 못했다. 더 이상 할 말이 없었다. 이제 헤어질 때였다. 우리 둘 다 고개를 살짝 숙였다. 그때 기묘하고 감동적인 일이 일어났다. 그 장교가 잠시 망설이다가 다가와 나와 악수했다.

그 행동이 내게 얼마나 감동적이었는지 여러분에게 생생히 전달하기 어려울 것 같다. 별것 아닌 일 같지만, 그렇지 않았다. 당시의 분위기를 알아야 한다. 의심과 증오가 판치고, 거짓말과 소문이 횡행하고, 포스터들은 나 같은 사람이 모두 파시스트 스파이라고 외쳐대는 무시무시한 분위기였다. 또한 우리가 서 있던 곳이 경찰국장 집무실 앞이었음을 기억해야 한다. 더러운 고자질쟁이와 선동 공작원 무리 앞이었다. 그들 중에 혹시 내가 경찰에 '수배'된 사람임을 아는 자가 있을 수도 있었다. 그러니 그건 세계대전 중에 공공장소에서 독일인과 악수를 하는 것과 같은 행동이었다. 아마 그는 내가 사실은 파시스트 스파이가 아니라는 결론을 내렸던 것 같다. 그래도 그가 나와 악수한 것은 선한 행동이었다.

내가 이 일을 기록하는 것은 비록 하찮은 일처럼 보일지라도 여기에 스페인의 전형적인 모습이 담겨 있기 때문이다. 최악의 상황에서 스페인 사람들이 언뜻 보여주는 너그러움. 나는 스페인에 대해 지독하기 짝이 없는 기억을 갖고 있지만, 스페인 사람들에 대한 나쁜 기억은 별로 없다. 스페인 사람에게 진심으로 화가 났던 적은 딱 두 번밖에 없는데, 그 두 번 모두 지금 생각해보면 잘못한 쪽은 나였던 것 같다. 스페인 사람들이 정말로 20세기에 찾아보기 힘든 너그럽고 품격 있는 사람들이라는 점에는 의심의 여지가 없다. 그래서 스페인에서는 심지어 파시즘조차 비교적 느슨하고 참을 만한 형태가 될지 모른다는 희망이 생긴다. 현대의 전체주의 국가에 필요한 저주받을 능률과 일관성이 스페인 사람들에게는 거의 없다. 이 사실을 묘하게 잘 보여주는 일이 며칠 전 밤에 경찰이 내 아내의 방을 수색하러 왔을 때 일어났다. 사실 수색 자체가 상당히 흥미로운 일이라서 나도 그 현장을 봤다면 좋았겠지만, 어쩌면 보지 않은 편이 더 나았던 것 같기도 하다. 내가 성질을 참지 못했을 가능성이 있으니까.

경찰은 잘 알려진 오게페우나 게슈타포 스타일로 수색을 실시했다. 어두운 새벽에 문을 두드리는 소리가 나더니, 남자 여섯 명이 안으로 들어와 불을 켜고 즉시 방안 여기저기에 위치를 잡았다. 미리 위치를 정해두었음이 분명했다. 그러고 나서 그들은 상상하기 힘들 만큼 철저하게 방과 화장실을 수색했다. 벽을 두드려보고, 깔개를 들어올리고, 바닥을 조사하고, 커튼을 만져보고, 욕조와 라디에이터 아래를 탐색하고, 서랍과 여행 가방을 모조리 비운 뒤 옷가지를 일일이 만져보고 불빛에 비춰보았다. 서류는 전부 압수했다. 쓰레기통에 있는 것까지 포함해서. 우리가 갖고 있던 책도 마찬가지였다. 우리가 히틀러의《나의 투쟁》프랑스어 번역본을 갖고 있는 것을 알아내고 경찰들은 의심의 황홀경 속에 풍덩 빠졌다. 만약 그들이 찾아낸 책이 그것 하나뿐이었다면, 우리의 운명은 파멸로 확정되었을 것이다.《나의 투쟁》을 읽는 사람이라면 분명히 파시스트일 테니까. 하지만 곧 그들은 스탈린의 소책자《트로츠키주의자를 비롯한 사기꾼들을 일소하는 방법》도 발견하고 조금 마음을 놓았다. 한 서랍에는 담배 종이 여러 묶음이 있었다. 그들은 각각의 묶음을 해체해서 종이 한 장한 장을 조사했다. 혹시 무슨 메시지가 적혀 있을까 싶어서였다. 그들이 수색하는 데 걸린 시간은 도합 두 시간 가까이 되었다. 하지만 그 시간 동안 내내 **침대에는 손을 대지 않았다.** 아내가 계속 침대에 누워 있었으니, 어쩌면 매트리스 아래에 기관단총이 여섯 자루쯤 있을지도 모를 일이었다. 베개 아래에 트로츠키주의 문서가 한 다발이나 있을 수도 있었다. 그런데도 경찰들은 침대에 손을 대려 하지 않았다. 아예 침대 아래를 들여다보려는 움직임조차 없었다. 이것이 오게페우의 일반적인 수색 절차라고는 믿을 수 없다. 당시 경찰이 거의 전적으로 공산당의 통제를 받고 있었음을 잊으면 안 된다. 게다가 그들 자신도 공산당원일 가능성이 높았다. 하지만 그들은 동시에 스페인 사람이었다. 따라서 여자를 침대에서 몰아내는 건 그들에게 조금 힘에 부치는 일이었다. 그렇게 침대를 말없이 제외시킨 덕분에, 수색 전체가 무의미해졌다.

그날 밤 나는 맥네어, 코트먼과 함께 버려진 건물 부지 가장자리에 높게 자란 풀밭에서 잤다. 계절에 비해 추운 날씨라서 우리 모두 잠을 잘 자지 못했다. 오랜 시간 동안 우울하게 서성거리다가 커피 한 잔을 마신 기억이 난다. 바르셀로나에 온 뒤 처음으로 나는 성당을 보러 갔다. 현대적인 성당이자, 세상에서 가장 끔찍한 건물 중 하나였다. 총안이 있는 뾰족탑 네 개는 독일 라인산 백포도주 병과 정확히 똑같은 모양이었다. 바르셀로나에 있는 대부분의 성당과 달리, 이 성당은 혁명 중에 피해를 입지 않았다.

'예술적인 가치' 덕분이라고 사람들은 말했다. 내 생각에는 무정부주의자들이 기회가 있을 때 그 건물을 날려버리지 않은 데서 그들의 형편없는 안목이 드러난 것 같다. 그래도 뾰족탑 사이에 검은색과 빨간색 깃발을 내걸기는 했다. 그날 오후에 나는 아내와 함께 마지막으로 콥을 만나러 갔다. 우리가 그를 위해 해줄 수 있는 일이 없었다. 정말 아무것도 없었다. 작별 인사를 하고, 스페인인 친구들에게 돈을 맡겨 그에게 먹을 것과 담배를 구해주게 하는 것밖에는. 하지만 얼마 뒤, 우리가 바르셀로나를 떠난 다음에 그는 인코무니카도 상태가 되어 먹을 것조차 그에게 닿지 못했다. 그날 밤 우리는 람블라스 거리를 걷다가 카페 모카 앞을 지나갔다. 강습경비대 한 부대가 여전히 그곳을 차지하고 있었다. 나는 충동적으로 들어가, 어깨에 라이플을 메고 카운터에 몸을 기댄 강습경비대원 두 명과 이야기를 나눴다. 5월 전투 때 여기를 지켰던 그들의 동지가 누구인지 아느냐고 물었더니 그들은 모른다고 했다. 또한 스페인 사람답게 모호한 태도로, 당시 여기서 싸운 사람들을 찾아낼 방법도 모르겠다고 말했다. 나는 내 친구 조르주 콥이 감옥에 있는데 5월 전투와 관련된 일로 재판을 받게 될 것 같다고, 당시 여기를 지키던 사람들이라면 콥이 싸움을 중단시켜 그들의 목숨을 구해주었음을 알 거라고, 그들이 앞으로 나서서 그런 증언을 해야 할 것 같다고 말했다. 나와 대화하던 강습경비대원 중에 둔하고 굼뜨게 보이는 사람이 있었다. 그는 거리의 자동차 소음 때문에 내 목소리를 듣지 못해 계속 고개를 흔들어댔다. 하지만 나머지 한 사람은 달랐다. 그는 몇몇 동지들에게서 콥의 이야기를 들었다면서, 콥을 가리켜 부엔 치코buen chico(좋은 친구)라고 말했다. 하지만 이 말을 들으면서도 죄다 소용없는 소리라는 것을 나는 알고 있었다. 만약 콥이 재판을 받게 된다면, 그런 재판이 모두 그렇듯이 가짜 증거가 동원될 것이다. 만약 그가 총살당했다면(그랬을 가능성이 상당히 높아서 무섭다) 그의 묘비에는 이런 말이 적힐 것이다. '더러운 체제의 일부였지만 품위 있는 행동을 알아볼 수 있을 만큼은 인간적인 면모를 간직했던 가엾은 강습경비대원의 부엔 치코.'

당시 우리의 삶은 정신없고 터무니없었다. 밤에는 범죄자가 되지만, 낮에는 부유한 영국인 방문객이었다. 어쨌든 우리는 그런 행세를 했다. 하룻밤 노숙을 하더라도 면도와 목욕을 하고 구두를 닦으면 외모가 몰라보게 달라졌다. 최대한 부르주아처럼 보이는 것이 가장 안전했다. 우리는 우리 얼굴이 알려지지 않은 상류층 주택가를 자주 드나들고, 비싼 식당에서 식사를 하고, 웨이터에게 진짜 영국 사람처럼 굴었다. 내 평생 처음으로 담벼락에 글을 쓰는 버릇도 생겼다. 말쑥한 식당 여러 곳의 통로에 내가 쓸 수 있는 가장 큰 글자로 '비스카 POUM!'이라는 낙서를 남겼다. 엄밀히 말해서 몸을 숨긴 상태였지만, 그동안 내내 위험하다는 느낌은 들지 않았다. 모든 것이 너무 터무니없게 보였다. 내가 법을 어기지 않는 이상 '저들'이 나를 체포할 수는 없을 것이라는, 지워지지 않는 영국식 믿음이 있었다. 그런 정치적 학살이 벌어지는 와중에 그런 믿음을 갖는 것은 몹시 위험한 일이다. 맥네어의 체포영장이 나와 있었고, 우리 일행의 다른 사람들도 수배자 목록에 올라 있을 가능성이 높았다. 체포, 불시 단속, 수색이 끊임없이 이어졌다. 우리가 아는 모든 사람, 아직 전선에 있는 사람들을 제외한 모든 사람이 이미 감옥에 갇혀 있었다. 경찰은 주기적으로 피난민을 싣고 떠나는 프랑스 배에도 올라가 '트로츠키주의자'로 의심되는 자들을 붙잡았다.

그 주에 틀림없이 많은 고생을 했을 영국 영사의 친절 덕분에 우리는 여권을 정비할 수 있었다. 빨리 떠날수록 좋았다. 저녁 7시 반에 떠나는 포르트보우행 열차가 있었다. 평소대로라면 실제로는 8시 반쯤 출발할 것으로 예상되었다. 우리는 아내가 미리 택시를 예약하고 짐을 싼 뒤, 최대한 늦게 호텔비를 지불하고 호텔을 나서는 계획을 짰다. 만약 아내가 호텔 사람들의 눈에 띄는 행동을 너무 많이 하면 틀림없이 그들이 경찰을 부를 것이다. 나는 7시쯤 역으로 갔다. 그런데 기차는 이미 떠난 뒤였다. 7시 10분 전에 떠났다고 했다. 기관사가 언제나 그렇듯이 멋대로 시간을 바꾼 것이다. 다행히 아내에게 미리 이 사실을 알릴 수 있었다. 다음 날 아침 일찍 떠나는 기차가 있어서 나는 맥네어, 코트먼과 함께 역 근처 작은 식당에서 저녁 식사를 했다.

조심스럽게 질문을 던진 결과, 친절한 식당 주인이 CNT 조합원임을 알게 되었다. 그는 우리에게 침대가 세 개인 방을 빌려주고, 경찰에 알리는 것을 깜박 잊어버렸다. 나는 닷새 만에 처음으로 외출복을 벗고 잘 수 있었다.

다음 날 아침 아내가 호텔을 살짝 빠져나오는 데 성공했다. 기차는 한 시간쯤 늦게 출발했다. 그동안 나는 전쟁부에 보낼 긴 편지를 쓰며 시간을 때웠다. 콥의 사정을 알리는 편지였다. 그는 착오로 체포되었음이 분명하다, 한시라도 빨리 그가 전선에 가야 한다, 그가 아무런 죄도 짓지 않았다는 사실을 수많은 사람이 증언해줄 것이다, 등등등. 수첩에서 찢어낸 종이에 흔들리는 글씨(내 손가락 일부가 여전히 마비되어 있었다)와 그보다 더 흔들리는 스페인어로 쓴 그 편지를 누가 읽어보기나 했는지 궁금하다. 어쨌든 이 편지도 다른 그 무엇도 소용이 없었다. 그때로부터 6개월이 지난 현재 콥은 재판도 기소도 없이 여전히 감옥에 갇혀 있다(이미 총살당했을 수도 있다). 처음에는 석방된 죄수들이 몰래 가지고 나와 프랑스에서 부친 그의 편지가 두세 통쯤 우리에게 도착했다. 모두 같은 이야기가 담겨 있었다. 더럽고 어두운 감방에 갇혀 있다, 음식이 형편없고 양도 부족하다, 열악한 환경 때문에 중병에 걸렸는데 치료를 못 받고 있다. 나는 영국과 프랑스의 여러 통로를 통해 이것이 모두 사실임을 확인했다. 최근에 그는 '비밀 감옥'으로 사라져버렸기 때문에 모든 종류의 통신이 불가능해진 것 같다. 콤과 같은 상황에 처한 외국인이 수십, 수백 명이나 된다. 스페인 사람은 몇천 명이나 되는지 아는 사람이 없다.

우리는 마침내 무사히 국경을 넘었다. 기차에는 일등칸과 식당차가 있었다. 내가 스페인에서 그런 기차를 본 것은 처음이었다. 최근까지도 카탈로니아의 기차에는 등급 구분이 없었다. 형사 두 명이 기차 안을 돌아다니며 외국인들의 이름을 적었지만, 식당차에 있는 우리를 보고는 훌륭한 사람들을 보았다며 만족한 기색이었다. 모든 것이 이렇게 달라지다니, 기분이 이상했다. 겨우 6개월 전, 무정부주의 세력이 아직 고삐를 쥐고 있을 때는 프롤레타리아처럼 보여야 훌륭한 사람으로 인정받았다. 남프랑스의 페르피냥에서 세르베레까지 가는 길에 나와 같은 칸에 탄 프랑스인 상인은 엄숙한 표정으로 이렇게 말했다. "그런 모습으로 스페인에 들어가면 절대 안 됩니다. 그 옷깃을 떼고 넥타이를 푸세요. 바르셀로나 사람들이 다 채갈 테니까요." 그의 말은 과장이었지만, 사람들이 카탈로니아를 어떻게 생각하는지 보여주었다. 국경에서 무정부주의 세력에 속한 경비병은 말쑥한 옷차림의 프랑스인 부부를 돌려세웠다. 내 생각에는 순전히 너무 부르주아 같은 모습이 문제였던 것 같다. 그런데 지금은 반대가 되었다. 부르주아 같은 모습이 구원이 된 것이다. 여권 심사 때는 담당 직원들이 수배자 명단에서 우리를 찾아보았지만, 경찰의 비

능률 덕분에 우리 이름이 아직 올라와 있지 않았다. 심지어 맥네어의 이름도 없었다. 머리부터 발끝까지 수색을 당했으나, 내 제대 서류를 제외하면 우리 수중에는 문제가 될 것이 전혀 없었다. 게다가 나를 수색한 카라비네로들은 29사단이 POUM 소속이라는 사실을 몰랐다. 그래서 우리는 차단기를 통과해, 딱 6개월 만에 다시 프랑스 땅을 밟았다. 내가 스페인에서 가져온 기념품은 아라곤의 농부들이 올리브유를 넣어 태우던 자그마한 철제 램프와 염소 가죽 수통뿐이었다. 2천 년 전 로마인들이 쓰던 테라코타 램프와 모양이 거의 똑같은 철제 램프는 내가 폐허가 된 어느 오두막에서 주운 뒤로 줄곧 내 짐가방 속에 들어 있었다.

어쨌든 우리가 아슬아슬한 순간에 빠져나왔음을 알게 되었다. 가장 처음 우리 눈에 들어온 신문에 맥네어가 간첩 혐의로 체포되었다는 발표가 실려 있었기 때문이다. 스페인 당국의 성급한 발표였다. '트로츠키주의'라는 죄목이 범죄인인도의 대상이 아니라서 다행이다.

전쟁 중인 나라를 빠져나와 평화로운 땅에 발을 디뎠을 때 가장 먼저 어떤 행동을 하는 것이 적절한지 궁금하다. 내 경우에는 담배 매점으로 달려가 주머니를 죄다 가득 채울 수 있을 만큼 시가와 담배를 샀다. 그러고는 우리 모두 뷔페에 가서 차를 한 잔 마셨다. 신선한 우유를 넣은 차를 마신 것은 몇 달 만에 처음이었다. 며칠이 지난 뒤에야 나는 언제든 사고 싶을 때 담배를 살 수 있다는 사실에 익숙해졌다. 담뱃가게의 문에 빗장이 걸리고 창문에 '담배 없음'이라는 무서운 말이 스페인어로 붙어 있을지도 모른다는 생각이 항상 들었다.

맥네어와 코트먼은 파리로 갈 예정이었다. 아내와 나는 기차를 타고 가다가 첫 번째 역인 바뉠스에서 내렸다. 휴식을 좀 취하면 좋을 것 같았다. 우리가 바르셀로나에서 왔다는 사실을 알게 된 바뉠스 사람들의 반응은 그리 좋지 않았다. 나는 똑같은 대화에 몇 번이나 휘말렸다. "스페인에서 왔어요? 어느 편에서 싸웠어요? 정부 측? 오!" 그러고 나면 사람들의 태도가 확연히 서늘해졌다. 이 작은 마을은 확고한 친親프랑코 측인 것 같았다. 틀림없이 가끔 이곳을 찾아든 스페인 파시스트 피난민들 때문일 것이다. 내가 자주 가던 카페의 웨이터도 프랑코를 지지하는 스페인인이라서 내게 식전주를 가져다주며 기분 나쁜 표정으로 힐끔거리곤 했다. 페르피냥은 달랐다. 정부 측 빨치산들이 많은 이곳에서는 온갖 당파들이 서로를 상대로 음모를 꾸미고 있어서 바르셀로나와 비슷했다. 어느 카페에서는 'POUM'이라는 말만 꺼내면 즉시 프랑스인 친구가 생기고 웨이터는 미소를 보여주었다.

우리가 바뉠스에 아마 사흘쯤 머물렀던 것 같다. 그동안 묘하게 마음이 안정되지 않았다. 폭탄, 기관총, 먹을 것을 사려는 줄, 선전선동, 음모와는 거리가 먼 이 조용한 어촌에서 깊은 안도감과 감사를 느껴야 마땅할 텐데, 우리는 그런 것을 전혀 느끼지 못했다. 스페인에서 목격한 일들이 거기서 멀어진 지금도 뒤로 물러나지 않고, 오히려 전보다 훨씬 더 생생한 모습으로 우리에게 몰려왔다. 우리는 끊임없이 스페인을 생각하고, 스페인에 대해 말하고, 꿈에 스페인을 보았다. 지난 몇 달 동안 우리는 "스페인에서 나가면" 지중해 인근의 어딘가로 가서 한동안 조용히 지낼 것이라고 말하곤 했다. 어쩌면 낚시를 좀 할 것 같기도 했다. 하지만 막상 이곳에서 보내는 시간은 그저 지루하고 실망스러울 뿐이었다. 날씨는 쌀쌀하고, 바다에서 끈질기게 바람이 불어왔다. 바다는 활기 없고 변덕스러웠다. 항구의 물에서는 재, 코르크, 생선 내장이 한데 뭉쳐 출렁거렸다. 미친 소리 같겠지만, 우리 둘 다 스페인으로 돌아가고 싶었다. 비록 누구에게도 이로울 리 없고 오히려 심각한 피해를 입힐 수도 있었겠지만, 차라리 그냥 스페인에 남아 다른 사람들과 함께 구금될 걸 그랬다는 생각이 들었다. 스페인에서 보낸 그 몇 달이 내게 어떤 의미인지를 여러분에게 아주 조금밖에 전달하지 못한 것 같다. 그동안 일어난 사건 중 일부를 이 책에 기록했지만, 거기서 내가 느낀 감정까지 기록할 수는 없다. 모든 것이 글로는 전달할 수 없는 광경, 냄새, 소리와 뒤섞여 있다. 참호의 냄새, 상상할 수도 없을 만큼 멀리까지 뻗어 있는 산속의 여명, 총알의 서늘한 폭음, 폭탄의 굉음과 섬광. 사람들이 아직 혁명을 믿고 있던 12월 바르셀로나의 선명하고 차가운 아침 햇빛, 막사 연병장을 쿵쿵 걷는 군화 소리. 먹을 것을 사려고 늘어선 줄, 검은색과 빨간색이 들어간 깃발, 스페인 의용군의 얼굴. 전선에서 내가 직접 만난 의용군들, 지금은 주님만이 아실 어딘가에 흩어져 있을 그들, 일부는 전사하고 일부는 불구가 되고 일부는 투옥된 그들 중 대다수가 아직 무사하다면 좋겠다. 그들 모두에게 행운이 있기를. 그들이 전쟁에서 이겨 외국인을 모두 스페인에서 몰아낼 수 있으면 좋겠다. 독일인도, 소련인도, 이탈리아인도 모두. 내가 정말 보잘것없는 역할밖에 하지 못한 이 전쟁이 내게 남긴 기억은 대부분 흉악한 것이지만, 그것을 경험하지 않는 편이 나았을 것이라는 생각은 들지 않는다. 스페인 내전은 어떻게 끝나든 살육과 물리적 고통을 차치하더라도 결국 경악스러운 재앙이 될 테지만, 이런 재앙을 언뜻 목격했을 때 그 결과가 항상 환멸과 냉소로 이어지지는 않는다. 묘하게도 그때의 경험으로 나는 인간의 품위를 더 믿게 되었다. 내가 지금까지 제시한 설명이 오해를 불러일으키지 않기를 바란다. 이런 일을 다룰 때는 누구도 온전히 진실만을 말할 수 없다는 것이 내 생각이다. 자신이 직접 본 일을 제외하면, 무슨 일에든 확신을 갖기가 어렵다. 게다가 사람들은 누구나 글을 쓸 때 의식적으로든 무의식적으로든 어느 한쪽 편에 기울어지기 마련이다. 혹시 내가 앞에서 아직 이 말을 안 썼을지 모르니 여기에 쓰겠다. '나의 당파성, 착오, 내가 본 것은 사건의 한 면에 불과하기 때문에 불가피하게 발생하는 왜곡을 주의하라.' 스페인 내전 중 이 시기를 다룬 다른 책을 읽을 때도 항상 똑같은 점을 주의해야 한다.

우리가 할 수 있는 일은 사실 전혀 없었는데도, 뭐라도 해야 할 것 같은 기분에 우리는 생각했던 것보다 더 일찍 바뉠스를 떠났다. 북쪽으로 갈수록 프랑스의 풍경은 더 푸르고 부드러워졌다. 산과 포도나무가 멀어지고, 초원과 느릅나무가 나타났다. 전에 스페인으로 가는 길에 파리를 지났을 때는 도시가 부패하고 우울해 보였다. 생활비가 싸고 히틀러의 이름을 아직 아무도 모르던 8년 전의 파리와는 크게 달랐다. 내가 알던 카페 중 절반이 손님이 없어서 문을 닫았고, 사람들의 생각은 온통 높아진 생활비와 전쟁 공포에만 쏠려 있었다. 하지만 가난한 스페인을 겪고 나니 이런 파리조차 유쾌하고 풍족해 보였다. 박람회가 한창이었지만, 우리는 어찌어찌 그곳에 가지 않을 수 있었다.

그다음은 영국. 잉글랜드 남부의 풍경은 십중팔구 세상에서 가장 말쑥할 것이다. 그쪽을 지날 때면, 특히 항구를 오가는 기차에서 호화롭고 푹신한 좌석에 앉아 평화롭게 뱃멀미를 다스리는 중이라면, 세상에서 무슨 일이 벌어지고 있기는 한지 알 수 없는 기분이 된다. 일본의 지진, 중국의 기근, 멕시코의 혁명? 걱정할 필요 없다. 내일 아침에도 우유가 문 앞까지 배달될 것이고, 금요일에는《뉴 스테이츠먼》이 발행될 것이다. 산업도시는 아주 멀리 있고, 그곳의 연기와 불행은 둥근 지표면 뒤에 가려져 있다. 이곳에는 내가 어렸을 때 알던 영국이 그대로 남아 있다. 철로를 놓으려고 깎아놓은 길은 야생화로 뒤덮였고, 깊은 산속의 초원에서는 광택이 나는 커다란 말들이 풀을 뜯으며 명상에 잠긴다. 천천히 흐르는 개울가의 버드나무, 느릅나무의 초록색 품, 텃밭의 참제비고깔. 그다음에 보이는 것은 런던 외곽의 크고 평화로운 황야, 진창 같은 강 위의 바지선, 친숙한 거리, 크리켓 경기나 왕족의 결혼식을 알리는 포스터, 중산모를 쓴 남자들, 트래펄가 광장의 비둘기, 빨간 버스, 파란 옷의 경찰관, 이 모두가 깊고 깊은 영국의 잠에 빠져 있다. 가끔 나는 우리가 이 잠에서 영영 깨지 못하다가 폭탄의 굉음에 화들짝 놀란 뒤에야 깨어날까 봐 두렵다.

부록 I *

처음에 나는 이 전쟁의 정치적 측면을 무시했다. 그러다 이 무렵이 되어서야 비로소 정치적 측면이 내 머릿속으로 억지로 밀고 들어오기 시작했다. 당파 정치의 끔찍함에 관심이 없다면 그냥 건너뛰기 바란다. 바로 그런 목적으로 나는 정치적인 이야기를 별도의 장으로 떼어놓으려고 애쓰는 중이다. 그러나 순전히 군사적인 시각으로만 스페인 내전에 대한 글을 쓰기는 불가능할 것이다. 이것이 무엇보다도 정치적인 전쟁이기 때문이다. 이 전쟁 중의 어떤 사건도, 어쨌든 전쟁 첫해에 일어난 모든 사건은, 정부의 전

---

* 초판에서는 부록 I과 부록 II가 각각 본문의 5장(이 책의 4장과 5장 사이)과 11장(이 책의 9장과 10장 사이)이었다. 그러나 훗날 오웰은 정오표에 자신의 견해를 담은 이 책의 특성을 고려할 때, 당시 상황의 역사적·정치적 배경에 대한 설명이 담긴 두 개의 장을 부록으로 처리하는 편이 더 적절하다고 적었다.(편집자 주)

선 뒤에서 벌어지던 당파 간의 투쟁을 어느 정도 알지 못하면 이해하기 어렵다.

처음 스페인에 왔을 때부터 얼마간 시간이 흐를 때까지 나는 정치 상황에 대해 관심이 없는 정도가 아니라 아예 인식하지도 못했다. 전쟁이 벌어지고 있다는 것만 알았지, 어떤 종류의 전쟁인지는 전혀 몰랐다. 그때 누가 나더러 왜 의용군에 들어왔느냐고 물었다면 나는 "파시즘에 맞서 싸우기 위해서"라고 대답했을 것이다. 그리고 무엇을 **위해** 싸우느냐는 질문에는 "상식적인 예절을 위해서"라고 대답했을 것이다. 나는 〈뉴스 크로니클〉과《뉴 스테이츠먼》의 보도 그대로 이것이 히틀러의 돈을 받은 늙은 장교들의 광적인 반란에 맞서 문명을 지키려는 전쟁이라고 받아들였다. 바르셀로나의 혁명적인 분위기에 깊은 매력을 느끼기는 했으나, 그것을 이해하려는 시도는 하지 않았다. 외우기도 귀찮은 이름들(PSUC, POUM, FAI, CNT, UGT, JCI, JSU, AIT)을 지닌 정치적 당파들과 노조들의 만화경에 대해서는 그저 화가 날 뿐이었다. 언뜻 보기에는 스페인이 이니셜이라는 역병에 시달리고 있는 것 같았다. 내가 POUM이라고 불리는 곳에서 복무 중이라는 사실은 알았지만(내가 다른 곳이 아니라 POUM 의용군에 들어간 것은 순전히 ILP의 소개장을 들고 바르셀로나에 왔기 때문이었다), 당파들 사이에 심각한 의견 차이가 있다는 사실은 알지 못했다. 포세로산에서 사람들이 우리 왼편의 진지를 가리키며

"저들은 사회주의자"(PSUC라는 뜻)라고 말했을 때 나는 어리둥절해서 이렇게 말했다. "우리 모두 사회주의자 아닙니까?" 목숨을 걸고 싸우는 사람들이 여러 파당으로 **갈라진** 것이 바보 같았다. 나는 항상 "우리 모두 정치적인 헛소리는 집어치우고 전쟁에 집중하면 안 됩니까?" 하는 태도를 보였다. 물론 이것은 영국 신문들이 공들여 퍼뜨린 올바른 '반파시스트적' 태도였다. 그리고 영국 신문들의 목적은 주로 싸움의 본질을 사람들이 이해하지 못하게 막는 것이었다. 그러나 스페인에서, 특히 카탈로니아에서는 누구도 그런 태도를 무한히 유지할 수도 없고 유지하지도 않았다. 아무리 내키지 않아도 모두 조만간 편을 정했다. 정치적 당파와 그들의 '노선' 갈등에 대해 아무 관심이 없는 사람이라 해도, 그것이 자신의 운명과 관련되어 있음을 훤히 알 수 있기 때문이었다. 의용군은 프랑코에게 맞서 싸우는 군인이자, 두 정치 이론 사이의 거대한 싸움에 휘말린 볼모였다. 산허리에서 땔감을 찾아다니며 이것이 정말로 전쟁인지 아니면 〈뉴스 크로니클〉이 가짜로 전쟁을 꾸며낸 건지 아리송해진 것, 폭동이 일어난 바르셀로나에서 공산주의자들이 쏘는 기관총탄을 피해 다녀야 했던 것, 바짝 뒤를 쫓아온 경찰을 따돌리고 마침내 스페인에서 도망친 것, 내가 이 모든 일을 그런 식으로 겪은 것은 PSUC가 아니라 POUM 소속 의용군에서 복무했기 때문이었다. 이 두 이니셜 모음 사이의 차이가 이렇게나 크다!

정부 측의 상황을 이해하려면 전쟁이 어떻게 시작됐는지 되새겨야 한다. 7월 18일에 싸움이 발발했을 때, 유럽의 모든 반파시스트는 십중팔구 희망의 전율을 느꼈을 것이다. 마침내 민주주의가 파시즘 앞에서 일어선 것처럼 보였을 테니까. 그 이전 몇 년 동안 이른바 민주국가들은 매번 파시즘에 무릎을 꿇었다. 일본은 제지 없이 만주에서 멋대로 굴었고, 히틀러는 권력을 잡아 정치적 반대 세력을 무조건 학살했다. 무솔리니가 아비시니아*를 공격하는 동안 53개국(아마 53개국이었을 것이다)은 위선적으로 떠들어대기만 했다. 그러나 프랑코가 온건 좌파 정부를 무너뜨리려 했을 때 스페인 국민은 모두의 예상과 달리 그에 맞서 일어섰다. 판세가 완전히 바뀐 것 같았다. 실제로도 그랬을 것이다.

그러나 사람들이 미처 알아차리지 못한 점이 여럿 있었다. 먼저, 프랑코는 엄밀히 말해서 히틀러나 무솔리니와 비견되는 존재가 아니었다. 그는 귀족계급과 가톨릭교회를 등에 업은 군사 반란을 통해 일어섰고, 특히 처음에는 파시즘을 실현하기보다 봉건주의를 되살리려고 시도했다. 노동계급뿐만 아니라 자유주의 부르주아의 다양한 집단, 즉 현대화된 파시즘의 지지자들 역시 프랑코에게 반대했다는 뜻이다. 그러나 이보다 더 중요한 것은 스페인 노동계

* 에티오피아의 옛 이름

급이 우리 영국 사람들과는 달리 '민주주의'와 현체제의 이름으로 프랑코에게 저항한 것이 아니라는 사실이다. 그들의 저항에는 확실한 혁명적 분출이 동반되었다. 어쩌면 그런 분출로 구성된 저항이라고 말해도 틀리지 않을지 모른다. 농민들이 토지를 차지했고, 공장과 대부분의 교통수단은 노조의 차지가 되었다. 교회는 엉망이 되고 사제들은 쫓겨나거나 목숨을 잃었다. 〈데일리 메일〉은 가톨릭 성직자들의 환호 속에서 프랑코를 악마 같은 '빨갱이' 무리에게서 나라를 해방시키는 애국자로 묘사한 기사를 쓸 수 있었다.

전쟁 초기 몇 달 동안 프랑코의 진짜 적은 정부라기보다 노조였다. 노조에 가입한 도시 노동자들은 반란이 시작되자마자 총파업을 외치며 공공 무기고의 무기를 요구했다. 그리고 투쟁 끝에 실제로 무기를 얻어냈다. 만약 그들이 그렇게 자발적이고 독립적으로 행동에 나서지 않았다면, 프랑코는 어쩌면 아무런 저항도 받지 않았을 수 있다. 물론 확신할 수는 없으나, 적어도 이렇게 생각할 이유는 있다. 정부가 반란을 제압하려는 시도를 거의 또는 전혀 하지 않았다는 점. 아주 오래전부터 반란이 예상되었는데도 막상 문제가 발생하자 정부는 약한 모습으로 머뭇거렸다. 스페인의 총리가 하루 만에 두 번이나 바뀔 정도였다.* 당장의 상황을 해결할 수 있는 조치, 즉 노동자들을 무장시키는 조치는 대중의 격렬한 요구 때문에 마지못해 이루어졌다. 그래도 어쨌든 무기가 배포되었고, 스페인 동부의 대도시에서는 주로 노동계급의 엄청난 노력으로 파시스트 세력을 물리칠 수 있었다. 여전히 나라에 충성하던 무장 세력 일부(강습경비대 등)도 노동계급을 도왔다. 이런 노력을 기울일 수 있는 것은 십중팔구 혁명적인 의도를 갖고 싸우는 사람들뿐이었을 것이다. 즉, 자신이 현체제보다 더 나은 어떤 것을 위해 싸운다고 믿는 사람들을 말한다. 반란의 중심이었던 여러 지역의 거리에서 하루 만에 3천 명이 목숨을 잃은 것으로 짐작된다. 남녀를 막론하고 무기라고는 다이너마이트 폭탄밖에 없는 사람들이 탁 트인 광장을 가로질러, 훈련받은 군인들이 기관총으로 지키고 있는 석조 건물을 기습했다. 파시스트 세력이 전략적인 지점에 설치해둔 기관총들은 시속 96킬로미터의 속도로 달려드는 택시에 박살이 났다. 농민들이 땅을 접수하고 지역 소비에트를 세웠다는 소식을 전혀 듣지 못한 사람이라 해도, 저항의 중추였던 무정부주의자와 사회주의자가 자본주의 민주국가를 지키려고 이런 짓을 저질렀다고 믿기는 힘들었을 것이다. 특히 무정부주의자들이 보기에 자본주의 민주국가는 중앙집권 협잡 기계에 지나지 않았다.

한편 무기를 손에 넣은 노동자들은 쉽게 무기를 포기

* 키로가 총리, 바리오 총리, 히랄 총리. 앞의 두 명은 무기를 달라는 노조의 요구를 거절했다.(원주)

하지 않았다(1년이 흐른 뒤에도 카탈로니아의 아나코생디칼리스트 세력이 3만 정의 라이플을 보유하고 있는 것으로 추산되었다). 파시스트를 지지하던 대지주들은 많은 곳에서 농민들에게 재산을 빼앗겼다. 산업과 교통의 집산화와 더불어, 지역위원회를 통해 대략적으로나마 노동자의 정부를 세우려는 시도가 있었다. 자본가에게 친화적인 과거의 경찰 대신 노동자 순찰대를 만들고, 노조를 기반으로 한 노동자 의용군도 만드는 식이었다. 물론 이런 과정이 전국에서 균일하게 이루어지지는 않아서, 특히 카탈로니아에서 많은 진전이 이루어졌다. 지방정부의 제도와 기관이 거의 고스란히 남은 곳이 있는가 하면, 혁명위원회가 그들과 나란히 존재하는 곳도 있었다. 드물지만 독자적인 무정부주의 코뮌이 세워진 곳도 있었는데 그들 중 일부는 약 1년 뒤까지도 그대로 유지되다가 정부의 탄압을 받았다. 카탈로니아에서는 처음 몇 달 동안 실질적인 권력이 대부분 아나코생디칼리스트의 손에 있었다. 그들이 핵심 산업도 대부분 통제했다. 스페인에서 일어난 일은 사실 단순한 내전이 아니라, 혁명의 시작이었다. 스페인 외부의 반파시스트 언론이 특히 가리려고 애쓴 것이 바로 이 점이다. 그들은 상황을 '파시즘 대 민주주의'로 정리해서 혁명적인 일면을 최대한 감췄다. 언론이 다른 곳보다 더 중앙화되어 있고 대중이 더 쉽게 속아 넘어가는 영국에서는 스페인 내전에 관해 오로지 두 가지 시각만이 널리 알려져 있었다. 그리스

도교도 애국자들이 피를 뚝뚝 떨어뜨리는 볼셰비키와 싸우고 있다는 우파의 시각. 또는 신사적인 공화파가 군사 반란을 진압하고 있다는 좌파의 시각. 이렇게 핵심적인 이슈가 성공적으로 은폐되었다.

여기에는 여러 가지 이유가 있다. 먼저, 친파시스트 언론이 참혹한 현실에 대한 기막힌 거짓말을 퍼뜨렸다. 선의의 선동가들은 스페인이 "빨갛게 물들었다"는 주장을 부정하는 것이 스페인 정부를 돕는 행동이라고 생각했음이 분명하다. 그러나 핵심적인 이유는 이것이다. 어느 나라에나 존재하는 소규모 혁명 집단을 제외하면, 온 세상이 스페인에서 혁명이 일어나는 걸 막아야 한다고 단호히 마음을 다지고 있었다는 것. 특히 소련을 등에 업은 공산당은 혁명에 반대하는 데에 온 힘을 기울였다. 이런 단계에서 일어나는 혁명은 치명적이므로 스페인에서 목표로 삼아야 할 것은 노동자 권력이 아니라 부르주아 민주주의라는 것이 공산당의 테제였다. '자유주의' 자본주의자들이 그들과 같은 노선을 택한 이유는 굳이 설명할 필요가 없을 것이다. 스페인에 투자한 해외 자본이 아주 많았다. 예를 들어, 바르셀로나 운송회사에는 거액의 영국 자본이 들어가 있었다. 하지만 카탈로니아에서는 노조가 모든 운송 수단을 손에 넣었다. 만약 혁명이 계속 진행되었다면 이런 재산에 대한 보상은 전혀 또는 거의 이루어지지 않았을 것이다. 반면 자본주의 공화국이 우세를 유지한다면 외국 자본은 안전했다. 혁명은 반드시 분쇄해야 하는 대상이었으므로, 아예 혁명이 일어나지 않은 처하면 상황이 크게 단순해졌다. 이런 식으로 모든 사건의 진정한 의미를 은폐할 수 있었다. 노조에서 중앙정부로 힘이 옮겨질 때마다 군대를 재조직하는 데 꼭 필요한 단계라는 주장을 내세우는 식이었다. 그 결과 극단적으로 이상한 상황이 만들어졌다. 스페인에 혁명이 있었다는 사실이 외국에는 거의 알려지지 않았지만, 스페인 내에서는 아무도 그 사실을 의심하지 않았다. 공산당의 통제를 받고 있어서 대체로 혁명에 반대하는 방침을 갖고 있는 PSUC 계열 신문들조차 "우리의 찬란한 혁명"을 이야기했다. 반면 외국의 공산주의 매체들은 어디에도 혁명의 징조가 없다고 외쳐댔다. 공장을 몰수하고 노동자위원회를 만드는 등의 일이 일어난 적이 없다고. 또는 그런 일이 일어나기는 했으나 "정치적인 의미가 전혀" 없다고. 〈데일리 워커〉(1936년 8월 6일 자)에 따르면, 스페인 사람들이 사회혁명을 위해, 또는 부르주아 민주주의를 몰아내기 위해 싸우고 있다고 말하는 사람은 "새빨간 거짓말쟁이 불한당"이었다. 반면 발렌시아 정부의 일원인 후안 로페즈는 1937년 2월에 "스페인 사람들이 피를 흘리고 있는 것은 민주공화국과 종이 헌법을 위해서가 아니라 (…) 혁명을 위해서"라고 단언했다. 우리가 싸워서 지켜야 했던 정부 사람들도 새빨간 거짓말쟁이 불한당이었던 모양이다. 외국의 일부 반파시스트 신문들은 심지어 파시스트 세력의 요새로 이용된 교회들만 공격받은 척 거짓말을 하는 한심한 지경까지 떨어졌다. 사실은 어디서나 교회들이 당연한 듯이 약탈당했다. 스페인 교회가 부정한 자본주의자들과 한패라는 생각이 아주 널리 퍼져 있었기 때문이다. 스페인에서 6개월 동안 지내면서 내가 본 교회 중에 피해를 당하지 않은 곳은 딱 둘뿐이었다. 또한 1937년 7월경까지 교회가 다시 문을 열고 예배와 미사를 드리는 것이 금지되어 있었다. 마드리드의 개신교회 한두 곳만 예외였다.

그래도 어쨌든 그때의 일은 혁명의 시작일 뿐 혁명의 완성이 아니었다. 카탈로니아의 노동자들은 확실히 혁명을 완성할 힘을 갖고 있었고 어쩌면 그런 곳이 더 있었을 수도 있지만, 그들은 정부를 무너뜨리거나 완전히 교체하지 않았다. 프랑코가 계속 문을 두드려대고 중산층 일부가 그들 편을 드는 상황에서 혁명을 계속할 수는 없었을 것이다. 당시 스페인은 과도기를 겪고 있어서, 사회주의 방향으로 나아갈 수도 있고 평범한 자본주의 공화국으로 회귀할 수도 있었다. 프랑코가 승리하지 않는 한, 대부분의 땅이 계속 농민들 것으로 남아 있을 가능성이 높았다. 대규모 산업은 모두 집산화되었으나, 집산화가 유지될지 아니면 자본주의가 다시 도입될지는 결국 어느 쪽이 힘을 손에 쥐는가에 달려 있었다. 처음에는 중앙정부와 카탈루냐 제네랄리다드(반半자치적인 카탈로니아 정부)가 모두 분명히 노동계급을 대변한다고 말할 수 있었다. 좌파 사회주의자 카바예로가 이끄는 정부에는 UGT(사회주의 노조)와 CNT(무정부주의 세력이 장악한 생디칼리스트 노조)를 대표하는 장관들이 포함되어 있었다. 카탈루냐 제네랄리다드는 주로 노조 대표자들로 구성된 반파시스트 방어위원회*에 한동안 사실상 지위를 빼앗기기도 했다. 나중에는 방어위원회가 해체되고 제네랄리다드가 재구성되어 노조와 여러 좌파 정당을 대표하게 되었다. 그러나 그 뒤에 일어난 정부의 변화는 모두 오른쪽을 향한 움직임이었다. 먼저 POUM이 제네랄리다드에서 추방되었다. 6개월 뒤에는 카바예로의 자리를 우파 사회주의자 네그린이 차지했다. 그리고 그 직후 CNT가 정부에서 사라졌다. 그다음에는 UGT 차례였다. 그다음에는 CNT가 제네랄리다드에서도 쫓겨났다. 전쟁과 혁명이 발발하고 1년 뒤에는 결국 우파 사회주의자, 자유주의자, 공산주의자만이 정부를 구성했다.

전체적인 우향우 움직임은 1936년 10~11월 무렵부터 시작되었다. 소련이 정부에 무기를 공급하기 시작하고, 권력이 무정부주의 세력에서 공산주의 세력으로 넘어

* Comité Central de Milicias Antifascistas. 각 조직의 구성원 비율에 따라 대표자가 선택되었다. 노조를 대표하는 사람이 아홉 명, 카탈로니아 자유주의 정당을 대표하는 사람이 세 명, 다양한 마르크스주의 정당(POUM, 공산당 등)을 대표하는 사람이 두 명이었다.(원주)

가기 시작한 때다. 소련과 멕시코를 제외하면, 정부를 구원하러 달려올 만큼 품위를 보여준 나라가 없었다. 그러나 멕시코는 훤히 드러난 이유들로 인해 무기를 대량으로 공급할 수 없는 처지였다. 따라서 소련이 마음대로 규칙을 정할 수 있는 힘을 갖게 되었다. 소련이 내세운 규칙을 요약하자면 십중팔구 '혁명을 막지 않으면 무기는 없다'였을 것이다. 혁명적인 요소를 없애려는 첫 조치, 즉 카탈루냐 제네랄리다드에서 POUM을 추방한 것이 소련의 지시로 이루어진 일이라는 주장에도 별로 의심의 여지가 없다. 소련 정부가 직접적인 압력을 행사했을 것이라는 주장에는 부정이 뒤따랐지만, 이건 별로 중요하지 않다. 모든 나라의 공산당이 소련의 정책을 수행한다고 볼 수 있기 때문이다. 또한 처음에는 POUM, 그다음에는 무정부주의 세력과 사회주의 세력 중 카바예로 파벌, 그리고 전체적으로는 혁명적인 정책을 몰아내려고 가장 노력을 기울인 세력이 공산당이라는 주장은 부정되지 않았다. 소련이 개입하기만 하면, 공산당의 승리는 보장되었다. 애당초 무기를 준 소련에 감사하는 마음, 그리고 특히 국제여단이 만들어진 뒤 공산당이 전쟁에서 이길 능력이 있는 것처럼 보였다는 사실이 공산당의 위신을 엄청나게 강화해주었다. 둘째, 소련의 무기가 공산당 및 그들과 동맹을 맺은 당파들을 통해 공급되었는데 그들은 정치적 반대 세력의 손에 가능한 한 무기가 들어가지 않게 주의를 기울였다.* 셋째, 공산당은 혁명에 반대하는 방침을 천명함으로써 극단주의에 겁을 먹은 사람들을 모두 끌어들일 수 있었다. 예를 들자면, 무정부주의 세력의 집산화 정책에 반대하는 부농들을 쉽게 포섭할 수 있었다. 폭발적으로 늘어난 당원 중 대부분은 중산층 출신이었다. 상점 주인, 공무원, 장교, 부농 등등. 내전은 기본적으로 삼각 분쟁이었다. 프랑코를 물리치려는 싸움을 당연히 계속 이어 나가면서도 정부는 동시에 노조의 손에 아직 남아 있는 권력을 되찾아오는 것을 목표로 삼았다. 그들은 이를 위해 연달아 작은 조치들(누군가는 이것을 가리켜 상대를 성가시게 만드는 정책이라고 말했다)을 취했고, 전체적으로 대단히 영리하게 움직였다. 전반적이고 눈에 확 띄는 반反혁명 움직임은 없었다. 1937년 5월까지는 군이 무력을 동원할 필요도 없었다. 너무 뻔해서 말할 필요가 있을까 싶은 주장, 즉 "너희가 이것, 저것, 그것을 하지 않으면 우리가 전쟁에서 질 것"이라는 주장을 내세우면 언제나 노동자들을 무릎 꿇릴 수 있었다. 이것이 매번 군사적 필요를 이유로 노동자들에게 1936년에 그들이 스스로 쟁취한 것을 포기하라고 요구하는 것처럼 보였음은

* 아라곤 전선에 소련 무기가 거의 없었던 이유가 이것이다. 그곳에는 무정부주의 세력의 부대가 압도적으로 많았다. 1937년 4월까지 내가 본 소련 무기는 기관단총 한 정이 전부였다(어쩌면 머리 위를 날아간 비행기 중 일부가 소련제였을 수도 있고 아닐 수도 있다).(원주)

말할 필요도 없다. 이 주장이 거의 실패하지 않은 것은, 혁명을 외치는 당파들이 가장 원하지 않는 일이 곧 내전에서 패배하는 것이었기 때문이다. 만약 싸움에서 진다면, 민주주의와 혁명, 사회주의와 무정부주의 같은 단어들이 의미를 잃을 것이다. 혁명을 외치는 당파 중 유일하게 중요한 힘을 휘두를 수 있을 만큼 규모가 있는 무정부주의 세력은 매번 뒤로 물러날 수밖에 없었다. 집산화 과정에 제지가 들어왔고, 지역위원회가 제거되었으며, 노동자 순찰대도 폐지되어 내전 이전의 경찰력이 오히려 크게 강화되고 중무장을 갖춘 상태로 되돌아왔다. 노조가 장악했던 여러 핵심 산업도 정부의 손으로 넘어갔다(5월 전투로 이어진 바르셀로나 전화국 점령은 이 과정에서 벌어진 사건 중 하나였다). 마지막으로 무엇보다 중요한 것은, 노조를 기반으로 한 노동자 의용군이 점차 해체되어 새로 만들어진 인민군으로 재배치되었다는 점이다. 반#부르주아 노선을 따르는 '비정치적' 군대인 인민군에는 차별적인 봉급 체계와 특권을 누리는 장교 계급이 있었다. 당시의 특수한 상황에서는 이것이 정말로 결정적인 조치였다. 이런 변화가 카탈로니아에서 다른 곳보다 더 늦게 일어난 것은, 혁명 세력의 힘이 그곳에서 가장 강했기 때문이다. 노동자들이 쟁취한 것을 계속 유지할 수 있는 유일한 방법은 무장한 군대의 일부를 계속 자기들 소속으로 묶어두는 것뿐인 듯했다. 여느 때처럼 의용군 해체 역시 군사적 효율이라는 명목으로 시행되었다. 철저한 군대 재편이 필요하다는 사실은 누구도 부정하지 않았으나, 의용군을 재편해서 능률을 높이면서도 노조가 계속 그들을 통제할 수 있게 하는 것이 얼마든지 가능했다. 따라서 의용군 해체의 가장 큰 목적은 무정부주의 세력이 자기만의 군대를 갖지 못하게 하는 것이었다. 게다가 의용군의 분위기가 민주적이라서 혁명적인 발상의 온상이 된 것도 문제였다. 공산주의 세력은 이 점을 잘 알고 있었으므로, 계급과 상관없이 동등한 임금을 지급한다는 POUM과 무정부주의 군대의 원칙을 끊임없이 모질게 비난했다. 전체적인 '부르주아화', 즉 혁명 초기 몇 달 동안의 평등주의 정신을 고의로 파괴하는 움직임이 일어났다. 워낙 신속하게 일이 진행되어서, 겨우 몇 달 간격으로 스페인을 다녀간 사람들은 여기가 몇 달 전에 본 그 나라가 아닌 것 같다고 단언했다. 짧은 시간 동안이나마 겉으로 보기에는 노동자의 나라인 것 같던 스페인이 사람들의 눈앞에서 부자와 가난한 사람이 평범하게 나뉘어 있는 일반적인 부르주아 공화국으로 변해가고 있었다. 1937년 가을에 '사회주의자' 네그린은 대중 연설에서 "우리는 사유재산을 존중한다"고 단언했으며, 내전 초기에 파시스트 동조자로 의심받아 국외로 도망쳐야 했던 코르테스* 의원들은 국

---

* 스페인 의회

내로 돌아오고 있었다.

이 모든 과정이 특정한 형태의 파시즘이 부르주아와 노동자에게 강요한 일시적인 동맹의 결과임을 명심한다면 이해가 쉬울 것이다. 인민전선이라고 불리는 이런 동맹은 기본적으로 적들의 동맹이라서, 어느 한쪽이 다른 한쪽을 집어삼키는 형태로 끝날 가능성이 높아 보인다. 스페인의 상황에서 뜻밖의 요소(그리고 외국에서 엄청난 오해를 야기한 요소)는 정부 측 파벌들 중 공산주의 세력이 극좌가 아니라 극우 쪽에 서 있었다는 점이다. 사실 이건 놀랄 일이 아니다. 다른 나라, 특히 프랑스의 공산당은 공식적인 공산주의를 적어도 당분간은 반反혁명 세력으로 간주해야 한다는 점을 전술적으로 분명히 했기 때문이다. 코민테른의 방침 전체가 이제는 소련의 방어에 종속되어 있는데(세계정세를 생각하면 이해할 수 있는 일이다), 소련의 방어는 군사동맹 시스템에 의지하고 있다. 특히 자본주의-제국주의 국가인 프랑스가 소련과 동맹관계다. 프랑스의 자본주의가 튼튼하지 않다면 이 동맹 또한 소련에 별로 도움이 되지 않으므로, 프랑스 공산당은 혁명에 반대하는 방침을 채택할 수밖에 없다. 프랑스 공산주의자들이 이제 국기를 내걸고 행진하며 국가를 부를 뿐만 아니라, 프랑스 식민지에서 벌이던 효과적인 선동 또한 모두 중단해야 한다는 의미다. 후자가 더 중요하다. 프랑스 공산당 서기장인 토레즈가 프랑스 노동자들이 속임수에 넘어가 독일의 동지들에 맞서 싸우는 일은 결코 일어나지 않을 것이라고 단언한 지 아직 3년이 채 되지 않았다.[*] 그런데 지금 그는 프랑스에서 가장 소리 높여 외치는 애국자 중 한 명이다. 나라를 막론하고 공산당의 행동을 이해하는 열쇠는 그 나라와 소련의 실제적인 또는 잠재적인 군사 관계다. 예를 들어 영국의 경우 정부의 입장이 아직 불확실한 탓에 영국 공산당은 여전히 정부에 적대적이며 표면적으로는 재무장에 반대한다. 그러나 만약 영국이 소련과 동맹을 맺거나 군사적인 합의를 한다면 영국 공산당은 프랑스 공산당과 마찬가지로 홀륭한 애국자 겸 제국주의자가 되는 수밖에 없을 것이다. 벌써 이런 전조가 나타나고 있다. 스페인의 공산주의 '노선'은 소련의 동맹인 프랑스가 혁명을 주장하는 이웃나라에 강력히 반대하며 스페인령 모로코의 해방을 막기 위해 난리를 피울 것이라는 사실에 틀림없이 영향을 받았다. 소련 정부가 붉은 혁명을 경제적으로 지원한다고 주장한 〈데일리 메일〉의 보도는 평소보다도 훨씬 더 터무니없는 오보였다. 스페인에서 혁명을 막은 데에는 다른 누구보다도 공산주의자들의 역할이 컸기 때문이다. 나중에 우익 세력이 완전히 권력을 장악했을 때, 공산주의자들은 혁명 지도자를 붙잡아 들이는 데 기꺼이 나서서 자유주의자들보다도

---

[*]　국민회의 연설, 1935년 3월 (원주)

훨씬 더 힘을 썼다.*

지금까지 스페인 혁명 첫해의 전체적인 상황을 대략 설명해보았다. 이것을 알아야 시기를 막론하고 당시의 상황을 좀 더 쉽게 이해할 수 있기 때문이다. 하지만 내가 앞의 내용에 암시된 생각을 2월에도 고스란히 갖고 있었다고 주장하고 싶지는 않다. 애당초 내 정신을 가장 크게 일깨운 사건들이 그때는 아직 일어나지 않았고, 내가 공감하는 대상 또한 지금과는 어느 면에서 달랐기 때문이다. 여기에는 내가 전쟁의 정치적인 측면에 싫증을 내며 당시 가장 자주 들었던 관점, 즉 POUM—ILP 관점에 자연스럽게 반발한 것이 부분적으로 영향을 미쳤다. 그때 나와 함께 있던 영국인들은 대부분 ILP 소속이었고, 그들 중에 공산당원도 몇 명 섞여 있었다. 그리고 그들 중 대다수는 정치적 식견이 나보다 훨씬 더 뛰어났다. 우에스카 주변에서 아무 일도 벌어지지 않아 지루하던 몇 주 동안 내내 나는 끝날 줄 모르는 정치 토론 한복판에 휘말렸다. 바람이 숭숭 들어오고 고약한 냄새가 나는 농가의 헛간에서 숙영하면서, 퀴퀴하고 캄캄한 참호에서, 얼어붙을 듯이 추운 한

---

* 정부 측 여러 당파 사이의 상호작용을 가장 훌륭하게 설명한 글을 보려면, 프란츠 보르케나우의 《스페인 조종석 The Spanish Cockpit》 참조. 스페인 내전에 관해 지금까지 나온 모든 책을 훌쩍 뛰어넘는 훌륭한 책이다.(원주)

밤중에 흙벽 뒤에서, 서로 갈등하는 '노선들'이 계속 토론을 벌였다. 스페인 사람들의 상황도 똑같았다. 우리가 본 신문들도 대부분 당파 분쟁을 크게 다뤘다. 그러니 귀가 멀거나 지능이 떨어지는 사람이 아니고서야, 여러 당파의 주장이 각각 무엇인지 조금은 주워들을 수밖에 없었다.

정치 이론이라는 관점에서 보면, 중요한 당파는 PSUC, POUM, 그리고 대략 무정부주의자로 묘사되는 CNT-FAI, 이렇게 셋밖에 없었다. 나는 PSUC를 가장 중요한 세력으로 본다. 궁극적으로 승리를 거뒀을 뿐만 아니라, 지금도 계속 눈에 띄게 상승하고 있기 때문이다.

PSUC '노선'이 사실은 공산당 '노선'을 뜻한다는 점을 설명할 필요가 있다. PSUC(Partido Socialista Unificado de Cataluña, 카탈로니아 통합사회당)는 카탈로니아의 사회당이었다. 카탈로니아 공산당을 포함해서 다양한 마르크스주의 당이 모여 내전 초기에 만들어졌으나, 지금은 전적으로 공산주의 세력의 통제하에 있으며 제3인터내셔널 소속이다. 스페인의 다른 지역에서는 사회주의 세력과 공산주의 세력의 공식적인 통합이 이루어지지 않았지만, 공산주의 관점과 우익 사회주의 관점이 어디서나 똑같다고 생각해도 된다. 대략적으로 말해서 PSUC는 사회주의 노조 단체인 UGT(Unión General de Trabajadores, 일반노동자연합)의 정치기구였다. 스페인 전역에서 이 단체의 조합원은 현재 약 150만 명을 헤아린다. 여기에는 여러 분야의 육체노동자들이 포함되어 있으나, 내전 발발 이후에는 중산층 조합원들이 대거 들어와 단체의 덩치가 커졌다. '혁명' 초기에는 모든 종류의 사람들이 UGT나 CNT에 가입하는 것이 유용하다고 생각했기 때문이다. 이 두 노조 단체의 영역은 겹치는 부분이 있으나, CNT가 더 확실한 노동계급 조직이었다. 따라서 PSUC에는 노동자와 프티부르주아(상점 주인, 공무원, 부농)가 섞여 있었다.

전 세계의 공산주의 언론과 친親공산주의 언론이 전파한 PSUC '노선'은 대략 다음과 같다.

"지금은 전쟁에 이기는 것 외에 무엇도 중요하지 않다. 승리가 없다면 다른 것은 모두 의미가 없다. 따라서 지금은 혁명을 밀어붙이자는 이야기를 할 때가 아니다. 우리는 집산화를 강요해서 농민들을 소외시킬 여유가 없고, 우리 편에서 싸우는 중산층에게 겁을 주어 쫓아버릴 여유도 없다. 무엇보다도 효율을 위해 우리는 반드시 혁명의 혼돈을 제거해야 한다. 지역위원회 대신 강력한 중앙정부가 있어야 하고, 제대로 훈련받아 완전한 체제를 갖춘 군대를 통합된 지휘하에 두어야 한다. 노동자 지배라는 파편에 집착하며 혁명 구호를 앵무새처럼 따라 하는 것은 단순히 쓸모없다고 말할 수준이 아니다. 파괴적일 뿐만 아니라 반혁명적이기까지 하다. 파시스트 세력이 이용할 수 있는 분열로 이어지기 때문이다. 지금 상황에서 우리는 프롤레타리아 독재를 위해 싸우지 않는다. 의회 민주주의를 위해 싸운다. 내전을 사회혁명으로 바꿔놓으려 하는 자는 누구든 파시스트에게 농락당하는 꼴이니, 비록 의도한 바는 아니더라도 사실상 반역자다."

POUM '노선'은 모든 면에서 이 노선과 달랐다. 물론 전쟁 승리가 중요하다는 주장은 예외였다. POUM(Partido Obrero de Unificación Marxista, 마르크스주의 통일노동자당)은 지난 몇 년 사이 '스탈린주의'에 반대하며 많은 나라에서 등장한 비주류 공산당 중 하나였다. 즉, 진심이든 가식이든 일단 공산주의 방침의 변화에 반대하는 세력이라는 뜻이다. 이 당의 구성원 중 일부는 구舊공산당원이고, 또 다른 일부는 이전의 정당인 노동자농민연합 출신이었다. 수적인 측면에서는 작은 정당이라서* 카탈로니아 이외의 지역에서는 별로 영향력이 없었다. POUM의 중요성은 주로 정치적으로 의식 있는 당원의 비율이 유난이 높다는 점에서 나온다. 카탈로니아에서 이 당의 가장 중요한 본거지는 레리다였다. 어느 특정 노조 단체를 대표하지는 않았다. POUM 의용군 중에는 CNT 조합원이 가장 많았으나, 실

---

* POUM의 당원 규모는 다음과 같다. 1936년 7월 1만 명, 1936년 12월 7만 명, 1937년 6월 4만 명. 그러나 이것은 POUM 자료에서 나온 숫자이므로, 적대세력의 추정치는 십중팔구 4분의 1쯤 될 것이다. 스페인 정당의 당원 규모에 대해 조금이라도 확실하게 말할 수 있는 것이 있다면, 모든 정당이 당원 수를 부풀린다는 점뿐이다. (원주)

제 당원들은 대체로 UGT 소속이었다. 그러나 POUM이 조금이라도 영향력을 발휘할 수 있는 곳은 CNT뿐이었다. POUM '노선'은 대략 다음과 같다.

"부르주아 '민주주의'로 파시즘에 맞서자는 이야기는 헛소리다. 부르주아 '민주주의'는 자본주의의 다른 이름일 뿐이며, 그것은 파시즘도 마찬가지다. '민주주의'의 이름으로 파시즘에 맞서 싸우는 것은, 특정 형태의 자본주의로 다른 형태의 자본주의에 맞서 싸우는 것과 같다. 그 특정 형태의 자본주의 또한 우리가 맞서 싸우는 형태의 자본주의로 쉽게 변할 수 있는데 말이다. 파시즘의 실질적 대안은 노동자 지배뿐이다. 여기서 조금이라도 물러선 것을 목표로 삼는다면, 프랑코에게 승리를 넘겨주는 꼴이 되거나 아니면 기껏해야 뒷문으로 파시즘을 들여놓는 꼴이 될 것이다. 노동자들은 스스로 쟁취한 것을 하나라도 놓치지 말고 붙들어야 한다. 만약 반#부르주아 정부에 무엇이든 양보한다면, 반드시 속임수에 당할 뿐이다. 노동자 의용군과 경찰은 현재의 형태로 유지되어야 하며, 그들을 '부르주아화'하려는 시도에는 언제나 저항해야 한다. 노동자가 군대를 통제하지 않으면, 군대가 노동자를 통제할 것이다. 전쟁과 혁명은 불가분의 관계다."

무정부주의 세력의 관점은 명확히 규정하기가 비교적 어려운 편이다. 어쨌든 '무정부주의자'라는 용어가 아주 다양한 견해를 지닌 수많은 사람을 지칭하는 데 사용된다. CNT(Confederación Nacional del Trabajo, 전국노동연합)를 구성하는 엄청난 숫자의 노조들과 약 200만 명에 달하는 조합원의 정치적 기관인 FAI(Federación Anarquista Ibérica, 이베리아 무정부주의 동맹)는 실제로 무정부주의 조직이었다. 그러나 비록 FAI의 조직원들과 어쩌면 대다수의 스페인 사람들이 무정부주의 철학에 항상 조금 물들어 있었는지 몰라도, 그 조직원들이 반드시 아주 순수한 의미의 무정부주의자는 아니었다. 특히 내전이 시작된 이후로 그들은 평범한 사회주의 쪽으로 더 많이 움직였다. 중앙집권화된 행정부에 참여할 뿐만 아니라 심지어 자신의 원칙을 모두 깨고 정부에 들어가기까지 할 수밖에 없는 상황이었기 때문이다. 그래도 그들은 공산주의자와 워낙 근본적으로 다른 탓에, POUM처럼 의회 민주주의가 아니라 노동자 지배를 목표로 삼았다. 그들은 '전쟁과 혁명은 불가분의 관계'라는 POUM의 구호를 받아들였으나, 이 명제에 대해 POUM만큼 교조적이지는 않았다. 대략적으로 말해서 CNT-FAI가 지향하는 바는 다음과 같았다. (1) 운송, 방직공장 등 각 산업에 종사하는 노동자들이 산업을 직접 지배하는 것. (2) 지역위원회에 의한 정부 운영과 모든 형태의 중앙집권 권위주의에 대한 저항. (3) 부르주아와 교회에 타협 없이 적대하기. 마지막 세 번째 항목은 비록 정확성이 가장 떨어지지만 가장 중요했다. 무정부주의자들은 이른바 혁명가 대다수와 정반대라서, 비록 원칙은 다소 모호한 편이었으나 특권과 불의를 증오하는 마음만은 더할 나위 없이 진실했다. 철학적으로 봤을 때 공산주의와 무정부주의는 극단적으로 다르다. 현실적으로, 즉 각자가 지향하는 사회의 형태 면에서, 그들이 각각 어떤 부분을 강조하는지가 가장 큰 차이점이지만, 이는 도저히 서로 화해할 수 없는 차이이기도 하다. 공산주의는 항상 중앙집권주의와 효율을 강조하는 반면, 무정부주의는 자유와 평등을 강조한다. 무정부주의는 스페인에 깊게 뿌리박고 있어서 소련이 영향력을 거둬들이면 공산주의보다 더 오래 살아남을 가능성이 높다. 내전 초기 처음 두 달 동안 상황을 수습한 데에는 다른 누구보다도 무정부주의 세력의 공이 컸다. 그보다 훨씬 뒤에는 규율이 잡히지 않은 군대인데도 불구하고 무정부주의 의용군이 순수한 스페인 군대들 중에서 최고의 싸움꾼으로 악명이 높았다. 1937년 2월경부터는 무정부주의 세력과 POUM을 어느 정도 한 묶음으로 묶어서 봐도 될 것이다. 만약 무정부주의 세력, POUM, 좌익 사회주의 세력이 처음부터 현명하게 힘을 합쳐 현실적인 정책을 밀어붙였다면, 전쟁의 역사가 다르게 흘러갔을지도 모른다. 그러나 혁명 당파들이 판세를 장악한 것처럼 보이던 내전 초기에 이런 일은 불가능했다. 무정부주의 세력과 사회주의 세력 사이에는 오랜 질투가 있었고, 마르크스주의자가 모인 POUM은 무정부주의에 회의적이었으며, 순수한 무정부주의 관점에서 봤을 때 POUM의 '트로츠키주의'는 공산당의 '스탈린주의'에 비해 크게 바람직하지도 않았다. 그래도 공산주의 전술이 이 두 당파를 하나로 결합시키는 듯했다. POUM이 5월에 바르셀로나에서 그 재앙 같은 싸움에 합류한 것은 주로 CNT의 곁을 지키겠다는 본능에서 비롯된 것이었다. 또한 나중에 POUM이 탄압받을 때 감히 목소리를 높여 그들을 옹호한 사람들은 무정부주의 세력뿐이었다.

따라서 대략적인 세력 분포는 다음과 같다. CNT-FAI, POUM, 사회주의의 한 분파가 노동자 지배를 지지하는 한편을 이루고, 우익 사회주의 세력, 자유주의 세력, 공산주의 세력이 중앙집권화된 정부와 제대로 체제를 갖춘 군대를 지지하는 한편을 이뤘다.

이때 내가 POUM의 시각보다 공산당의 시각을 더 선호한 이유는 쉽게 알 수 있다. 공산당이 갖고 있던 확실하고 실용적인 정책은 고작 몇 달 앞만 내다보는 상식적인 관점에서 볼 때는 분명히 더 훌륭했다. 이에 비해 POUM이 매일 내놓는 정책과 선전 등은 이루 말할 수 없이 형편없었다. 틀림없이 그랬을 것이다. 그렇지 않았다면, 훨씬 더 많은 대중이 그들에게 끌렸을 테니까. 결정적인 한 방은 우리와 무정부주의 세력이 가만히 있는 동안 공산주의 세력이 전쟁에 대처하고 있다는(내 눈에는 그렇게 보였다) 점이었다. 이것이 당시의 일반적인 느낌이었다. 공산주의 세력은 혁명 세력에 맞서 중산층에 호소함으로써 세력을 크게 불리고 힘을 얻었다. 그들이 전쟁에서 이길 수 있을 것처럼 보이는 유일한 세력이었다는 점도 작용했다. 주로 공산주의 세력의 지휘를 받는 군대가 마드리드를 당당히 방어한 것과 소련의 무기 덕분에 공산주의 세력은 스페인의 영웅이 되었다. 누군가의 말처럼, 우리 머리 위로 날아간 소련 비행기 한 대, 한 대가 공산주의 선전이었다. POUM이 내세운 혁명적 순수성의 논리는 나도 알 수 있었지만, 다소 무용해 보였다. 어쨌든 전쟁에서 이기는 것이 가장 중요하지 않은가.

한편 신문, 소책자, 포스터, 책을 통해 당파들 사이의 지독한 분쟁이 계속 벌어지고 있었다. 당시 내가 가장 자주 보는 신문은 POUM 계열의 〈라 바타야〉와 〈아델란테〉였는데, 그들이 '반혁명적'인 PSUC를 끊임없이 비난하는 것이 내 눈에는 까다롭고 성가시게 보였다. 나중에 PSUC와 공산주의 계열 신문들을 자세히 살펴본 뒤에야 나는 POUM 신문들이 비교적 결백한 편이었음을 깨달았다. 다른 건 차치하더라도, POUM 신문들에 기회가 훨씬 더 적었다. 공산주의 세력과 달리 POUM은 나라 밖의 언론에 전혀 발판이 없었다. 나라 안에서는 언론 검열의 고삐를 주로 공산주의 세력이 쥐고 있기 때문에 엄청나게 불리한 처지였다. POUM 계열 신문들이 조금이라도 말을 잘못하면 탄압받거나 벌금을 물게 되기 일쑤였다. 또한 POUM이 한없이 혁명을 설교하며 레닌의 말을 구역질나도록 인용하기는 했어도 대개 인신공격에 탐닉하지는 않았다는 점도 밝혀두어야 할 것 같다. 주로 신문 기사에서만 논쟁을 벌였다는 점도 있다. 대중을 겨냥해 색을 넣어 제작한 대형 포스터(스페인에는 문맹 인구 비율이 높아서 포스터가 중요하다)는 경쟁 당파를 공격하지 않고, 단순히 파시스트에 반대하는 주장이나 혁명에 관한 추상적인 주장만 펼쳤다. 의용군들이 부르던 노래도 마찬가지였다. 그러나 공산주의 세력의 공격은 상당히 달랐다. 이에 대해서는 이 책의 뒷부분에서 자세히 다뤄야 할 것 같다. 여기서는 공산주의 세력의 공격 방식을 간략하게 설명하는 정도로 하겠다.

겉으로 봤을 때 공산주의 세력과 POUM은 전술 문제를 놓고 다툼을 벌였다. POUM은 즉각적인 혁명을 주장하고, 공산주의 세력은 반대했다. 여기까지는 괜찮다. 양편 모두 할 말이 많았다. 게다가 공산주의 세력은 POUM의 선전이 정부의 힘을 분열시키고 약화시켜 전쟁의 결과를 위험에 빠뜨린다고 주장했다. 궁극적으로 나는 이 주장에 동의하지 않지만, 그래도 훌륭하게 이 주장을 옹호하는 것이 가능하다. 하지만 여기서 공산주의 전술의 특색이 등장했다. 처음에는 조심스럽게, 그러다 더욱 목소리를 높여서 그들은 POUM이 판단 실수가 아니라 고의적인 계획으로 정부의 세력을 분열시키고 있다고 단언하기 시작했다. 그리고 POUM은 프랑코와 히틀러에게 고용된 위장 파시스트 무리에 지나지 않는다고 선포했다. 파시즘의 대의를 돕기 위한 방편으로 혁명에 찬동하는 듯한 정책을 밀어붙이고 있다는 것이었다. POUM은 '트로츠키주의' 조직이자 '프랑코의 제5열'이라고 했다. 파시즘과 싸우기 위해 생계와 국적까지 포기하고 스페인으로 온 수백 명의 외국인과 전선의 참호 속에서 추위에 떨고 있는 8천~1만 명의 군인을 포함한 수많은 노동계급 사람들이 그저 적에게 고용된 반역자에 지나지 않는다고 암시하는 말이었다. 이런 이야기가 포스터 등을 통해 스페인 전역으로 퍼져나가고, 전 세계의 공산주의 언론과 친공산주의 언론에서 자꾸만 되풀이되었다. 내가 이런 기사들을 수집하기로 작정한다면, 책으로 여섯 권 분량쯤은 나올 것이다.

그들이 우리를 부르는 말은 다음과 같았다. 트로츠키주의자, 파시스트, 반역자, 살인자, 겁쟁이, 첩자 등등. 솔직히 유쾌하지는 않았다. 특히 이런 일의 책임자를 생각하면 더욱더. 열다섯 살짜리 스페인 소년이 담요 속에서 하얗게 질린 얼굴로 멍한 표정을 하고 들것에 실려가는 모습을 보면서 런던과 파리에서 맵시 있게 차려입은 사람이 이 소년이 위장한 파시스트임을 증명하기 위해 소책자를 집필하는 광경을 생각하면 기분이 좋지 않다. 전쟁의 가장 끔찍한 면 중 하나는 모든 전쟁 선전, 모든 구호와 거짓과 증오가 언제나 싸우지 않는 사람들에게서 나온다는 점이다. 내가 전선에서 만난 PSUC 의용군들, 내가 가끔 마주치던 국제여단의 공산주의자들은 한 번도 나를 가리켜 트로츠키주의자나 반역자라고 말하지 않았다. 그런 일은 후방의 기자들에게 맡겼다. 우리를 공격하는 소책자를 쓰고 신문에서 우리를 비방하던 사람들은 모두 안전한 집에 남아 있었다. 최악의 경우라 해도 총탄과 진흙으로부터 수백 마일 떨어진 발렌시아의 신문사 사무실에 있었다. 여러 당파가 서로를 향해 쏟아내는 중상모략과는 별도로, 전쟁 때 흔히 들을 수 있는 말들, 열변, 영웅을 찬미하고 적을 비방하는 말, 이 모든 것이 여느 때처럼 싸우지 않는 사람들에게서 나왔다. 여러 면에서 적과 맞서 싸우기보다는 100마일쯤 도망칠 사람들이었다. 이번 전쟁의 서글픈 결과 중 하나는 좌익 언론이 우익 언론과 똑같이 거짓을 일삼는다는 사실을 내가 배웠다는 점이다.* 우리 편, 즉 정부 편에게 이번 전쟁이 평범한 제국주의 전쟁과 달랐다고 나는 진심으로 생각한다. 그러나 전쟁 선전만 보면 그 점을 전혀 짐작할 수 없다. 싸움이 아직 제대로 시작되지도 않았을 때 좌우 신문 모두가 동시에 똑같은 욕설 구렁텅이로 뛰어들었다. 〈데일리 메일〉의 포스터를 우리 모두 기억한다. "빨갱이들이 수녀를 십자가에 못박다." 〈데일리 워커〉는 프랑코의 외인 군단이 "살인자, 백인 노예를 거래하는 자,

---

* 〈맨체스터 가디언〉은 예외로 두고 싶다. 이 책을 쓰느라 많은 영국 신문을 훑어보았는데, 대형 신문 중에서 내가 그 정직성을 더욱 존경하게 된 신문은 〈맨체스터 가디언〉뿐이었다.(원주)

마약중독자, 유럽 모든 나라의 찌꺼기들로 구성되어 있다"
고 말했다. 1937년 10월에도 《뉴 스테이츠먼》은 파시스트
군대가 살아 있는 아이들의 몸으로 바리케이드를 만든다
는 이야기(바리케이드를 만들기에는 가장 불편한 재료다)를 우
리 앞에 내놓았고, 아서 브라이언트 씨[*]는 "보수주의 상
인의 다리를 톱으로 썰어내는 것"이 스페인의 프랑코 반
대 세력 사이에서는 "흔한 일"이라고 단언했다. 이런 글을
쓰는 사람들은 싸움에 나서는 법이 없다. 어쩌면 이런 글
을 쓰는 것으로 싸움을 대신할 수 있다고 믿는 건지도 모
른다. 어느 전쟁이나 똑같다. 군인은 싸우고, 기자는 소리
치고, 진짜 애국자는 짧은 선전용 견학을 제외하면 전선의
참호 근처에 가지 않는다. 비행기가 전쟁의 조건을 바꿔놓
고 있다는 점이 때로 내게 위안이 된다. 다음 세계전쟁 때
어쩌면 역사상 유례가 없는 광경, 즉 강경파 애국자의 몸
에 총알구멍이 난 모습을 보게 될지도 모른다.

　　언론만 보면, 이번 전쟁은 다른 모든 전쟁과 똑같은
협잡질이었다. 다만 기자들이 보통은 적에게만 가장 살인
적인 욕설을 퍼붓는 데 반해, 이번 전쟁에서는 시간이 흐
를수록 공산주의 세력과 POUM이 파시스트를 상대할 때
보다 더 지독한 말을 서로에게 쓰기 시작했다는 점이 다르

---

　　*　영국의 역사가 겸 칼럼니스트

다. 그런데도 당시 나는 이 점을 진지하게 생각하지 못했다. 당파 분쟁이 짜증스럽다 못해 역겹기까지 했으나, 내부의 시시한 다툼으로만 보였다. 이런 분쟁으로 무엇이 달라지거나, 당파들 사이에 정말로 화해할 수 없는 정책 차이가 있을 것이라고는 믿지 않았다. 공산주의 세력과 자유주의 세력이 혁명을 계속 추진하는 데 단호히 반대한 것은 알고 있었다. 그러나 그들이 그 결정을 **뒤집을** 수도 있다는 사실은 알지 못했다.

여기에는 이유가 있었다. 그 기간 내내 나는 전선에 있었는데, 전선에서는 사회적 분위기나 정치적 분위기가 바뀌지 않았다. 나는 1월 초에 바르셀로나를 떠나 4월 말에야 휴가를 얻었다. 그동안 내내, 아니 그 뒤까지도 무정부주의 군대와 POUM 군대가 장악한 아라곤 전선에서는 똑같은 상황이 끈질기게 유지되었다. 적어도 겉으로는 그랬다. 혁명적인 분위기가 내가 처음 접했을 때 그대로였다. 장군과 이등병, 농민과 의용군이 여전히 동등했다. 모두 같은 봉급을 받고, 같은 옷을 입고, 같은 음식을 먹고, 서로를 '그대'나 '동무'로 불렀다. 대장 계급도, 머슴 계급도, 거지도, 매춘부도, 변호사도, 사제도, 아첨도, 경례도 없었다. 나는 평등의 공기를 숨 쉬고 있었다. 이런 분위기가 스페인 전역에 존재할 것이라고 상상할 만큼 단순하기도 했다. 내가 스페인 노동계급 중에서 가장 혁명적인 사람들 사이에 고립된 것은 그럭저럭 우연에 지나지 않는다는 사실을 깨닫지 못했다.

그래서 정치적인 식견이 있는 동지들이 전쟁에 대해 순전히 군사적인 태도만 취하면 안 된다고, 혁명과 파시즘 사이에서 선택을 해야 한다고 말했을 때, 나는 그들을 비웃고 싶었다. 전체적으로 나는 공산주의 세력의 시각을 받아들였다. '전쟁에서 이길 때까지는 혁명을 말할 수 없다'로 요약할 수 있다. '앞으로 나아가지 않으면 되돌아가게 된다'는 POUM의 시각은 받아들이지 않았다. 나중에 내가 POUM이 옳다는, 아니 어쨌든 공산주의 세력보다는 옳다는 결론을 내린 것은 순전히 그들의 주장 때문만은 아니었다. 이론적으로 공산주의자들의 주장은 훌륭했다. 문제는 그들의 행동 때문에 그들이 정말로 신념을 갖고 그런 주장을 내세운다고 믿기 힘들어졌다는 데 있었다. 그들은 '전쟁이 먼저, 혁명은 나중에'라는 구호를 자주 외쳤다. 전쟁에 이기고 나면 혁명을 계속 이어 나갈 수 있을 것이라고 진심으로 생각한 평범한 PSUC 의용군은 이 구호를 신실하게 믿었지만, 사실 이 구호는 사기였다. 공산주의자들의 목적은 적당한 때가 될 때까지 스페인 혁명을 미루는 것이 아니라, 절대 혁명이 일어나지 않게 하는 것이었다. 시간이 흐를수록 이 점이 점점 분명해졌다. 노동계급은 점점 더 많은 권력을 빼앗겼고, 모든 종류의 혁명가가 점점 더 많이 감옥에 내동댕이쳐졌다. 군사적 필요라는 명분으로 모든 조치가 취해진 것은, 이 핑계가 말하자면 알맞았기 때문인데 그 결과 노동자들이 유리한 위치에서 쫓겨났다. 그들이 추락한 위치에서는 전쟁이 끝난 뒤 자본주의의 재도입에 저항할 수 없을 터였다. 내가 평범한 공산주의자를 비난하려는 것이 아님을 알아주기 바란다. 특히 마드리드 일대에서 영웅적인 죽음을 맞은 수천 명의 공산주의자를 비난할 생각은 전혀 없다. 그러나 당의 방침을 좌우하는 사람은 그들이 아니었다. 윗자리의 사람들이 상황을 몰랐을 것이라고는 상상하기 어렵다.

하지만 혁명의 가망이 사라졌다 해도 전쟁에서 이기는 데에는 의미가 있었다. 또한 결국 나는 장기적으로 봤을 때 공산당 방침이 승리에 기여할지 의심하게 되었다. 전쟁의 시기마다 각각 다른 방침이 어울렸을지도 모른다는 생각을 해본 사람은 거의 없는 것 같다. 처음 두 달 동안 무정부주의 세력이 상황을 수습했는지는 몰라도, 어느 시점부터는 그들이 저항을 조직하는 능력을 잃어버렸다. 10~12월에 상황을 수습한 쪽은 십중팔구 공산주의 세력이겠지만, 전쟁에서 확실한 승리를 거두는 것은 다른 문제였다. 영국에서는 공산주의 세력의 전쟁 관련 방침을 맹목적으로 받아들였다. 그 방침을 비판하는 의견은 신문에 거의 실리지 못했고, 혁명으로 인한 혼란을 제거하고 생산의 속도를 높이고 군대의 조직을 강화한다는 전체적인 방향이 현실적이고 효율석으로 보였기 때문이나. 여기서 이 방침에 내재된 약점을 지적할 필요가 있다.

모든 혁명적 성향을 억제하고 내전을 최대한 평범한 전쟁처럼 이끌어가려면 실제로 존재하는 전략적 기회들을 내던져버릴 필요가 있었다. 아라곤 전선에서 우리의 무장 상태가 어땠는지 앞에서 이미 설명했다. 무정부주의 세력의 손에 너무 많은 무기가 들어가지 않게 고의로 무기를 나눠주지 않았음이 거의 분명하다. 무정부주의 세력은 나중에 혁명을 위해 무기를 사용할 사람들이었기 때문이다. 그 결과 프랑코를 빌바오에서 후퇴시키고, 어쩌면 마드리드에서도 몰아낼 수 있었을 아라곤 대공세가 벌어지지 않았다. 그래도 이것은 비교적 작은 일이다. 이보다 더 중요한 것은, 내전이 '민주주의를 위한 전쟁'으로 굳어진 뒤에는 해외 노동자들에게 대규모로 도움을 호소하는 일이 불가능해졌다는 점이다. 현실을 똑바로 바라본다면, 전 세계의 노동계급이 스페인 내전을 냉담하게 바라보았다는 점을 인정할 수밖에 없다. 수만 명이 스페인으로 싸우러 왔지만, 뒤에 남은 수천만 명의 사람들은 계속 무관심했다. 전쟁 첫해에 영국 대중 전체가 다양한 '스페인 원조' 기금에 기부한 금액이 약 25만 파운드로 추정된다. 그들이 일주일 동안 영화 관람에 쓰는 금액의 절반도 채 안 되는 것 같다. 민주주의 국가의 노동계급이 정말로 스페인의 동지들을 도우려 했다면 파업이나 불매운동을 벌일 수도 있었다. 그러나 이런 일은 아예 시작되지도 않았다. 노동당과 공산당 지도자들은 어디서나 그것이 생각도 할 수 없는 일이라고 천명했다. 그들이 '붉은' 스페인을 가리켜 '붉지' 않다고 목청껏 외쳐대는 한은 당연히 옳은 말이었다. 1914~1918년 이후로 '민주주의를 위한 전쟁'은 불길한 말이 되었다. 지난 몇 년 동안 모든 나라의 공산주의자들은 호전적인 노동자들에게 '민주주의'는 자본주의를 점잖게 부르는 이름이라고 가르쳤다. 이렇게 '민주주의가 사기'라고 가르치다가 다시 '민주주의를 위해 싸우자!'고 말하는 것은 좋은 전술이 아니다. 만약 그들이 소련의 엄청난 힘을 등에 업고 '스페인 민주화'가 아닌 '스페인 혁명'을 명분으로 내세워 전 세계 노동자에게 호소했어도 과연 반응이 없었을까 싶다.

그러나 무엇보다 중요한 것은, 비非혁명 방침으로는 프랑코의 뒤를 치는 것이 불가능하지는 않을망정 어려웠다는 점이다. 1937년 여름, 프랑코 치하의 인구가 정부 치하의 인구보다 많았다. 식민지까지 포함시킨다면 훨씬 더 많았는데, 병력은 같았다. 모두 알다시피, 적대적인 주민들이 등 뒤에 있다면, 통신의 보안을 지키고 방해 공작을 막는 군대의 규모가 야전에서 싸우는 군대의 규모와 맞먹을 만큼 커야 한다. 그렇지 않으면 야전의 군대를 유지하기가 불가능하다. 따라서 프랑코의 후방에서는 주민들 사이에 이렇다 할 움직임이 없었음이 분명하다. 그가 차지한 땅의 주민들, 적어도 도시 노동자와 가난한 농민이 그를 좋아하거나 원했을 것이라고 생각하기는 어렵지만, 정부가 한 번씩 우익 쪽으로 치우치는 행보를 보일 때마다 정부의 우월성이 점차 희미해졌다. 모든 일에 완전히 결판을 낸 것은 모로코의 사례다. 모로코에는 왜 봉기가 없었는가? 프랑코는 악명 높은 독재체제를 구축하려고 했는데도 무어인들은 실제로 인민전선 정부보다 그를 선호했다! 모로코에서 봉기를 일으키려는 시도가 전혀 없었다는 것은 명백한 진실이다. 만약 봉기를 선동하려 했다면, 전쟁에 혁명적인 의미가 가미되었을 것이다. 정부가 무어인들의 신의를 얻으려면 가장 먼저 필요한 일은 모로코의 해방을 선언하는 것이었다. 그랬다면 프랑스가 어떤 반응을 보였을지 상상이 간다! 이 전쟁 최고의 전략적 기회는 프랑스와 영국의 자본주의 체제를 회유할 수 있을 것이라는 헛된 희망 때문에 날아가버렸다. 공산주의 세력이 내세운 방침은 전체적으로 스페인 내전을 평범하고 비非혁명적인 전쟁으로 만들자는 쪽이었다. 그런 전쟁에서는 정부가 크게 불리해지는데도. 이런 전쟁에서는 기계적인 수단으로, 즉 궁극적으로 무한한 무기 공급으로 승리를 거둬야 한다. 그런데 정부의 최대 무기 공급자인 소련은 이탈리아나 독일에 비해 지리적으로 크게 불리한 위치였다. POUM과 무정부주의 세력이 내세운 '전쟁과 혁명은 불가분의 관계'라는 구호가 어쩌면 보기보다 통찰력이 부족한 것이었는지도 모르겠다.

공산주의 세력의 반反혁명 방침이 잘못이었다고 생각

하는 이유를 지금까지 제시했다. 그러나 이 방침이 전쟁에 미친 영향을 생각한다면 내 판단이 옳지 않기를 바란다. 내 판단이 틀렸기를 바라고 또 바라고 있다. 수단과 방법을 가리지 않고 이 전쟁에서 승리한다면 좋겠다. 물론 앞으로 어떤 일이 벌어질지 우리는 아직 알 수 없다. 어쩌면 정부가 다시 왼쪽으로 방향을 틀 수도 있고, 무어인들이 나름의 이유로 봉기할 수도 있고, 영국이 이탈리아를 매수하겠다는 결정을 내릴 수도 있고, 순수하게 군사적인 수단만으로 전쟁에 승리를 거두게 될 수도 있다. 지금으로서는 알 수 없는 일이다. 나는 앞에서 말한 주장을 그대로 유지할 것이다. 내가 맞았는지 틀렸는지는 시간이 보여줄 것이다.

그러나 1937년 2월에는 내가 이런 식으로 상황을 바라보지 못했다. 아라곤 전선의 조용함에 질렸고, 내가 전쟁에서 몫을 다 하지 못했다는 점을 크게 의식하고 있었다. 바르셀로나에서 본 모병 포스터가 자주 생각났다. 그 포스터는 행인들을 질책하듯이 이런 질문을 던졌다. "**당신**은 민주주의를 위해 무엇을 했나?" 내가 여기에 내놓을 수 있는 대답은 "전투식량을 받았다"밖에 없는 것 같았다. 의용군에 들어갔을 때 나는 파시스트 한 명을 죽이겠다고 나 자신에게 약속했다. 우리 각자가 파시스트를 한 명씩 죽인다면, 그들이 곧 사라지지 않겠는가. 그러나 나는 지금껏 한 명도 죽이지 못했고, 그럴 기회조차 거의 얻지 못했다. 나는 당연히 마드리드에 가고 싶었다. 정치적인 입장과 상관없이 군대에 있는 사람은 모두 항상 마드리드에 가고 싶어 했다. 그러려면 십중팔구 국제여단으로 소속을 바꿔야 했을 것이다. 당시 마드리드에는 POUM의 병력이 거의 없고, 무정부주의 세력의 부대도 예전만큼 많지 않았기 때문이다.

물론 그때는 전선에서 자리를 지켜야 했지만, 나는 휴가를 나갔을 때 가능하면 국제여단으로 소속을 바꿔야 할 것 같다고 모두에게 말했다. 공산주의 세력의 휘하에 들어가겠다는 뜻이었다. 여러 사람이 나를 말리려고 했지만, 간섭하려고 든 사람은 없었다. 확실히 POUM에는 이단 사냥이 거의 없다. 그들이 처한 특수한 상황을 감안했을 때, 이단 사냥이 충분하지 않다고 말하는 편이 나을 것 같기도 하다. 파시즘을 지지하지만 않는다면, POUM에서는 누구도 정치적 견해로 인해 처벌받지 않았다. 나는 POUM의 '노선'을 지독하게 비판하는 의용군에서 많은 시간을 보냈으나, 그로 인해 곤란을 겪은 적은 한 번도 없다. 당의 정치적인 당원이 되라는 압박조차 없었다. 하지만 의용군 대다수가 당원이 되었을 것 같기는 하다. 나는 한 번도 당에 가입하지 않았다. 그래서 나중에 POUM이 탄압받을 때 조금 미안했다.

부록 II

헷갈리는 이름(중국 장군들 이름과 비슷한 느낌이다)을 지닌 당파들과 그들의 하위 집단이 무리를 지어 벌이는 정치적 논쟁에 관심이 없는 독자라면 이 장을 그냥 건너뛰기 바란다. 당파들이 주고받는 논쟁을 상세히 살펴볼 수밖에 없는 처지라면 끔찍한 일이다. 마치 시궁창에 몸을 던지는 것과 같으니까. 그러나 가능한 한 진실을 시험해서 확립할 필요가 있다. 먼 도시에서 벌어진 이 지저분한 싸움이 언뜻 보기보다 더 중요하기 때문이다.

바르셀로나 전투를 완벽히 정확하고 공정하게 묘사하는 일은 영원히 불가능할 것이다. 꼭 필요한 기록이 존재하지 않는 탓이다. 미래의 역사가들이 구할 수 있는 자료라고는 각 당파의 선전물과 갖가지 비난 덩어리뿐일 것이다. 나도 내 눈으로 직접 본 것과 내가 믿을 만하다고 생각하는 목격자들에게서 들은 이야기 외에는 거의 자료가 없다. 그래도 극악무도한 거짓말 중 일부를 반박하고, 그때 일을 조금이나마 넓은 시각으로 바라볼 수는 있다.

가장 먼저, 당시 실제로 어떤 일들이 벌어졌는가?

싸움이 일어나기 얼마 전부터 카탈로니아 전역에 긴장이 조성되었다. 이 책의 앞부분에서 나는 공산주의 세력과 무정부주의 세력 사이의 분쟁을 간략히 설명했다. 1937년 5월 무렵에는 폭력 사태가 불가피해 보일 정도로 상황이 악화되어 있었다. 이런 분쟁의 직접적인 원인은 모든 민간인이 무기를 내놓아야 한다는 정부의 명령이었다. 그리고 노조원들을 배제한 '비정치적' 무장경찰을 만들겠다는 결정이 동시에 내려졌다. 누가 봐도 이런 조치의 의미는 명백했다. CNT가 장악한 핵심 산업 중 일부를 정부가 곧 장악하려 나서리라는 것도 뻔히 짐작할 수 있었다. 게다가 점점 증가하는 빈부격차와 혁명이 방해 공작에 당했다는 막연한 인식 때문에 노동계급의 분노가 조금씩 일고 있었다. 5월 1일에 폭동이 일어나지 않자 많은 사람이 놀라면서 안도했다. 5월 3일에는 정부가 전화국을 장악하기로 결정했다. 전화국은 내전 초기부터 주로 CNT 노동자들의 손으로 운영되고 있었으나, 운영 상태가 형편없고 관공서의 통화가 도청당한다는 주장이 있었다. 살라스 경찰국장은 트럭 세 대를 가득 채운 무장 강습경비대를 보내 그 건물을 장악하게 했다(이것이 그가 받은 명령을 넘어선 행위일 수도 있고 아닐 수도 있다). 전화국 주위의 거리는 사복을 입은 무장경찰이 맡아서 사람들을 몰아냈다. 비숫한 시각에 강습경비대 여러 무리가 전략적인 위치의 다양한 건물들 또한 장악했다. 이런 움직임의 진정한 의도가 무엇이었든, 강습경비대와 PSUC(공산주의 세력과 사회주의 세력)가 CNT에 총공격을 가하겠다는 신호라는 믿음이 널리 퍼져 있었다. 노동자들의 건물이 공격당하고 있다는 소문이 시내를 돌아다녔으며, 무장한 무정부주의자들이 거리에 나타났고, 조업이 중단되고, 즉시 전투가 벌어졌다. 그날 밤과 다음 날 아침 사이 시내 전역에 바리케이드가 세워지더니, 5월 6일 오전까지 전투가 쉴 새 없이 벌어졌다. 그러나 양편 모두 주로 방어를 위한 싸움이었다. 건물들이 포위되었으나, 내가 아는 한 기습적인 침범은 없었다. 포 종류도 쓸 일이 없었다. 대략적으로 말해서, CNT-FAI-POUM 부대가 노동계급이 거주하는 교외를 차지했고 무장경찰과 PSUC는 시내 중심부와 관공서 거리를 차지했다. 5월 6일에 휴전이 이루어졌지만, 곧 다시 전투가 발발했다. 십중팔구 강습경비대가 CNT 노동자들의 무장을 해제하려고 섣불리 나선 탓이었을 것이다. 그러나 다음 날 아침 사람들이 자발적으로 바리케이드를 두고 떠나기 시작했다. 대략 5월 5일 밤까지는 CNT가 승기를 잡아서 많은 강습경비대원이 항복했다. 하지만 누가 지휘권을 잡을 것인지가 전체적으로 합의되지 않았고 정해진 계획도 없었다. 사실 강습경비대에 저항하겠다는 막연한 결의 외에는 계획이라고 할 만한 것이 전혀 없었던 것으로 보인다. CNT의 공식적인 지도자들은 UGT 지도자들과 힘을 합쳐 사람들에게 일터로 돌아가라고 간청했다. 무엇보다 식량이 부족한 것이 문제였다. 이런 상황에서 싸움을 계속할 만큼 확고한 신념을 지닌 사람은 전혀 없었다. 5월 7일 오후 무렵에는 거의 정상적인 상태가 유지되었다. 그런데 그날 저녁 발렌시아에서 해로로 파견된 강습경비대 6천 명이 도시를 장악했다. 정부는 정규군 외에는 모두 무기를 내놓아야 한다는 명령을 내리고, 그 뒤 며칠 동안 대량의 무기를 압수했다. 전투 중에 발생한 사상자 규모는 사망 사백 명, 부상 약 1천 명으로 공식 집계되었다. 사망자 사백 명은 과장된 수치일 수 있으나, 확인할 길이 없으므로 정확한 집계일 것이라고 받아들이는 수밖에 없다.

둘째, 전투의 여파. 정확히 어떤 여파가 있었는지 확신을 갖고 말하기는 불가능하다. 이 전투가 내전의 향방에 조금이라도 직접적으로 영향을 미쳤다는 증거는 없으나, 만약 며칠만 더 전투가 계속되었다면 틀림없이 영향을 미쳤을 것이다. 이 전투는 카탈로니아를 발렌시아의 직접적인 통제하에 두는 핑계, 의용군의 해체를 서두르는 핑계, POUM을 탄압하는 핑계가 되었다. 또한 카바예로 정부를 무너뜨리는 데에도 나름의 영향을 미쳤음이 분명하다. 그러나 전투가 없었어도 이런 일들이 어차피 일어났을 것이라고 보아도 될 듯하다. 정말로 궁금한 점은 거리로 나온 CNT 노동자들이 이때 싸움을 벌임으로써 이득을 얻었는지 아니면 손해를 보았는지다. 어디까지나 추측에 불과하지만, 나는 그들에게 실보다 득이 더 많았다고 생각한다. 바르셀로나 전화국 장악은 긴 과정 중 하나의 사건일 뿐이었다. 그 전해부터 신디케이트*들이 점차 직접적인 권력을 빼앗기고 있었고, 노동계급의 지배에서 중앙 권력의 지배 쪽으로 전체적인 흐름이 변하면서 국가자본주의가 대두하는 중이었다. 어쩌면 민간 자본주의가 다시 도입될 가능성도 있었다. 이 무렵에 저항이 있었다는 점이 십중팔구 그 과정을 늦췄을 것이다. 내전이 발발하고 1년 뒤 카탈로니아 노동자들은 갖고 있던 힘을 많이 잃어버렸으나 아직은 비교적 유리한 위치에 있었다. 만약 그들이 어떤 도발 앞에서도 그냥 가만히 있을 것임을 분명히 했다면, 그들의 위치가 훨씬 더 불리해졌을지도 모른다. 전혀 싸우지 않는 것보다는 싸우다가 패배하는 편이 더 이로울 때가 있다.

셋째, 전투의 배경에 목적이 있었다면 무엇인가? 그 싸움은 일종의 쿠데타였나, 아니면 혁명 시도였나? 반드시 정부를 무너뜨리는 것이 목표였나? 전투는 미리 타협

---

* 노동조합을 뜻하는 프랑스어 syndicat에서 유래한 말. 아나코생디칼리즘의 맥락에서는 국민국가와 자본주의 기업을 대체한 대안적 사회조직 단위로서 노동조합을 말한다.

된 일이었나?

　나는 모두가 싸움을 예상했다는 점만 빼면 미리 타협된 부분이 전혀 없다고 본다. 양편 중 어디에도 확고한 계획을 세운 흔적은 없었다. 무정부주의 세력의 행동은 평범한 조직원들이 주로 나선 것으로 보아 자연 발생적이었음이 거의 확실하다. 정치지도자들은 시민들이 먼저 거리로 나선 뒤 마지못해 따라 나오거나 아예 나오지 않았다. 혁명에 대한 **말**을 조금이라도 꺼낸 집단은 FAI 내부의 소수 극단주의 그룹인 두루티의 친구들과 POUM뿐이었다. 그러나 그들 역시 누군가의 뒤를 따르는 쪽이었지, 앞에서 이끄는 쪽은 아니었다. 두루티의 친구들이 혁명 관련 전단지를 배포한 것은 사실이지만, 그것도 5월 5일에야 이루어진 일이므로 이미 이틀 전에 그 나름의 이유로 시작된 전투의 원인이었다고 할 수는 없다. CNT의 공식적인 지도자들은 처음부터 전투에서 발을 뺐다. 여기에는 여러 가지 이유가 있는데, 먼저 CNT가 여전히 정부에 지분을 갖고 있었고, 제네랄리다드 때문에 CNT 지도자들은 조합원들에 비해 더 보수적일 수밖에 없었다. 둘째, CNT 지도자들의 가장 중요한 목표는 UGT와 동맹을 맺는 것인데, 전투는 CNT와 UGT 사이의 틈을 더욱 벌려놓을 뿐이었다. 어쨌든 한동안은 그럴 터였다. 셋째, (당시에는 널리 알려지지 않았지만) 무정부주의 지도자들은 상황이 어떤 선을 넘어서 노동자들이 5월 5일에 언뜻 가능성이 보였던 것처럼 실제로 도시를 손에 넣는다면, 외세가 개입할 것이라고 걱정했다. 영국 순양함 한 척과 구축함 두 척이 이미 항구로 다가온 적이 있었고, 멀지 않은 곳에 틀림없이 전함들이 더 있을 터였다. 영국 신문들은 이 군함들이 "영국의 국익을 보호하기 위해" 바르셀로나로 향하는 중이라고 밝혔으나, 사실 그들은 그런 움직임을 전혀 보이지 않았다. 다시 말해서 군대를 상륙시키지도 않았고, 피난민을 실어가지도 않았다는 뜻이다. 확신할 수는 없지만, 프랑코에게서 스페인 정부를 구하기 위해 손가락 하나 까딱한 적이 없는 영국 정부가, 스페인 노동계급으로부터 스페인 정부를 구하기 위해 개입할 가능성은 적어도 내재되어 있었던 것 같다.

POUM 지도자들은 당시 상황에서 발을 빼지 않았다. 오히려 바리케이드를 계속 지키라고 당원들을 격려했으며, 심지어 두루티의 친구들이 만든 극단주의 전단지까지 승인해주었다(〈라 바타야〉 5월 6일 자). (이 전단에 대해서는 불확실한 부분이 많다. 현재 이 전단을 갖고 있는 사람은 전혀 없는 듯하다. 일부 해외 신문들은 이 전단과 관련해서 "선동적인 포스터"가 시내 전역에 "도배"되었다고 묘사했다. 그러나 그런 포스터는 없었다. 여러 보도를 비교해본 결과 이 전단은 (1) 혁명평의회 (훈타) 구성, (2) 전화국 공격의 책임자 총살, (3) 강습경비대 무장 해제들 요구한 것 같다. 〈라 비타야〉가 그 선전물에 어느 정도까지 동의를 표했는지도 불확실하다. 나는 그 전단도, 그 날짜의 〈라 바타야〉도 보지 못했다. 전투 기간에 내가 본 전단지는 5월 4일에 아주 소규모의 트로츠키주의 집단(볼셰비키-레닌주의자)이 발행한 것뿐이다. 이 전단지에 적힌 말은 "모두 바리케이드로-군수산업을 제외한 모든 산업의 총파업"이 전부였다. 다시 말해서, 이 전단지는 당시 이미 벌어지고 있던 일을 요구한 것에 불과하다.) 그러나 현실 앞에서 POUM 지도자들은 머뭇거리는 태도를 보여주었다. 그들은 전쟁에서 프랑코에게 승리를 거두기 전에는 결코 봉기에 찬성할 수 없다고 주장했으나, 노동자들은 이미 거리에 나와 있었다. POUM 지도자들은 노동자들이 거리에 나오면 그들과 함께하는 것이 혁명 정당의 의무라는, 다소 현학적인 마르크스주의 노선을 채택했다. 따라서 그들은 '7월 19일 정신의 재각성' 같은 혁명 구호를 외치면서도 노동자들의 행동을 방어에만 국한시키려고 최선을 다했다. 예를 들어, 그들은 건물을 공격하라는 명령을 내린 적이 없다. 당원들에게 경계를 늦추지 말라고 명령했을 뿐이다. 내가 9장에서 언급했듯이, 가능한 한 발포하지 말라는 명령도 있었다. 〈라 바타야〉 역시 어떤 부대도 전선을 떠나면 안 된다는 지시를 발표했다.* 추정을 해보자면,

---

* 〈인프레코르〉(제3인터내셔널의 간행물 — 옮긴이) 최근호에는 정확히 반대의 내용이 실려 있다. 〈라 바타야〉가 POUM 부대에게 전선을 떠나라고 명령했다는 것이다! 언급된 날짜의 〈라 바타야〉를 참조하면 이 문제는 쉽게 해결될 수 있다. (원주)

모두에게 바리케이드를 지키라고 촉구한 것이 POUM의 책임인 듯하다. 일부 부대에게 그들이 생각했던 것보다 더 오랜 시간 바리케이드를 지키게 설득한 책임도 있는 것 같다. 당시 POUM 지도자들과 개인적으로 연락하던 사람들(나는 아니었다)이 내게 해준 이야기에 따르면, 그들은 사실 상황 전개에 당황하고 있었으나 참가하는 수밖에 없다고 생각했다고 한다. 물론 평소처럼 나중에 여기서 정치적 자산을 뽑아내기는 했다. POUM 지도자 중 한 명인 고르킨은 심지어 나중에 "5월의 그 찬란한 시기"라는 말을 하기도 했다. 선전이라는 관점에서 보면, 아마 딱 알맞은 말이었을 것이다. 확실히 POUM은 탄압당하기 전 짧은 기간 동안 덩치가 조금 커졌다. 전술적인 면에서 보면, 두루티의 친구들이 발행한 전단에 지지를 보낸 것이 판단 착오였을 가능성이 크다. 아주 작은 조직인 두루티의 친구들은 원래 POUM에 적대적이었다. 전체적으로 들뜬 분위기와 당시 양편에서 오가던 말을 생각하면, 그 전단은 사실상 "바리케이드를 지켜라"라고 말하는 것과 크게 다르지 않았으나, 무정부주의 신문인 〈솔리다리다드 오브레라〉가 이 전단을 거부할 때 오히려 지지를 보낸 POUM 지도자들로 인해 공산주의 언론이 나중에 바르셀로나 전투는 순전히 POUM이 기획한 일종의 봉기였다고 말하기가 쉬워졌다. 그러나 공산주의 언론은 어떤 상황에서도 결국 이 말을 했을 것이라고 봐도 좋을 것이다. 전투 이전과 이후에 훨씬 더 적은 증거를 근거로 쏟아진 비난에 비하면 이런 말은 아무것도 아니었다. CNT 지도자들은 좀 더 조심스러운 태도를 보였으나 아무것도 얻지 못했다. 충성스럽다는 찬사를 받기는 했어도, 기회가 생기자마자 정부와 제네랄리다드에서 모두 밀려나고 말았다.

당시 사람들이 하던 말을 기준으로 판단해보면, 진정한 혁명적 의도는 누구에게도 없었다. 바리케이드를 지키던 사람들은 CNT 소속의 평범한 노동자였다. UGT 노동자들이 그들 사이에 조금씩 섞여 있었을 가능성도 높다. 그들의 의도는 정부를 무너뜨리는 것이 아니라, 자기들이 보기에 경찰에 의한 공격이라고 생각되는 것에 저항하는 것이었다. 기본적으로 방어를 위한 행동이었다는 뜻이다. 거의 모든 외국 신문의 묘사처럼, 그것을 '봉기'라고 말하면 안 될 것 같다. 봉기라는 말에는 공격적인 행동과 확실한 계획이 내포되어 있다. 좀 더 정확히 말하자면 당시 상황은 폭동이었다. 양편 모두 무기를 손에 쥐고 있었고 그것을 기꺼이 사용할 태세였기 때문에 아주 유혈이 낭자한 폭동이 되었다.

그렇다면 반대편의 의도는 어땠을까? 무정부주의 세력의 쿠데타가 아니라면, 혹시 공산주의 세력의 쿠데타, 즉 CNT의 권력을 단박에 분쇄해버리려는 계획된 행동이었을까?

그랬을 것 같지 않다. 비록 그런 의심을 갖게 만드는

요소들이 있기는 하지만. 이틀 뒤 타라고나에서 아주 비슷한 일(바르셀로나의 지시를 받은 무장경찰이 전화국을 장악한 것)이 일어났다는 사실이 의미심장하다. 바르셀로나에서도 전화국 습격은 단발성 사건이 아니었다. 시내 여러 곳에서 그 지역 강습경비대 무리와 PSUC 지지자들이 선략적인 위치의 건물들을 장악했다. 실제로 전투가 벌어지기 전에 이루어진 일은 아니라 해도, 놀라울 정도로 민첩한 행동이었던 것은 분명하다. 그러나 이런 일이 벌어진 곳이 영국이 아니라 스페인임을 반드시 명심해야 한다. 바르셀로나는 오랜 시가전의 역사를 지닌 도시다. 그런 곳에서는 상황이 신속히 전개되고, 당파가 이미 만들어져 있으며, 모두가 그곳의 지리를 잘 알고 있다. 그래서 총성이 울리기 시작하면 사람들은 마치 화재 대피 훈련을 하듯이 자신의 자리를 찾아간다. 전화국 습격의 책임자들은 아마 문제를 미리 예상하고(비록 그렇게까지 규모가 커질 줄은 몰랐을 테지만) 대응할 준비가 되어 있었을 것이다. 그렇다고 해서 그들이 CNT에 대한 총공격을 계획했다고 단정할 수는 없다. 양편 모두 대규모 전투를 준비하지 않았을 것이라고 내가 판단하는 이유는 두 가지다.

(1) 양편 모두 미리 바르셀로나로 부대를 불러오지 않았다. 전투는 이미 바르셀로나에 있던 사람들, 즉 주로 민간인과 경찰 사이에서 벌어졌다.

(2) 식량 부족 현상이 거의 즉시 나타났다. 스페인에

서 복무했던 사람이라면, 전쟁 중에 스페인 사람들이 정말로 잘 수행하는 작전 중에 군대의 식량 보급이 포함된다는 사실을 잘 안다. 만약 양편 중 한 곳이라도 1~2주 동안의 시가전과 총파업을 생각했다면, 미리 식량을 비축해두지 않았을 리가 없다.

마지막으로 누가 옳고 누가 그른지를 살펴보자.

해외의 반파시스트 매체들이 엄청나게 호들갑을 떨어댔지만, 평소와 마찬가지로 한쪽의 주장만이 사람들의 귀에 도달할 수 있었다. 그 결과 바르셀로나 전투는 의리 없는 무정부주의 세력과 트로츠키주의자들이 "스페인 정부의 등을 찌른" 봉기 등등으로 표현되었다. 그러나 문제는 그렇게 간단하지 않았다. 무시무시한 적과 전쟁 중일 때는 당연히 내분을 벌이지 않는 편이 좋다. 그러나 손뼉도 마주쳐야 소리가 나는 법이고, 사람들이 도발로 여겨지는 일을 당하지 않고서야 바리케이드를 세울 리가 없다.

문제의 근원은 당연히 무정부주의 세력에게 무기를 내놓으라고 지시한 정부였다. 영국 언론은 이것을 영국식으로 해석해서 다음과 같이 보도했다. 아라곤 전선에 무기가 너무나 부족한데, 애국심이라고는 전혀 없는 무정부주의 세력이 무기를 손에 쥐고 있어서 전선으로 무기를 보낼 수 없다고. 이건 당시 스페인의 실제 상황을 무시한 해석이다. 무정부주의 세력과 PSUC가 모두 무기를 손에 쥐고 내놓지 않는다는 사실은 모르는 사람이 없었다. 바르셀로나에서 전투가 시작되었을 때, 이 사실은 더욱더 명확해졌다. 양편 모두 대량의 무기를 꺼내 들었기 때문이다. 무정부주의 세력은 설사 자기들이 무기를 내놓는다 해도, 카탈로니아의 가장 큰 정치세력인 PSUC는 계속 무기를 쥐고 있을 것임을 잘 알고 있었다. 그리고 전투가 끝난 뒤 실제로 이런 상황이 벌어졌다. 그동안 거리에서는 전선에 보내면 몹시 환영받을 텐데, 후방의 '비정치적' 경찰 부대를 위해 보관 중이던 무기들이 대량으로 눈에 띄었다. 이런 현상의 저변에는 도저히 섞일 수 없는 공산주의자와 무정부주의자의 의견 차이가 있었다. 두 세력은 결국 조만간 분쟁을 일으킬 수밖에 없는 처지였다. 내전이 시작된 이후로 스페인 공산당은 규모가 엄청나게 커져서 정치권력을 대부분 손에 쥐었다. 또한 외국에서 스페인으로 들어온 수천 명의 공산주의자 중에는 프랑코를 상대로 전쟁에서 승리를 거두자마자 무정부주의 세력을 '일소'해버리겠다는 뜻을 공공연하게 밝히는 사람이 많았다. 이런 상황에서 무정부주의 세력이 1936년 여름에 손에 넣은 무기를 넘길 것이라고는 기대하기 어려웠다.

전화국 장악은 이미 존재하던 폭탄에 불을 붙인 성냥에 지나지 않았다. 어쩌면 그 일의 책임자들은 그것이 큰 문제로 이어지지 않을 것이라고 상상했는지도 모른다. 그로부터 며칠 전 카딜로니아의 콤피니스 대통령이 웃음을 터뜨리며 무정부주의자들은 무슨 일이든 견딜 것이라고 단언했다고 한다.* 그러나 그것은 확실히 현명한 행동이 아니었다. 몇 달 전부터 공산주의 세력과 무정부주의 세력은 스페인의 여러 지역에서 연달아 무장 충돌을 일으켰다. 카탈로니아, 특히 바르셀로나에서는 긴장 속에서 이미 거리 싸움, 암살 등이 벌어지기도 했다. 그런데 노동자들이 7월 싸움에서 손에 넣어 감정적으로 커다란 중요성을 부여한 건물들을 무장한 사람들이 공격하고 있다는 소식이 갑자기 시내를 돌아다녔다. 시민경비대가 노동계급에게 사랑받지 못하는 존재였음을 명심해야 한다. 여러 세대 전부터 '경비대'는 지주와 높은 사람의 부속물에 불과했다. 더구나 시민경비대는 파시스트를 대하는 태도가 심히 수상쩍다는 이유로(상당히 올바른 의심이었다) 더욱더 미움을 받았다.** 싸움이 벌어진 처음 몇 시간 동안 거리로 나온 사람들의 감정이 내전 초기 반란군 장군들에 대한 저항을 이끌어낸 감정과 거의 같았다고 봐도 될 듯하다. 물론 CNT 노동자들이 반발 없이 전화국을 넘겨줬어야 한다고 주장할 수도 있다. 여기서 사람들의 의견을 좌우하는 것은 중앙집권 정부와 노동자 지배에 관한 각자의 태도일 것이

---

* 《뉴 스테이츠먼》, 5월 14일 자(원주)

** 내전이 처음 발발했을 때 시민경비대는 어디서나 강한 편에 붙었다. 나중에는, 예를 들어 산탄데르에서처럼, 지역 시민경비대가 통째로 파시스트 쪽으로 넘어가는 일도 여러 차례 있었다.

다. 어쩌면 다음과 같은 말이 좀 더 적절할지도 모른다. "그래, CNT의 주장에 일리가 있었을 가능성이 아주 높지. 하지만 어쨌든 전쟁 중이었으니, 후방에서 싸움을 시작하면 안 되는 거였어." 나는 이 말에 전적으로 동의한다. 종류를 막론하고 내분은 십중팔구 프랑코에게 이로웠다. 하지만 현실적으로 그 전투를 촉발한 요인이 무엇인가? 전화국을 장악할 권리가 정부에 있었을 수도 있고 아닐 수도 있다. 중요한 것은 당시 상황에서는 그런 행동이 싸움으로 이어질 수밖에 없었다는 점이다. 그 도발적인 행동에 깃든 뜻은 아마 이런 것이었을 것이다. "너희의 위세는 끝났어. 이제부터는 우리가 접수한다." 이런 순간에 저항이 아닌 다른 반응을 기대하는 것은 상식에 어긋난다. 공정성을 염두에 둔다면, 잘못이 어느 한쪽에만 전적으로 있지 않다는 (사실 이런 문제에서는 그렇게 될 수가 없다) 점을 반드시 알아야 한다. 그런데도 일방적인 설명이 받아들여진 것은 순전히 스페인의 혁명 세력이 해외 언론에 전혀 발판을 확보하지 못했기 때문이다. 특히 영국에서는 내전 기간에 발행된 신문을 한참 뒤져야 비로소 스페인 무정부주의 세력에 대한 우호적인 언급을 하나라도 찾아낼 수 있다. 무정부주의 세력은 체계적으로 모욕당했다. 그들을 옹호하는 글을 매체에 싣는 것은 거의 불가능하다는 사실을 나는 직접 경험해서 알고 있다.

확실히 이런 문제에는 완전히 객관적인 태도를 취할

수 있는 사람이 없지만, 그래도 나는 바르셀로나 전투에 대해 객관적인 글을 쓰려고 노력했다. 사람은 사실 어느 한쪽 편을 들 수밖에 없기 마련이라, 내가 어느 쪽 편인지는 이제 모두 분명히 알고 있을 것이다. 다시 말하지만 여기뿐만 아니라 이 책의 다른 곳에서도 내가 사실을 착각한 부분들이 반드시 있을 것이다. 스페인 내전에 대해 정확한 글을 쓰기란 몹시 어렵다. 선전물이 아닌 기록이 별로 없기 때문이다. 그러므로 내가 어느 쪽으로 치우쳐 있는지를 여러분에게 미리 알리고, 내 실수의 가능성 또한 알리고자 한다. 그래도 나는 정직해지려고 최선을 다했다. 내가 적은 이야기가 외국 언론, 특히 공산주의 언론의 설명과 완전히 다르게 보일 것이다. 공산주의 세력의 설명이 전 세계 언론에 실렸고 그 뒤로 자주 보충 설명이 나왔으며, 지금도 가장 널리 받아들여지는 듯하니 그들의 이야기를 살펴볼 필요가 있다.

공산주의 매체와 친공산주의 매체는 바르셀로나 전투를 전적으로 POUM 탓으로 돌렸다. 전투가 자연 발생적인 사건이 아니라, POUM이 잘못된 의견을 주입받은 '통제할 수 없는 자들'의 도움으로 정부에 맞서기 위해 미리 계획한 반란이라는 것이다. 심지어 여기서 그치지 않고, 이 전투가 후방에서 내전을 촉발해 정부를 마비시키려고 파시스트 세력이 내린 지령에 의해 수행된 파시스트의 음모가 확실하다는 말도 나왔다. POUM이 '프랑코의 제5열',

즉 파시스트 세력과 결탁한 '트로츠키주의' 조직이라는 얘기였다. 〈데일리 워커〉(5월 11일 자)는 다음과 같이 주장했다.

악명 높은 '제4인터내셔널 회의'를 '준비'한다는 표면적인 이유로 바르셀로나로 쏟아져 들어온 독일과 이탈리아 공작원들에게는 다음과 같은 커다란 임무가 있었다.

지역 트로츠키주의자들과 협조하여 무질서와 유혈 사태를 일으킬 준비를 할 것. 그런 사태가 벌어지면 독일과 이탈리아가 "바르셀로나에 만연한 무질서 상태 때문에 카탈로니아 해안에서 해군 통제력을 효과적으로 발휘할 수 없다"면서, 따라서 "바르셀로나에 병력을 상륙시키는 것 외에 다른 도리가 없다"고 선언하는 것이 가능했다.

다시 말해서 그들은 독일과 이탈리아 정부가 카탈로니아 해안에 육군이나 해병대를 아주 공개적으로 상륙시키면서 이것이 "질서를 유지하려는" 조치라고 단언할 수 있는 상황을 준비 중이었다. (…)

이런 목적을 위한 도구는 트로츠키주의 조직인 POUM이라는 형태로 독일과 이탈리아 공작원들이 언제든 사용할 수 있게 준비되어 있었다.

POUM은 잘 알려진 범죄자들 및 망상에 물든 일부 무정부주의 조직원들과 협조해서 빌바오 공격 등등과 정확히 시가을 맞춰 후방 공격을 계획하고, 조직하고, 이끌었다.

이 기사의 후반부에서 바르셀로나 전투는 'POUM 공격'으로 바뀐다. 같은 신문 같은 호의 다른 기사는 "카탈로니아 유혈 사태의 책임을 반드시 POUM에 물어야 한다는 점에는 의심의 여지가 없다"고 주장한다. 〈인프레코르〉(5월 29일 자)는 바르셀로나에서 바리케이드를 세운 사람은 "이런 목적으로 조직된 POUM 당원들뿐"이었다고 단언한다.

이 외에도 아주 많은 기사를 인용할 수 있지만, 이것만으로도 그들의 주장을 분명히 알 수 있을 것이다. 모든 책임이 POUM에게 있고, POUM은 파시스트 세력의 지령을 받아 움직였다는 것. 아래에 곧 공산주의 언론에 실린 기사들을 더 발췌해서 제시할 텐데, 그것을 보면 그들의 주장이 워낙 자기모순적이어서 아무런 가치가 없다는 점을 알게 될 것이다. 하지만 그 전에 5월 전투를 POUM이 기획한 파시스트 반란으로 보는 이런 주장에 거의 신빙성이 없는 **연역적인** 이유 몇 개를 지적해둘 필요가 있다.

(1) POUM의 규모나 영향력으로는 이 정도 규모의 무질서 상태를 유발할 수 없었다. 총파업을 요구할 수 있는 힘은 더욱더 없었다. POUM은 노조에 확실한 발판이 별로 없는 정치조직이었으므로, 바르셀로나 전역에서 파업을 일으키기에는 역부족이었다. 예를 들어, 영국 공산당이 글라스고 전역에서 총파업을 일으키기 힘든 것과 비슷하다. 앞에서 말했듯이, POUM 지도자들의 태도가 전투

를 어느 정도 길게 끄는 데에는 일조했을지 몰라도, 애당초 이 전투를 촉발할 힘은 그들에게 없었다. 설사 그들이 원했다 해도 불가능한 일이었다.

(2) 파시스트 세력의 음모라는 주장의 근거는 빈약한 단언뿐이다. 모든 증거는 다른 방향을 가리키고 있다. 공산주의 언론은 독일과 이탈리아 정부가 카탈로니아에 군대를 상륙시키려는 계획을 세웠다고 말한다. 하지만 당시 독일이나 이탈리아의 수송선이 해안에 접근한 적은 없었다. '제4인터내셔널 회의'와 '독일 및 이탈리아의 공작원들'에 관한 주장은 순전히 허구다. 내가 아는 한, 제4인터내셔널 회의라는 말은 아예 나온 적이 없었다. POUM과 형제당들(영국 ILP, 독일 SAP 등)의 회의가 막연히 계획되기는 했다. 두 달 뒤인 7월로 대략 시기를 잡아두었으나, 어느 곳에서도 아직 대표단이 도착하지 않았다. '독일 및 이탈리아의 공작원들'은 〈데일리 워커〉의 지면에만 존재했다. 당시 국경을 넘어본 사람이라면, 스페인으로 '쏟아져' 들어오는 것은 물론이고 심지어 나가는 것도 그리 쉽지 않았음을 알 것이다.

(3) POUM의 가장 중요한 본거지인 레리다에서도 전선에서도 아무 일이 없었다. 만약 POUM 지도자들이 파시스트 세력을 돕고 싶었다면, 소속 의용군에게 전선을 이탈해 파시스트 병력을 통과시키라고 명령했어야 마땅하다. 그러나 그런 일은 실행된 적도, 제안된 적도 없다. 미리 병

력을 전선에서 빼내지도 않았다. 갖가지 구실로 1천~2천 명의 병력을 바르셀로나로 몰래 빼내는 일이 어렵지 않았을 텐데. 또한 전선에서 간접적인 방해 공작도 시도된 적이 없었다. 식량, 탄약 등은 평소와 똑같이 계속 운송되었다. 내가 나중에 조사를 통해 확인한 사실이다. 게다가 이런 종류의 봉기를 계획하는 데에는 몇 달에 걸친 준비 작업과 의용군을 상대로 한 선전 등이 필요했을 텐데 이런 조짐도 소문도 눈에 띄지 않았다. 전선의 의용군이 '반란'에서 아무런 역할도 하지 않았다는 사실을 결정적인 증거로 받아들이면 될 것 같다. 만약 POUM이 정말로 쿠데타를 계획했다면, 자기들의 유일한 무력인 1만 명가량의 무장병력을 사용하지 않았을 리가 없다.

그렇다면 바르셀로나 전투가 POUM이 파시스트 세력의 지령으로 일으킨 '반란'이라는 공산주의 세력의 주장에는 아무런 근거가 없다. 이제부터 공산주의 매체의 기사 발췌문을 몇 개 더 제시하겠다. 전투의 개시를 알린 첫 사건인 전화국 습격에 대한 기사들이 의미심장하다. 상대편에게 사태의 탓을 돌리는 것 외에는 일치하는 내용이 전혀 없다는 점이 그렇다. 영국의 공산주의 신문들이 처음에 무정부주의 세력을 탓하다가 나중에야 POUM을 탓한다는 점이 특히 눈에 띈다. 여기에는 상당히 명백한 이유가 있다. '트로츠키주의'라는 말은 영국인 누구나가 들어본 단어가 아니지만, '무정부주의자'라는 말에는 영어를 쓰는 사람이라면 누구나 몸을 부르르 떤다. 일단 '무정부주의자들'의 탓이라고 널리 알리고 나면, 선입견이 제대로 만들어진다. 그러면 '트로츠키주의자들'에게 무사히 비난을 돌릴 수 있다. 〈데일리 워커〉(5월 6일 자)의 기사는 다음과 같이 시작된다.

> 무정부주의 소수집단이 월요일과 화요일에 전화와 전신 건물들을 장악하려 시도하면서 시가지에서 총을 쏘기 시작했다.

처음부터 서로의 역할을 뒤바꾸는 방법만 한 것은 없다. CNT가 장악한 건물을 지역 강습경비대가 공격한 것인데, 마치 CNT가 자신의 건물을 공격한 것처럼 돼 있다. 한편 5월 11일 자 〈데일리 워커〉는 다음과 같이 주장한다.

> 카탈로니아의 좌파 치안장관 아이구아데와 사회주의연합 공공질서 정치위원장 로드리케 살라스가 공화파 무장경찰을 텔레포니카 건물*로 보내, CNT 노조 소속이 대부분인 직원들의 무장해제를 시도했다.

이 문장은 첫 번째 인용문의 내용과 별로 일치하지

---

* 전화국 건물

않는 것 같다. 그런데도 〈데일리 워커〉의 기사에는 첫 번째 인용문의 내용이 틀렸다고 인정하는 부분이 전혀 들어 있지 않다. 5월 11일 자 〈데일리 워커〉는 두루티의 친구들이 만들고 CNT가 관련성을 부정한 전단이 전투 도중인 5월 4일과 5일에 등장했다고 말한다. 그러나 〈인프레코르〉(5월 22일 자)에 따르면, 그 전단이 등장한 것은 전투 **이전**인 5월 3일이다. 〈인프레코르〉는 "이런 사실들을 감안할 때"(다양한 선전물이 등장한 것을 말한다)라는 전제하에 다음과 같이 덧붙인다.

경찰국장이 직접 이끄는 경찰 병력이 5월 3일 오후에 중앙전화국을 점령했다. 임무를 수행하던 경찰들이 총에 맞았는데, 이것은 선동세력에게 시내 전역에서 멋대로 총격을 시작하라고 알리는 신호였다.

〈인프레코르〉 5월 29일 자에는 다음과 같은 기사가 실렸다.

오후 3시에 치안 정치위원인 살라스 동지가 전화국으로 갔다. 어젯밤부터 POUM 당원 오십 명과 통제할 수 없는 다양한 자들이 그곳을 점령하고 있었다.

이건 좀 이상하다. POUM 당원 오십 명이 전화국을

점령한 사건은 구경거리가 될 만하니, 그 일을 실시간으로 알아차린 사람이 있을 법하다. 그런데 3~4주 뒤에나 그 일이 알려진 것처럼 보인다. 다른 날짜의 〈인프레코르〉에서는 POUM 당원 오십 명이 POUM 의용군 오십 명으로 둔갑했다. 이 짧은 인용문들 속에 이보다 더 많은 모순을 몰아넣기도 힘들 것 같다. 언제는 CNT가 전화국을 공격한다더니, 또 언제는 그들이 전화국에서 공격받고 있다고 한다. 전화국이 점령당하기 전에 나온 전단이 그 사건의 원인이라는 기사가 있는가 하면, 전단이 그 사건의 결과물로 나중에 나왔다는 기사도 있다. 전화국 안에 있던 사람들도 CNT 조합원이었다가 POUM 당원이었다가 한다. 이보다 더 나중에 발행된 〈데일리 워커〉(6월 3일 자)에서는 J. R. 캠벨 씨가 말하길 정부가 전화국을 장악한 것은 순전히 바리케이드가 이미 세워져 있었기 때문이라고 한다!

지면의 문제로 여기서는 전화국 장악이라는 한 사건에 대한 보도만 인용했다. 그러나 공산주의 매체에서는 모든 기사에서 똑같은 모순이 나타난다. 게다가 어떻게 봐도 완전한 날조임이 분명한 구절들도 여럿 있다. 〈데일리 워커〉(5월 7일 자)가 파리의 스페인 대사관 발표라며 인용한 다음의 구절이 한 예다.

> 빈민에서 의미심장한 특징 중 하나는 바르셀로나의 여러 주택 발코니에서 과거 군주제 지지자들의 깃발이 휘날렸다는

점이다. 반란에 참여한 사람들이 상황의 주인이 되었다고 믿었음이 분명하다.

〈데일리 워커〉는 이 말을 정말로 믿고 인용했을 가능성이 높지만, 스페인 대사관에서 이 발표를 한 사람들은 고의로 거짓말을 했음이 분명하다. 스페인인이라면 누구나 내부 상황을 이보다 더 잘 이해하고 있었을 것이다. 바르셀로나에서 군주제 지지자들의 깃발이라니! 이것은 서로 전쟁 중인 당파들을 일거에 연합시킬 수 있는 요소였다. 심지어 공산주의자들도 이 기사를 읽고 현장에서 빙긋웃을 수밖에 없었다. '반란' 중에 POUM이 사용했다는 무기에 관한 여러 공산주의 신문들의 보도도 마찬가지다. 당시 상황을 전혀 모르는 사람만이 이 기사들을 믿을 것이다. 5월 17일 자〈데일리 워커〉에서 프랭크 핏케언 씨는 다음과 같이 말한다.

그 소요 사태 때 그들은 실제로 온갖 종류의 무기를 사용했다. 여러 달 전부터 그들이 훔쳐서 숨겨둔 무기도 있었고, 탱크 같은 무기도 있었다. 반란이 시작되자마자 그들이 막사에서 훔친 것이다. 수십 자루의 기관총과 수천 자루의 라이플이 아직도 그들의 수중에 있음이 분명하다.

〈인프레코르〉(5월 29일 자)도 다음과 같이 주장한다.

5월 3일에 POUM은 수십 자루의 기관총과 수천 자루의 라이플을 마음대로 사용할 수 있었다. (…) 에스파냐 광장에서 트로츠키주의자들은 원래 아라곤 전선으로 가야 했으나 의용군이 자기들 영내에 공들여 숨겨두었던 75밀리미터 포를 동원했다.

핏케언 씨는 POUM이 수십 자루의 기관총과 수천 자루의 라이플을 갖고 있다는 사실이 언제 어떻게 명백해졌는지 말하지 않는다. 나는 POUM의 주요 건물 세 곳에 있던 무기의 수량을 추측해보았다. 라이플 약 80자루, 수류탄 몇 개. 기관총은 없었다. 즉, 당시 모든 당파가 자기네 건물에 배치해둔 무장경비대에 알맞은 양이었다는 뜻이다. 나중에 POUM이 탄압당하면서 그들 소유의 건물이 모두 점령되었을 때 이 수천 점의 무기가 전혀 드러나지 않은 것이 이상하다. 특히 탱크와 야포는 굴뚝 같은 곳에 숨길 수 있는 물건이 아니다. 위의 두 인용문에 분명히 드러나 있는 것은 해당 지역의 상황에 대한 전적인 무지다. 핏케언 씨에 따르면, POUM은 '막사에서' 탱크를 훔쳤다. 어떤 막사인지는 말하지 않는다. 당시 바르셀로나의 POUM 의용군(당의 의용군 직접 모집이 중단되었으므로, 이제는 그 수가 상대적으로 적은 편이었다)은 상당히 많은 수의 인민군 부대와 레닌 막사를 함께 썼다. 따라서 핏케언 씨는 POUM이 탱크를 훔치는 것을 인민군이 묵과했다고 주장하는 셈이다. 75밀리미터 포를 숨겨두었다는 '영내'도 마찬가지다. 이 '영내'가 어디인지는 전혀 언급되어 있지 않다. 에스파냐 광장에서 이 포들이 불을 뿜었다는 보도는 많은 신문에 실려 있으나, 내 생각에는 이런 포가 아예 존재하지 않았다고 자신 있게 말해도 될 것 같다. 앞에서 언급했듯이, 나는 에스파냐 광장에서 겨우 1마일쯤 떨어진 곳에 있었는데도 전투 중에 포격 소리를 전혀 듣지 못했다. 며칠 뒤 에스파냐 광장을 조사해보았을 때도 포탄에 맞은 흔적이 있는 건물을 하나도 찾아내지 못했다. 전투 내내 인근에 있었던 한 목격자는 광장에 포가 나타난 적이 없다고 단언했다. (참고로, 포를 훔쳤다는 이야기는 러시아의 안토노프 오프센코 총영사의 입에서 가장 먼저 나왔을 가능성이 있다. 어쨌든 그는 유명한 영국인 기자에게 이런 정보를 전달했는데, 그 기자는 그의 말을 믿고 나중에 주간지 기사에 인용했다. 그 뒤 안토노프 오프센코는 숙청당했다. 이 보도가 그의 신뢰성에 어떻게 영향을 미쳤는지는 잘 모르겠다.) 물론 탱크나 야포 등에 대한 이야기가 만들어진 것은, 순전히 바르셀로나 전투의 규모에 비해 POUM의 규모가 너무 작았기 때문이다. 싸움이 벌어진 것이 전적으로 POUM의 책임이었다고 주장하면서 동시에 POUM이 추종자도 별로 없고 〈인프레코르〉에 따르면 "당원이 고작 몇천 명"인 보잘것없는 당이라고 주장할 필요가 있었다. 이 두 가지 주장을 모두 신빙성 있게 만들려면, POUM이 기계화된 현대적 군대의 무기를 모두 갖고 있었던 것처럼 꾸미는 수밖에 없었다.

공산주의 매체의 보도를 쭉 읽다 보면, 그들이 당시 상황에 대한 대중의 무지를 의식적으로 겨냥했으며, 편견을 부추기는 것만이 유일한 목적이었음을 깨달을 수밖에 없다. 예를 들어 〈데일리 워커〉 5월 11일 자에서 핏케언 씨는 그 '반란'을 인민군이 진압했다고 말한다. 이건 카탈로니아 전체가 '트로츠키주의자들'에 맞서 똘똘 뭉쳤다는 인상을 외부 사람들에게 주기 위한 말이다. 그러나 인민군은 바르셀로나 전투 내내 중립을 지켰다. 바르셀로나 사람들은 모두 이 사실을 알고 있었으니, 핏케언 씨가 몰랐을 것이라고 보기는 어렵다. 공산주의 매체들이 무질서 상태를 더욱 과장하기 위해 사상자 수를 가지고 장난을 친 것도 있다. 스페인 공산당의 총서기장으로 공산주의 매체에 자주 인용되는 인물인 디아스는 사망자 구백 명, 부상자 2천 500명이라는 숫자를 제시했다. 당시 상황을 평가절하할 가능성이 거의 없는 카탈로니아 선전장관은 사망자가 사백 명, 부상자가 1천 명이라고 말했다. 공산당이 이 숫자를 두 배로 부풀린 뒤 아무 이유 없이 몇백을 더한 것이다.

외국의 자본주의 신문들은 대체로 싸움의 책임을 무정부주의 세력에 돌렸으나, 공산주의 매체의 주장을 따르는 곳도 몇 군데 있었다. 그중 하나인 영국 〈뉴스 크로니클〉의 기자 존 랭던 데이비스가 당시 바르셀로나에 있었다. 그의 기사 일부를 아래에 인용한다.

트로츠키주의자의 반란

(…) 이것은 무정부주의자의 반란이 아니었다. '트로츠키주의'를 따르는 POUM의 좌절된 **폭동**이었다. 그들은 통제가 가능한 조직인 '두루티의 친구들'과 '자유주의 청년'을 동원했다. (…) 비극은 월요일 오후, 정부가 전화국으로 무장경찰을 보내 그곳의 노동자들, 주로 CNT 소속인 노동자들의 무장을 해제하려 했을 때 시작되었다. 그들의 심각한 반칙 행위는 얼마 전부터 물의를 일으켰다. 건물 밖의 카탈루냐 광장에 많은 사람이 모여든 가운데, CNT 조합원들은 저항하면서 한 층씩 후퇴해 결국 건물 꼭대기에 이르렀다. (…) 상황은 몹시 불확실했지만, 정부가 무정부주의 세력을 치려고 나섰다는 말이 돌아다녔다. 무장한 사람들이 거리를 가득 채웠다. (…) 밤이 내릴 무렵에는 모든 노동자 센터와 정부 건물에 바리케이드가 세워졌고, 10시에 첫 일제사격이 시작되었으며, 첫 구급차 사이렌 소리가 온 거리를 누비기 시작했다. 동이 틀 무렵에는 바르셀로나 전역에서 총격전이 벌어졌다. (…) 시간이 흐르면서 사망자 수가 백 명 이상으로 불어나는 동안 사람들은 상황을 추측할 수 있게 되었다. 무정부주의 조직인 CNT와 사회주의 조직인 UGT가 엄밀히 말해서 '거리로 나선' 것은 아니었다. 바리케이드 뒤에서 자리를 지키는 한, 그들은 그저 경계하며 대기 중일 뿐이었다. 여기에는 탁 트인 거리에서 무장한 것이 눈에 띄면 무조건 총을 쏠 권리도 포함되었다. (…) 일제사격을

더욱 부추긴 것은 언제나 파코, 즉 혼자 숨어 있는 사람들이었다. 대부분 파시스트인 그들은 옥상에서 이렇다 할 겨냥 없이 총을 쏘았으며, 대중의 두려움을 더욱 부추기기 위해 수단과 방법을 가리지 않았다. (…) 그러나 수요일 저녁이 되자 이 반란의 배후가 누구인지 점차 분명해졌다. 모든 벽에는 당장 혁명에 나서서 공화파와 사회주의 지도자들을 모두 총으로 쏘라고 촉구하는 선동적인 포스터가 나붙었다. '두루티의 친구들'이 서명한 포스터였다. 목요일 아침에 무정부주의 일간신문은 그 포스터에 대해 전혀 모르고 공감하지도 않는다고 주장했지만, POUM의 신문인 〈라 바타야〉에는 그 포스터의 내용이 최고의 찬사와 함께 게재되었다. 스페인 제1의 도시인 바르셀로나가 파괴를 노리는 조직을 이용한 선동 공작원들에 의해 유혈 사태로 빠져들고 있었다.

이 기사는 내가 앞에서 인용한 공산주의 매체들의 주장과 별로 일치하지 않는다. 게다가 기사 자체의 내용도 자기모순적임을 곧 알게 될 것이다. 첫째, 이 기사는 당시 상황을 '트로츠키주의자의 반란'이라고 묘사하고는, 전화국 건물 습격과 정부가 무정부주의 세력을 "치려고 나섰다"는 대중의 믿음이 이런 결과를 낳았다고 말한다. 시내에는 바리케이드가 세워지고, CNT와 UGT가 모두 그 바리케이드를 지킨다. 이들 뒤에는 선동적인 포스터(사실은 전단지)가 등장하고, 이것이 이 모든 일의 시작이었음이 암시된다. 결과가 원인을 앞섰다는 얘기다. 그러나 이 기사에는 심각한 실수가 하나 있다. 랭던 데이비스 기자는 두루티의 친구들과 자유주의 청년이 POUM에서 "통제가 가능한 조직"이라고 말한다. 그러나 둘 다 무정부주의 조직이긴 하지만, POUM과는 아무런 관계가 없었다. 자유주의 청년은 무정부주의 세력의 청년연맹으로, PSUC의 JSU에 해당한다. 두루티의 친구들은 FAI 내의 작은 조직이었으며, 전체적으로 POUM에 지독히 적대적이었다. 내가 조사한 바에 따르면, 이 두 조직에 모두 가입한 사람은 한 명도 없었다. 이 기사의 내용은 사회주의 연맹이 영국 자유당에서 "통제가 가능한 조직"이라고 말하는 것과 같다. 랭던 데이비스 기자는 이 사실을 몰랐을까? 그랬다면, 그는 이렇게 복잡한 주제를 다루면서 더 주의를 기울여야 했다.

랭던 데이비스 기자가 양심이 없었다고 공격하는 것이 아니다. 그러나 그는 전투가 끝나자마자 바르셀로나를 떠났다고 인정했다. 즉, 진지한 취재를 시작할 수 있게 된 순간에 그곳을 떠났다는 뜻이다. 그가 '트로츠키주의자들의 반란'이라는 공식적인 주장을 충분한 확인 없이 받아들였음이 기사 전체에 분명히 드러나 있다. 내가 앞에서 인용한 발췌문만 봐도 충분하다. "밤이 내릴 무렵" 바리케이드들이 세워졌고, "10시"에 첫 일제사격이 시작되었다. 이것은 목격자의 증언이 아니다. 이런 주장을 보면, 적이 바리케이드를 세울 때까지 기다렸다가 사격을 시작하는 일이 보통인 것 같다. 마치 바리케이드를 세운 때부터 첫 일제사격이 시작될 때까지 몇 시간 정도 시간이 흐른 것 같은 인상을 주지만, 당연히 사실은 반대였다. 나를 포함한 많은 사람이 오후 일찍 첫 일제사격을 목격했다. 또한 혼자 숨어 있는 사람들, '대부분 파시스트'인 그들이 옥상에서 총을 쏘았다는 말도 나온다. 랭던 데이비스 씨는 그들이 파시스트라는 사실을 어떻게 알았는지 설명하지 않는다. 설마 그가 옥상으로 직접 올라가 그들에게 물어보지는 않았을 것이다. 그저 누군가에게서 들은 말을 그대로 옮겼을 뿐인데, 그것이 공식적인 설명과 잘 맞아떨어지기 때문에 그는 의문을 제기하지 않는다. 사실 기사 첫머리에서 그가 부주의하게 언급한 선전장관이 그에게 대부분의 정보를 제공했을 가능성이 크다. 스페인에 와 있던 외국인 기자들은 오로지 선전장관에게 매달릴 수밖에 없었으나, 이 선전부라는 이름만으로도 경계심을 품기에 충분하다. 선전장관이 바르셀로나 분쟁에 대해 객관적인 설명을 내놓을 가능성은 (예를 들어) 고故 카슨 경*이 1916년 더블린 봉기에 대해 객관적인 설명을 내놓을 가능성과 비슷하다.

바르셀로나 전투에 대한 공산주의 세력의 설명을 진

---

* 영국과 아일랜드의 통합을 지지한 아일랜드 출신 정치인

지하게 받아들이면 안 된다고 생각하는 이유를 지금까지 제시했다. 여기에 덧붙여, POUM이 프랑코와 히틀러에게 고용된 비밀 파시스트 조직이었다는 비난에 대해서도 한 마디해야 할 것 같다.

이 비난은 특히 1937년 초부터 줄곧 공산주의 매체에서 몇 번이고 되풀이되었다. '트로츠키주의'에 맞서 공산당이 전 세계에서 추진한 작업의 일환이었는데, POUM은 스페인에서 트로츠키주의를 대표하는 조직으로 여겨졌다. 〈프렌테 로호〉(발렌시아의 공산주의 신문)에 따르면, '트로츠키주의'는 "정치적 주의가 아니다. 트로츠키주의는 공식적인 자본주의 조직이며, 인민을 대상으로 한 범죄와 파괴 공작에 몰두한 파시스트 테러 집단이다". 그들은 POUM이 파시스트 및 "프랑코의 제5열" 중 일부와 연대한 "트로츠키주의" 조직이라고 주장했다. 그러나 이런 비난을 뒷받침하는 증거가 전혀 제시되지 않는다는 점이 처음부터 눈에 띄었다. 그저 권위적인 목소리로 자신의 주장이 옳다고 단언할 뿐이다. 이런 공격에는 최고의 인신공격이 동원되었으며, 이것이 혹시 내전에 미칠 수도 있는 영향에 대해서는 철저히 무책임한 태도를 유지했다. 공산주의 매체에 글을 쓴 사람 중에는, POUM을 중상모략하는 작업에 비하면 군사기밀이 본의 아니게 노출되는 일쯤은 중요하지 않다고 생각하는 이가 많았던 것 같다. 예를 들어, 〈데일리 워커〉는 전선에 나가 있는 POUM의 부대가 그들이 곁으로 말하는 규모의 절반밖에 되지 않는다고 밝힌 글(필자는 위니프리드 베이츠)을 2월에 그대로 실었다. 이 주장은 사실이 아니었지만, 필자는 사실이라고 믿은 듯하다. 따라서 그녀와 〈데일리 워커〉가 신문 칼럼을 통해 밝힐 수 있는 정보 중에서는 가장 중요하다고 볼 수 있는 이 정보가 적의 손에 넘어가는 데 전혀 개의치 않았다고 볼 수 있다. 〈뉴 리퍼블릭〉에서 랠프 베이츠 씨는 POUM 부대가 "양측 진영 사이의 무인 지대에서 파시스트 군인들과 축구 경기"를 했다고 주장했다. 하지만 사실 그때 POUM의 병력은 심한 인명 피해를 입고 있었다. 내 친구 중에도 그때 전사하거나 부상당한 사람이 많다. 악의적인 만화도 널리 퍼졌다. 처음에는 마드리드에서 돌아다니다가 나중에 바르셀로나까지 퍼진 그 만화에는 POUM이 낫과 망치가 그려진 가면을 벗자 나치의 십자기장이 그려진 얼굴이 드러나는 모습이 그려져 있었다. 정부가 사실상 공산주의 세력의 통제를 받는 상황이 아니었다면, 전쟁 중에 이런 만화가 돌아다니는 일은 허용되지 않았을 것이다. 이것은 POUM 의용군뿐만 아니라 우연히 그들과 가까운 곳에 있던 다른 부대의 사기에도 고의로 타격을 주는 행위였다. 전선에서 나란히 싸우고 있는 부대가 반역자라는 말을 듣고 기운이 나는 사람은 없을 것이다. 사실 내 생각에는 후방에서 차곡차곡 쌓이던 비난이 POUM 의용군의 사기를 떨어뜨리는 데에 실제로 효과를 발휘했을 것 같지 않지만, 이런 비난이 그런 목적으로 계산된 것임은 분명하다. 따라서 이런 일을 벌인 사람들에게는 반파시스트 연합보다 정치적 앙심을 우선한 책임을 물어야 한다.

POUM을 향한 비난을 요약하면 다음과 같다. 당원 거의 전원이 노동계급인 수만 명 규모의 조직, 여기에 파시스트 국가에서 피난 온 사람들이 대부분인 외국인 조력자와 동조자, 그리고 의용군 수천 명이 합쳐진 POUM은 파시스트 세력에 고용된 거대한 첩보 조직이다. 하지만 이 주장은 상식에 어긋난다. POUM의 과거만 들춰봐도 이 주장의 신빙성을 충분히 떨어뜨릴 수 있었다. POUM의 지도자들은 모두 과거에 혁명에 참여한 사람들이었다. 일부는 1934년 봉기에 참여했고, 대부분은 레룩스 정부 때나 왕정 때 사회주의 활동을 했다는 이유로 투옥된 적이 있었다. 1936년 당시 POUM의 지도자이던 호아킨 마우린은 코르테스에서 프랑코의 반란이 임박했다고 경고한 의원 중 한 명이었다. 내전이 발발하고 얼마 뒤 그는 프랑코의 후방에서 저항 조직을 만들려다가 파시스트 세력에 붙잡혀 투옥되었다. 반란이 일어났을 때 POUM은 저항 세력 중에서 눈에 띄는 활동을 했으며, 특히 마드리드에서는 시가전에 참여한 많은 당원이 목숨을 잃었다. 카탈로니아와 마드리드에서 가장 먼저 나서서 의용군을 조직한 세력 중에도 POUM이 포함되어 있었다. 파시스트 세력에 고용된 조직의 활동으로는 설명하기가 거의 불가능해 보인다. 그들이 정말로 파시스트 세력에 고용된 당이었다면 간단히 파시스트 편에 합류했을 것이다.

내전 중에 POUM이 친파시스트 활동을 한 징후도 보이지 않는다. POUM이 더욱 혁명적인 정책을 펴야 한다고 압박함으로써 정부를 분열시켜 파시스트 세력을 도왔다고 주장할 수는 있다(나는 동의하지 않는다). 개혁주의를 표방하는 정부라면 POUM 같은 당을 성가신 존재로 볼 수도 있을 것 같다. 그래도 POUM의 행동은 노골적인 반역과는 차원이 다르다. 만약 POUM이 정말로 파시스트 조직이었다면, 그들의 의용군이 충성을 지킨 이유를 설명할 길이 없다. 1936~1937년 겨울에 참을 수 없을 만큼 가혹한 상황에서 8천~1만 명의 의용군이 전선의 중요한 지역을 지켰다. 4~5개월 동안 내내 참호 안에 있었던 사람도 많다. 그들이 반역자라면, 왜 간단히 전선을 이탈하거나 그냥 적의 진영으로 넘어가버리지 않았는지 이해하기 힘들다. 그들은 언제든 그렇게 할 수 있었다. 그런 행동이 결정적인 영향을 미칠 수 있는 시기도 있었다. 그런데도 그들은 전투를 계속했다. POUM이 정당으로서 탄압당한 직후, 그러니까 그 탄압의 기억이 아직 모든 사람의 기억 속에 생생할 때, (아직 인민군으로 재배치되지 않은) 의용군은 우에스카 동쪽을 향한 맹렬한 공격에 나서서 하루나 이틀 만에 수천 명의 사망자를 냈다. 그들이 반역자였다면 최소한 적과 친하게 지냈을 것이고, 탈영병도 조금씩 끊임없이 발생했을 것이다. 그러나 앞에서 지적했듯이, 탈영병 수는 예외적이라고 할 정도로 적었다. 또한 그들이 반역자였다면, 친파시스트 선전이나 패배주의 등을 퍼뜨리려 들었을 것이다. 하지만 그런 징후는 전혀 없었다. POUM 내부에 파시스트 첩자와 선동 공작원이 있었음은 분명하다. 그들은 모든 좌익 당파에 존재한다. 그러나 어느 한 정당에 그들이 유난히 많았다는 증거는 없다.

공산주의 매체에 실린 공격 중 일부는 비록 내키지 않는 태도이긴 해도, POUM의 평당원이 아니라 순전히 지도자들만이 파시스트 세력에 고용되어 있다고 주장했다. 그러나 이것은 평당원과 지도자를 이간질하려는 시도에 지나지 않았다. 그들의 비난은 본질적으로 일반 당원, 의용군 등이 모두 음모에 동참하고 있음을 암시했다. 만약 닌, 고르킨 등 지도자들이 정말로 파시스트 세력에 고용되어 있다면, 런던, 파리, 뉴욕에 있는 기자들보다 그들과 접촉하는 추종자들에게 그 사실이 알려질 가능성이 더 크기 때문이었다. 어쨌든 POUM에 대한 탄압이 시작되었을 때, 공산주의 세력의 통제를 받는 비밀경찰은 POUM에 속한 모두가 똑같다는 가정하에 POUM과 관련된 사람들을 닥치는 대로 체포했다. 개중에는 심지어 부상자, 병원 간호사, POUM 당원의 아내 등이 포함되었으며, 어떤 경우에는 어린이도 체포 대상이 되었다.

6월 15~16일 마침내 POUM이 불법단체로 선포되

었다. 5월에 취임한 네그린 정부가 가장 먼저 취한 조치 중 하나였다. POUM 집행위원회 위원들이 감옥에 갇힌 뒤, 공산주의 매체들은 이른바 거대한 파시스트 음모가 발견되었다고 보도했다. 전 세계의 공산주의 매체가 한동안 이런 기사(6월 21일 자 〈데일리 워커〉가 스페인의 여러 공산주의 신문들의 보도를 요약한 내용)로 불타올랐다.

스페인 트로츠키주의 세력, 프랑코와 공모

바르셀로나를 비롯한 여러 곳에서 트로츠키주의 세력 지도자 다수가 체포된 뒤 (⋯) 전쟁 중에 밝혀진 간첩 사건 중 가장 경악스러운 사건의 상세한 내용이 주말 동안 알려졌다. 트로츠키주의 세력이 지금까지 저지른 반역 행위 중에서 가장 추악한 일이다. (⋯) 경찰이 확보한 기록과 무려 이백 명이나 되는 사람이 체포되어 자백한 내용이 증명한다.

이런 자료가 '증명'하는 것은 POUM 지도자들이 군사기밀을 무전으로 프랑코 장군에게 전달했고, 독일과 연락을 주고받으며 마드리드에서 비밀 파시스트 조직과 함께 행동했다는 것이다. 이 밖에 투명 잉크로 적은 비밀 메시지, N(닌을 뜻하는 글자)이라는 글자로 서명된 정체불명의 문서 능에 관한 놀라운 사실도 있었다.

그러나 최후의 결론은 다음과 같다. 사건으로부터 6개

월이 지나 내가 이 글을 쓰고 있는 현재, POUM의 지도자 대부분은 아직 감옥에 있지만 한 번도 재판을 받은 적이 없다. 그리고 프랑코와 무전으로 연락을 주고받았다는 등의 혐의 역시 공식적으로 확인된 적이 없다. 만약 그들이 정말로 간첩 활동을 했다면, 일주일 만에 재판을 받고 총살당했을 것이다. 그전까지 수많은 파시스트 첩자가 그렇게 처리되었기 때문이다. 그러나 공산주의 매체들의 근거 없는 주장 외에는 증거가 단 하나라도 제시된 적이 없다. 이백 명의 '자백'이 정말로 존재했다면, 그것만으로도 누구에게든 유죄판결을 내릴 수 있었을 텐데, 그 자백 이야기는 두 번 다시 어디서도 들려오지 않았다. 사실 그 자백은 누군가가 상상으로 꾸며낸 이백 번의 시도였다.

이뿐만이 아니라, 스페인 정부의 구성원 대부분이 POUM을 겨냥한 비난을 전혀 믿지 않는다고 선언했다. 최근 내각은 2대 5의 표결로 반파시스트 정치범들을 석방하기로 결정했다. 반대표를 던진 두 명은 공산주의자 장관들이었다. 8월에 제임스 맥스턴 의원이 이끄는 국제 대표단이 스페인으로 가서 POUM이 받고 있는 혐의들과 안드레스 닌의 실종에 대해 조사했는데, 국방장관 프리에토, 법무장관 이루호, 내무장관 주가자고이티야, 검찰총장 오르테가 이 가세트, 프라트 가르시아 등 모두가 POUM 지도자들의 간첩 혐의를 믿지 않는다고 말했다. 이루호는 자신이 그 사건 서류를 모두 훑어본 결과 증거라고 제시된 것 중에는 자세한 조사를 버텨낼 만한 것이 없었으며, 닌이 서명했다는 문서는 '무가치'했다, 즉 위조된 것이었다고 덧붙였다. 프리에토는 POUM 지도자들이 5월에 바르셀로나에서 벌어진 전투에 책임이 있다고 생각하면서도, 그들이 파시스트 첩자라는 주장은 배척했다. 그리고 이렇게 덧붙였다. "가장 심각한 것은 POUM 지도자들의 체포 결정을 내린 곳이 정부가 아니고, 경찰이 자체 권한으로 그들을 체포했다는 점이다. 그 일의 책임자는 경찰 수뇌부가 아니라 수뇌부의 측근들이었는데, 공산주의자들이 평소 관습대로 그들 중에 침투해 있었다." 그는 경찰이 불법체포를 자행한 다른 사례들을 인용했다. 이루호도 경찰이 '준독립적인' 조직이 되었으며, 사실상 외국 공산주의 세력의 통제를 받고 있다고 단언했다. 프리에토는 소련이 무기를 공급해주는 한 정부는 공산당의 심기를 거스를 수 없다고 국제 대표단에게 아주 분명하게 암시했다. 존 맥거번 의원이 이끄는 또 다른 대표단도 12월에 스페인을 찾았을 때 거의 똑같은 답을 얻었다. 내무장관 주가자고이티야는 프리에토의 암시를 훨씬 더 명백한 말로 다시 전달했다. "우리는 소련의 도움을 받고 있기 때문에 마음에 들지 않는 행동도 허용할 수밖에 없다." 경찰이 자율적으로 움직인다는 사실을 잘 보여주는 것은, 교정국장과 법무장관이 직접 서명한 명령서를 갖고도 맥거번을 비롯한 여러 사람이 바르셀로나에서 공산당이 관리하는 '비밀 감옥' 중 한 곳에 들어갈 수 없었다는 점이다.*

이 정도면 상황을 분명히 설명한 듯하다. POUM의 간첩 혐의는 순전히 공산주의 매체의 기사들과 공산주의 세력이 지배하는 비밀경찰의 활동에 근거한 것이다. POUM 지도자들과 수십만 명에 이르는 그들의 추종자가 아직도 감옥에 있고, 공산주의 매체들은 지난 6개월 동안 '반역자들'의 처형을 계속 요구했다. 그러나 네그린 등 관계자들은 침착함을 잃지 않고, '트로츠키주의자들'의 무차별 학살을 거부했다. 그들에게 가해지는 압박을 생각하면, 그들의 공을 크게 인정해야 하는 부분이다. 한편 내가 앞에서 인용한 글들을 보면, POUM이 정말로 파시스트 간첩 조직이었다고 믿기가 힘들어진다. 그런 주장을 믿는다면, 맥스턴, 맥거번, 프리에토, 이루호, 주가자고이티야 등 모든 사람 역시 똑같이 파시스트 세력에 고용된 자들이라고 믿어야 한다.

마지막으로 POUM이 '트로츠키주의' 조직이었다는 주장을 살펴보자. '트로츠키주의자'라는 단어는 요즘 점점 더 자유롭게 이리저리 내던져지고 있다. 그 바람에 극도로

---

* 두 대표단에 대한 보도를 보려면, 〈르 포퓔레르〉 9월 7일 자, 〈라 플레슈〉 9월 18일 자 참조. 맥스턴 대표단에 대한 보고서는 〈인디펜던트 뉴스〉와 맥거번의 소책자 《스페인의 테러Terror in Spain》에 실렸다.(원주)

오해를 불러일으키고 있으며, 일부러 오해를 불러일으키려고 사용될 때도 많다. 이제 잠시 가만히 앉아 이 단어를 정의할 필요가 있다. 트로츠키주의자라는 단어는 다음의 세 가지 뜻으로 사용된다.

(1) 트로츠키처럼 '한 나라의 사회주의'가 아니라 '세계혁명'을 옹호하는 사람. 좀 더 넓게 적용하자면, 혁명적인 극단주의자.

(2) 트로츠키가 수장인 실제 조직의 구성원.

(3) 혁명가로 위장한 파시스트. 소련에서는 파괴 공작을 벌이고, 일반적으로는 좌파 세력을 분열시켜 무너뜨리려 한다.

(1)의 의미를 따른다면, POUM을 트로츠키주의 조직으로 볼 수 있을 것이다. 영국의 ILP, 독일의 SAP, 프랑스의 좌파 사회주의당도 마찬가지다. 그러나 POUM은 트로츠키나 트로츠키주의(볼셰비키-레닌주의) 조직과 아무런 연관이 없다. 내전이 발발했을 때 스페인으로 온 외국인 트로츠키주의자들(열다섯에서 스무 명)은 처음에 POUM이 자신의 관점에 가장 가까운 정당이라고 보고 그들을 위해 활동했다. 하지만 당원이 되지는 않았다. 나중에 트로츠키가 추종자들에게 POUM의 방침을 공격하라고 지시한 뒤에는 트로츠키주의자들이 그 당에서 숙청되었으나, 몇 명은 의용군에 남았다. 마우린이 파시스트 세력에 붙잡힌 뒤 POUM의 지도자가 된 닌은 한때 트로츠키의 비서였지만,

몇 년 전 그의 곁을 떠나 노동자농민연합과 여러 비주류 공산주의 세력을 합쳐 POUM을 만들었다. 공산주의 매체들은 한때 트로츠키와 관계가 있었던 닌을 이용해 POUM이 정말로 트로츠키주의 조직이라는 증거로 삼았다. 이런 맥락이라면 영국 공산당도 사실은 파시스트 조직이라고 주장할 수 있다. 존 스트레이치*가 한때 오즈월드 모즐리 경**과 관계가 있었기 때문이다.

트로츠키주의자라는 단어를 유일하게 정확히 정의한 (2)의 의미를 따른다면, POUM은 확실히 트로츠키주의 조직이 아니었다. 대다수의 공산주의자들이 (2)의 정의에 따른 트로츠키주의자가 모두 (3)의 의미에 따른 트로츠키주의자라고, 즉 트로츠키주의 조직 전체가 파시스트의 첩보 기구라고 당연히 받아들이기 때문에, 이런 구분이 중요하다. '트로츠키주의'는 소련의 파괴 공작 재판 때에 비로소 대중의 시야에 들어왔다. 어떤 사람을 트로츠키주의자라고 부르는 것은 사실상 그를 살인자, 선동 공작원 등으로 부르는 것과 같다. 그러나 좌익의 관점에서 공산주의 정책을 비판하는 사람 또한 트로츠키주의자로 비난받기 쉽다. 그렇다면 혁명적인 극단주의를 따르는 사람은 모두

---

* 공산주의에 동조했던 영국 정치인
** 파시즘을 추종한 영국 정치인

파시스트 세력에 고용된 자라고 봐야 하는가?

현실적으로는 그렇기도 하고 아니기도 하다. 각 지역의 편의가 답을 결정한다. 맥스턴이 내가 앞에서 언급한 대표단을 이끌고 스페인에 갔을 때, 〈베르다드〉〈프렌테 로호〉 등 스페인의 공산주의 신문들은 즉시 그를 가리켜 '트로츠키 파시스트', 게슈타포 스파이 등의 비난을 쏟아냈다. 그러나 영국의 공산주의자들은 이런 비난을 그대로 되풀이하지 않는 신중한 태도를 보였다. 영국의 공산주의 매체에서 맥스턴은 그저 "노동계급의 적이자 반동"이 되었을 뿐이다. 모호해서 편리한 표현이다. 물론 영국의 공산주의 매체들이 이렇게 행동한 것은 어디까지나 여러 차례에 걸쳐 호된 경험을 하면서 명예훼손 법률을 완전히 무서워하게 되었기 때문이다. 누군가를 비난하려면 증명이 필요해질 수도 있는 나라에서 맥스턴에 대한 비난이 되풀이되지 않았다는 사실은 그 비난이 거짓이라는 충분한 자백이 된다.

내가 POUM을 겨냥한 비난을 필요 이상으로 길게 다룬 것처럼 보일지도 모르겠다. 내전의 엄청난 참상에 비하면, 어쩔 수 없는 불의와 거짓 비난으로 얼룩진 당파들 사이의 이런 내분이 사소하게 보일지도 모른다. 하지만 그렇지 않다. 나는 이런 종류의 중상모략과 언론을 동원한 홍보전, 그리고 거기에 드러난 습관적인 사고방식이 반파시스트 운동이라는 대의에 가장 심각한 피해를 입힐 수 있다고 믿는다.

이 주제에 스쳐가는 시선이라도 보낸 적이 있는 사람이라면, 정치적인 반대 세력에 날조된 비난을 퍼붓는 공산주의 전술이 전혀 새로운 것이 아님을 알 것이다. 오늘의 핵심 단어는 '트로츠키 파시스트'지만, 어제의 핵심 단어는 '사회파시스트'*였다. 소련의 재판에서 예를 들어 레옹 블룸**과 영국 노동당의 저명한 구성원들을 포함한 제2인터내셔널 지도자들이 소련을 군사적으로 침략하기 위한 거대한 음모를 꾸미고 있음이 '증명'된 지 겨우 6~7년밖에 되지 않았다. 그런데 현재의 프랑스 공산주의자들은 블룸을 지도자로 기꺼이 받아들이고, 영국 공산주의자들은 노동당에 들어가려고 백방으로 뛰고 있다. 분파주의 관점에서 보더라도 과연 이런 전술에 이득이 있을까 싶다. 게다가 '트로츠키 파시스트'라는 비난이 일으키는 증오와 불화에 대해서는 전혀 의심의 여지가 없다. 어디서나 '트로츠키주의자'를 향한 무분별한 마녀사냥에 평범한 공산주의자들이 휘둘리고, POUM 같은 당에는 공산주의에 반대하는 당이라는 아주 빈약한 꼬리표가 붙는다. 세계의 노동계급 운동에 벌써 위험한 분열 조짐이 나타나고 있다. 평생

* 사회파시즘은 1920년대 중반에서 1930년대 전반까지 국제공산주의운동 진영에서 사회민주주의를 일컫던 용어
** 프랑스의 사회주의자 정치인

사회주의 이념을 지켜온 사람들을 상대로 중상모략을 몇 번 더 하고, POUM을 겨냥한 것과 같은 프레임 씌우기가 몇 번 더 실행되면, 분열을 수습할 길이 없어질지도 모른다. 유일한 희망은 정치적 논란을 철저한 토론이 가능한 선에서 유지하는 것이다. 공산주의의 왼편에 서 있다고 주장하거나 실제로 서 있는 사람들과 공산주의자 사이에는 정말로 차이가 있다. 공산주의자는 자본가계급 중 일부와 동맹을 맺어 파시즘을 격퇴할 수 있다고 주장한다(인민전선). 반면 그들의 반대 세력은 이런 작전이 파시즘의 새로운 온상을 마련해줄 뿐이라고 주장한다. 이 문제를 해결해야 한다. 잘못된 결정을 내린다면, 우리가 수백 년 동안 반半노예가 될 수도 있다. 그러나 "트로츠키 파시스트!"라고 고함을 질러대는 것 외에 이렇다 할 주장을 내놓지 못한다면, 토론은 아예 시작되지 않는다. 예를 들어, 내가 공산당원과 바르셀로나 전투의 잘잘못에 대해 토론하기는 불가능할 것이다. 어떤 공산주의자도(즉, 어떤 '훌륭한' 공산주의자도) 당시 상황에 대한 내 설명이 진실임을 인정하지 못할 것이기 때문이다. 당의 '노선'을 따른다면, 그는 내가 거짓말을 하고 있다고 단언해야 한다. 기껏해야 나의 착각이 구제할 수 없는 수준이며, 당시 상황이 벌어지던 현장에서 1천 마일 떨어진 곳에서 〈데일리 워커〉의 기사 제목을 흘깃 본 사람이 바르셀로나 상황을 나보다 훨씬 더 잘 알고 있다고 말할 수 있을 뿐이다. 이런 상황에서는 논쟁이 불가능하다.

논쟁에 꼭 필요한 최소한의 합의가 이루어질 수 없는 탓이다. 맥스턴 같은 사람이 파시스트 세력에 고용됐다는 말은 무슨 목적을 위한 것인가? 진지한 토론을 불가능하게 만들겠다는 목적이 있을 뿐이다. 이건 마치 체스 경기가 한창 진행 중인 곳에서 한 참가자가 경기 상대를 가리켜 방화범이라거나 중혼범이라고 갑자기 고함을 질러대는 것과 같다. 중요하게 다뤄야 할 주제는 여전히 손도 대지 못한 채로 남아 있다. 중상모략으로는 아무것도 해결할 수 없다.

스페인 내전 후기

스페인의 비밀을 누설하다[*]

스페인 내전은 1914~1918년의 세계대전 이후 벌어진 어떤 일보다도 더 풍성한 거짓말을 낳은 듯하다. 그러나 〈데일리 메일〉 기자들의 눈앞에서 수녀들이 강간당하고 십자가에 못 박히는 사건이 그렇게나 많이 벌어졌는데도, 나는 과연 친파시스트 신문들의 폐해가 가장 컸는지 솔직히 의심이 간다. 영국 국민이 그 분쟁의 진정한 본질을 파악하지 못하게 막은 것은 훨씬 더 세심하게 사실을 왜곡한 〈뉴스 크로니클〉과 〈데일리 워커〉 같은 좌파 신문들이다.

스페인 정부(어느 정도 자율권을 누리던 카탈로니아 정부도 포함)가 파시스트보다 혁명을 훨씬 더 두려워한다는 사

---

[*] 조지 오웰이 1937년 귀국 직후 발표한 에세이 〈Spilling the Spanish Beans〉를 옮긴 글이다. 이후 오웰은 본격적으로 《카탈로니아 찬가》 집필에 착수했다. (편집자 주)

실을 이 신문들은 아주 공들여서 감춰버렸다. 이제 전쟁은 모종의 타협으로 끝날 것이 거의 확실하다. 손가락 하나 까딱하지 않고 빌바오 함락을 방치한 정부가 과연 승리자처럼 보이고 싶어 할지 의심스럽지만, 정부 내부의 혁명 세력을 철저히 분쇄하고 있다는 데에는 의심의 여지가 없다. 얼마 전부터 공포정치(무력을 동원한 정당 탄압, 숨 막히는 언론 검열, 끊임없는 염탐과 재판 없는 대량 투옥)가 진행 중이다. 내가 바르셀로나를 떠난 6월 말에 감옥들은 죄수가 가득하다 못해 터질 것 같았다. 사실 일반 감옥이 과포화 상태가 된 것은 이미 오래전이라, 텅 빈 상점처럼 어디든 죄수들을 임시로 처박아둘 수 있는 곳이 발견되기만 하면 닥치는 대로 그들을 집어넣었다. 그러나 주목해야 할 점은 현재 감금된 사람들이 파시스트가 아니라 혁명가라는 사실이다. 그들이 갇힌 것은 지나치게 오른쪽으로 치우친 생각 때문이 아니라, 지나치게 왼쪽으로 치우친 생각 때문이다. 그리고 그들을 가둔 사람들은 가빈*이 이름만 들어도 덜덜 떠는 무시무시한 혁명가들, 즉 공산주의자들이다.

　프랑코를 상대로 한 전쟁은 지금도 계속 진행 중이지만, 최전선 참호 속의 가엾은 녀석들을 제외하면 스페인 정부의 누구도 그것을 진짜 전쟁으로 생각하지 않는다. 그들

* 진보 매체 〈옵서버〉의 편집장직을 맡았던 영국의 언론인

에게 진짜 분쟁은 혁명과 반혁명 사이의 투쟁이다. 1936년에 손에 넣은 보잘것없는 권리를 지키려고 헛되이 애쓰는 노동자들과 그 권리를 그들에게서 아주 성공적으로 빼앗고 있는 자유주의-공산주의 블록 사이의 투쟁이다. 이제는 공산주의가 반혁명 세력이 되었다는 사실을 알아차린 사람이 영국에 너무 없는 것이 안타깝다. 공산주의 세력은 어디서나 부르주아 개혁 세력과 동맹을 맺고, 자기들의 강력한 조직을 총동원해서 혁명적 성향을 드러내는 모든 당파를 분쇄하거나 깎아내리고 있다. 그래서 그들을 사악한 '빨갱이'라고 공격하는 우익 지식인들의 생각이 기본적으로 그들과 일치하는 기괴한 일이 벌어진다. 예를 들어, 윈덤 루이스* 씨는 적어도 일시적으로나마 공산주의 세력을 사랑해야 마땅하다. 스페인에서 공산주의-자유주의 연합은 거의 완전한 승리를 거두고 있다. 스페인 노동자들이 1936년에 획득한 권리 중에서 지금도 탄탄하게 남아 있는 것은 없다. 집단농장 몇 군데와 작년에 농민들이 차지한 땅이 조금 있을 뿐이다. 그런데 그 농민들조차 나중에 그들을 회유할 필요가 없어지면 희생될 것 같다. 어떻게 해

* 미국 태생으로 영국에서 활동한 우파 성향의 작가. 1937년 스페인 내전을 배경으로 소설 《사랑을 위한 복수*The Revenge for Love*》를 썼다. 그는 이 소설에서 스페인 공산주의 활동가를 강하게 비난했고, 여기에 보조를 맞추는 영국 지식인들을 속아 넘어간 자로 묘사했다.

서 이런 상황이 되었는지 알아보려면 내전의 기원을 돌이켜봐야 한다.

권력을 잡으려는 프랑코의 시도는 외국의 침공과 비견될 만한 군사 반란이라는 점에서 히틀러나 무솔리니의 시도와 달랐다. 따라서 프랑코는 대중의 지원을 받으려고 줄곧 노력했는데도 그리 성공하지 못했다. 일부 대형 기업을 제외한 주요 지지자는 땅을 소유한 귀족들과 거대하고 기생적인 교회였다. 이런 식의 반란에는 이 반란에 반대한다는 점 외에는 사사건건 의견이 다른 다양한 반대 세력이 나타나게 마련이다. 농민과 노동자는 봉건주의와 성직권주의를 증오한다. 이 점에서는 '자유주의' 부르주아도 마찬가지지만 그들은 현대식 파시즘에 전혀 반대하지 않는다. 적어도 그 파시즘이 파시즘이라고 불리지만 않는다면. '자유주의' 부르주아는 자신의 이익이 보장되는 지점, 딱 거기까지만 진정한 자유주의를 따른다. 그는 'la carrière ouverte aux talents'*라는 구절에 내포된 발전의 가능성을 상징하는 존재다. 노동자와 농민이 너무 가난해서 물건을 살 수 없고, 산업은 주교의 제의 값을 대기 위한 과도한 세금에 시달리고, 돈을 벌 수 있는 일자리는 공작의 사생아

---

* '재능 있는 사람에게 열리는 출세의 길'이라는 뜻으로 나폴레옹이 한 말

의 미동의 친구에게 당연한 듯이 돌아가는 봉건사회에서는 그가 앞으로 나아갈 기회가 없기 때문이다. 따라서 프랑코처럼 아주 노골적으로 반동을 꾀하는 세력이 나타나면, 현실적으로 무시무시한 적대 관계인 노동자와 부르주아가 나란히 함께 싸우는 상황이 한동안 연출된다. 이런 불편한 동맹을 '인민전선Popular Front'이라고 부른다(공산주의 매체에서는 겉으로나마 민주적인 척하기 위해 People's Front라고 표기한다). 존재할 권리와 생명력이라는 측면에서, 머리가 두 개인 돼지나 서커스에 등장하는 괴물과 비슷한 연합이다.

　심각한 응급 상황이 발생하면 인민전선 내부의 모순이 겉으로 드러날 수밖에 없다. 노동자와 부르주아가 파시즘에 맞서 함께 싸울 때에도, 그들의 목적은 서로 다르다. 부르주아는 부르주아 민주주의, 즉 자본주의를 위해 싸우고, 노동자는 자신이 이해하는 범위 내에서 사회주의를 위해 싸운다. 혁명 초기에 스페인 노동자들은 싸움에 걸린 이슈를 잘 이해하고 있었다. 파시즘이 패배한 지역의 노동자들은 반란군을 도시 밖으로 몰아내는 데에서 만족하지 않고, 그 기회를 이용해 땅과 공장을 장악해서 노동자 정부의 대략적인 토대를 만들었다. 지역위원회, 노동자 의용군, 경찰력 등이 그 수단이었다. 그러나 그들은 명목상의 통제권을 지닌 공화파 정부를 그대로 두는 실수를 저질렀다(활동적인 혁명가 대부분이 모든 의회를 불신하는 무정부주의자였기 때문인 듯하다). 여러 번 사람이 교체되었지만, 그 뒤에 들어선 모든 정부는 부르주아 개혁주의의 성격을 띤다는 점에서 서로 비슷했다. 처음에는 정부가 특히 카탈로니아에서 거의 무력했고, 부르주아가 몸을 낮추거나 심지어 아예 노동자로 위장하기까지(내가 스페인에 도착한 12월에도 여전히 이런 일이 벌어지고 있었다) 했기 때문에 이것이 문제가 되지 않는 것처럼 보였다. 시간이 흐른 뒤에는 무정부주의 세력의 손에서 공산주의 세력과 우익 사회주의 세력의 손으로 권력이 빠져나가면서 정부가 다시 권위를 세울 수 있게 되자 숨어 있던 부르주아들이 밖으로 나오고 빈부의 구분이 별로 달라지지 않은 채 다시 나타났다. 그때부터는 군사적인 긴급 상황 때문에 어쩔 수 없었던 몇 번을 제외하고는 모든 움직임이 혁명 초기 몇 달 동안 이루어진 일을 없었던 것처럼 되돌리는 쪽을 지향했다. 내가 선택할 수 있는 사례가 많지만, 그중에 하나만 꼽자면 옛 노동자 의용군의 해체가 있다. 정말로 민주적인 체제로 조직되어 장교와 병사가 같은 월급을 받으며 완전히 동등하게 어울리던 이 군대를 대체한 인민군Popular Army(다시 말하지만, 공산주의 세력의 용어로는 People's Army다)은 평범한 부르주아 군대를 최대한 모델로 삼아 장교 계급은 특권을 누리고, 봉급에도 엄청난 차이가 있었다. 이것이 군사적으로 반드시 필요한 일로 포장되었음은 말할 필요도 없다. 적어도 짧은 기간에는 이런 방식이 군사적 효율에 기여하는 것도 거의 확실하다. 그러나 이런 조치의 목적은 의심할 필요도 없이, 평등주의에 타격을 가하는 것이었다. 모든 부서에서 같은 정책을 추구한 결과, 내전과 혁명 발발로부터 고작 1년 뒤 스페인은 사실상 평범한 부르주아 국가가 되고 거기에 그 상태를 유지하기 위한 공포 통치가 첨가되었다.

만약 분쟁에 외세의 개입이 없었다면, 이 과정이 이렇게까지 진행되지 않았을 가능성이 높다. 그러나 정부가 군사적인 면에서 약하다는 점이 문제였다. 프랑스의 용병들 앞에서 정부는 소련에 도움을 요청할 수밖에 없었다. 비록 소련이 제공한 무기의 양이 크게 과장되었지만(내가 스페인에 도착한 뒤 처음 3개월 동안 본 소련제 무기는 기관총 한 정이 전부였다), 그 무기들이 도착했다는 사실만으로도 공산주의 세력이 권력을 쥘 수 있었다. 애당초 소련의 비행기와 총포, 국제여단(모두가 공산주의자는 아니었지만 공산주의 세력의 통제하에 있었다)의 훌륭한 군사적 역량이 공산주의 세력의 위신을 엄청나게 높여주었다. 그러나 이보다 중요한 것은, 소련과 멕시코만이 드러내놓고 무기를 공급했으므로 소련이 무기의 대가로 돈을 받을 수 있을 뿐만 아니라 부당한 조건들을 붙일 수도 있었다는 사실이다. 그들의 조야한 말투를 빌려 그 조건을 표현하면 이렇다. "혁명을 분쇄하지 않으면 더 이상 무기는 없다." 소련의 이러한 태도에 대해 보통 제시되는 이유는, 만약 소련이 혁명을 부추기는 것처럼 보인다면 프랑스-소련 조약(및 영국과 동맹을 맺을 수 있을 것이라는 희망)이 위험해졌을 것이라는 점이다. 또한 스페인에서 진정한 혁명이 일어나는 광경이 소련에서 원치 않는 반향을 일으킬 가능성도 있었다. 물론 공산주의 세력은 소련 정부가 직접적인 압력을 가한 적이 없다고 주장한다. 그러나 이 주장이 사실이라 해도 별로 중요하지 않다. 모든 나라의 공산당이 사실 소련의 정책을 수행한다고 볼 수 있기 때문이다. 스페인 공산당과 그들이 통제하는 우익 사회주의 세력, 그리고 전 세계의 공산주의 매체가 점점 커지기만 하는 엄청난 영향력을 지금도 반혁명 쪽에 총동원하고 있다.

이 글의 전반부에서 나는 정부 측에서 봤을 때 스페인의 진짜 분쟁은 혁명과 반혁명 사이에 존재한다는 의견을 내놓았다. 정부가 프랑코에게 패하지 않으려고 안달하고 있지만, 내전이 발발하면서 동시에 일어났던 혁명적인 변화를 없었던 일로 돌리는 데에 더 안달하고 있다는 말도 했다.

공산주의자라면 이런 주장을 착각이라거나 의도적인 거짓말이라고 내칠 것이다. 스페인 정부가 혁명을 분쇄하고 있다는 말이 헛소리라는 말도 할 것이다. 혁명은 일어난 적이 없으니까. 공산주의자는 또한 파시즘을 물리치고 민주주의를 지키는 것이 지금 우리가 할 일이라고 말할 것이다. 이런 맥락에서, 공산주의 세력의 반혁명 선전이 어떻게 작동하는지 반드시 알아볼 필요가 있다. 영국 공산당의 규모가 작고 비교적 세가 약하다는 이유로 이것이 영국 과는 상관없는 문제라고 생각하면 안 된다. 만약 영국이 소련과 동맹을 맺는다면 우리는 그 관련성을 금방 알아차 리게 될 것이다. 어쩌면 그보다 훨씬 일찍 알아차릴 수도 있다. 지금의 공산주의 세력이 자본가들과 같은 게임을 하 고 있음을 점점 더 많은 자본가가 깨달으면서 공산당의 영 향력은 커질 수밖에 없기 때문이다(눈에 띄게 커지고 있다).

대략적으로 말해서, 공산주의 선전 활동의 축은 파시 즘의 (사실적인) 무서움을 들어 사람들에게 두려움을 심어 주는 데 있다. 또한 파시즘이 자본주의와는 아무런 상관이 없는 것처럼 구는 방법(일일이 말하기보다는 암시하는 방식을 쓴다)도 동원된다. 파시즘은 그저 무의미한 사악함의 표출 에 지나지 않는다. 도착적인 현상, '집단적인 사디즘', 살인 성향을 지닌 정신병자들을 정신병원에서 갑자기 풀어주 면 생길 법한 현상이다. 파시즘을 이런 식으로 대중 앞에 내놓으면, 적어도 한동안은 혁명적인 분위기를 조성하지 않아도 여론을 움직일 수 있다. 부르주아 민주주의, 즉 자 본주의로 파시즘에 반대하는 것이 가능하다. 그러나 그와 동시에 파시즘과 부르주아 '민주주의'가 쌍둥이 같다고 지 적하는 골칫덩이를 제거해야 한다. 처음에는 그 사람을 비 현실적인 몽상가로 묘사한다. 그리고 그 사람에게 이슈를 혼동하고 있으며, 그로 인해 반파시스드 세력이 분열하고 있고, 지금은 혁명에 관한 미사여구를 늘어놓을 때가 아니니 우리가 싸우는 목적을 너무 깊이 생각하지 말고 일단 파시즘에 맞서 싸워야 한다고 말한다. 시간이 흐른 뒤에도 그 사람이 입을 다물려고 하지 않으면, 어조를 바꿔 그 사람을 배신자로 매도한다. 좀 더 정확히 말하자면, 그 사람을 트로츠키주의자로 규정한다.

그럼 트로츠키주의자는 무엇인가? 이 무서운 단어(지금 스페인에서는 어떤 사람이 트로츠키주의자라는 소문만 돌아도 재판 없이 감옥으로 끌려가 한없이 갇힐 수 있다)가 영국에서는 이제야 사람들의 입에 오르내리고 있다. 나중에는 이 단어를 더 자주 듣게 될 것이다. '트로츠키주의자'(또는 '트로츠키 파시스트')라는 단어는 일반적으로 좌익 세력들을 분열시키기 위해 극단적인 혁명가로 위장한 파시스트라는 의미로 사용된다. 그러나 이 단어는 세 가지 의미를 지닌다는 점에서 독특한 힘을 얻는다. 먼저 이 단어는 트로츠키처럼 세계혁명을 바라는 사람을 뜻할 수 있다. 트로츠키가 수장인 실제 조직의 구성원이라는 뜻으로 쓰일 수도 있다(유일하게 정당한 용법). 그리고 앞에서 언급한 위장한 파시스트를 뜻할 수 있다. 이 세 가지 의미는 언제나 마음대로 중첩될 수 있다. 1번 의미에 2번 의미가 동반될 수도 있고 그렇지 않을 수도 있다. 2번 의미에는 거의 매번 3번 의미가 동반된다. 따라서 "XY가 세계혁명에 대해 호의적인 말을 하는 것을 들었다. 따라서 그는 트로츠키주의자다. 따라서 그는 파시스트다"라는 논리가 성립된다. 스페인에서 누구든 혁명적인 사회주의자라고 고백한다면(즉, 몇 년 전까지 공산당이 공언하던 일들을 고백한다면) 프랑코나 히틀러에게 고용된 트로츠키주의자라는 의심을 받는다. 심지어 영국에서도 어느 정도는 그렇다.

그런 사람에게는 아주 미묘한 비난이 가해진다. 그 사람이 트로츠키주의자가 아니라는 사실이 우연히 알려지지 않는 이상, 의심이 사실일 수도 있기 때문이다. 파시스트 첩자라면 십중팔구 혁명가로 위장할 것이다. 스페인에서는 공산당보다 왼쪽으로 치우친 주장을 하는 사람은 모두 조만간 트로츠키주의자로 밝혀진다. 그게 아니더라도 최소한 반역자로 밝혀지기는 한다. 내전 초기에 영국의 ILP와 대략 비슷한 비주류 공산당인 POUM은 공인된 정당으로 카탈로니아 정부의 장관도 한 명 배출했으나, 나중에는 정부에서 추방당했다. 그다음에는 트로츠키주의를 추종한다고 비난받더니 곧 탄압이 시작되면서, 경찰이 당원들을 닥치는 대로 잡아 가뒀다.

몇 달 전만 해도 아나코생디칼리스트 세력은 공산주의 세력 옆에서 "충실하게 활동한다"고 묘사되었다. 그러다 정부에서 쫓겨나고, 곧 그들의 활동이 그리 충실하지 않은 것처럼 보이게 되었다. 이제는 점점 반역자가 되어가는 중이다. 그들 다음에는 좌익 사회주의 세력의 차례가 올 것이다. 좌익 사회주의자인 카바예로 전 총리는 1937년 5월까지 공산주의 매체의 아이돌이었으나 벌써 트로츠키주의자이자 '인민의 적'이 되어 어둠 속으로 밀려났다. 이런 식으로 작전은 이어진다. 이 게임의 논리적인 끝은 모든 반대 당파와 신문을 탄압하고 조금이라도 영향력이 있는 사람이 반대의견을 내면 투옥하는 정권이다. 물론 이것은 파시스트 정권이다. 프랑코가 실행하려 하는 파시즘과는 달라서 목숨 걸고 싸워 지킬 가치가 있을 정도는 되겠지만, 그래도 역시 파시스트 정권이다. 정권의 주체가 공산주의 세력과 자유주의 세력이니 이름만 다를 뿐이다.

과연 내전에서 이길 수 있을까? 공산주의 세력은 혁명으로 인한 혼란을 막으려고 영향력을 발휘했으므로, 소련의 원조와는 별개로 군사적 효율성을 높이는 성과를 거뒀다. 무정부주의 세력이 1936년 8~10월에 정부를 구원했다면, 공산주의 세력은 10월 이후부터 지금까지 정부를 구원하고 있다. 그러나 방어 작전을 짜는 과정에서 그들은 열정을 죽여버렸다(스페인 외부가 아니라 내부의 얘기다). 그들의 노력으로 징집병들이 군비를 갖춘 군대가 되었으나, 그럴 수밖에 없는 상황이 만들어진 것도 사실이다. 올해 1월에 벌써 지원병 모집이 사실상 중단되었다는 사실은 의미심장하다. 혁명 군대는 때로 열정으로 승리를 거두지만, 징병된 군대는 무기가 있어야만 승리할 수 있다. 그런데 프랑스가 개입하지 않는 이상, 또는 독일과 이탈리아가 스페인의 식민지들을 훔쳐 달아나는 바람에 프랑코가 궁지에 빠지지 않는 이상 정부가 무기 면에서 큰 우위를 점할 가능성은 별로 없다. 전체적으로 봤을 때 교착상태에 빠질 가능성이 가장 높아 보인다.

정부는 과연 진심으로 승리를 원하는가? 패배할 생각이 없는 것은 확실하다. 그러나 정부가 확실한 승리를 거둬서 프랑코가 패주하고 독일과 이탈리아가 바다로 쫓겨난다면 까다로운 문제가 생길 것이다. 개중 일부는 너무 뻔해서 군이 언급할 필요도 없다. 확실한 증거가 없어서 드러난 현상만으로 판단할 수밖에 없지만, 나는 정부가 현재의 전황을 계속 유지해줄 타협을 위해 움직이는 것 같다고 짐작한다. 모든 예언은 틀리게 마련이므로, 내 예언도 틀릴 것이다. 그래도 나는 틀릴 위험을 감수하고 이렇게 말하고 싶다. 내전이 상당히 일찍 끝날 수도 있고 앞으로 몇 년을 더 끌 수도 있지만, 결국은 스페인이 실제 국경선으로 분단되거나 경제 구역으로 나뉘는 결말을 맞게 될 것이라고. 물론 양편 중 하나, 또는 양편 모두 그런 타협 결과를 승리로 주장할 가능성이 있다.

내가 이 글에서 말한 모든 것이 스페인은 물론 프랑스에서조차 완전히 진부해 보일 것이다. 그러나 영국에서는 스페인 내전에 대한 강렬한 관심이 일고 있는데도 정부의 막후에서 벌어지는 엄청난 분쟁에 대해 한 번 들어보기라도 한 사람이 거의 없다. 물론 이것은 우연의 산물이 아니다. 스페인 상황이 알려지는 것을 막기 위해 상당히 고의적으로 꾸며진 음모가 있었다(내가 상세한 예를 들 수 있다).

스페인 상황에 대해 더 많이 알고 있어야 마땅한 사람들이, 스페인에 대해 진실을 말한다면 그 말이 파시스트 선전 활동에 이용될 것이라는 이유로 스스로 기만에 몸을 맡겼다.

이런 비겁함이 어디로 이어지는지는 쉽게 알 수 있다. 만약 스페인 내전에 대한 진실한 설명을 들을 수 있었다면, 영국 국민은 파시즘이 무엇이고 거기에 맞서 어떻게 싸워야 하는지 배울 기회를 얻었을 것이다. 그러나 실제로는 파시즘을 경제적인 진공 속에서 윙윙거리는 블림프 대령* 특유의 살인적 광증으로 묘사한 〈뉴스 크로니클〉류의 설명이 그 어느 때보다 확고히 자리를 잡았다. 이렇게 해서 우리는 '파시즘에 맞선'(1914년 전쟁의 '군국주의에 맞선' 참조) 위대한 전쟁에 한 걸음 더 가까워졌다. 그 전쟁에서 영국판 파시즘은 일주일도 채 지나기 전 우리 목에 씌워진 굴레가 될 것이다.

---

*   영국의 만화 캐릭터로 거만하고, 성질이 급하고, 국수적인 인물

스페인 내전 후기

이탈리아 의용군 추모시[*]

그 이탈리아인 군인은 내 손을 잡고 악수했다
위병소 탁자 옆에서
힘센 손과 섬세한 손
그 손바닥들이 할 수 있는 일은

총성 속에서 서로 마주치는 것뿐,
하지만 아! 그때 내가 느낀 평화
어떤 여자의 얼굴보다 순수한
그의 상한 얼굴을 응시하면서!

내가 듣기에는 구역질나는 불결한 말이
그의 귀에는 아직 신성했다,
그가 태어날 때부터 알던 것을 나는
책에서 천천히 배웠시.
위험한 총이 들려준 이야기를 우리 둘 다 믿었다,

하지만 내 황금 벽돌은 황금으로 만든 것 — 오! 누가
그걸 생각이나 했을까?

행운을 빌어요, 이탈리아 군인이여!
하지만 행운은 용감한 자의 것이 아니지.
세상이 그대에게 무엇으로 보답할까?
당신이 내어놓은 것보다 언제나 적은 보답.

그림자와 유령 사이,
하얀색과 붉은색 사이,
총알과 거짓말 사이,
그대는 어디에 머리를 숨기겠소?

마누엘 곤잘레스는 어디에?
페드로 아궐라르는 어디에?
라몬 페네요사는 어디에?
그들이 어디 있는지는 지렁이가 알지.

그대의 이름과 그대의 행동은 잊혔소
그대의 뼈가 다 마르기도 전에,
그리고 그대를 죽인 거짓말은
더 깊은 거짓말 아래에 묻혔지.

그러나 내가 그대의 얼굴에서 본 그것
어떤 권력도 내칠 수 없고
어떤 폭탄이 터져도
그 수정 같은 정신을 부수지 못하리.

*   1943년에 발표된 조지 오웰의 에세이 〈스페인 내전을 회고하며
Looking Back on the Spanish War〉에 포함된 시. 오웰은 이 시를 이렇게
설명한다. "나는 그 이탈리아인 의용군을 다시 만나지 못했다. 그의 이
름도 알지 못했다. 그가 죽었을 것이라고 확신해도 될 것 같다. 2년 가
까이 세월이 흘러 내전에서 패색이 짙어졌을 무렵, 나는 그를 기억하
며 다음의 시를 썼다."(편집자 주)

해제

혁명의 민낯, 돈키호테 혁명가들에게 보내는 찬가

임지현(서강대 사학과 교수)

조지 오웰의《카탈로니아 찬가》는 혁명의 대의를 공유하며 함께 싸운 스페인 무정부주의자들과 공산주의자들, 그리고 국제여단 의용군들에 대한 삐딱한 찬가다. 길거리 혁명가들에 대한 따듯한 애정만 빼면, 오웰의 찬가는 혁명을 낭만화하고 이상화하는 다른 찬가들과 다르다. "냉소적인 문명권에서 온" 이 영국인 좌파 지식인의 스페인 혁명에 대한 애정에는 "진부해진 혁명 문구를 문자 그대로 받아들이는" 스페인 사람들의 순진한 이상주의에 대한 안쓰러움이 배어 있다. 오웰의 회상을 따라가다 보면 정상에서 아래를 굽어보는 자의 시선을 느끼게 된다. 오웰의 냉소주의에 대해 독자들이 갖는 불편함도 그런 시선과 관련이 있다.

대상과의 거리를 무심한 듯 굽어보는 오웰의 냉소적 시선은 때때로 불편하지만, 자기 자신까지도 집요하게 대상화하는 지적 역량과 합해지면 그 거리감은 균형 잡힌 비판의 무기가 된다. 존 리드의 《세계를 뒤흔든 열흘》이 러시아혁명의 이상에 대한 뜨거운 기록문학의 고전이라면, 오웰의 《카탈로니아 찬가》는 열정이 끓어 넘치는 스페인 내전에 대한 차가운 기록문학의 고전이다. 어수룩한 내전 현장의 열기에 휩쓸리지 않고 혁명의 이면을 집요하게 응시하는 그의 시선은 혁명의 민낯을 여실히 보여준다.

"배설물과 썩어가는 음식물 냄새"와 "말의 오줌 냄새와 썩은 귀리 냄새"가 진동하고 "부서진 가구, 망가진 안장, 기병대의 놋쇠 투구, 빈 기병도 칼집, 썩어가는 음식이 사방에 쌓여 있는" 훈련소 막사, "꾀죄죄한 병사들을 잔뜩 태우고 전선으로 기어가던 쓸쓸한 기차, 전쟁에 얻어맞은 회색 마을들, 얼음처럼 춥고 질척거리던 산속 참호" 그리고 "누구나 도둑질을 했다"는 전선의 풍경, "가끔 사망자가 발생하는 코믹 오페라" 같은 전쟁에 대한 오웰의 회고를 읽다 보면, 혁명의 현실이 이상을 배반할 거라는 불길한 예감에 떨며 결국에는 배반당한 자의 이상에 대한 위악적인 제스처를 느끼게 된다.

그러나 오웰은 그런 위악조차 '강철 같은' 혁명에 대한 고정관념을 깨트리는 애정 어린 시선으로 따뜻하게 감싸고 있다. 예컨대 구두닦이조차 집산화되어 빨간색과 검은색이 칠해진 국영화된 구두닦이 상자들이 상징하는 순진한 이상주의에 대한 회의적 시선조치 마냥 차갑지만은 않다. 바르셀로나 고딕 지구에 세운 바리케이드 뒤편에서 천

연덕스럽게 달걀프라이를 하는 혁명가들의 일상, 명령이 마음에 들지 않으면 그냥 대열에서 이탈해 장교와 사납게 말다툼을 벌이는 소년병들, 부상자를 들것으로 운반하면서 노골적으로 손목시계를 훔치거나 강탈하는 일꾼들, 아마추어 나팔수들의 음정이 부들부들 떨리는 집합 나팔 소리, 겨울 햇빛 아래에서 길게 이어지던 아침 사열, 자갈이 깔린 승마 교육장에서 오십 명씩 팀을 짜서 놀던 거친 축구, 여지없이 소변 통을 닮은 유리 술병에서 오줌 줄기처럼 뿜어져 나오는 백포도주, 열차의 승객 칸 안으로 양 떼를 몰고 들어와 부상 혁명가들에게 아낌없이 술을 따라주던 시골 농민들에 대한 기억의 조각들을 읽다 보면 너무나 인간적인 혁명의 어수룩함에 공감하게 된다.

국제여단 소속의 외국인 의용군들에게서도 이 인간적인 혁명의 면모는 여실하다. 책의 서두에서 오웰이 묘사하고 있는 이탈리아인 의용군 병사의 모습을 보라.

그는 스물다섯 살이나 스물여섯 살쯤 된 청년으로 강인해 보였으며, 머리카락은 붉은 기가 감도는 노란색이고 어깨가 건장했다. 나는 뾰족한 가죽 모자를 군이 한쪽 눈을 덮을 정도로 내려 쓰고 서 있는 그의 옆모습을 볼 수 있었다. (…) 그 얼굴에서 뭔가가 내 마음을 깊이 건드렸다. 그것은 친구를 위해 살인도 불사하고 자신의 목숨도 초개같이 던질 수 있는 사람의 얼굴이었다. 무정부주의자에게서 기대할 수 있는 얼굴이지만, 그는 십중팔구 공산주의자일 터였다. 그 얼굴에는 솔직함과 사나움이 공존했다. (…) 그는 지도를 전혀 이해하지 못하는 것이 분명했다. 지도 읽기를 무지막지하게 지적인 재주라고 생각하고 있음이 분명했다. 이유는 잘 모르겠지만, 나는 그를 보았을 때처럼 곧바로 호감을 느끼는 경험을 지금까지 거의 하지 못했다.

오웰이 《카탈로니아 찬가》에서 그리는 혁명가들의 이미지는 스페인 내전을 시각적으로 상징하는 로버트 카파Robert Capa의 〈쓰러지는 병사*The Falling Soldier*〉 사진 이미지와 대조적이다. 이 사진은 연출된 것이라는 논란에도 불구하고, 스페인 내전을 대표하는 사진 이미지라는 데 누구도 이견을 달지 않는다. 사실이냐 연출이냐를 떠나 이 사진에 대한 내 생각은 그것이 스페인 혁명과 내전에 대한 우리의 시각적 기대에 잘 부합한다는 것이다. 적의 총탄을 맞아 극적으로 쓰러지는 공화파 병사의 죽음에 대한 카파의 이 사진은 혁명적 격변기의 비장한 영웅주의에 대한 우리의 고정관념을 다시 확정해준다. 카파의 비극적 영웅주의와는 대조적으로 오웰이 그리는 혁명가들은 비장하기보다는 어리숙한 돈키호테들이다. 비단 스페인뿐 아니라 혁명의 내밀한 역사를 읽다 보면, 혁명의 민낯은 절도와 규율, 계획, 강철처럼 단련된 혁명가보다는 무질서와 혼란, 우연과 돈키호테적인 인간 군상들로 가득 차 있다. 사

로버트 카파의 1936년작 〈쓰러지는 병사〉

회주의 리얼리즘 문학의 주인공 전형들은 가공된 이미지일 뿐 혁명의 민낯과는 거리가 멀다.

리얼리즘의 관점에서 보면, 인간적인 너무나 인간적인 이 혁명은 애초부터 성공하기 힘든 혁명이었다. 오웰은 규율도 엉망이고 무기 하나 제대로 다룰 줄 모르고 우향우 좌향좌만 배워서 전선으로 배치된 이 어설픈, 그러나 인간적인 혁명가들에게 배어 있는 품위와 진솔함 그리고 그들의 넉넉한 인심에 놀랐다고 솔직하게 고백한다. 이상주의에 빠져 있는 이 스페인 혁명가들이 안쓰럽지만, 그렇다고 강철 같은 규율의 혁명가가 아니라고 비난하는 것은 아니다. 스탈린주의의 잔인한 리얼리즘과 부패한 혁명에 대한 분노 어린 비판을 읽다 보면, 오웰이 이 어설프고 인간적인 스페인 혁명 대신 강철 같은 규율의 혁명가 조직이 선도하는 볼셰비키 혁명을 바람직한 대안으로 생각한 것 같지는 않다. 훗날《동물농장》이나《1984》등에서 체계화된 스탈린주의에 대한 그의 비판을 상기하면 더 그렇다.

　　오웰은 스페인의 이 사람 좋고 품위 있는 아마추어들의 혁명이 너무나 인간적이고 또 선량한 것이기 때문에 성공할 거라고 믿을 만큼 순진하지는 않았다. 오웰은 혁명의 이상과 열정 뒤에 숨어 있는 역사의 아이러니를 꿰뚫어 보고 그 실상을 있는 그대로 드러내려 했다. 총알이 목을 관통한 심각한 부상에서 천우신조로 살아남아 스페인을 벗어나 귀국하면서 그는 이미 혁명의 실패를 예감했다. 이 인간적인 혁명의 실패가 파시즘의 승리로 귀결될 것이라는 생각을 떨구지 못했다. 솔직히 고백했듯이, "여기는 스페인이므로, 독일이나 이탈리아의 파시즘보다는 더 인간적이고 덜 효율적인 파시즘"일 거라는 생각이 유일한 위안이었다. 오웰의 생각이 틀렸다고 할 수는 없지만, 프랑코 독재의 실제 희생자들에게도 위안이 될 수 있었는지는 의문이다.

　　그래도 실패한 혁명이 성공한 혁명보다 반드시 더 실패한 것은 아닐 수도 있다는 오웰의 혜안은 놀랍다. 스탈린주의로 귀결된 러시아혁명에서 보듯이, 어느 면에서 성공한 혁명은 실패한 혁명보다 더 실패한 혁명일 수도 있다. 혁명의 성공을 위해 모든 것을 거는 순간, 그 혁명은 이미 실패한 혁명이 된다. 자본주의에 '포위된 요새'에서 혁명의 성공을 위해 스탈린주의로 화석화된 러시아혁명은 현실 사회주의의 인민들에게 사회주의는 노동자·농민을 억압하는 이데올로기라고 각인시키는 계기였다. 헝가리-루마니아-세르비아의 삼각지대 변경에서 유대인으로 태어나고 자란 유고슬라비아의 작가 다닐로 키슈Danilo Kiš가 《보리스 다비도비치의 무덤》에서 소설적으로 형상화한 스페인 내전 당시 스탈린주의자들의 편협과 무지, 야만과 몽매, 종교적 광신성과 독단적 행태를 오웰의 참전기가 재확인해주고 있는 것도 흥미롭다.

스탈린주의자들은 '사회적 파시즘'이라는 테제 아래 독일의 사민주의, 프랑스의 생디칼리즘, 스페인의 무정부주의 등을 반동으로 몰았다. 특히 소련을 등에 업은 공산당은 혁명이 급진화되는 것을 막는 데 온 힘을 기울였다. 공산당에게 가장 큰 반동은 프랑코보다 트로츠키주의자였다. 스탈린주의의 가르침을 받은 스페인의 공산주의자들은 반대파를 전부 트로츠키주의자로 몰고 그들에 대한 학살을 자행했다. 트로츠키 파시스트와의 싸움이 프랑코 파시스트와의 싸움보다 더 중요하다고 목청을 높였다. 혁명에 헌신적인 이상주의자들이 인민 정부의 감옥에서 죽어갔다. 오웰의 회상에 따르면, "의심과 증오가 판치고, 거짓말과 소문이 횡행하고, 포스터들은 나 같은 사람이 모두 파시스트 스파이라고 외쳐대는 무시무시한 분위기였다".

스탈린주의에 대한 역사의 복수는 생각보다 빨리 왔다. 게르니카 폭격을 지휘한 나치 공군 콘도르 군단의 편대장 리히트호펜Wolfram von Richthofen은 장차 벌어지는 독소전쟁에서 스탈린그라드에 대한 무차별 소이탄 공습을 지휘할 것이었다.

수십 년 만에 다시 읽은 오웰의 《카탈로니아 찬가》는 여전히 울림이 있다. 파시즘의 시대인 1930년대의 이데올로기적 금기를 깨고 스페인 혁명과 내전의 민낯을 드러낸 이 책의 가치는 여전히 독보적이다. 무엇보다 돈키호테적 혁명가들과 그들의 실패한 혁명에 보내는 오웰의 찬가는 성공한 혁명에 대한 공식적 좌파들의 기계론적 관전기보다 날카로운 리얼리즘을 보여준다. 무어인들이 인민전선 정부보다 프랑코를 더 선호한다는 데 경악하고 스페인의 혁명 세력들이 모로코에서 봉기를 선동했다면 전쟁에 혁명적인 의미가 배가되었을 거라는 오웰의 진단은 단편적이지만, 오늘날의 관점에서도 신선하기 짝이 없다. 포스트식민주의적 관점에서 보면, 프랑코 장군이 고용한 무어인 부대의 허가받은 약탈과 강간은 공화파 지지자들에게 붉은 오리엔탈리즘을 더 공고하게 만든 흑역사다. 어느 면에서는 스탈린주의자들의 몽매주의에 버금가는 문제였다. 조금 더 상세하게 다루었다면 좋았겠다.

또 하나 아쉬운 점은 한국에 알려진 스페인 내전 참전기가 영미 중심으로 구성되어 있다는 점이다. 내 세대

의 한국인들이 1970년대 초반에 단체 관람한, 헤밍웨이 원
작의 영화 〈누구를 위하여 종은 울리나〉도 그렇고 오웰의
《카탈로니아 찬가》도 그렇다. 스페인 내전에 참여한 국제
여단의 국적을 보면, 8천여 명이 넘는 프랑스 지원병이 제
일 많았지만 두 번째로 많은 지원병은 뜻밖에도 폴란드 사
회주의자들이었다. 프롤레타리아 국제주의 노선의 유대
계 사회주의자들과 프랑스의 탄광 등에서 일하던 폴란드
이주노동자들이 중심이었다. 그리고 보니 폴란드의 베테
랑 유대계 마르크시스트 역사가들에게서 어린 시절 아버
지나 삼촌들이 스페인 내전에 참전했던 기억을 소리 죽여
나누던 광경이 눈에 선하다는 이야기들을 바람결에 들은
적이 있다. 스페인 내전을 전후한 시기 폴란드 본국에서
'사나치아'라 불리는 의사 파시즘 정권에 맞서 싸운 이들에
게 스페인 내전은 어떻게 기억되고 있는지, 헤밍웨이나 오
웰 같은 영미 지식인의 기억과는 어떻게 다른지, 또 그 차
이가 갖는 세계사적 의미는 무엇인지 한번 따져볼 일이다.

조지 오웰 연보

1903년

6월 25일, 당시 영국령이었던 인도 벵골(지금의 비하르)에서 인도총독부의 관리였던 아버지 리처드 웜즐리 블레어와 어머니 아이다 블레어 사이에서 출생. 본명은 에릭 아서 블레어Eric Arthur Blair로 조지 오웰은 필명.

1904년 • 1세

어머니를 따라 영국 옥스퍼드셔로 이주. 가족이 정착한 헨리 온 템스는 1939년에 발표한 소설 《숨 쉬러 나가다Coming up for Air》의 무대가 됨.

1914년 • 11세

지역신문 〈헨리 스탠더드Henley Standard〉에 직접 쓴 시 〈깨어나라! 영국의 젊은 이들이여 Awake! Young Men of England〉가 실림.

1917년 • 14세

영국 명문 사립학교 이튼칼리지에 최우수 장학생으로 입학. 훗날 작가가 된 올더스 헉슬리, 역사학자가 된 스티븐 런시먼, 문학 비평가가 된 시릴 코널리와 교우함.

1921~1922년 • 18~19세

이튼칼리지 졸업 후 대학 진학 선발시험에 합격하지만, 대학 진학을 포기하고 인도제국 경찰 시험에 응시함. 이듬해 10월, 첫 발령지인 버마(지금의 미얀마)로 파견되어 5년간 경찰로 근무함.

1927~1928년 • 24~25세

경찰로 복무하며 제국주의 식민정책에 혐오를 느끼던 차에 뎅기열에 걸려 치료를 위해 영국으로 귀국. 가족과 재회 후 버마로 돌아가지 않기로 마음을 굳히고 이듬해 1월, 경찰을 사직함. 작가가 되기로 결심하고 불황 속 파리 빈민가와 런던 부랑자들의 극빈생활을 몸소 체험함.

1931년 • 28세

대중적 사회주의를 유행시킨 문학잡지 《뉴 아델피*New Adelphi*》에 에세이 〈스파이크*The Spike*〉와 〈교수형*A Hanging*〉이 게재된 것을 시작으로 정규 기고자가 되어 〈나는 왜 글을 쓰는가*Why I Write*〉 등 다수의 작품을 발표함.

1932~1933년 • 29~30세

가정교사와 사립학교 교사로 일함. 파리와 런던에서 스스로 택한 밑바닥 생활 체험을 사실적으로 담아낸 첫 소설 《파리와 런던의 밑바닥 생활*Down and Out in Paris and London*》(1933) 출간. 이때부터 '조지 오웰'이라는 필명을 사용함.

1934~1935년 • 31~32세

파트타임 서점원으로 일함. 버마에서 경찰로 근무하던 시절의 경험을 반영해 식민지 백인 관리의 잔혹상을 묘사한 소설 《버마 시절*Burmese Days*》(1934)을 출간해 문학계의 인정을 받음. 이어서 소설 《성직자의 딸*A Clergyman's Daughter*》(1935) 출간.

1936년 • 33세

아내이자 평생의 사상적 동반자가 된 아일린 오쇼네시와 결혼. 소설 《엽란葉蘭

을 날려라 *Keep the Aspidistra Flying*》 출간. 12월 스페인 내전이 발발하자 파시즘에 맞서 싸우기 위해 자원입대함.

1937년 • 34세
스페인 마르크스주의 통일노동자당 POUM 의용군 소속으로 싸우다 바르셀로나 전선에서 목에 총상을 입음. 잉글랜드 북부 랭커셔 지방 노동자들의 궁핍한 삶을 그린 르포르타주 《위건 부두로 가는 길 *The Road to Wigan Pier*》 출간.

1938년 • 35세
아내와 스페인을 탈출해 프랑스로 건너감. 이데올로기에 대한 강한 환멸을 느끼고 스페인 내전 참전기 《카탈로니아 찬가 *Homage to Catalonia*》 출간. 이때부터 정치적 성향이 짙은 작가로 알려짐.

1939년 • 36세
폐결핵으로 건강이 나빠지자 한동안 글쓰기를 중단하고 모로코에서 요양함. 소설 《숨 쉬러 나가다》 출간.

1940년 • 37세
다시 영국으로 돌아와 런던 민방위대 부사관으로 복무함. 에세이 모음집 《고래 배 속에서 *Inside the Whale, and Other Essays*》 출간.

1941년 • 38세
BBC에 입사해 2년간 라디오 프로그램을 제작함. 에세이 《사자와 유니콘: 사회주의와 영국의 특질 *The Lion and the Unicorn: Socialism and the English Genius*》 출간.

1943~1944년 • 40~41세
어머니 사망. 좌파 성향의 잡지 《트리뷴 *Tribune*》의 편집장으로 일하며 《동물농장 *Animal Farm*》의 집필을 시작함. 이듬해 한 살짜리 아이(이름은 리처드 허레이쇼 블레어)를 입양함.

1945~1946년 • 42~43세

〈옵서버The Observer〉 종군기자로 2개월간 파리와 쾰른에서 활동함. 삶의 동반자였던 아내 아일린이 수술을 받다가 사망. 스탈린주의를 풍자한 우화 《동물농장》(1945) 출간. 전쟁 중 발표했던 영문학 비평들을 모아 《비평 에세이Critical Essays》(1946) 출간.

1949년 • 46세

폐결핵이 악화되어 요양병원에 입원. 병상에서 미래의 관료화된 국가에 대한 공포를 형상화한 소설 《1984》를 완성해 출간. 첫해에 40만 부 이상이 판매되며 큰 인기를 얻음. 런던의 한 대학병원으로 옮겨 치료를 받던 중 문학잡지 《호라이즌Horizon》의 편집자 소니아 브론웰과 결혼.

1950년 • 47세

1월 21일, 입원 중이던 병원에서 급작스레 각혈 후 사망.

옮긴이 김승욱

성균관대학교 영문학과를 졸업하고 뉴욕시립대학교에서 여성학을 공부했다. 〈동아일보〉 문화부 기자로 근무했으며, 현재 전문 번역가로 활동하고 있다. 옮긴 책으로는 조지 오웰의 《동물농장》, 《1984》, 도리스 레싱의 《19호실로 가다》, 《사랑하는 습관》, 《고양이에 대하여》, 루크 라인하트의 《침략자들》, 존 윌리엄스의 《스토너》, 프랭크 허버트의 《듄》, 콜슨 화이트헤드의 《니클의 소년들》, 존 르 카레의 《완벽한 스파이》, 에이모 토울스의 《우아한 연인》, 리처드 플래너건의 《먼 북으로 가는 좁은 길》, 올리퍼 푀치의 《사형집행인의 딸》(시리즈), 데니스 루혜인의 《살인자들의 섬》, 주제 사라마구의 《히카르두 헤이스가 죽은 해》, 《도플갱어》, 패트릭 매케이브의 《푸줏간 소년》, 존 스타인벡의 《분노의 포도》 등 다수의 문학작품이 있다. 이외에도 《날카롭게 살겠다, 내 글이 곧 내 이름이 될 때까지》, 《관계우선의 법칙》, 《유발 하라리의 르네상스 전쟁 회고록》, 《나보코프 문학 강의》, 《신 없는 사회》 등 다양한 분야의 책을 옮겨 국내에 소개했다.

카탈로니아 찬가

1판 1쇄 발행 2023년 12월 14일

지은이 조지 오웰 | 옮긴이 김승욱
펴낸곳 (주)문예출판사 | 펴낸이 전준배

편집 박해민 백수미 이효미 | 디자인 최혜진
영업·마케팅 하지승 | 경영관리 강단아 김영순

출판등록 2004. 02. 12. 제 2013-000360호 (1966. 12. 2. 제 1-134호)
주소 04001 서울시 마포구 월드컵북로 21
전화 393-5681 | 팩스 393-5685
홈페이지 www.moonye.com | 블로그 blog.naver.com/imoonye
페이스북 www.facebook.com/moonyepublishing | 이메일 info@moonye.com

ISBN 978-89-310-2342-8 04800
ISBN 978-89-310-2269-8 (세트)